愛情　教育　国家　宗教
人生　政治　人間

医療・保健・福祉　行事　時間　趣味・レジャー
身体　戦争と平和　文化

家族　経済　自然　情報通信・IT
心理　地理・交通・運輸　倫理

環境　芸術　思想・哲学　職業
スポーツ　動作　歴史

季節　形容　社会　植物
生活　動物・虫・魚・鳥

三省堂 現代川柳必携

田口麦彦…[編]

三省堂

© Sanseido Co., Ltd 2001
Printed in Japan

[編者]
田口麦彦〈たぐち　むぎひこ〉
一九三一(昭和六)年生まれ
川柳噴煙吟社副主幹
日本大学法学部卒
日本川柳ペンクラブ常任理事
(社)全日本川柳協会常任幹事
読売新聞西部版「笑福川柳」選者
NHK熊本文化センター講師
著書に『川柳表現辞典』(編著)『川柳入門はじめのはじめ』
『川柳とあそぶ』『現代川柳入門』……他

◉

[装丁・デザイン]……谷村彰彦

【まえがき】

俳句には歳時記、短歌には秀歌集が数多く世に出ている。そして川柳は、と問われたときに返すことばがなかった。

江戸時代に詠まれた川柳については著作が多いが、現代川柳のアンソロジーは数少ない。特に、一般の読者の方たちが手軽に見られるハンディな辞典の出版は悲願であった。目にふれることがなければ、文芸として評価されることもない。人間洞察の深さ、時代批評の鋭さで多くの人々に愛されている川柳が、もっと世の中に広まってほしい──その思いひとすじでこの本を編ませていただいた。

本書は、現代川柳によく詠まれるテーマ約一四〇〇を人間・社会・文化・自然など三四の大分類項目に配列し、広範な作品より七〇〇〇余の秀句を選択して例示したデータブックである。いま注目の情報通信・福祉・環境・教育等の項目を設け、最新の作品を収めた。川柳の川幅は広くて、かつ深い。

例句として掲載させていただいた多くの作家には深く感謝申し上げる。

なお、本書はデータブックとしての目的のため語句の解説はない。既刊の『川柳表現辞典』（飯塚書店）と併せてご利用いただければ幸いである。

二〇〇一年七月　　　　　　　　　　　　　　　　　　　　田口麦彦

目次

愛情
- 愛……002
- あなた……003
- 育児……004
- 片思い……004
- 愛人……002
- 愛する……003
- 逢う……003
- くちづけ……004
- 恋……005
- 恋敵……005
- 恋人……005
- 恋文……006
- 告白……006
- 失恋……006
- 好き……007
- 情け……007
- 初恋……007
- 抱擁……008
- ラブレター……008

医療・保健・福祉
- 風邪……011
- 紙おむつ……011
- 遺伝子……009
- 医療……009
- 医療ミス……010
- 休診……013
- 薬……013
- 老いる……010
- 介護……010
- 介護保険……011
- 告知……014
- CTスキャン……015
- 癌……012
- ケアハウス……012
- 救急車……012
- 痴呆……016
- 聴診器……016
- 車椅子……013
- 手術……015
- 献血……014
- ドナー……018
- ドナーカード……018
- 杖……017
- 手話……015
- シルバー……016
- バリアフリー……019
- 病院……020
- 寝たきり……018
- デイサービス……017
- 点滴……017
- ヘルパー……021
- 病気……020
- 脳死……019
- のど飴……019
- ポリープ……023
- 保険……022
- 病床……020
- 福祉……021
- 病む……024
- 万歩計……023
- 補聴器……022
- ボランティア……022
- 看取る……023
- 目薬……024
- 盲導犬……024

家族
- リハビリ……025
- 老後……025
- 姉……026
- 兄……026
- 夫……028
- 家……027
- 遺族……027
- 鍵っ子……029
- 妹……027
- 弟……028
- おふくろ……028
- 三女……030
- 家族……029
- 兄弟……029
- 子……028
- 子離れ……030
- 三男……031
- 三男……031
- 次女……031
- 次男……031
- 姉妹……032
- 主婦……032
- シングル……032
- 父……033
- 長女……033
- 長男……033

2

目次

環境
- 水……042
- 公害……040
- 置き去り……039
- ゴミ……041
- メダカ……042
- 汚染……040
- 温暖化……040
- 空気……041
- 捨てる……041
- 花時計……041

季節
- 歳時記……046
- 元日……044
- 元旦……045
- 三月……046
- 四月……046
- 正月……045
- 五月……045
- 十月……047
- 十二月……048
- 七月……047
- 十一月……047
- 八月……049
- 八月十五日……049
- 夏……048
- 二月……049
- 六月……051
- 花便り……050
- 春……050
- 冬……050

教育
- いじめ……051
- 絵本……052
- 教え子……052
- 教える……052
- 学ぶ……062
- 学級崩壊……053
- 学校……053
- カルチャー……053
- 記憶……054
- 帰省……054
- 教育……054
- 教室……055
- クラス会……055
- 校歌……055
- 合格……056
- 校舎……056
- 校長……056
- 試験……057
- 校友……057
- 塾……057
- 宿題……058
- 生涯学習……058
- 成績……058
- 制服……059
- 躾……059
- 先生……059
- 卒業……059
- 大学……060
- 通信簿……060
- 机……060
- 晩学……061
- 不登校……061
- 偏差値……061
- 母校……062
- マナー……062

行事
- 学ぶ……062
- マニュアル……063
- ランドセル……063
- 鏡餅……064
- 勤労感謝の日……064
- クリスマス……065
- 敬老の日……065
- 鯉のぼり……065
- こどもの日……066
- 四月馬鹿……066
- 終戦記念日……066
- 川柳忌……067
- 父の日……067
- 花火……068
- 母の日……068
- 成人の日……067
- 文化の日……069
- メーデー……069
- 雛祭り……068
- 祭り……069

妻
- 妻……034
- 同居……034
- 独身……034
- 肉親……035
- 母……035
- 人妻……036
- 夫婦……036
- 花嫁……035
- 夫婦別姓……037
- 孫……037
- 息子……037
- 娘……038
- 嫁……038
- ファミリー……036

3

目次

経済

- 商い……070
- 遺産……070
- 一円……071
- 市場……071
- 金……071
- 株……072
- 給料日……072
- 銀行……072
- 財産……073
- 札……073
- シール……073
- 春闘……074
- 消費税……074
- 税……074
- 税務署……075
- 通帳……075
- 倒産……075
- 年金……076
- バブル……076
- ビッグバン……076
- 百円ショップ……077
- 貧乏……077
- 不況……078
- へそくり……078
- 店……078
- 遺言……079
- 貧しい……079
- 預金……079
- リストラ……079

芸術

- 能面……083
- 絵……080
- 絵画展……080
- 斬られ役……081
- 芸……081
- 芸術……081
- 劇……082
- 芝居……082
- ドラマ……082
- ハムレット……083
- 舞台……083
- リハーサル……084
- 嗚呼……084

形容

- 痛い……087
- あたたかい……086
- 後ろ……087
- うっかり……088
- 厚い……087
- 熱い……087
- 明るい……085
- 嬉しい……089
- 新しい……086
- 薄い……088
- 美しい……088
- 赤い……085
- 軽い……090
- 大きい……089
- 同じ……089
- 重い……090
- 輝く……090
- 白い……085
- 寒い……092
- 枯れる……091
- 乾く・渇く……091
- きっと……091
- 寂しい淋しい……092
- 熱い……085
- しんしん……094
- 静か……092
- 薄い……088
- じわじわ……093
- 小さい……095
- 少し……094
- しなやか……093
- 高い……095
- 小さい……095
- 似る……095
- 素敵……094
- 白い……093
- 偽・贋……097
- 深い……097
- 近い……096
- 長い……096
- 広い……098
- 温い……097
- 遠い……096
- 半分……096
- まだ……100
- 待ちぼうけ……100
- のほほん……098
- 貧しい……100
- 優しい……101
- まっすぐ……101
- ほろほろ……099
- 丸い・円い……101
- 弱い……103
- 柔らかい……102
- ゆっくり……102
- 古い……099
- 余白……103
- 若い……103
- 悪い……104
- 汚れる……102

国家

- 移民……104
- 王様……105
- 革命……105
- 帰化……105
- 君が代……106
- 国……106
- 勲章……106
- 憲法……107

目次

時間

国籍……107　国家……107　国歌……108　国旗……108　国境……108
裁判……109　祖国……109　天皇……109　日本……110　日本語……110
判決……110　民族……111　日の丸……111
朝……112　明日……112　あの日……113　いい日……113
一日……113　いつか……114　いつも……114　過去……114
昨日……115　休日……115　今日……116　近未来……116
歳月……117　時間……117　旬……117　新世紀……118
深夜・真夜中……118　年・齢・歳……119　二十世紀……119
これから……116
日曜……120　昼……120　未来……121　昔……121
もう……121　やがて……122　夜……122　夜明け……123
半世紀……120　時……118

自然

炎天……126　石……124　宇宙……125　天の川……124　雨……124
化石……127　青空……123　穴……123　夜明け……123
雲……127　遠雷……126　海……125　運河……125
霜……131　川……128　海峡……127　風……127
砂……132　景色……129　霧……128　銀河……128
太陽……134　地震……131　丘……128　銀河鉄道……129
月……136　地球……135　咲く……130　島……130
波・浪……137　星座……133　巣……131　水平線……132
火……139　滝……134　空……133　彗星・流れ星……132
森……141　土……136　地球儀……135　砂漠……130
夕日……142　虹……138　梅雨……136　台風……134
　　　　　風景……139　花曇り……138　地平線……135
　　　　　山……141　吹雪……140　田……133
　　　　　雪……143　花野……138　天気……137
　　　　　夕焼け……143　星……140　天空……137
　　　　　　　　　　　闇……141　春嵐……139
　　　　　　　　　　　流氷……143　岬……140
　　　　　　　　　　　夕暮れ……142　夕立……142

思想・哲学

夕日……142　空想……144　こころざし……144　思想……145　正論……146　哲学……146
主張……145　主義……145　常識……146

目次

願い……147　反論……147　厚底……148　階段……149　エスカレーター……148　エレベーター……149　汚職……149

社会

喫茶店……151　休耕田……151　キレる……151　過疎……150　肩書き……150　カリスマ……150

群衆……152　欠席……153　減反……153　籤……152　コンビニ……153　クローン……152

仕事……154　失職……154　自動販売機……155　時刻表……154　視野……155　自由……155

十七歳……156　順……156　少子化……156　新人類……157　ストーカー……157　造花……157

製材所……157　席……158　セクハラ……158　世間……158　中流……160　出稼ぎ……160

他人……159　たまごっち……159　団地……160　ニュース……162　ビル……164　旗……162

都会……161　仲間……161　番号……161　非常口……163　ヘアヌード……165　ホームレス……165

パラサイト……162　ハローワーク……163　ブランド……164　プリクラ……165　街……167　町工場……167

プール……164　幕……166　マネキン……168　村……166　町……166　仏……179

ポスト……166　屋根……169　名刺……168　面接……169

窓際……167　履歴書……171　列……171　Uターン……170　乱……170　リーダー……170

屋台……169

宗教

教会……175　おみくじ……173　あの世……172　祈り……172　鬼……173　鬼ごっこ……173

宗教……176　十字架……175　教祖……175　合掌……174　鐘……174　神……174

聖夜……178　次の世……178　この世……175　地蔵……176　写経……176　聖書……178

復活祭……180　仏壇……180　寺……179　鈴……177　野仏……177　聖歌……179

魔女……181　仏像……180　仏……181　菩薩……181　墓……179

喪……182　羅漢……182

趣味・レジャー

歌・唄……183　占い……183　映画……184　ガーデニング……184　回転木馬……185

玩具……184

目次

情報通信・IT

- 数え唄……185
- 碁……187
- 墨……188
- 釣り……190
- パズル……192
- ヨット……193
- 楽器……185
- こけし……187
- 煙草……189
- 手品……190
- パチンコ……192
- 落語……194
- 楽器いろいろ……186
- じゃんけん……187
- 旅……189
- 童謡……191
- ピアノ……192
- IT……194
- ゲーム……186
- 将棋……188
- ダンス……190
- 人形……191
- フルムーン……193
- iモード……195
- カラオケ……186
- 趣味……188
- 達磨……189
- ハーモニカ……191
- 毬……193

- 糸電話……196
- 記憶……198
- コマーシャル……200
- 新聞……201
- テレビ……203
- ネット……205
- ハッカー……206
- ホームページ……208
- 無言電話……210
- ロボット……211
- インターネット……197
- 写す……197
- 切手……198
- コンピューター……200
- ゼロ……202
- テレホンカード……203
- バーコード……205
- ヒトゲノム……207
- ファックス……207
- ポケットベル……208
- 郵便……210
- ワープロ……212
- アンケート……195
- ケイタイ・ケータイ……199
- 写真……200
- センサー……202
- 電報……204
- バーチャル……205
- ファミコン……207
- マイク……210
- 予約……210
- アンテナ……196
- カメラ……197
- コピー……199
- シュレッダー……201
- 情報……201
- 着メロ……202
- はがき……206
- マウス……209
- ラジオ……211
- IT革命……195
- Eメール……196
- キーボード……198
- 携帯電話……199
- 手紙……201
- 電話……204
- パソコン……206
- フロッピー……208
- マスコミ……209
- 留守番電話……211

職業

- アナウンサー……212
- 神主……214
- 漁業……215
- 職人……217
- 俳優……218
- 医師……213
- 記者……214
- 警察官……215
- セールスマン……217
- フリーター……219
- 会社員……213
- キャリア……214
- 商業……216
- 僧侶……217
- 力士……219
- 看護婦……213
- 教師……215
- 嘱託……216
- 農業……218
- パート……218

植物

- 葦……220
- 薊……220
- 稲……222
- 無花果……221
- 芋……222
- 紫陽花……221
- 梅……222
- 苺……221

7

目次

柿……223
菊……224
胡桃……226
じゃが芋……228
竹……229
椿……231
葉……233
薔薇……234
豆……236
桃……238

人生……242

嘘……242
思い出・想い出……244
悔い……245
盃……247
死ぬ……249
除……250
退職……252
定年……254
悲劇……255
待ちぼうけ……257
矢面……259
笑い袋……260

かすみ草……223
キャベツ……225
秋桜……226
西瓜……228
種……230
トマト……231
花……233
向日葵……235
曼珠沙華……236
野菜……238

明り・灯り……239
家出……241
裏……242
還暦……244
結婚……246
サスペンス……247
出世……249
過ぎる……251
宝……252
敵……254
柩……256
見合い……258
幻……259
余生……259
ライバル……259

からたち……223
胡瓜……225
桜……227
水仙……228
たんぽぽ……230
梨……232
花菖蒲……233
花束……234
蕗の薹……235
密柑……237
林檎……238

憧れ・憧れる……240
生き様……241
噂……243
喜劇……244
幸福……246
傘寿……248
冗談……249
青春……251
企み……253
嫁ぐ……254
秘密……256
長生き……255
不幸……256
味方……258
離婚……260

カンナ……224
夾竹桃……225
雑草……227
薄・芒……229
チューリップ……230
菜の花……232
花木……234
葡萄……235
鳳仙花……236
麦……237
檸檬……239

遊び……240
運……243
喜寿……245
古稀……246
幸せ・倖せ……248
ジョーク……250
葬式……251
長寿……253
長生き……255
儚い……255
米寿……257
身構え……258
霊柩車……260

樹・木……224
草……226
シクラメン……227
大根……228
つつじ……231
葱……232
バナナ……234
花束……234
鳳仙花……236
メロン……237

遊ぶ……240
一生……242
宴……243
義理……245
再会……247
尻尾……248
人生……250
底……252
通夜……253
儚い……255
米寿……257
身構え……258
霊柩車……260

8

目次

身体

- 肩……264
- 首……265
- 心臓……267
- 臓器……269
- 手……270
- 歯……272
- 胸……275
- 膝……274
- 骨……274
- 目・瞳……276
- 息……262
- 髪……264
- 脳……266
- 声……268
- 血……269
- 血液型……266
- 脛……267
- 性……268
- 乳房……269
- 手の平・掌……271
- 裸……272
- 鼻……273
- 眼差し……274
- 眉……275
- 目線・視線……276
- 足・脚……261
- 遺伝子……263
- 口……265
- 肝臓……264
- 舌……265
- 姿勢……266
- 背中……268
- 背骨……268
- 翼……270
- 脳……271
- 涙……271
- 腹……273
- 指……276
- 汗……262
- 顔……263
- 唇……265
- 喉……270
- 爪……270
- 髭……272
- 耳……275

心理

- 心……277
- ストレス……278
- ゴルフ……280
- スケート……281
- バドミントン……283
- メダル……285
- 自画像……277
- 白昼夢……279
- サッカー……280
- 水泳……281
- スポーツ……282
- バレーボール……283
- ラグビー……285
- 自分……278
- 夢……279
- 体操……282
- ホームラン……284
- ランニング……285
- 心理……278
- わたし・わたくし……279
- スキー……281
- 卓球……282
- ボクシング……284
- 野球……286

スポーツ

- テニス……283
- マラソン……284

生活

- 音……289
- 鍵……291
- ガラス……294
- キャミソール……296
- 口笛……297
- ケーキ……299
- 帯……289
- かくれんぼ……291
- 壁……293
- 牛乳……296
- 口紅……298
- 化粧……299
- 糸……288
- カーテン……290
- 家計簿……291
- 鎌……293
- カレー……294
- 胡瓜揉み……296
- 靴……298
- 現住所……300
- 味……286
- イヤリング……288
- カード……290
- 傘……292
- 紙コップ……293
- キッチン……295
- クーラー……297
- 暮らし……298
- 紅茶……300
- 飴……287
- うどん……288
- 鏡……290
- 菓子……292
- 粥……294
- 着物……295
- 釘……297
- 鍬……299
- 珈琲……300
- 椅子……287
- エプロン……289

9

目次

コップ……301
サングラス……302
自転車……304
寿司……306
スリッパ……307
扇風機……309
食べる……311
手袋……312
鍋……314
ネクタイ……316
箸……317
歯ブラシ……319
ピアス……321
風船……322
ブランコ……324
宝石……326
マッチ……327
味噌……329
浴衣……331
リボン……332
冷蔵庫……334

米……301
ジーパン……303
シャワー……304
ステーキ……306
セーター……307
掃除……309
茶髪……311
電池……313
訛り……314
ネックレス……316
柱……318
パン……319
引き出し・抽し……321
封筒……323
風呂……324
包丁……326
窓……328
眼鏡……329
指輪……331
リュック……333
蠟燭……334

コンパクト……301
ジーンズ……303
スイッチ……305
スニーカー……306
背広……308
掃除機……310
茶碗……311
ドア……313
縄のれん……315
バイク……316
鉢……318
ハンカチ……320
表札……321
風鈴……323
部屋……325
釦……326
マニキュア……328
飯……330
予定……331
料理……333
藁……335

酒……302
塩……303
スカート……305
スプーン……307
洗濯……308
台所……310
チョコレート……312
時計……313
日記……315
灰皿……317
発酵……318
昼寝……320
パンツ……320
ファッション……320
ブラウス……322
棒……325
蓋……325
枕……327
ミシン……328
メモ……330
喪服……330
夜店……332
ルーズソックス……333
留守……334

皿……302
試着……304
スカーフ……305
住む……307
洗濯機……309
卵……310
手帳……312
ナイフ……314
庭……315
バケツ……317
話……319
灯……319
帽子……325
マスク……327
水着……329
ラーメン……332

政治

戦争と平和

政治家……337
一票……335
歯ブラシ
剣・刀……340

眼鏡……329
政府……337
国会……336
飢え……338

指輪……331
核……339
政治家……337
選挙……337
無党派……338
飢餓……339
銃……340

予定……331
料理……333
政治……336
首相……336
メモ……330
夜店……332
軍歌……339
終戦……341

原爆・原子爆弾……340

地理・交通・運輸

地雷……341　侵略……341　聖戦……342　戦後……342　戦車……342
戦争……343　戦い……343　テロ……344　逃亡……344　駅……350
なかさき忌……344　戦争と平和……345　敗戦……345　爆弾……345　ヒロシマ……346　平和……347
ひろしま忌……346　難民……345　平穏……347　平凡……347
飽食……348　兵……348　ミサイル……348
捕虜……348　石段……349　位置……349　貨車……351
滑走路……351　汽車……351　大阪……350　沖縄……350
車……353　坂……353　信号……353　北……352　空港……352
地図……354　駐車場……355　電車……355　宅配便……354　距離……354
トンネル……356　橋……356　バス……357　東京……355　断層……354
船……358　故郷・故里……358　墓地……358　パスポート……357　飛行機……357
迷路……359　路地・裏……360　　　　　　　　　　　　　　　　曲り角……359　灯台……356
　　　道・路……359

動作

仰ぐ……360　開ける……361　溢れる……361　歩む……361
洗う……362　歩く……362　荒れる……362　言う……363
労る……363　祈る……364　入れる……364　植える……364
急ぐ……363　　　　　　　　　　　　　　　　　　　　　　　　　歌う……366
飢える……365　浮く……365　失う……366　疼く……366　売る……368
疑う……366　生む・産む……365　埋める……367　裏切る……367　押す……369
演じる……368　追う……367　置く……369　送る……369　降りる……371
落ちる……370　踊る……370　思う・想う……370　泳ぐ……371　変える……373
折る……371　終る……372　買う……372　飼う……372　駆ける・駈ける……374
帰る・還る……373　書く……373　賭ける……374　変える……373
囲む……375　飾る……375　数える……374　嚙む……375　借りる……376
変わる……376　考える……375　消える……375　聞く……377　刻む……378
嫌う……378　切る・斬る……378　来る……379　消す……379　削る……379

目次

11

目次

越える……380
叫ぶ・叫び……381
去る……383
透き通る……385
座る・坐る……386
立つ……386
散る……388
繋ぐ……390
問う……391
閉じる……393
泣く……395
匂う……396
温もる・温まる……398
眠る……400
伸びる……401
弾ける……403
放つ……405
開く……406
伏せる……408
降る……410
負ける……411
磨く……413
向き合う……415
貰う……416
許す……418

零す・溢す……380
支える……382
叱る……383
救う……385
育つ……387
騙す……388
散る……390
積む……392
通る……393
届く……395
跳ぶ……397
握る……398
抜ける……400
寝る……402
登る……403
外す……405
離れる……407
拾う……408
触れる……410
干す……412
待つ……413
見つける……415
結ぶ……417
漏れる……418
緩む……420

零れる・溢れる……380
指す……382
縛る……384
進む……385
背く・叛く……387
黙る・黙す……389
着く……390
研ぐ……392
跳ぶ……395
鳴る……397
逃げる……399
盗む……400
残す……402
飲む……404
弾む……406
冷える……407
増える……409
振り返る……410
褒める……412
迷う……414
群れる……415
燃える……417
焼く……419
揺れる……420

冴える……381
誘う……382
喋る……384
捨てる・棄てる……386
揃う……387
違う……389
続く……391
吊る……392
土下座……394
翔れる・馴れる……397
抜く……399
濡れる……401
残る……402
乗る……404
光る……406
吹く……409
振り向く……411
舞う……413
見える……414
見る……416
戻る……418
行く……419
休む……420

探す・捜す……381
錆びる……383
澄む……384
抱く……388
力……389
包む……391
出る……391
溶ける……393
流れる……394
煮る……396
脱ぐ……399
寝転ぶ……401
覗く……403
励ます……404
働く……406
引く……408
拭く……409
振る……411
振る……411
見る……414
見える……416
戻る……418
行く……419
酔う……421
呼ぶ……421

目次

動物・虫・魚・鳥

- 読む……421
- 渡す……423
- 蛙……427
- 雁……429
- 鯉……430
- 雀……432
- 鶴……434
- 白鳥……435
- 蛍……437
- 蝸牛……427
- キリン……429
- 子猫……431
- 蟬……432
- 鳥……434
- 蜂……436
- 虫……437
- 選る……422
- 詫びる……423
- 鮎……425
- 牛……426
- 河童……428
- 金魚……429
- 魚……431
- 象……433
- 蜻蛉……434
- 蝶……435
- 駱駝……438
- 別れる……422
- 笑う……424
- 蟻……425
- 馬……426
- 蟹……428
- 鯨……430
- 猿……431
- 猫……433
- 蝶……435
- 羊……436
- 分ける……422
- 割れる……423
- 犬……424
- 蚊……426
- 鴉……428
- 蜘蛛……430
- 秋刀魚……432
- 燕……433
- 獏……435
- ペンギン……437

人間

- 笑顔……441
- 死……444
- 信じる……446
- 誕生日……448
- ドン・キホーテ……449
- 人間……451
- 不器用……453
- 欲しい……454
- 欲……456
- 握手……438
- 仮面……443
- 充電……445
- 青年……446
- 中年……448
- 仲間……450
- 万歳……451
- 二人……453
- 炎……455
- 欲望……456
- 虫……437
- 騙り……443
- 退屈……447
- 沈黙……448
- 憎い・憎しみ……450
- 人……452
- プライド……453
- みな・みんな……455
- 我・吾……457
- アルバム……457
- 怒る・怒り……440
- 傷……443
- 正直……445
- 少女……447
- 毒……449
- 憎む……450
- 一人……452
- 僕……454
- 無口……455
- 暗記……458
- オルゴール……459
- 欠伸……439
- 遺書……440
- 絆……443
- 他人……447
- 少年……446
- 魂……447
- 友……449
- 日本人……451
- ヒロイン……452
- 誇り……454
- 野心……456
- 一行詩……458
- カタカナ……459
- いい人……439
- 命……440
- 男……442
- 女……442
- 狂う……444
- 少女……445
- 鉛筆……459
- 言い訳……439
- 苛立ち……441
- 影……442
- 元気……444
- 少年……446

文化

- 欲望……456
- アルバム……457
- 鉛筆……459
- 色……458
- 紙……460

13

目次

紙芝居……460
雑誌……462
下町……463
賞……465
線……467
名……468
美術館……470
文学……472
本屋……473
落丁……475

原稿……460
字……462
辞典……464
小説……465
シナリオ……466
童話……467
塔……467
博物館……469
批評……470
文化祭……472
漫画……474
ランプ……475

公園……461
辞書……463
週刊誌……464
水族館……466
ドーム……468
花言葉……469
碑……470
平仮名……471
ペン……472
モノクロ……474

言葉……461
詩人……463
十七音・十七字……465
随筆・エッセイ……466
図書館……468
文化……470
笛……471
ペンネーム……473
本……473
詠む……475

講演・講義……461
詩……462
倫理

罰……479
倫理……480

恩……476
定規……477
不倫……479

価値観……476
常識……478
モラル……479

自叙伝……481
正義……478
約束……480

刑……477
孝行……477
罪……478
勇気……480

歴史

大正……484
歴史……485

江戸……481
昭和……482
埴輪……484

昭和史……483
城……483
平成……484

縄文……482
世紀末……483
ミレニアム……485
明治……485

14

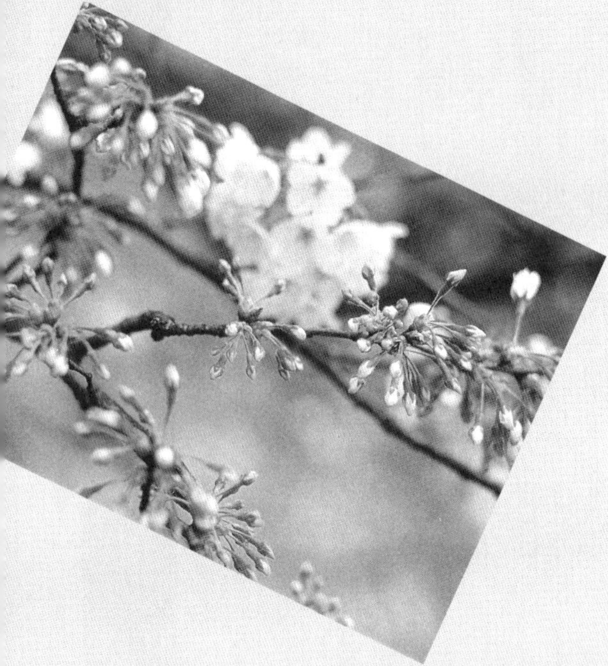

愛情

愛（あい）

愛は瞬間 ほうれん草の茹（ゆ）でかげん ……畑 美樹

手紙焼く愛を静かに見ていたり ……西郷かの女

ぶどう掌に愛の重さをいう女 ……福田 白影

あとは愛教えるものはなにもない ……岩井 三窓

パンよりも愛を論じた若かった ……藤井 正雄

愛人（あいじん）

愛人は交通事故で知れわたり ……岸本 水府

愛人とかほどことばの少なき夜 ……木下 愛日

愛人へ手編みを着せる冬が好き ……早良 葉

恋人以上愛人未満の夜更け前 ……高原まさし

愛人にして下さいと言う金魚 ……若草はじめ

愛する

愛そうとしたのよずっとずっとずっと……時実 新子
髪洗う日の多くして愛すすむ……岸本 吟一
愛すとは舌をかむほどややこしい……宮本美致代
愛されて愛して花のおぼろなり……小谷美ッ千
愛した人の愛した曲を弾いてみる……原井 典子

逢う

子を産まぬ約束で逢う雪しきり……森中恵美子
逢いに行く答えは一つしか持たず……竹本瓢太郎
逢うた日の愁い塩つぼ砂糖つぼ……桑野 晶子
逢ってきた頬に心地のよい寒さ……松井 泰子
彼に逢う一日のための六日間……松田 浩子

あなた

作業着の似合うあなたでありがとう……田崎 弘子
ゆめ語るあなたの中にいた少年……松田 浩子
あなただけよと合鍵を渡される……柴山 矢亜
すきだよと言ったあなたをもっと好き……小谷美ッ千
聞こえないふりしてあなた遠ざかる……渡部 妙子

育児

背負われることを知らない育児法……青木ひかり

バスタオル抱く手応えに子が育ち……田原 藤太

人さまの涙がわかる子に育て……谷 克美

子育てがだんだん下手になるヒト科……上原 慶枝

パパも読む育児書を買う三か月……梅田きみ子

片思い

青空のいよいよ青し片思ひ……麻生 路郎

てのひらの雪が解けない片想い……田中 好啓

結び目の口が出にくい片想い……清水 俊男

ご迷惑ですかわたしの片思い……國清 佳子

何歳になってもつらい片想い……新家 完司

くちづけ

くちづけのさんねんさきをみているか……渡辺 和尾

唇吸えば満天の星落ちてくる……西田光太朗

くちづけは断固許さず娼婦たり……山根 白星

接吻の途中で片目開けないで……糸山好太郎

雪にまぎれてあれはくちづけだったのか……渡辺 裕子

004

恋（こい）

恋成れり四時には四時の汽車が出る ……………… 時実 新子

恋せよと薄桃いろの花がさく ……………… 岸本 水府

引金を引く一瞬が恋にあり（わが） ……………… 橘高 薫風

ゲートルにモンペ侘しき恋なりし ……………… 岩井 三窓

年下も年上もよし恋の味 ……………… 川辺 昭子

恋敵（こいがたき）

スッポンを食べる憎っくき恋敵 ……………… 小八重竹刀

同じだけ歳をとってた恋敵（とし） ……………… 小林恵美子

ネクタイの柄からきざな恋敵 ……………… 平井与三郎

ライバルが妻の息災問い合せ ……………… 梶川 達也

初恋が何人も居るクラス会 ……………… 清水 正弘

恋人（こいびと）

恋人の膝は檸檬のまるさかな（ひざ）（レモン） ……………… 橘高 薫風

木の多い町で恋人見失う ……………… 時実 新子

恋人の前でワントライを決める ……………… 小島 蘭幸

恋人にボタンはずしてもらう初夏 ……………… 松田 京美

こいびとになってくださいますか吽（うん） ……………… 大西 泰世

恋文(こいぶみ)

恋文を焼いて明日は嫁に行く……黒川　紫香
恋文の上でりんごを剝いている……赤松ますみ
恋文が展示されてる記念館……後藤　峯子
恋文を書けば黄砂が降りつづく……野田江実子
鉛筆であなたが見えぬ恋文よ……寺本　隆満

告白(こくはく)

あれは告白だったのか風騒ぐ……桑田　宏子
くしゃみして告白少し聞き漏らす……本間美佐子
告白の裏に青春飢えていた……伊福　保徳
私の告白苺食べつくす……新田ミチ子
文学に名を借り告白をしよう……田頭　良子

失恋(しつれん)

失恋の心を風が通り抜け……黒田　真砂
落丁にする失恋の一頁……村上　氷筆
失恋は蕾(つぼみ)ばかりのバラを買う……木村　隆
失った恋交番に届けよう……谷平こころ
お元気ですか乗りそこなった恋がある……前川　咲子

好き

好きだったなどと今ごろ言われても……福田 白影

第九唄うグループにいる好きな人……礒野 いさむ

ママが好きパパはおまけのように好き……松尾 馬奮

バラ切ってバラより好きな人を訪う……小山 翠子

好きだとよ言えずけん玉貸してやり……来島 暁子

情(なさ)け

老い独り人の情けの中に住み……山本 貞女

なさけうれしくきつねうどんにむせかえり……岩井 三窓

雪国へ紅い情けの明太子(めんたいこ)……樫谷 寿馬

みの虫のごとく情けにぶら下がる……田口 麦彦

どん底の情黙って手を握る……竹内 いつみ

初恋(はつこい)

初恋はみな美しい人でよし……平賀 紅寿

初恋忌 ひとり聴いてるブラームス……松田 浩子

初恋の糸をたどれば木の校舎……原 榮子

初恋やふたつなぎのサクランボ……伊藤 紀子

宇多田ヒカルのFIRST LOVEを聴く真昼……田口 麦彦

抱擁（ほうよう）

抱擁の背なで大文字が燃える……藤代　院潮

抱擁や池の蓮（はちす）は枯れいそぐ……時実　新子

抱擁のあと絞りきるマヨネーズ……笹田かなえ

抱擁の隙間（すきま）へ墜（お）ちる流れ星……若草はじめ

抱擁や　洋服たちもぶら下がる……吉田三千子

ラブレター

きっとある象形文字のラブレター……糸山好太郎

全集に載る文豪のラブレター……菖蒲　正明

切り札に来たラブレター残しとく……木寺　信博

ラブレターこの封筒のいい匂（にお）い……龍興　秋外

ラブレター書かぬ息子をはがゆがり……笹本　英子

医療・保健・福祉

遺伝子(いでんし)

遺伝子のことは言わずに子を叱る……谷口喜一郎

遺伝子解明パンドラの箱開けないで……由良 清子

骨一片DNAが語り出す……高田 羅奈

DNAこの子も好きな阿波(あわ)踊り……徳田かず子

DNAがはっきりさせる血の絆(きずな)……昌子 萬吉

医療(いりょう)

医療ミスのんびり寝ては居られない……山口千枝子

山紫水明救急病院には遠し……佐伯みどり

医療ミス以後病院を梯子(はしご)する……中田たつお

医療ミス医師もナースも軽くなる……大森 純子

伺(うかが)ってもよろしいですか誤診率……久田美代子

医療ミス

軽いいのちにされてしまった医療ミス……川添 歓一
医療ミスのニュースが寒い夜の個室……大野 主水
医療事故決死の覚悟要る注射（ちゅうしゃ）……宇賀 勇夫
バレたから医療ミスだと叩（たた）かれる……三上 博史
医療ミス神話は落ちて腕落ちて……仁田 敦子

老（お）いる

秋の中　象も一日ずつ老いる……天根 夢草
母も老い私も老いて愛し合う……和泉 誠子
三つ聞いて二つ忘れて老い進む……池下まごし
老いていく　うふふと笑い受け止める……水野亜希子
男老ゆ　そのたそがれの飼い葉桶（おけ）……古谷 恭一

介護（かいご）

介護する少し疲れてきた笑顔……田中 絹子
青春してますか介護をしています……瀬川 幸子
子の介護例え呆（ぼ）けても狂うても……吉岡れん子
介護する窓辺に音の無い花火……宮村ちよ路
老老介護蟬（せみ）の元気が今欲しい……新原 和子

介護保険(かいごほけん)

介護保険へお座りもお手もさせ……竹内寿美子
介護保険死語になるのか子は宝……河上　澄
介護保険甘い話にきっと罠(わな)……乾風　孝子
介護保険どうあろうとも妻の守り……鷹　大典
介護保険鯖(さば)の切身の薄明り……野沢　省悟

風邪(かぜ)

風邪引いただけでいくじのない独り……藤井　とよ
しんがりの風邪をまとめて母が引き……吉永　亜弓
玉子酒飲めば明日はなおる風邪……福家珍男子
中庸を通しときどき風邪を引く……宮本めぐみ
風邪の家族に石焼芋の笛が鳴る……田口　麦彦

紙(かみ)おむつ

輝いた過去を吸い取る紙おむつ……五十嵐亜沙
紙おむつにはしたくない四コマ目……松田　順久
世話される方も切ない紙オムツ……梶原　勝雄
紙おむつ老いの樹海がまだ続く……石田　明
人間を続けるための紙おむつ……園田樹洋史

カルテ

一枚のカルテ誤診はなかったか　安平次弘道

緊張感のたりない雨の日のカルテ　和泉　香

寡黙なる医師とカルテで向い合う　吉崎つとむ

横文字の長いカルテが気にかかり　松崎　酔柳

独乙語(ドイツ)のカルテ悪筆にて読めず…　河野　副木

癌(がん)

紅葉を正面に見る癌転移　織田不朽仁

ガン告知父の星座が揺れ動く　敷田　無煙

妻だから聞かねばならぬ癌告知　坂口　政子

ガン告知ポカンと昼の月が浮く　横澤あや子

おれはガン逃げも隠れもしまへんで…　廣瀬ゆたか

救急車(きゅうきゅうしゃ)

救急車下に下にの音でくる　岡村　信男

自分史は未完救急車が走る…　立山　高之

救急車うちの子供はうちにいる　冨士野鞍馬

間に合ってゆっくり帰る救急車　矢須岡　信

救急車命のドラマ今日も乗せ…　鈴木柳太郎

休診（きゅうしん）

本日休診趣味でヤマメを追っている … 犬童エツ子
休診に二日酔とは書いてなし … 太田　良子
いつでも貼れる臨時休診中の札 … 赤松ますみ
土日休診病気になるな怪我するな … 黒木　木水
学会につき休診の春霞（はるがすみ） … 田口　麦彦

薬（くすり）

七日分それまで治らない薬 … 小池しげお
惚（ぼ）けに効く薬本屋で買ってくる … 岩元　浅雄
何の薬ですか長生きの薬です … 柴田　午朗
置き薬ゆっくり効いて減っている … 中村　芳江
副作用軽くすむよう薬のむ … 久田美代子

車椅子（くるまいす）

車椅子押されて桜散る中へ … 細川　不凍
車椅子を押すのは僕のマリアさま … 沢田　清敏
良薬は孫が手押しの車椅子 … 北　　仁子
車椅子で叩（たた）く扉はみな厚い … 矢須岡　信
車椅子母の重さがまだ嬉（うれ）し … 平井　恭子

ケアハウス

流される雛よわたしもケア・ハウス……………………橘高　薫風

愛称はチーター祈りのケアハウス…………………………田口　麦彦

ケアハウス虹が見えたと口ぐちに……………………………高橋　寿子

横文字で素敵に見えるケアハウス…………………………朝妻　翠明

人生の旅路の果のケアハウス………………………………宮崎多喜子

献血（けんけつ）

献血に打算などない若い腕……………………………………佐久間初音

献血へはたちになった使命感…………………………………吉岡　圭治

献血すせめて五体へ血のジュース……………………………松尾　冬彦

献血車駅前広場和ませる………………………………………古賀　絹子

献血の帰りに出会う救急車……………………………………石井　青馬

告知（こくち）

ガン告知天より高い波にあう…………………………………平山　三鶴

病名を知らぬ振りして逝った父………………………………宮村ちよ路

死に急ぎさせてはならぬ癌（がん）告知……………………河野　副木

がん告知受けて三年日記買う…………………………………大古　立子

告知後のいもうとおもう向かい風……………………………松田　悦子

CTスキャン

CTのわが脳内もたそがれて ……………………………… 岩井 やよ
CTの胸のあたりがさわがしい ……………………………… 森中恵美子
CTスキャンホームドレスの中の羽根 ………………………… 橋本 祐子
CTに心の疵も暴かれる ……………………………………… 佐藤 崇
CTに夢の秘密が透けそうで ………………………………… 小野 重格

手術(しゅじゅつ)

母の眼に手術は光る物ばかり ……………………………… 川上三太郎
空間に文鳥飛ばす手術室 …………………………………… 時実 新子
手術台ひととき人を物にする ……………………………… 阿久沢廉治
献血の善意経過のよい手術 ………………………………… 菖蒲 正明
得心の笑顔で手術創閉じる ………………………………… 河野 副木

手話(しゅわ)

恋をした手話に弾みがついてくる ………………………… 大谷 祥子
手話二人愛が形で行ききする ……………………………… 恒吉 依子
手話交し神楽たのしむ二人づれ …………………………… 植杉 丈児
はじめての手話おかあさんありがとう …………………… 岡本 恵
真打へいよいよ弾む手話落語 ……………………………… 長谷川かつこ

シルバー

シルバー手帳私は少しあとにして…………	新原　和子
竹光を差してシルバーパス使う	速川　美竹
シルバーコーラスしっとり唱う恋の歌	辻　スミ
シルバーマーク楢山（ならやま）へ行く背は借りぬ	橋本　亜紀
シルバーに人気の医者は聞き上手	河合美絵子

痴呆（ちほう）

本日晴天　母の痴呆の少しすすむ	楢崎　進弘
ニコニコと痴呆の母は足（た）りている	西永美智枝
痴呆症手応えもなく今日も暮れ	水野　雅女
アルツハイマーうたかたの旅始まりぬ	寺尾　俊平
玉手箱開けた痴呆の祖母の笑み	西崎久美子

聴診器（ちょうしんき）

ご無沙汰（ぶさた）の方がよろしい聴診器	川村伊知呂
極楽の音は聞けない聴診器	木村　木念
フルムーンにまったを掛けた聴診器	上段　杉子
念入りに聴かれ不安な聴診器	桜井　子黄
聴診器外す主治医の顔を読む	本田　鋭雄

016

杖

杖になれますかと少女から問われ…………奥野　誠二
キャッシュカード魔法の杖の気配なし…………田口　麦彦
年金を杖に一人の米洗う…………泉　久令
白い杖風を磁石のように読み…………渡邊　蓮夫
馬鹿な目に遇ったと笑う松葉杖…………山崎　涼史

デイサービス

デイサービス茶髪かいがいしく動く…………由良　清子
デイサービスが帰るころには雨は止み…………本田　博子
デイサービスに行く老妻もネックレス…………吉田　湯北
デイサービス今日一日はハトポッポ…………中村　地青
デイケアは今度何日かがやく目…………坂中ふてる

点滴

点滴のゆっくり落ちる白い壁…………小島　萌
点滴が終わる菜の花畑かな…………なかはらいこ
点滴にワインボトルを吊るされよ…………大木　俊秀
点滴の高さで妻にいたわられ…………波多野五楽庵
点滴の滴と喋る生きている…………高橋　鬼焼

ドナー

輪廻転生ドナーになっていいですか ……………… 岩田真知子

新しいハートドナーの名は知らず ……………… 千葉加津子

ドナー登録神の心が棲んでいる ……………… 永石 珠子

死の美学生きる美学をドナーから ……………… 森田 清子

ドナー承諾家族もみんな潔い ……………… 河野 副木

ドナーカード

たまご割るドナーカードにある迷い ……………… 岡田 玖美

生死混沌ドナーカードは黄蝶の黄 ……………… 本多 洋子

ドナーカード持つほど勇気まだなくて ……………… 堤 亜美子

ドナーカードまだ心音が聞こえます ……………… 三浦 強一

ドナーカードがララバイを口吟む ……………… 松原 幸子

寝たきり

寝たきりの左手だけで背を拝み ……………… 青木ひかり

寝たきりの指がティッシュに届かない ……………… 佐伯みどり

寝たきりにさせたくなくて母叱る ……………… 岡村 洋子

寝たきりも長寿の数になるグラフ ……………… 堀口 辰子

寝たきりが恐くて今日も歩きます ……………… 北 信子

018

脳死

心臓死脳死と人は二度も死ぬ……………………池田　愛子

雑魚の輪がまだ歪んでる脳死論…………………伏見　清流

脳死など認めぬ温い温い母………………………谷口　弘

あんこうの脳死肝臓いらんかね…………………盛合　秋水

脳死論欲しい部品が山とある……………………上田　仁

のど飴(あめ)

春の序章へのど飴ひとつ所望する………………佐藤　幸子

のど飴が売れる悲しい街に住む…………………細川　聖夜

のど飴を貰いお喋(しゃべ)りまた続く……………………堀　さちこ

キレぬよう南天のど飴なめている………………田口　麦彦

のど飴を口に含めば遠い火事……………………なかはられいこ

バリアフリー

観光地バリアフリーも行き届き…………………山長　岳人

バリアフリーの街つばくろも低くとぶ…………古川　ときを

バリアフリーに躓(つまず)く足を笑えるか…………………真崎浪速子

バリアフリー目線優しくなってくる……………白勢　郁子

バリアフリーの手すり明日はわが身かも………横尾　京子

病院(びょういん)

病院は元気になって行くところ……………………………大倉なつ子
病院のさくら春歌が彼方より……………………………矢本　大雪
病院の匂(にお)いのままで逢(あ)いに行く………………野坂美智子
病院のベッドで終わる長寿国……………………………手嶋　吾郎
月がいま美しいよと老人病院から………………………永田　暁風

病気(びょうき)

南天へ瞳(ひとみ)しずかな病いの子………………………三牧　葵
体温計振って病気も追い払う……………………………野村　徹哉
休息をしろと病気が言ってくれ…………………………野原　圭佑
難病と組んでゲームが終らない…………………………中村　五酔
病人の笑顔のあとが静かすぎ……………………………大山　竹二

病床(びょうしょう)

病床で軽いおじぎをしたつもり…………………………岸本　水府
病床で粥(かゆ)なつかしく箸(はし)をとる………………山本　克夫
病床に群がる嘘(うそ)に労(いたわ)られ…………………神山　勢陵
癌(がん)病棟長い廊下といのちある………………………高屋三美代
病窓の外に他人の春がくる………………………………織田不朽仁

福祉

ヘルパー

障害の数だけ欲しい福祉の手 …………藤本　智子

アルミ貨を貯めて福祉の十二月 …………丹野　英助

細腕で薄い福祉の壁を塗る …………中後　清史

だんだんに福祉のアメが小さくなり …………小金井啓次

福祉課の窓で乾いた声をきき …………濱川ひでこ

タンポポのようなヘルパーさんが来る …………中野ふみ子

若くない友がヘルパー資格取る …………園田恵美子

おしゃべりもヘルパーさんの仕事です …………村上　功子

子は要らぬ話ヘルパー聞かされる …………吉岡　茂緒

ヘルパーさん来る日ぐたっとしておれず …………久田美代子

呆(ぼ)ける・惚(ぼ)ける

あざやかに呆けなん青き山はるか …………若島　一滴

少しずつ海へ向かって呆けてゆく …………金築　雨学

惚けたなら惚けたでよろし愛してる …………矢幡　寛

呆けるなと日本刀に睨(にら)まれる …………柴田　午朗

丸い背が過去を許して少し呆け …………茂呂　美津

保険(ほけん)

杖になる保険あなたに掛けている……堀 かず美
保険屋が私のいまを買いに来る……石田 寿子
癌(がん)保険使えていいな哀れだな……鳩野 宗夢
家持ったばかりに払う保険料……博多 成光
お隣の火事へ保険が切れている……高坂 照男

補聴器(ほちょうき)

補聴器はオフお隣りは女客……田尻 美学
補聴器を外して入るパチンコ屋……西山隆志郎
補聴器は風 おんがくを連れてくる……森田 栄一
補聴器が一番前で童話聞く……澤 啓司
補聴器をつければ何が聞こえるか……八坂 俊生

ボランティア

幸せと気付いてからのボランティア……宮村ちよ路
ボランティア笑い袋も下げてゆく……米沢 苦郎
ボランティア心の錦(にしき)だけで足り……日野 真砂
ボランティア指輪外して出かけます……大藪 布袋
わが家では何にもしないボランティア……江畑 哲男

ポリープ

ポリープ写す飛び出し絵本見るように……………織田不朽仁
沖はべた凪ポリープは良性だ…………………………中村登美子
良性潰瘍甘納豆を二つ購う……………………………細川　　静
ポリープの検査で貰う免罪符…………………………服部　談亭
ポリープを取って禁酒を一か月………………………藤原　一志

万歩計(まんぽけい)

新世紀しかと見届け万歩計……………………………小川　千年(アルゼンチン)
こころ待ち微熱続きの万歩計…………………………横関智恵子
丸ポスト一つ見つけた万歩計…………………………東川　和子
発見の毎日がある万歩計………………………………鎌田てる子
山頭火ほどは歩けぬ万歩計……………………………山本　光倫

看取(みと)る

看取らせた嫁に相続権がない…………………………一色美穂子
母看取る笑い忘れた日が続く…………………………乾　風孝子
父看取るこのひとときを神に謝す……………………上野　崇子
看取るのはわたし大事になさいませ…………………男武志津江
だんだんと喜劇仕立てになる介護……………………大嶋都嗣子

目薬(めぐすり)

目薬をさす父と居て風を聞く……三條東洋樹
何を見るのか目ぐすりが離せない……坂根 寛哉
妻は旅空眼薬が見つからず……小松原爽介
目薬を賜う忘我の恋の淵(ふち)……雫石 隆子
目薬もカラフルになる差し心地……植嶋 操

盲導犬(もうどうけん)

盲導犬信号を待つきれいな目……相田 博子
走らない盲導犬の使命感……上鈴木春枝
真っ直ぐに盲導犬が来る暑さ……黒川 紫香
のう三毛よ盲導犬を見て御覧……橘高 薫風
凛(りん)として盲導犬にある系図……伊藤 凡々

病(や)む

病みて長し仏像のごと拭(ふ)かれおり……橘高 薫風
靴音のなかのひとつを待って病む……宮崎 慶子
残り時間が一途(いちず)に走る病み枕(まくら)……平山 繁夫
人間が病む街が病む川が病む……大場 可公
銃の要るアメリカもまた病める国……伊藤とみお

リハビリ

リハビリの揺れているのは父の手だ	岩本　笑子
リハビリへ一歩一歩の玉の汗	石田　浩子
リハビリに出かけた山に取り憑かれ	井上　文子
リハビリの指をいっぽんずつひらく	弓削　和風
巻き戻すネジリハビリの長い日日	中村　地青

老後(ろうご)

老後など考えまいと日向水(ひなたみず)	田口　文世
わが老後のうめぼしの種しゃぶっている	野沢　省悟
マスコミよ老後老後と言わないで	原田　節子
補聴器でしっかり聞いている老後	内久保勝子
溶けぬようアイスなめてもくる老後	西川ほしみ

家族

兄(あに)

兄を呼ぶ橋の向こうに降る黄砂 ……清水かおり

妹にやさしい兄でまだひとり ……松丘 迷竹

喧嘩(けんか)した兄の電話を待っている ……原井 典子

幻聴のきざす兄あり桜山 ……吉田久美子

忘れ柿(がき)仏に近い兄思う ……園田恵美子

姉(あね)

寒卵(かんたまご)戦後貧しく姉逝かす ……泉 淳夫

散る桜姉の恋塚やすからむ ……片柳 哲郎

水鉄砲少年が射る姉の恋 ……斎藤 大雄

盆踊り姉の尻尾(しっぽ)を踏み続け ……峯 裕見子

火を噴いた島へお嫁に行った姉 ……古笹原芳子

家(いえ)		
ぬぎすてて家が一番よいという………岸本　水府		
家　出来ました　空から空が降りてくる……小宮山雅登		
男の家に赤い三輪車があった…………時実　新子		
真夜中に水飲むありがたい家だ……船津とみ子		
窒息をしそうな蔦の絡む家……………赤松ますみ		

遺族(いぞく)		
少年法　君が遺族でない話………………中島　和子		
マスコミに遺族と呼ばせ三回忌…………田口　麦彦		
葬祭場で親族一同お辞儀する……………吉田三千子		
遺族年金夫と共に生かされる……………安富　節子		
食いかねる遺族へ勲章贈られる…………三條東洋樹		

妹(いもうと)		
妹がみんな盗んで器量好し………………長井　紀子		
いもうとも兄の行方を口にせず…………森中恵美子		
妹に叱(しか)られているシャボン玉………………大家　北汀		
いもうとひとつの傘の中にいる…………児玉　浪枝		
いもうとの押す魔法瓶から銀河…………いとう　岬		

夫(おっと)

夫とは別のしあわせ生姜買う……北里 深雪
そういえば夫の禁煙続いてる……藤原 桜扇
夫より一日長い命乞い……田中ヨシ子
割烹着(かっぽうぎ)つけた夫を見直そう……袖木 奏子
夫の機嫌か妻の機嫌か にわか雨……東川 和子

弟(おとうと)

弟が好き 弟も姉が好き……平良航海子
ねむらすは三つちがいの弟よ……時実 新子
助太刀の距離に弟いてくれる……吉岡 龍城
弟にすこし大きい紙かぶと……逸見 監治
木登りはうまいが 弟はおとうと……木村 愛

おふくろ

おふくろへささやかながら籐(とう)の椅子(いす)……宮本 凡器
おふくろが元気ぽんやりしておれず……吉原 辰寿
おふくろの多弁故郷の雪のこと……矢須岡 信
おふくろの背中で聞いた赤トンボ……松本 小輩
おふくろの耳学問に叱(しか)られる……丸山 茂巳

鍵っ子

鍵っ子のはなかんでやる小雨の日……………………長谷川愛子
鍵っ子の寝顔に詫びる共稼ぎ………………………工藤よしを
空き缶を蹴る鍵っ子にある乾き………………………宮口 捨三
鍵っ子の輪投げ一つが淋しいね………………………杉野 草兵
カギっ子へ夕陽は赤く写らない………………………仲田 ミツ

家族

看取りする部屋の偽りなき家族………………………大和 柳子
計算の下手な家族の灯が丸い…………………………渡辺 静江
吉本の楽屋のような家族です…………………………小篠 早苗
茶の間からこれが家族という笑い……………………松尾 貞美
家族合わせはんぱな札が手に残る……………………近藤ゆかり

兄弟

虹を見る兄弟いつか肩を組み…………………………三條東洋樹
兄弟が寄るとおふくろ生きている……………………竹本瓢太郎
兄弟はよいものあくびして別れ………………………篠原 北斗
もつものをもって兄弟溝が出来………………………桑原 狂雨
賢弟に愚兄の意地が飲み負けぬ………………………吉岡 龍城

子

俺に似よ俺に似るなと子を思ひ……………………麻生 路郎

子の着く日弾むでもなく菊をきり……………………房川 素生

叱られた子が口笛をすこし吹き………………………東野 大八

足して二で割ればよい子が二人いる…………………本庄 快哉

子と帰るこの海妻と越えたりし………………………台信 碌郎

子離れ

子離れの椅子で海鳴り聞いている……………………山本 昭子

子ばなれのうすうすとむく桃の皮……………………山西 智子

子離れはすんなり小さい鍋を買う……………………山下みよこ

子離れができてひらひら蝶になる……………………鳩野 宗夢

子離れをしたはず電話かけてみる……………………松尾柳右子

三女

縄電車三女にもくる初潮かな…………………………浜田 玲郎

調剤室にこもる三女は薬大出…………………………礒野いさむ

不器用な夫婦で長女二女三女…………………………弓削 和風

楽しみな負けず嫌いの末娘……………………………平間 大恵

ジューンブライド鼻で笑って二女三女………………太田紀伊子

三男

三男は風を担いで 父系の眉……石丸 弥平

ふるさとを三男坊が逃げおくれ……尾籠 秋蝶

ウクレレを奏で三男恋を知る……森北三四郎

出おくれた三男坊が跡を継ぐ……平 みつの

結論が出て三男が親と住み……中山よしの

次女

次女嫁ぐ世界遺産のある町へ……礒野いさむ

ストッキングの伸びで見分ける長女次女……山口 新子

次女よお前もかセーターなど編んで……矢須岡 信

ユーモアを覚え泣かなくなった次女……桑原 伸吉

長女次女まだ鳴り出さぬ鳩時計……樋口由紀子

次男

餞別の封をすぐ切る次男坊……日下部舟可

雑草のような次男で親思い……みそのゆり

風鈴の位置へ次男の高さ借る……橋本 天吞

長男と次男の違う歩きかた……伊藤 重石

手こずった次男が傾く暖簾継ぐ……高橋 一枝

姉妹(しまい)

月の出へ鼻筋高き姉妹(あねいもと) ……三條東洋樹

姉妹会洒落(しゃれ)の通じぬ妻も笑む ……三岡一良

ねこじゃらしの嘘(うそ)に気づいている姉妹 ……樋口由紀子

老姉妹金襴緞子(きんらんどんす)ひろげては ……古谷恭一

土筆(つくし)つむいつか別れる姉妹(あねいもと) ……逸見 監治

主婦(しゅふ)

潮騒(しおさい)の部屋からひとり主婦作家 ……田向 秀史

スタジオの主婦は優等生ばかり ……小宮美奈子

迷いなど忘れて主婦は米をとぐ ……江藤 花泉

白白く干して主婦業にも誇り ……一色美穂子

主婦業とよぶ平凡にして非凡 ……内藤 凡柳

シングル

シングルライフ私を縛るのはわたし ……松永 千秋

シングルで生きる女が風を変え ……後藤 洋子

シングルマザーの作るカレーは三日分 ……山宮 貞資

シングルマザーもう男などあてにせず ……國清 佳子

少子化をなげくシングル評論家 ……半田 武彦

父(ちち)

問われぬと答へぬ父が好きになり……………………小田　夢路

遠くから父の背らしい植木市……………………………泉　　淳夫

父あわれ太田胃散(おおたいさん)が膝(ひざ)に散り……………………………時実　新子

父に秘あるがごとく　いまぞ夕日…………………………片柳　哲郎

生涯を無口な父の背に学び………………………………西村　在我

長女(ちょうじょ)

長女とは命令口調気付かずに……………………………廣瀬　秀子

悪役は皆引受けて長女なり………………………………秋元　てる

父のセットを抜け出す長女そして二女……………………常岡　光枝

長女の部屋の釘(くぎ)は抜かずにおいてある……………………岡崎　徹平

長女結婚ああ白無垢(しろむく)で笑いける…………………………寺尾　俊平

長男(ちょうなん)

長男の二字てくてくと風の街……………………………杉野　草兵

長男として雨漏りの家を継ぎ……………………………菖蒲　正明

正月を去る長男の一番機………………………………樋屋　鳴味

長男に生まれいい事ありますか…………………………天広　朱美

長男を縛る美田が少しある……………………………坂下　久子

妻

妻と書くときはうしろをふりむくな……定金 冬二

鬼灯へ妻は少女をとりもどし……渡辺 銀雨

戦友と呼びたい妻と幾山河……小泉 国男

わからないおんなが妻の中にいる……大橋 政良

妻元気車庫がガランと待ちわびる……伊藤 健

同居

同居する子を頼る日も憎む日も……池田 魔子

思いやり別居同居を考える……木村 健一

三世代同居晴れたり曇ったり……平山 三鶴

洗い物増えてうれしい娘と同居……小林はつ子

同居して時々惚けた振りもする……坂井美代子

独身

独身の強さ弱さを繰り返す……小倉 アサ

プランターで咲いているのは独身貴族……能仁 澄子

ひとり身を通した姉の笑いぐせ……高杢ふさの

独り身に困した余生の画布の彩……宮川 佳月

追伸にひとり身ですと書いておく……市村 姫子

肉親(にくしん)

にくしんが通る網戸のむこうがわ……なかはられいこ

芝居小屋をぐるりと囲む兄弟姉妹……樋口由紀子

父を憎み母を憎んで愛し抜く……安西まさる

肉親の再起を心細く思う……寺尾 俊平

骨肉のこわれやすきや砂糖菓子……宮本美致代

花嫁(はなよめ)

馬が嘶(な)き花嫁が来て火口が赫(あか)い……泉 淳夫

花嫁の半身(はんみ)に降らす不意の雨……伊藤 紀子

六月の花嫁となるあてもなく……早良 葉

花嫁の父花束の横で耐え……大場 可公

ジューンブライドされど沖縄最後の日……うつみ仙吉

母(はは)

今にして思えば母の手内職……岸本 水府

小包のこの結び目は母のもの……仲川たけし

母がいてこそのわが家の灯をかこむ……北川絢一朗

母がつくる巻ずしの具はあふれてた……吉岡 龍城

母と子がだまって母が折れてくる……桜井 六葉

人妻(ひとづま)

人妻とワイン春雷遠く聞く………………冨安清風美子
人妻が気にする昼の砂時計………………中村笑美子
友人の妻美しく年を取り……………………因幡　仁志
人妻へふんわり春の防火デー……………長沼　春雷
なわとびをする人妻に幸あれよ…………天根　夢草

夫婦(ふうふ)

ファミリー
ファミリーの名と軽薄に生きている……泉　　淳夫
ファミリーのドラマが低い屋根にある……小野　杏子
ファミリーレストラン込んでいる原爆忌……本田　南柳
ニューファミリーパパはパジャマがよく似合う……江畑　哲男
ファミリーの数だけ軒下に自転車………高橋　典子

頷(うなず)いただけで夫婦になりました……竹明なおみ
シーソーがときどき止まっている夫婦……本庄　東兵
船底の穴を夫婦でふさぎ合う………………鈴木　如仙
ああ夫婦おんなじ時に胃が痛む……………奥田みつ子
台風が来ると夫婦の気が揃(そろ)う…………山海　友煕

夫婦別姓（ふうふべっせい）

夫婦別姓月のかたちは日々新た ……………………………西川 富恵
夫婦別姓虹（にじ）は二人で追い馳（か）ける …………………………成田 孤舟
夫婦別姓どころではない屋根の下 ………………………高杉 鬼遊
夫婦の表札かけて春の家 ……………………………………八坂 俊生
別姓の夫婦が尾根ですれ違う ……………………………福島 久子

孫（まご）

孫と遊んで人間をやめる気か ……………………………矢須岡 信
初孫を抱かせてもらう手を洗う …………………………平井 都
米あるか野菜あるかも孫見たさ …………………………長谷川 晃
一日を笑い疲れて孫返す …………………………………平井 吾風
孫と手をつなぐといのち惜しくなる ……………………長谷川愛子

息子（むすこ）

振り向いたときの息子の背の高さ ………………………内田 典子
いただきますぐらい言えるだろう息子 …………………江畑 哲男
カエル殺さずに大人になる息子 …………………………伊藤 健
赤い糸探しあぐねている息子 ……………………………黒田 真砂
ケセラセラ 息子二人は嫁のもの ………………………高橋なみ子

娘(むすめ)

寿という字娘を連れて行く……………………宮本 凡器

ふつつかな娘が天下とっている…………………野坂 敬四

娘にも母の女が分かりかけ………………………越智 伽藍

妥協せぬ娘へ若き日のわたし……………………杉森 節子

娘の部屋を覗(のぞ)く背中を寒くして………………奥室 数市

嫁(よめ)

自動車も息子もこなす嫁がくる…………………白鳥 覚朗

ハイハイと同居の嫁に逆らわず…………………一色美穂子

嫁の座をおりて一日眠りたし……………………高田 和子

尽くしても産んでも嫁はまだ他人………………金澤 入道

朗らかな嫁で茶碗(ちゃわん)がよく割れる……………吉田 湯北

環境

置(お)き去(ざ)り

置き去りの自転車少しずつこわれ……社本　蛙子

置き去りの人形の瞳(め)と君が代は……藤原　和美

いつもわたしを置き去りにする雲だ……石田　明

置き去りにされたピアノでハトポッポ……内村　春美

置き去りにされないように群れにいる……北川クニエ

汚染(おせん)

真っ白に洗えば海を汚染する……岩井　澄子

釣り上げた魚に海の汚染聞く……井上　孝幸

人間に汚した水がはね返る……大古　立子

重油汚染日本海を攻めてくる……長谷川芙美女

大気汚染空気の缶詰が欲しい……宮崎　邦嘉

温暖化

温暖化に少し歯止めをペダル踏み………高橋　典子

冷房のオゾンで脳も温暖化………大島　脩平

温暖化雪が恋しくなってくる………仁田　耕一

海水が岬を食べる温暖化………春田　節夫

温暖化地球だんだん呆けてくる………川口　凡人

空気(くうき)

夕刊のない町空気うまい町………青木　勇三

たまに乗る自転車空気抜けている………名川　芳子

安らぎは空気のような君がいて………平岡ます子

空気だけ褒めて帰った分譲地………石井ユズル

気付かない妻と空気のありがたさ………阿世知美也子

公害(こうがい)

公害のひとつテレビのしゃべり過ぎ………中島　久光

目に見えぬダイオキシンの降る街だ………金澤　紀六

湖の祈りへ注ぐ僕らの汚水………奥山　晴生

公害の都会の縮図キャンプ場………堀　さちこ

ゆっくりと地球蝕(むしば)むフロンガス………馬場　光次

ゴミ

粗大ゴミなんかじゃないよ父さんだはりきっているのはゴミの収集車……高山まち子

ゴミの日に古いプライドひとつ捨て……田口　麦彦

ありがとうをゴミ収集に言い忘れ……渋谷美和子

分別のゴミの行方は知らぬまま……吉岡　茂緒

捨(す)てる

物捨てているから美しいおうち……高味八重子

捨てられて犬はリボンをつけたまま……高橋　繭子

うなだれて棄てられにゆく扇風機……織田　正吉

休田に捨てられている農の文字……井仲　泰生

ゴミの日にいつか私も捨てられる……野口きぬえ

花時計(はなどけい)

花時計動くともなく花ざかり……月原　宵明

花時計遅刻はいわぬ愛の街……伊藤　凡々

秋の陽に騙(だま)されやすい花時計……斎藤　大雄

駅前にいたずら好きな花時計……佐藤　良子

花時計ちょっと萎(しお)れて待ちぼうけ……田頭　良子

……脇　花子

水(みず)

　水を買う　遠くの森で樹(き)が倒れ………なかはられいこ

　神の杖(つえ)行く先々の水が澄む………北村　泰章

　名水と聞けばそうかもそんな味………村下ハルミ

　清らかな水をにごして生きている………井上せい子

　浄水器つけて対話に距離がある………内平登代子

メダカ

　故郷(ふるさと)のメダカを消したブルの音………吉田あゆみ

　選ばれてメダカにつらい宇宙酔い………山下　天平

　絶滅の恐れメダカに罪はない………金澤　紀六

　先頭を切ったメダカは藁(わら)になる………内平登代子

　遊ぶ子がいない里ですメダカ湧(わ)く………西村　半畳

季節

秋(あき)

ゆく秋を子なし夫婦の旅鞄(たびかばん)……………………近江　砂人

シャンソンも演歌もジャズも好きな秋………………………佐藤　良子

ブランコも静かに秋がおとずれる……………………………清原　理川

今はもう秋つぎ足せぬ命の火…………………………………田中　伯

晶子(あきこ)ほどの情熱はなし秋の冷え………………………………末村　道子

秋風(あきかぜ)

勉強をしろと子に吹く秋の風…………………………………村田　周魚

秋風に少女の髪が長くなる……………………………………渡邊　蓮夫

暑中見舞仕上げた時は秋の風…………………………………山地　和夫

ご身辺お察しします秋の風……………………………………牛田　東

秋の風すこうし金利乗せないか………………………………本間　光子

一月

一月

一月一日　少年の瞳に還る	後藤　柳允
一月一日わたくしに火を点ける	門脇かずお
凜凜といちがつの空低くあり	乙黒　初音
三が日終って夫婦だけの餅	小林由多香
一月がゆく快哉の記事もなく	酒井　路也

大晦日（おおみそか）

大晦日とうとう猫は蹴とばされ	川上三太郎
大晦日片づいていて用があり	岸本　水府
泰然自若踏切警手大晦日	椙元　紋太
飛ぶように私が売れる大晦日	福田　文音
ついに来たたった一人の大晦日	高山まち子

元日（がんじつ）

元日──暮る	川上　日車
元日の卓上日記晴とだけ	麻生　路郎
元日も働く人の背を拝み	三條東洋樹
元日のどこかで笑う声がする	後藤　梅志
お元日老醜枯淡紙一重	橘高　薫風

元旦(がんたん)

お元旦座るところへ座らされ……麻生　路郎

元旦と人間だけが思う朝……渡辺　真砂

元旦のポットはぬるいお湯が出る……安原　典子

元旦の日記希望の文字で埋め……天広　愛子

元旦の足音となる大鳥居……藪内千代子

九月(くがつ)

まんじゅしゃげは九月の花のその九月……時実　新子

カレンダーぱりっと九月過去にする……赤松ますみ

九月くる机上に少し本がある……松田　京美

京菓子の九月の色の花結び……瓜生　みね

クワガタが残る九月の虫売り場……中田たつお

五月(ごがつ)

五月かなものみな天をこころざす……前田　雀郎

蕗茹(ふきゆ)でるときに五月の匂(にお)いする……橋田呂久朗

悪妻に五月の街の香ぐわしき……安藤まさ代

朝焼けに光る五月のフラミンゴ……赤松ますみ

五月来る歯のない口をあけながら……倉本　朝世

歳時記(さいじき)

三月(さんがつ)

歳時記にそむく野菜が高く売れ ……………………… 榎本 雅之

歳時記を柩(ひつぎ)の母の手に持たせ ……………………… 津田 遥

歳時記を狂わす青い実が落ちる ……………………… 内久保勝子

歳時記の中で密会してみよう ……………………… 北野 岸柳

寺町の歳時記狂いなく巡る ……………………… 福岡 紫蝶

とても明るい三月の献血車 ……………………… 森中恵美子

三月も過去も黄色の味がする ……………………… 高井 美恵

宿題もなく三月の野を馳(か)ける ……………………… 井上 文子

三月は嬉(うれ)しい顔でする別れ ……………………… 桜井 長幸

三月になると校長胃が痛み ……………………… 石井 章

四月(しがつ)

階段に手すりに脈がある四月 ……………………… なかはられいこ

城に雲四月の町の古本屋 ……………………… 墨 作二郎

四月の炉囲む人事の裏話 ……………………… 窪田 善秋

あやふやな私が浮いている四月 ……………………… 小林恵美子

レシーブの姿勢で三月から四月 ……………………… 松下 放天

046

七月(しちがつ)

予言者の七月さざ波と過ぎる ……………………… 岡崎たけ子
七月の短いたよりよみかえし ………………………… 田中テル子
七月の空　私はとてつもなく自由 …………………… あきみはら
七月の星座に託す片だより …………………………… 住田英比古
七月の空なんとなくクリスタル ……………………… 久保田元紀

十一月(じゅういちがつ)

霜月の懐中深きたばこ銭 ……………………………… 大山　竹二
サドルから上げる十一月の腰 ………………………… 峯　裕見子
菊薫る十一月は忙しい ………………………………… 谷口秋之助
不採用十一月も既に過ぎ ……………………………… 手嶋　吾郎
明日のこと思わぬ菊の真っ盛り ……………………… 久保ひさし

十月(じゅうがつ)

十月はお祭り好きの青い空 …………………………… 水野亜希子
十月の音符に乗ってきた少女 ………………………… 泉谷喜代子
立ち止まれば曇天となる十月の家族 ………………… 楢崎　進弘
あれもこれも未遂で終る神無月(かんなづき) ……… 菱川　麻子
ノルマばかり貯(た)まって十月の受話器 …………… 加藤　浩嗣

047

十二月

十二月慌てることもなく慌て ……神田仙之助
遊びではない旅に出る十二月 ……越郷 黙朗
十二月半分聞いてお断り ……野村 圭佑
十二月末おごそかに生き残る ……唐沢 春樹
十二月首の重心狂い出す ……一戸 ツネ

正月

正月の乏しき餅の円さ愛ず ……三條東洋樹
しろい歯をした正月の神さまたち ……尾藤 三柳
お正月どちらでもよい猫の顔 ……田中 明治
凡人としてありがたい寝正月 ……橋本 天呑
正月もいつもの餌でいいペット ……久場 征子

夏

パンの耳分けた防空壕の夏 ……みそのゆり
夏を待つ洗いざらしの白いシャツ ……石田 穂實
花の首みんな疲れて夏おわる ……松田 京美
夏の日の熱気からだに溜めて生く ……井上 博子
毒だみ草夏を忘れず咲いている ……末村 道子

二月 (にがつ)

如月の街　まぼろしの鶴吹かれ …………泉　　淳夫

声あげて愛されそうになる二月 …………石田　　都

生きねばと思う二月の日本海 …………山倉　洋子

二月なり葱は豊かに甘くなる …………白藤　　滋

春遠く二月は人の死に易し …………高橋　繭子

八月 (はちがつ)

八月の海へ魚になりに行く …………阿野　文雄

八月やドライヤーから風がくる …………田口　麦彦

あいまいな国歌　八月は叢の中 …………酒谷　愛郷

八月の舞台は祈りから開ける …………定本　広文

八月の雲少年も老いにけり …………本田　南柳

八月十五日 (はちがつじゅうごにち)

かげろうに八月十五日が揺れる …………大野　風柳

八月十五日まっ白い飯盛ってある …………田向　秀史

バリカンは錆びて八月十五日 …………古谷　恭一

JAL ANA JASならぶ八月十五日 …………田口　麦彦

まだ釘が抜けぬ　八月十五日 …………北野　岸柳

花便(はなだよ)り

会うこともない人からの花便り……原井 典子
背を向けた故里(ふるさと)からの花便り……鳴海 れい
紀子さまのママになられる花便り……古里イツ代
花だより避けて通れぬ花粉症……富沢理貴子
ふるさとの弾んだ声で花だより……野村 敏子

春(はる)

びろうどに手を置くごとく春が来る……寺尾 俊平
少しずつ春の音する異人館……前川千津子
春暁の子の部屋に鳴る鳩(はと)時計……三條東洋樹
春の一日洗濯をして終る……小出 智子
春がきた 新曲ふたつチェックする……西川ほしみ

冬(ふゆ)

勝者にも花道はない核の冬……石原 伯峯
大根がおいしいだけで冬が好き……大木 俊秀
玉乗りの指先しんとしんと冬……時実 新子
去る者は追わず冬には冬の雲……浜口 剛史
貧しさの順に凍てつく冬の街……斎藤 大雄

050

六月(ろくがつ)

六月となるや木綿の肌ざわり ……………… 前田　雀郎
六月某日雨情温顔辻(つじ)地蔵 ……………… 住田英比古
約束もうきうき六月の受話器 ……………… 田頭　良子
信じるってうれしい　六月の木綿 ……………… 畑　美樹
苔(こけ)むして六月の石息をする ……………… 新井　愁思

教育

いじめ

「坊ちゃん」のクラスにいないいじめっ子 …… 菅井　京子
なで声で姿を変えて来たいじめ ……………… 田頭　良子
見ぬふりも風もいじめの共犯者 ……………… たかもりみち
いじめなどしないよ小麦色の肌 ……………… 板谷　明子
いじめには無力わが師の恩を恥じ ……………… 菖蒲　正明

051

絵本(えほん)

絵本読む母と子がいて春うらら……石川　照子

絵本には夕日　絵本には朝日……渡辺　和尾

苦しくてひらく絵本の夜のペリカン……檜崎　進弘

熱気球やがて絵本の空にする……栗原　花丸

馬に翼ある絵本ばかりを買うな妻……田中　博造

教え子(おしご)

教え子の手のやわらかし桃の花……北村　泰章

教え子に貴女(あなた)と書いて気がとがめ……菖蒲　正明

教え子の乳房がふたつずつ笑う……江畑　哲男

戦艦大和(やまと)に教え子がまだ乗っている……丸山　貞春

教え子はみんな可愛い出来不出来……多伊良天南

教える(おしえる)

湯漕(ゆぶね)での父よくこたえよく教え……梶元　紋太

カステラの紙も教えて子を育て……岸本　水府

学校の続きは塾で教えます……広瀬　反省

ひとの子を教え我が子は持て余す……坂倉　秀樹

三日月が教えてくれた水溜(みずた)まり……上原美佐子

学級崩壊(がっきゅうほうかい)

学級崩壊無力を嘆く免許状 ……………… 菖蒲 正明

学級崩壊タケダテツヤが好きになり ……… 荻原 柳絮

学級崩壊あわれな話聞かされる …………… 赤星 一竿

不登校の理由を机は知っている …………… 牧 修一

私語徘徊これはちびっこギャングだな …… 田口 麦彦

学校(がっこう)

学校崩壊小川のメダカの社会にも ………… 菖蒲 正明

学校で叱られたのを母知らず ……………… 岸本 水府

子を死なし学校に子の多いこと …………… 麻生 路郎

小学校に土の匂いを嗅ぎに行く …………… 森 由朗

学校の枯野が見えるレントゲン …………… 片岡 玉虫

カルチャー

妻はいまカルチャーにいる目玉焼 ………… 小松原爽介

カルチャーの講師ちょっぴりいい男 ……… 田口 麦彦

カルチャーでカラフルな夢膨らます ……… 野木 尋子

年金の枠でカルチャー闊歩(かっぽ)する ………… 久野志奈子

カルチャーの妻が煮豆を置いて出る ……… 保木 寿

053

記憶(きおく)

新聞少年だった記憶の中の君……馬場　明子

それぞれの記憶が違うモンタージュ……太田ヒロ子

通過駅ばかり記憶の中に置き……佐藤　美文

少年の記憶に花火鳴りやまず……高杢ふさの

戦陣訓記憶鮮やか父八十路(やそじ)……池田　愛子

帰省(きせい)

一本の樹を見るために帰省する……安西まさる

帰省子の夢聞いている秋の天……羽田　国子

試すこと忘れた父を見る帰省……伊藤　健

帰省した子の長髪へ父無力……菖蒲　正明

一番に母さんと呼ぶ子の帰省……大畠美津子

教育(きょういく)

叱(しか)り飛ばすのも教育だ知ってるか……矢須岡　信

教育のおもしろ軽い人づくり……木下しげる

性教育うちもしたことありません……高谷　梵鐘

人間先生教育ママに頼りない……野谷　竹路

椅子(いす)のうえデス・エデュケーションの本積んで……津村　英治

教室

教室に皆鼻のある顔ばかり……………岸本　水府

教室に貼るものがある参観日……………野谷　竹路

教室で見せる土筆を摘みに行き……………菖浦　正明

きみたちがいた教室を忘れない……………松井　文子

教室の花瓶が悲しみを誘う……………青木　勇三

クラス会

クラス会それぞれが抱く私小説……………野谷　竹路

悪がきが居たから続くクラス会……………竹田　光柳

思い出を編み直してるクラス会……………斉藤由紀子

米寿の師囲んで喜寿のクラス会……………皆川　理富

クラス会思い出遊びして帰る……………浅木　邦子

校歌

甲子園で聞くとなかなかいい校歌……………苅谷たかし

一球が狂い校歌が逃げて行く……………撫尾　清明

同窓会校歌は二節目で途切れ……………和田遠矢太

美しい川が校歌にまだ残り……………早川　双鳥

校歌には音痴も惜しみなく歌い……………鷲見　汎人

055

合格

合格のいちにち笑うことばかり……………………泉　比呂史

合格発表札束もって上京す………………………上松　瓜人

合格の人は桜を見にこない………………………内田　順子

神様は留守でなかったサクラサク………………原田のぶこ

合格をして番号に凶はなし………………………姥谷　鉄也

校舎

雨もりの校舎で聞いた民主主義…………………富澤ひろし

蟻の闘争は永遠に　円形の校舎…………………大島　　洋

廃校を知らずに記念樹が芽吹く…………………加藤　角市

木造の校舎にひびくハーモニカ…………………古角　尋子

学徒動員悲しかったという校舎…………………石神　由子

校長

校長の白手袋と浮いている………………………藤原　和美

校長に習うと少し違うなり………………………岸本　水府

校長が聞く君が代の鎮魂歌………………………菖蒲　正明

校長を坂の途中で見失う…………………………大友　逸星

いじめなどないと校長いい気なり………………児玉　正良

試験(しけん)

定刻は過ぎてマイクの試験です……………………岸本　水府

試験攻め広い校庭などいらぬ……………………菖蒲　正明

試験場孤独同士が列になり……………………大澄泰次郎

業者テスト十五の春をもてあそび……………………江畑　哲男

入試パスやっと戒厳令が解け……………………吉永　亜弓

躾(しつけ)

一円の価値を粗末にする躾……………………手嶋　吾郎

島で会う中学生のよい躾……………………菖蒲　正明

躾する手を使えない親ばかり……………………西岡ひろし

玄関に躾正しい小さい靴……………………里中　秋泉

躾まだ未熟のままで娘が嫁ぐ……………………森　哲子

塾(じゅく)

塾通いアリスの世界は覗(のぞ)けない……………………窪川さつき

ランドセル置けば待ってる塾鞄(かばん)……………………達谷窟信子

学習塾遊び足りない子で溢(あふ)れ……………………加賀美文子

塾戦争寺子屋式が生き残る……………………吉田　純造

夕やけ小やけ子供はみんな塾へ行く……………………守先　伸子

宿題

宿題にしておきますと座をはずし……松本　波郎

宿題が親の能力超えてくる……大谷幸次郎

宿題を残して秋は深くなる……中野　義一

うつむいて宿題出来てないんだね……原田のぶこ

宿題はやったかと子にせかされる……菅　眞智

生涯学習

生涯学習今日は東へ明日は西……山内きよし

生涯学習卒業知らぬペンを取る……本阿弥光敬

生涯学習ボケが恐くて精を出す……浜野信一郎

フリーターです生涯学習しています……中山おさむ

ページの端に生涯という口笛よ……山部　牧子

成績

成績は言わず卒業おめでとう……藪内千代子

成績に触れると眠くなる息子……望月　和美

成績でころころ変わる家族の目……山田　恭子

ソックスも成績表もずり落ちる……高原まさし

成績の順に尋ねる参観日……橋本征一路

制服(せいふく)

セーラー服わが青春の真ん中に ……犬童エツ子

憧(あこが)れの制服偏差値が着せぬ ……河上 澄

制服を出して昨日の夢を見る ……太田 一徳

制服で心の歪(ゆが)み直します ……向 智明

制服に乳房収めて秋に入る ……江畑 哲男

先生(せんせい)

先生も少し重たい世界地図 ……川上三太郎

先生と呼ぶと四五人振り返り ……志水 剣人

先生になる水泳の一夜漬け ……菖蒲 正明

先生が好きな授業にしてくれた ……柿山 紘輝

処方箋(せん)書く先生も酒が好き ……八木 蛙生

卒業(そつぎょう)

卒業記念に割ることはない窓ガラス ……菖蒲 正明

卒業が間近で揺れる青レモン ……谷内 一枝

卒業の謝辞に二十一世紀の抱負 ……佐藤 圭柳

卒業でちぎれた恋の青ぶどう ……下村小啄木

卒業のない人生の長い旅 ……海老原菊男

大学(だいがく)

掃いて捨てるわけにはゆかぬ大学出 .... 桜井 千秀

大学出ばかりで坂が混んでいる .... 松田 順久

大学におたまじゃくしのまんまの子 .... 蒔苗 果林

大学を出たらレールが消えていた .... 高橋 正雄

大学へやれなんだ子の社会観 .... 上野十七八

通信簿(つうしんぼ)

通信簿で処刑をされたちちとはは .... 矢須岡 信

どれどれと孫の通知簿廻(まわ)し読み .... 車田 和江

通信簿だけが重たい下校道(げこうどう) .... 江畑 哲男

通知表元気な子だと誉めてある .... 菖蒲 正明

通知簿のどちらもおなか痛めた子 .... 笹本 英子

机(つくえ)

ものを書く机二尺の愉(たの)しさよ .... 川上三太郎

若き日のリンゴ箱から机好き .... 時実 新子

小さい机だが体温を持っている .... 田頭 良子

机には引き出しがあり未来まで .... 渡辺 和尾

子の机嫁いだ時のまま残り .... 名川 芳子

晩学(ばんがく)

晩学のわたしのための机買う……………………………阿久津千鶴

晩学の小六法を繰る灯(あ)り…………………………………田口　麦彦

晩学の視野を広げるボールペン………………………久田美代子

晩学の辞書がくすぐる脳の襞(ひだ)………………………乾　　和郎

晩学の辞書から学ぶレトリック………………………佐々木森哉

不登校(ふとうこう)

その訳は誰(だれ)にも言わぬ不登校…………………………森田モモ子

崩壊の予知ではないか不登校…………………………西　ひろ子

苦しみは僕しか知らぬ不登校…………………………真鍋　菊甫

百合芬々(ゆりふんぷん)　不登校児の応接間…………………………江畑　哲男

鉛筆の芯尖(しんとが)らせて不登校……………………………小林陸奥美

偏差値(へんさち)

偏差値の残したものは何だろう………………………坪田イサ子

偏差値でメダカの列が乱れ出す………………………池下まごし

偏差値の高い玉のみ磨かれる…………………………江畑　哲男

偏差値は低いがみんな親思い…………………………稲村　五郎

偏差値をどこまで拒むかたつむり……………………佐々木葭夫

母校（ぼこう）

カプセルを埋めて母校が消えていく　　　　上甲　満男

母校しのぶ雪の異国の赤煉瓦（れんが）　　渡辺さかえ

ビルの谷間でどんどん痩せていく母校　　　山河　舞句

生徒減父の母校のあとのビル　　　　　　　礒野いさむ

伝統の一戦母校の名に賭ける　　　　　　　石森　鮮紫

マナー

自転車のマナーを誰（だれ）も教えない　　青木　勇三

洋食マナースープに揺れるイヤリング　　　高橋久美子

パトカーの前を走っているマナー　　　　　宮森もりじ

名門校車内マナーは教えない　　　　　　　秋田　利恵

新世紀託す二十歳（はたち）のこのマナー　乾風　孝子

学ぶ（まな）

夏季講座古稀（こき）にも学ぶことがある　礒野いさむ

指先の執念触読を学ぶ　　　　　　　　　　吉岡れん子

学ぶことまだある老いの虫眼鏡　　　　　　伊川トシエ

月光は蒼（あお）く英単語のかすれ　　　　江畑　哲男

校長も生徒と同じリンゴかく　　　　　　　長谷寺てふ

マニュアル

マニュアルの破れをつなぐセロテープ ……… 伊藤 美幸

マニュアルに挿(はさ)んだ栞(しおり)進まない ……… 野村 賢悟

マニュアルを無視して明日を組み立てる ……… 中山おさむ

マニュアルを電話帳ほど持っている ……… 川崎まさみ

マニュアルは立派心の螺子(ねじ)緩む ……… 金澤 入道

ランドセル

ランドセル背中に合ってくる五月 ……… 村上佳津代

妹にまださわらせぬランドセル ……… 真鍋美智子

ランドセルげんげ畑をもう帰り ……… 逸見 監治

ともかくも光り輝くランドセル ……… 久田美代子

ランドセル背負った日から敵味方 ……… 金子 晃三

行事

鏡餅(かがみもち)

鏡餅重し本家の事始め……………金泉 萬楽

鏡餅毀誉褒貶(きょほうへん)にかかわらず……………奥田 白虎

言い合いも愛の固さか鏡もち……………瀬川なほこ

鏡餅家具の谷間でかしこまり……………佐々木京子

生きている悦(よろこ)びがある鏡餅……………瀬口 安彦

勤労感謝(きんろうかんしゃ)の日(ひ)

隠居して勤労感謝の日を忘れ……………池田 史郎

勤労感謝の日も働いて管理職……………田口 麦彦

休耕田あって勤労感謝の日……………芳野 村雨

勤労感謝の日も上天気野良着着る……………武智 武子

新嘗祭(にいなめさい)といってお歳(とし)のほどが知れ……………藤田千代子

064

クリスマス

クリスマスお寺はとうに寝てしまい……西島 ○丸

イエス様は信じないけどクリスマス……仁賀 俊雄

クリスマス近くになるといい子だね……小野田美智子

待たされた受話器で聖歌聴いたイブ……竹田 光柳

クリスマスカード平和な雪が降る……星野 かよ

敬老(けいろう)の日(ひ)

敬老の日くらいは顔を見せに来い……矢須岡 信

以下同文敬老の日の祝辞……宮本 礼吉

敬老日だけの福祉がめぐり来る……浜中 春代

敬老の日によく売れるちゃんちゃんこ……菅 晴見

敬老日すんで安らぐ元の位置……折井 一恵

鯉(こい)のぼり

鯉(こいのぼり)幟たためばぬくい息を吐き……延原句沙弥

一匹で泳いでみたい鯉のぼり……大家 北汀

無機質の団地をのぞく鯉のぼり……柳田みずき

日本男子この家にいる鯉のぼり……木塚 秋子

鯉のぼりまたこの国が好きになる……新家 完司

こどもの日

お母さんはよごれよごれてこどもの日 　　　　　　岸本　水府

なんとなく河馬の母子もこどもの日 　　　　　　橘　　薫風

弱虫も五月五日は強かりし 　　　　　　　　　　住田英比古

子供の日親さそわれて潮干狩り 　　　　　　　　村田　陽子

こどもの日母の日五月って嫌い 　　　　　　　　庄司登美子

四月馬鹿(しがつばか)

四月馬鹿ほどよく春へ馬鹿になる 　　　　　　　渡邊　蓮夫

目の前の風を見ている四月馬鹿 　　　　　　　　大西　泰世

身の内に狸(たぬき)が動く四月馬鹿 　　　　　　関　　水華

いと底を洗うあしたは万愚節(ばんぐせつ) 　　　桑野　晶子

恋人の名はチャップリン四月莫迦(ばか) 　　　　辻　　スミ

終戦記念日(しゅうせんきねんび)

敗戦日分水嶺(ぶんすいれい)のごとくあり 　　　橘高　薫風

石垣にまっすぐ立てる終戦日 　　　　　　　　　青田　煙眉

終戦忌ガラスの兵が溶けてゆく 　　　　　　　　斎藤　茂生

戦争を知らぬ教師の終戦日 　　　　　　　　　　上本　年久

米櫃(こめびつ)へ消えた着物の敗戦忌 　　　　　上田喜和子

成人の日

成人の裸身をつつむクレジット……常盤　諧介

成人の日から禁煙すると決め……伊豆丸竹仙

青い樹がはたちの胸に折れたまま……平賀　胤寿

成人式時を止めたい娘の晴着……瀬口　安彦

一票に見える成人式の顔……末光也寸絵

川柳忌

九月二三日
(一七九〇)

川柳と号ず其の他に伝はなし……井上剣花坊

川柳や　その名は柄井八右衛門……阪井久良伎

川柳忌かざる言葉のありやなし……村田　周魚

朱点打つ面影柄井八右衛門……岸本　水府

七草や風も仲間の柳翁忌……脇屋　川柳

父の日

びわの実が色づく父の日はしずか……畑山　美幸

平凡でよし父の日のメッセージ……日下部舟可

父の日に父在るごとく酒を買う……大和　柳子

父の日が来ると一日父となる……蔵多　李渓

大きな滝になろうと思う父の日に……橘高　薫風

花火(はなび)

音もなく花火のあがる他所(よそ)の町 ……………… 前田　雀郎
花火黄に空の重心全く西 ……………………………… 大山　竹二
花火の群の幾人が死を考える ………………………… 時実　新子
花火果つもとの闇(やみ)より深き闇 ………………… 石田　明
手花火の尽きて悲しい貌(かお)をあげ ……………… 脇屋　川柳

母の日(ははのひ)

母の日はひとり遊びの聖五月 ………………………… 久場　征子
母の日の母はやっぱり台所 …………………………… 西島　○丸
母の日の花特別な香を放つ …………………………… 鈴木　清子
母の日を知らぬ時代の母が好し ……………………… 江口　東白
クロネコが来てペリカンが来て母の日よ …………… 田口　麦彦

雛祭り(ひなまつり)

ひな祭り童女にもどる灯をともす …………………… 一鬼ふく世
人恋えばあわき彩(いろ)もつ雛あられ ……………… 森中恵美子
母に母あってこの家に雛かざる ……………………… 小野寺令子
ひな納めはなればなれの姉妹(あねいもと) ………… あべ　和香
流し雛闇(やみ)を信じるほかはなし ………………… 奥田　白虎

890

文化の日

長生きをするも一芸文化の日……北村　土筆

文化勲章人間いやになる頃に……麻生　路郎

パチンコでとっぷり暮れた文化の日……鈴木内午郎

鍵盤に十指のはずむ文化の日……稲葉　好子

蝙蝠の冬眠できず文化の日……野村　だ骨

祭り

祭り以後男に一日が長い……牧浦　完次

肩車してお祭りの父となる……青野平一郎

お正油が焼ける日本の祭りだな……増田　鬼祥

鏡割りからお祭りが動き出し……橋本　天呑

祭りずき戦いずきの蒼い星……佐伯みどり

メーデー

祭りいてメーデーの旗たたむ……渡辺　貞勇

メーデーがおわってもとのつとめ人……田口　麦彦

腕を組むメーデーもはやらない……児玉　正良

中流のメーデー牙も爪もなく……大石　鶴子

五月一日の列横切って逢いに行く……外山あきら

経済

商(あきな)い

行商の財布小さくしかとあり……………………川上三太郎

盃(さかずき)が知る商いの点と線………………………濱田　良知

水槽の金魚商談など聞かず……………………蔵多　李渓

両隣りビル化もなんの小商い…………………秋本　栄一

商談をまとめる酒を注いでいる………………松田　順久

遺産(いさん)

ていねいに世界遺産を掃いている……………牧浦　完次

ドシャ降りへ流し切れない負の遺産…………平山　三鶴

遺産数億　柱時計が止まっている……………安藤富久男
　　　　　　　　　　　　　　　　　　　　　　ブラジル
子に残す遺産がわりの日本語…………………大城戸節子

柿(かき)の種(たね)遺産相続人になる……………………松永　千秋

一円(いちえん)

一円が違い銀行夜の灯(あか)り……………………富安清風子

一円貨のいのちを拾う小商人(あきんど)……………川俣 喜猿

一円のような私で役に立つ………………………西 美和子

一円を誰(だれ)が拾うか見てやろう………………渡辺 涼

使わない一円玉を溜(た)める瓶…………………寺川 弘一

市場(いちば)

たこ焼きを一番上に市場かご(かご)……………………岸本 水府

幻と暮らして提げた市場籠………………………時実 新子

青空市場今日も曲がった胡瓜(きゅうり)買う……………京 小町

くださいください顔上げて言う魚市場………畑 美樹

フリーマーケット鬼も仏も売り切れる…………小林 有子

金(かね)

金で済むことをさびしく聞いている………………前田 雀郎

金貸したばかりに友が一人減り…………………大嶋 濤明

金欲しと小さき湧水みつめおり…………………時実 新子

しあわせは金ではないが金が要り………………小田島無郎

金のなる木へまっすぐ伸びるけものみち………阿野 文雄

株(かぶ)

山一の推奨株を持ったまま ……………………近藤 秀方

株情報持っていればの話なり ……………………中澤 巌

四季報は雨雨自分への投資 ……………………松本 藍

わたくしが買った株だけ値が下がり ……………………西 美和子

ケーブルテレビで市況を追うて古希の財 ……………………礒野いさむ

給料日(きゅうりょうび)

給料日までの千円札を折り ……………………弘兼 秀子

数字だけ貰(もら)って帰る給料日 ……………………青枝 鉄治

みな保守の顔にかえって給料日 ……………………川西 忠義

ガスの火が揃(とも)って点る給料日 ……………………原田 健二

定年も見えて月給日を数え ……………………山長 岳人

銀行(ぎんこう)

銀行に関(かか)わりのない本の嵩(かさ) ……………………森中恵美子

寝返りの上手な銀行の扉 ……………………中島 和子

銀行の眼鏡で残高確かめる ……………………樫谷 寿馬

三時過ぎると銀行が秘密めく ……………………石田 都

銀行出て背骨しづかに傾けり ……………………安藤 亮介

財産(ざいさん)

財産はなかった父のデスマスク　　　　　三條東洋樹

財産のリストに友の名をふたり　　　　　　弘　伽羅子

分けるほどない財産で平和です　　　　　柳沢たきお

熟練という財産を軽んずる　　　　　　　本田　南柳

私財投げ打つ何と素敵な言葉だろ　　　　高橋こう子

札(さつ)

壱万円種もしかけもなくて消え　　　　　小林　暁子

帯封があるから札が重くなる　　　　　　塩見　草映

札束を握って傷を深くする　　　　　　河合美絵子

札束が正面にある逃げられぬ　　　　　　中村　安重

知らぬようで母が知ってる札の価値　　　荻原　柳絮

シール

半額のシールひたいに貼られそう　　　　丘野　　旭

はがれないシールに遠い日の想(おも)い　　太田紀伊子

お買い物シールを台紙に貼る　曇り　　なかはられいこ

修正のシール一度は剝(は)いでみる　　　河合　克徳

鉄腕アトムのシールを貼ったことがある　田口　麦彦

春闘(しゅんとう)

ベアゼロに温度差がありビルの部屋 ……………… 佐藤 一夫

ゼロひと字印刷ミスと思いたい ……………… 小沢 成一

賃上げの願いをこめて夜明け待つ ……………… 矢野 富男

春闘のこぶしも振れぬ小企業 ……………… 小笹 松子

表情の堅さ労使のものわかれ ……………… 福島 郁三

消費税(しょうひぜい)

消費税固い尻尾(しっぽ)になりました ……………… 大石 鶴子

消費税増税鴉(からす)がカァと鳴く朝に ……………… 野沢 省悟

夫婦お揃(そろ)いについてくる消費税 ……………… 小松原 爽介

生かさぬよう殺さぬように消費税 ……………… 安藤 紀楽

わたくしの強さを試す消費税 ……………… 片山 登志男

税(ぜい)

よく病気したので税が還付され ……………… 永藤 弥平

税金にとられた土地のよもぎ摘む ……………… 野沢 大漁

生きている証納税通知来る(あかし) ……………… 中村 信柳

無税です大きな息をしてみよう ……………… 小林 妻子

税金を納めてここが現住所 ……………… 永井 玲子

074

税務署(ぜいむしょ)

丁寧な税務署ながーい待ち時間……後藤　博行

税務署で切り刻まれた交際費……大西　貞子

収入の無さ税務署で自慢する……山下　寛治

税務署へお勤めへへえそうですか……安藤富久男

税務署が笑ってくれてホッとする……古澤蘇雨子

通帳(つうちょう)

通帳に恥ずかしそうに付く利息……山田　散水

銀行のタオルに負けた預金帳……平田　朝子

喜寿近し中途半端(はんぱ)な預金帳……小池しげお

他人には見せぬ通帳持っている……川田　昌子

通帳に孤独も貯金しています……柳田みずき

倒産(とうさん)

不渡りを出したその夜の野球拳(けん)……前田　伍健

倒産にもう印税がもらえない……礒野いさむ

倒産を知らぬ看板南向き……荒砂　和彦

倒産の店ボンボリにまだ残る……柴山　省市

水清くホテルは閉鎖して久し……渡辺　一九

年金

年金は聞くな十石二人扶持 ……………………… 中村　地青
年金の証書の裏の細い道 ………………………… 宮本　福心
年金へすまない芝居見ています …………………… 田頭　良子
年金に死ぬほどでない飢えがある ………………… 荒巻　重義
見栄はもう止せと年金証書くる …………………… 濱野　奇童

バブル

世紀末バブルの果てを寒く見る …………………… 野谷　竹路
バブル崩壊土地成金を道連れに …………………… 岩元　浅雄
バブル以後あわだち草は住みなれる ……………… 岸本　吟一
バブル期に買うた絵だけが苦笑する ……………… 高田佳代子
地に伏してバブルのツケを遣り過ごす …………… 高橋里江子

ビッグバン

ビッグバン愛の無い手を握り合う ………………… 佐藤啓四郎
ビッグバン午後三時には扉がしまる ……………… 田口　麦彦
ビッグバンへ還り着けるか濡れ蝶よ ……………… 松本　　仁
ビッグバンの風ひしひしと十二月 ………………… 中田たつお
危機感がなくて怖さのビッグバン ………………… 地島　　徹

百円ショップ

貧(ひん)

百円の癒しを売っているお店 …………竹下勲二朗
百円ショップで見たことがある記念品 …………田口 麦彦
百円ショップ毎度買上げ二千円 …………古賀 絹子
百円ショップで買った時計が狂わない …………池田 史郎
物余り百円ショップが面白い …………山長 岳人

貧乏(びんぼう)

社会鍋くらいで貧は救はれず …………井上剣花坊
木のぼりの劣りしままにいまも貧 …………大山 竹二
悪魔の掌はらい貧者の列にいる …………塩飽 博柳(ブラジル)
清貧の幸せばかり神が説き …………竹田 光柳
清貧をここにたてがみ光らせて …………矢須岡 信
貧乏を子もうすうすは知っている …………川上三太郎
貧乏にワイシャツの白菊の白 …………椙元 紋太
貧乏のまっただ中の子守り唄(うた) …………山本 康子
貧乏も中位だし薔薇(ばら)を褒め …………今泉 竹童
貧乏も美談にかわるクラス会 …………田崎かなた

不況

枡席（ますせき）が取れて不況も悪くない……加藤　晶子

お隣も不況と知って安堵（あんど）する……葛原　時子

腰据えて不況の風と渡りあう……横尾　京子

古い背広を着ています　平成不況……渡辺　和尾

ミスターも老いし背中に負う不況……佐藤　美文

へそくり

へそくりの近くを犬が嗅（か）いでいる……田頭　良子

へそくりを吐かす鵜匠（うしょう）のような妻……みそのゆり

へそくりを預ける銀行値踏みされ……吉崎　周太

へそくりを隠した場所もうろ覚え……永田みきと

へそくりは避難していた大掃除……中島　敏子

店（みせ）

母さんも手伝う不況の店継がす……真弓　明子

百円ショップ妻のオアシスだと思う……横井　幸子

道聞いた店で小さな土産買う……井上　孝幸

まちがいのファックス入る店の乱……伊藤　寿子

元日も働く店の庭を掃く……平野　文彦

遺言(ゆいごん)

遺言を書くのに罫は邪魔になる……清水 汪夕

親族を野性に戻す遺言書……佐藤 博正

遺言をまだ聞いてない父危篤……河野 万京

遺言を書くほどもない父でいる……徳島 純一

遺言はまだ先でよい心電図……縣 さだ彦

預金(よきん)

預金ゼロカードは嘘は言いません……辛島 静府

激流を漂うている預金帳……石川 勝

清貧の風が吹いてる預金帳……高木 数能

ささやかな預金に大理石を踏み……沢田 好苑

確実に妻の預金が増えている……平野 信子

リストラ

リストラですか鳩が気易(きやす)く話しかけ……中澤 厳

リストラの寄らば大樹に見放され……山本憲太郎

リストラへ兎(うさぎ)の耳が折れてくる……亀之園憲三

リストラの息子ゆっくり立ちあがる……西原 艶子

リストラも明るい妻に救われる……渡辺 鶴恵

芸術

絵

約束の人をルオーの絵に待たす	田中　好啓
母の絵の一枚芋の煮ころがし	桑野　晶子
絵の中の少年春はまだですか	西川ほしみ
ピカソなら解ってくれる私の絵	石井百合子
夢二描く人妻の絵は猫を抱き	藤井一二三

絵画展 (かいがてん)

高校生画展乳房が上を向く	保木　寿
甘い点もらう個展の五日間	礒野いさむ
ムンク展銀杏並木も秋になる	榎本　信治
美術館人も展示も美しく	伊藤　礎由
詩画展は盛況今日は佳き日なり	渡部　晴子

斬られ役

みの虫と会話のできる斬られ役 …………………………… 大木　晤郎
大根めとつぶやいて死ぬ斬られ役 …………………………… 亀山　恭太
上段に構えてみたい斬られ役 ………………………………… 梶川雄次郎
雪国の訛り毎日斬られ役 ……………………………………… 工藤　寿久
斬られ役指の先まで死んでみせ ……………………………… 小渕はじ芽

芸

おめでとう虚勢張るのも芸のうち …………………………… 山本　洵一
脇役に徹していぶし銀の芸 …………………………………… 渡辺　春華
無口にもこんな芸あり安来節 ………………………………… 田ノ窪岩泉
父親をライバルにした芸の道 ………………………………… 大野さつき
拭き掃除から積み上げた芸のさび …………………………… 今田　馬風

芸術

芸術に上限はなし皿砕く ……………………………………… 渕上　帯刀
御祝儀が出て芸術も見世物に ………………………………… 安藤　恥目
賞貰うたび芸術が堕落する …………………………………… 江畑　哲男
第二第三芸術論のエンドレス ………………………………… 真鍋　訓子
芸術の秋独り芝居でも打つか ………………………………… 藤解　静風

劇(げき)

童話劇蟹(かに)の鋏(はさみ)は天を向き............岸本　水府
人形劇の橋が崩れる急がねば............大内　順子
封印(ふういん)をする役員の無言劇............友末　康子
喝采(かっさい)のない劇子らが皆巣立ち............船橋　三郎
時代劇見ながらそっと老いてゆく............松本　幸夫

芝居(しばい)

芝居から足袋だけぬいで台所............岸本　水府
印籠(いんろう)の薬がすぐに効く芝居............高橋　散二
万太郎の一幕物で老妓(ろうぎ)の死............糸山好太郎
芝居終わる心の奥のヒロインよ............今川　乱魚
あとがないしあわせ芝居しています............田口　麦彦

ドラマ

最大のドラマこの世に生まれ落ち............中嶋ひろむ
追伸のひと言ドラマはじまりぬ............平山　繁夫
幸せなドラマはきっと雪が降る............本庄　快哉
ドラマから今日も電話が鳴っている............田口　麦彦
少年よドラマはペンで書いてくれ............濱口　文雄

能面(のうめん)

能面の奥満席をしかと読む ……徳島 純一
まなじりが乾く二月のおんなめん ……尾藤 三柳
能面を割れば噴きだすわたしの血 ……木野由紀子
能面の頰(ほお)がほころぶ花鋏(はなばさみ) ……長谷川朱嶺
能面が笑顔に変るまで洗う ……新岡二三夫

ハムレット

ハムレットが飲むのはきっと赤ワイン ……坪田イサ子
ハムレット型かも知れぬ旅途中 ……野村太茂津
非常階段でハムレットを気取る ……印牧さくら
女ひとり愛せぬうちのハムレット ……三原永久志
忽然(こつぜん)とコーヒーに浮くハムレット ……須田 尚美

舞台(ぶたい)

先代にとかく舞台を割り引かれ ……桜井 六葉
とんと踏む音で舞台はしんとなり ……鵜飼 蟻朗
一筋の涙で舞台幕が下り ……吉田 益子
舞台裏舞台で死ぬ日など来ない ……平田のぼる
舞台裏青い乳房に虹(にじ)がない ……平川 三雄

リハーサル

リハーサルしても忘れてしまう嘘………古賀 絹子
リハーサル不足転んでばかりいる………宮脇 東山
リハーサルの時はすんなり出た台詞（せりふ）………平田 実男
リハーサルではうまく笑って見せたのに………中村世志絵
やがてくるラストダンスのリハーサル………矢内寿恵子

形容

嗚呼（ああ）

人の世や嗚呼にはじまる広辞苑………橘高 薫風
完敗のああにわとりは丸裸………時実 新子
めぐりあい嗚呼にんげんは五十億………石原 伯峯
ああ歳月老眼鏡を子がかける………一色美穂子
ああ夫婦電車がゆきちがうように………天根 夢草

青(あお)い

風吹けば一度に青きトコロテン……前田　雀郎

魚一尾青きままなる異人館……大島　洋

ピーマンの青さつつけば春の風……一戸　ツネ

風に立つキミのうなじはまだ蒼(あお)い……唐坊　昌美

影法師かつては青い馬だった……門脇かずお

赤(あか)い

港から消えた少女の赤い靴……河合　茂雄

血のしたたりか地球儀が赤い……速川　美竹

私の赤いクルマに母乗せて……長田さやか

バラ赤しセールスマンの死はたしか……田口　麦彦

たましいを締めつけないで赤い紐(ひも)……園田恵美子

明(あか)るい

申請書明るい顔の方へ出し……小林由多香

春一番明るい彩を着て逢(あ)おう……沢田　清敏

口紅を明るい人にして独り……和田　恭子

とても明るい景色と歩く春ひとり……小山　紀乃

病む母へ明るい会話だけにする……加藤　白扇

あたたかい

菜の花のあたたかさには敵わない……東野 大八

家中がいるだけで部屋あたたかい……竹本瓢太郎

ほほえみを返しただけのあたたかい……大家 北汀

美代ちゃんと呼ばれる故郷あたたかい……植松美代子

凡庸な白熱灯の温かさ……有泉くにお

新(あたら)しい

新しい眼鏡で君を捕まえる……浅野 房子

新しい年に合わせる花時計……宮川 佳月

新しい恋でふたする胸の傷……木村貴代子

新しい家から犬の声がする……小玉 満江

新調の靴から春が歩き出し……原田 健二

厚(あつ)い

ムンクの叫び雲が厚くて届かない……中山 美喜

贅肉(ぜいにく)の厚さを測る白い絵馬……菅原孝之助

厚切りのパン罪深く生きている……本田 南柳

寂しくて厚いステーキ買うてくる……蛭子千鶴子

知らぬ名で埋まる分厚い電話帳……伊藤 突風

熱い

被爆者手帳　炎昼を来て熱く示す……泉　淳夫
四面楚歌妻から熱い茶をもらう……猿田　寒坊
人を恋う熱い心と朧月（おぼろづき）……野口　初枝
人間が写ると熱くなる鏡……宮村　典子
父も母も熱い祭りを駆け抜けた……松永　千秋

痛い

水仙のまっすぐ痛い指きりよ……野沢　行子
舌を咬（か）む事の痛さに今日も負け……森田　一二
八月の日差しに蘇（よみがえ）る痛み……青木　勇三
生きるってことはつらいね歯の痛み……國清　佳子
たんぽぽがたんぽぽでいる日の痛み……島　道代

後ろ

夕焼けのうしろに天国があるか……村田　周魚
われも持つ老醜うしろから眺め……平井　夏子
走るしかないライバルがすぐうしろ……竹内いつみ
手鏡のうしろに愚痴が溜（た）ってる……小杉まさはる
走り出す電車でいつも後ろ向き……田村ひろ子

薄(うす)い

厚底靴ケイタイ 約束薄っぺら……墨 作二郎
薄物の薄さへ女盛りなり……川俣 喜猿
床の間に知性の薄い壺(つぼ)がある……田頭 良子
饒舌(じょうぜつ)に薄い尾鰭(おひれ)が見えかくれ……福島 銀子
まっすぐに帰り空気の薄い家……田口 麦彦

うっかり

うっかりと桃の匂(にお)いの息を吐く……なかはられいこ
貧乏神にうっかり返事してしまい……木幡やす雄
うっかりと魚の表情見てしまい……北野 岸柳
言いかけた禁句へ袖(そで)を引っ張られ……加茂 如水
もの思いボタンを一つ掛け違い……西村 在我

美(うつく)しい

ハイという返事日本語うつくしい……本庄 快哉
美しい会釈かすかに風動く……桑野 晶子
美しいまま標本になっている……小林 一夫
美しい嘘(うそ)と知りつつ酔うている……木本 朱夏
美しく老いたり努力賞あげる……中村喜久代

嬉しい

うれしい時にうれしい顔をしているか……小島 蘭幸
逢える日の帯は嬉しい音で締め……平田 朝子
ただ並ぶだけでうれしいレモン二個……谷内 一枝
旧漢字あってうれしい友の文……萩原 芳江
孫が来てたいへんですと嬉しがり……荻原 柳絮

大（おお）きい

一個百円大きいほうの林檎（りんご）買う……西谷美智代
レントゲン大きい息も久しぶり……高橋 春造
丸刈りへ昨日の帽子大きすぎ……上田 祐三
大きな鞄（かばん）まだまだ空が入ります……前田 好子
親は子をあきらめ夕焼ける大河……小笠原 望

同（おな）じ

湯の町に同じどてらで知らぬ人……岸本 水府
鉛筆の匂（にお）いは五十年同じ……橘高 薫風
三が日裏番組も同じ顔……川勝 弥生
街の花屋であの日と同じ花を買う……河口 昌代
爆竹の音はむかしと同じ秋……松村 洋子

重い

歳月や銃の重みが肩にある ………………園田 蓬春

無菌室いのちの重さ考える ………………渋谷美和子

わが街とおもう瓦礫の重いこと ……………卜部 晴美

妻と居て花火の闇にある重さ ………………八坂 俊生

帯じめの母の形見が重すぎる ………………末村 道子

輝く

輝いてひとりの人を待っている ……………矢須岡 信

月は陽に賭けて今夜も輝やきぬ ……………蔵井はつよ

古書あさる輝くものに触れたくて …………狗田 幸子

ボランティアの背中を輝いたとおもう ……泉 比呂史

輝いて男六十胡瓜もみ ………………………吉永 亜弓

軽い

輝いてひとりの人を持ち歩く ………………山口 早苗

逢えた日の言葉を軽いなと思う ……………野谷 竹路

かぶと虫死んだ軽さになっている …………大山 竹二

風船の軽さ雅号のかろさかな ………………宮川 蓮子

鬼の首取るには賞与軽るすぎる ……………江口 東白

枯(か)れる

ひまわりが枯れる今年も有難う ……………………… 田岡　千里
ハミングのまま仏壇の枯れた花 ……………………… 矢本　大雪
指切りもせずに土筆(つくし)が枯れいそぐ ……………… 木原よし恵
枯れてゆく一年草の潔さ ……………………………… 古賀　絹子
淳一(じゅんいち)を読み枯れるのはまだ早い ……………………… 玉利三重子

乾(かわ)く・渇(かわ)く

夢売りの声が途切れて渇く街 ………………………… 富安清風子
少年の内なるダムは乾き切り ………………………… 大場　可公
すぐ乾くものを買ってる大都会 ……………………… 森中恵美子
干鰈(ほしがれい)待つひとの眼に乾ききる ……………………… 柏葉みのる
左向き右向き棒鱈(ぼうだら)が乾く ……………………… 宮本　紗光

きっと

この坂を越えたらきっと春になる ……………………… 山根　八重
アイバンクきっと誰(だれ)かが待っている ……………… 宮本　凡器
せっせっせあしたの道はきっと晴れ …………………… 田頭　良子
その先を言えば嵐(あらし)にきっとなる ………………… 窪田　敏子
天国はきっと退屈さくら見る …………………………… 小島　礼子

091

寂(さび)しい・淋(さび)しい

寂しさに大根おろしをみんなすり……岩井 三窓

淋(さび)しくてすぐに開けたい玉手箱……梶山三重子

淋しいといえない父がよく怒る……水谷 光子

余生とは何と淋しい文字である……月原 宵明

不満しか言えない口がさびしくて……岡野 幹子

寒(さむ)い

逢ってきた春の寒さのふたりぶん……笹田かなえ

立たされた記憶廊下は寒かった……小林由多香

投票をすませてなんとなく寒い……森中恵美子

含差(がんしゅう)を忘れた面がさむいさむい……須田 尚美

煮凝(にこご)りの寒さ禱(いの)り忘れた日の寒さ……宮川 蓮子

静(しず)か

お静かに良書の中は海のいろ……小島 礼子

酒はしずかに月の夜も雨の夜も……柴田 午朗

落選のその後しずかな門構え……村田 明穂

喪の家は犬も静かにうずくまる……斎藤 好雄

おやすみの余韻しずかに受話器おく……荒川 英子

092

しなやか

しなやかに生きる私の処世術……………林　千代子
しなやかに生ききさわやかな姥ざかり………庄司登美子
しなやかに羽化する君はまぶしすぎ…………松田ていこ
しなやかに老後を生きるストレッチ…………岡部　美雄
しなやかにしたたかに咲く秋桜………………佐伯みどり

白い

張り替えて障子は白いものと知り……………渡邊　蓮夫
シャツ白くありその白きゆえ泣けり…………時実　新子
みほとけとおんなじ白いめしをたべ…………酒井　路也
白い皿笑顔が透けるまで洗う…………………長谷川博子
真白いスーツは長い足が好き…………………浅野　滋子

じわじわ

じわじわとはし歩を突いてくるおんな………樋口　祐海
甘言の罠がじわじわ攻めてくる………………森田　布堂
子を楯にしてじわじわと妻の語尾……………宮本　紗光
聞き上手じわじわ本音あぶり出し……………森下　栄一
計量器じわじわ痩せる死刑台…………………小田　無限

しんしん

雪しんしん物言うものもないイロリ	白石朝太郎
しんしんと山に抱かれて露天風呂	児玉　道子
人裁ききてしんしんと霧のなか	中川　一
しんしん雪降るしんしん化石	野沢　省悟
しんしんと降る夜のペンは冴えてくる	長谷川愛子

少し

れんげ菜の花この世の旅もあと少し	時実　新子
もう少し生きてみたいな聴診器	松田　京美
奈良の鹿英語も少し解りかけ	岡　柳蔭亭
税務署の無口に少し喋りすぎ	成田　孤舟
合宿で少し大人にされてくる	松崎　酔柳

素敵(すてき)

味方より敵に素敵な人がいる	角掛往来児
命残照素敵な恋をしませんか	沢田　律子
素敵な絵観てコーヒーで酔っている	大城戸紀子
新任が素敵な女生徒やかましい	松本　多加
アルバムに素敵な僕だけを貼ろう	江畑　哲男

高(たか)い

背丈より高いケーキでもう別れ……………………飯島　夢世

同じ目の高さで子らと話し合う……………………奥田　白虎

裏表ない日の丸を高く高く上げ……………………斉藤　余生

今日は敵になる棒グラフの高さ……………………小松原爽介

賞罰はなしコスモスの高い丈……………………古賀　絹子

小(ちい)さい

雪しんしん記憶の中の小さい母……………………藪内千代子

二人っきり小さくなった朝の音……………………黒田　能子

小さき掌(て)に水こくこくと飲みあえる……………………八尾　東西

小さく揺れる洗濯物と日常と……………………上地　弘子

小さき手に小さき花摘む絵の中に……………………谷崎　哲馬

小(ちい)さな

年金の幅で小さな旅が好き……………………犬童エツ子

痩(や)せたなとおもう小さな妻の肩……………………村上　秋善

破魔矢買う小さな贅(ぜい)のぬくもりに……………………桑野　晶子

小さい秋見付けた小さい裏庭で……………………森　イク子

小さき手に小さき花摘む絵の中に……………………谷崎　哲馬

近(ちか)い

子は神に近く子の踏む土聖(きよ)し　　　　　　　　　田中　好啓

良妻に近いとわたしだけ信じ　　　　　　　　　金枝久五郎

保護をする頃(ころ)絶滅が近くなり　　　　　　　　　後藤　正志

谷底へもっとも近い老いの闇(やみ)　　　　　　　　　早良　葉

近いうちに入りますよと墓掃除　　　　　　　　　勝谷　高明

遠(とお)い

モンロー忌聖なるものは遠くなる　　　　　　　　中尾　藻介

祝電を打って主流に遠く住む　　　　　　　　　　樋口　祐海

ビルの高さお月さまにはまだ遠し　　　　　　　　田中　明治

寝返りの夢の向うの遠い道　　　　　　　　　　　杉野　草兵

尿コップ恋には遠い検査室　　　　　　　　　　　阿部　ふく

長(なが)い

算数の子に轟々(ごうごう)と貨車長し　　　　　　　　　　　岡橋　宣介

よい本を読めとこんなに夜が長し　　　　　　　　北川絢一朗

昏(く)れそうで昏れぬ女の喪の長さ　　　　　　　　宮川　蓮子

バラも百合(ゆり)もキライで独身が長い　　　　　　　山倉　洋子

風だって少女の長い髪が好き　　　　　　　　　　的場　節子

偽(にせ)・贋(にせ)

私にも落度にせものつかまされ ……………………………林田 悦子

稲妻に裂かれてニセの観世音 ………………………………瀬々倉卓治

鉄斎の贋ものぶりをこそ愛す …………………………………鷹野 青鳥

偽物の方がたしかな筆運び ……………………………………永礼 愛介

贋作(がんさく)とわかり捨て値で売った軸 ……………………………永藤 弥平

似(に)る

似た顔が集う本家の七回忌 ……………………………………新 みさを

魔物にも似てわが影が離れない ………………………………佐藤 正敏

だれに似る骨肉ならん鯖(さば)をしめ ……………………………桑野 晶子

うなずける親によく似た通知表 ………………………………高山まち子

背を曲げて母に似てくる文机(ふみづくえ) …………………………………田崎 弘子

温(ぬく)い

切符売りのおばあさんの切符はぬくいな ……………………岡橋 宣介

人間がそこにいるから灯が温い ………………………………渡邊 蓮夫

わが家とはこんなにぬくい湯気を立て ………………………去来川巨城

仏の手よりも男の手がぬくい ……………………………………辛島 静府

煮凍(にこご)りや旅の役者のぬくい舌 ………………………………大野風太郎

のほほん

のほほんのある日大暴落がくる……平井　夏子
のほほんと柩(ひつぎ)の上を日があるく……山本忠次郎
のほほんとあははと過ごすバレンタイン……山本　乱
のほほんの彼にもあった胸の傷……正岡　君恵
ノホホンと丸く貧乏神と住み……杉山　一竿

半分(はんぶん)

棋譜半分妻の料理に切りとられ……西田柳宏子
半分は聞かすつもりのひとり言……笠原　吸江
あそび半分赤い薬包紙をひらき……前田夕起子
薄ら氷の半分ほどはわが情け……奥田　白虎
伊予柑(いよかん)を半分食べてハガキ書く……安藤　亮介

広(ひろ)い

東京の広さを知って職がなし……河柳　雨吉
泣けるのは男の胸が広いから……月原　宵明
ライバルの歩幅が少しだけ広い……佐藤　良子
窓際ではじめて知った広い視野……山下　岩太
少子化へ五月の空が広くなり……岸　万伯

深(ふか)い

静脈の青さが深い夜の汽笛 ……………… 杉野 草兵
花火果つもとの闇(やみ)より深き闇 ……………… 石田 明
現代の闇深くする電子音 ……………… 桟 舜吉
流木の影より深い母の皺(しわ) ……………… 野沢 省悟
懐の深い西日に打ち明ける ……………… 橋本 比呂

古(ふる)い

古くとも僕には仁義礼智(ち)信 ……………… 麻生 路郎
短針は古い左翼を知っている ……………… 石田 柊馬
ふるさとで見るのはふるい古い月 ……………… 伊藤 健一
古いラジオでわたしが鳴っている ……………… 斧田 千晴
古い皿に古い私を盛り付ける ……………… 林 きみ代

ぼろぼろ

娘は巣立つ父のナイフはぼろぼろに ……………… 清原 理川
ぼろぼろと涙こぼして踊る冬 ……………… 井上剣花坊
悪妻の縄ボロボロでいて切れず ……………… 古館 馬仙
ぼろぼろの仮面転がり行く地下街 ……………… 加藤かずこ
ぼろぼろになっても着てる父の影 ……………… 小松 悦峰

貧しい

貧しさも余りの果ては笑ひ合ひ ……………………… 吉川雉子郎

綴方貧しき父は母を打つ ………………………………… 岩井 三窓

馬よりも貧しく生まれ傘を干す ……………………… 前田芙巳代

手を洗う父の貧しい眼を見たか ………………………… 吉田 右門

濡れ雑巾を見ている貧しさの記憶 …………………… 小松原爽介

まだ

遺産イサンとまだ生きてますお静かに ………………… 森本 医昌

まだ少し若さが残る鏡見る …………………………… 坂川つた子

まだ一人帰らぬ茶の間落ち着かず ………………… 荻原非茶子

臆病でまだ結婚をしています ………………………… 糸賀 千代

目の中にまだ零戦が飛んでいる ……………………… 田口 麦彦

待ちぼうけ

待ちぼうけ椅子の形で立ちあがる …………………… 近藤ゆかり

待ちぼうけ献血をして気が晴れる …………………… 古賀 絹子

炎天の街崩れゆく待ちぼうけ ………………………… 坂田 洋子

池に散る花を見ている待ちぼうけ …………………… 平田 一暢

携帯に押されテレカの待ちぼうけ …………………… 佐伯 けい

100

まっすぐ

まっすぐに恋するまっすぐに生きる ……北川扶佐子
胃袋へまっすぐ酒のない夕餉 ……三宅 巨郎
まっすぐに目を見て嘘をつきとおす ……松村 華菜
娘の部屋にまっすぐ春がやってくる ……大黒 政子
逢う理由まっすぐむかいあうために ……金子由美子

丸い・円い

屋上から見ればどなたも丸い顔 ……寺沢幸智子
あの人もこの人も居て輪がまるい ……安永 怜子
肩書のない人ばかりまるく酔い ……石沢 三善
明日の値は知らずキャベツは丸くなる ……若草はじめ
球根の丸さに春の夢をもつ ……加藤 翠谷

優しい

茶碗よく割るが優しい嫁と住む ……石谷 忠良
耳栓がやさしい顔にしてくれる ……宇野 昭代
おかえりと駅が優しい顔をする ……後藤 正一
亡くなった人は私に皆やさし ……近藤ゆかり
目かくしの手が優しくてほどけない ……こばやしたえ

柔(やわ)らかい

燃え尽きた灰は無欲でやわらかい ……………… 古賀 絹子
自我捨てた風が私にやわらかい ……………… 安宅美代子
柔らかな夫婦になったミルクティ ……………… 斉藤由紀子
ネクタイを解けば影まで柔らかい ……………… 米川 昌利
柔らかな言葉を集め雪が降る ……………… 雀地 眞弓

ゆっくり

見返してやる気ゆっくり手を洗う ……………… 石川侃流洞
ヴァイキングゆっくり食べたことがない ……………… 河内 天笑
月欠けて満ちてゆっくり生きてます ……………… 河内 月子
ゆっくり走る春の電車に乗りに行く ……………… 和泉 香
バスに揺られながらゆっくり老いてゆく ……………… 矢本 大雪

汚(よご)れる

生きるとはじきに汚れる金魚鉢 ……………… 村林弥兵衛
はじめに言葉ありて よごれつづける ……………… 尾藤 三柳
政治家の手ほど汚れぬ働く手 ……………… 後藤 正志
ワイシャツの汚れになって今日が暮れ ……………… 大家 北江
豊かさの中に汚れて行く心 ……………… 久野 孝

102

余白(よはく)

まだ何か出来そう履歴書の余白 ……稲葉 洋

余白あり 銀の写楽へ逢いにゆく ……脇屋 川柳

充分に余白があっていいカルテ ……小沢 正敏

自分史のもう夕暮れの以下余白 ……渡辺駄留馬

点ひとつ余白にのこす合言葉 ……巻本香おり

弱(よわ)い

弱い子に弱いと言わぬことにする ……椙元 紋太

溜息(ためいき)とモンローウォークには弱い ……石田 明

たむろする弱さを見てる誘蛾灯(ゆうがとう) ……浅野 滋子

模試に弱いわたしの組の四番打者 ……菖蒲 正明

優しい人が好きと男を弱くする ……八木 孝子

若(わか)い

水の上を歩こうとした若き日よ ……中尾 藻介

葬列の若きは若さ隠し得ず ……時実 新子

貧乏などこわくなかった若かった ……國清 佳子

一月十五日若い主張に芯(しん)がある ……泉 泰子

スターウォーズの列とコソボの若き兵 ……田口 麦彦

悪い

悪いのはアイツと声がよく揃う……………内田　順子

眼に悪いとこもきっちり読んでおく…………小出　智子

遅刻してしまういつもの悪い癖………………児玉　浪枝

悪人でいい鬼は外鬼は内………………………原井　典子

悪い事何もせぬのに減るお金…………………杏田　和夫

国家

移民(いみん)

薄氷も踏んで移民の髪白し……………アメリカ　阿部木奴見

移民秘話語る古老へ炉のほてり………アメリカ　水原　愛子

移民祭生き抜いて来た顔ばかり……アルゼンチン　倉田　文太

日の丸を胸に抱いて来た移民…………ブラジル　塩飽　博柳

移民史をめくれば辛(つら)いことばかり………ブラジル　岩井日桜子

104

王様(おうさま)

トランプの王を味方に生きている……時実 新子
太陽は孤独の王よ水府(すいふ)また……田辺 聖子
王様がひとりで菓子を食べている……黒川 紫香
王様の傘は黙ったままである……福力 明良
アフリカの王ならくよくよはしない……樋口由紀子

革命(かくめい)

革命を信じた日あり樹(き)を植えて……倉富 洋子
鶴(つる)は北へみんなさみしい革命家……古谷 恭一
革命のそれは静かな雪の音……大友 逸星
民の素手怒濤(どとう)のごとく国を変え……塩見 一釜
革命さはじめてコーラ飲んだ日は……橘高 薫風

帰化(きか)

帰化市民辞書は飾りでない手垢(てあか)……アメリカ 花見 留雄
故郷(くに)便り長男帰化とは何事や……アメリカ 藤居 森村
貰(もら)いたい貰いたくない帰化願……アメリカ 萩原すみれ
帰化してる事を先祖へ云(い)いしぶり……アメリカ 兵頭 自適
帰化権へ捨てるに惜しい祖先の地……アメリカ 長石 孤雁

君が代 (きみがよ)

オリンピックの君が代ならば歌います……………佐藤　扁理

君が代の三十一文字(みそひと)に罪を着せ……………江畑　哲男

君が代の余韻背骨が伸びてくる……………藤田のぼる

君が代にうどんはのびてしまいまする……………渡辺　隆夫

君が代へ立たねば非国民ですか……………中村　安重

国 (くに)

よい国になれリーダーズダイジェスト……………岸本　水府

国敗(ま)れやはり十文の足袋を穿(は)く……………大山　竹二

敗けた国宮城道雄の琴が鳴る……………柴田　午朗

国思う心に落葉降りつもり……………大石　鶴子

ウィスキーチョコ満州という国ありき……………佐伯みどり

勲章 (くんしょう)

勲章の欲しい七歳七十歳……………橘高　薫風

女の勲章美しくしたたかな……………中島　和子

生存も死後も叙勲はこぬ野武士……………鈴木　如仙

勲章は野菊だけです農五代……………阿部　絹雄

勲章は玩具(おもちゃ)売り場で買い給え……………佐伯　国雄

憲法(けんぽう)

咆哮(ほうこう)す憲法学者土井たか子 …………………………………… 田口　麦彦

九条をそーっと次世紀へ運ぶ ………………………………………… 津田　遙

子の寝息第九条を考える ……………………………………………… 吉永　亜弓

改憲論ドン・キホーテが槍(やり)を研ぐ ………………………………… 佐藤　美文

憲法論雨は斜めに降りつづく ………………………………………… 石田とし

国籍(こくせき)

かにすきのかにの国籍には触れず ………………………………… 中田たつお

国籍は天に 天(あま)が下(した)生かされて ………………………… 矢須岡　信

国籍にこだわっている野菜籠(かご) …………………………………… 原　久美子

国籍はどこマネキンの髪の彩(いろ) …………………………………… 保木　寿

スーパーのレジが打ち込む多国籍 …………………………………… 斉藤由紀子

国家(こっか)

国家という運河は深しかすみ草 ……………………………………… 西川　富恵

朝顔の蕾(つぼみ)国旗と国家論 ……………………………………… 上本　年久

カラフルに国家が来ますピピッピピッ ……………………………… 渡辺　隆夫

浴槽に浮かべています国家など ……………………………………… 樋口由紀子

初孫や天下国家は次の次 ……………………………………………… 山崎順一郎

107

国歌(こっか)

法制化しないと唱わない国歌 .... 松田　順久

お終(しま)いのしるしに歌う国歌君が代 .... 園部志津代

あかんべえしてするすると脱ぐ国歌 .... 石部　明

国歌斉唱暗い廊下を通ったな .... 田口　麦彦

向日葵(ひまわり)の園に国歌を植えつける .... 瀧　正治

国旗(こっき)

電化製品の手足になっている国旗 .... 大島　久佳

もう一度消毒をする日章旗 .... 樋口由紀子

スポーツの時だけ生きている国旗 .... 守屋　斗京

星条旗の下でルールは如何(いか)に .... 矢須岡　信

国旗巻かれて校庭の蟬(せみ)しぐれ .... 藤原　和美

国境(こっきょう)

国境を知らぬ草の実こぼれ合ひ .... 井上　信子

国境を越えると夕陽(ゆうひ)まで他人 .... 江尻　麦秋

メコン河国境越えてきた蜻蛉(とんぼ) .... 竹内　良伸

国境は切手二枚で封鎖せよ .... 石部　明

同じ容貌(かお)なのに国ざかいの風よ .... 矢須岡　信

108

裁判(さいばん)

あやふやにばらがくずれる裁判所 　　　　　　　　野沢　省悟

人が人を裁く日が射す日がかげる 　　　　　　　　土居　哲秋

人が人裁く狭間(はざま)に雪積もる 　　　　　　　　雨宮　五郎

湯豆腐がぷかぷか家庭裁判所 　　　　　　　　なかはられいこ

裁判がきれいに済んだ雨あがり 　　　　　　　　山本　桐下

祖国(そこく)

ステーキが焼けて祖国が杏くなる 　　　　　　　　尾藤　三柳
　　　　　　　　　　　　　　　　　　　　　アメリカ
二つある祖国に涙ひとつずつ 　　　　　　　　橋本　ゆき

重さなく　形もなくて祖国なり 　　　　　　　　なかはられいこ

黙契や八月の水燃えて祖国 　　　　　　　　中川　一

椰子(やし)林を照らす祖国と同じ月 　　　　　　　　加藤　角市

天皇(てんのう)

咳(せき)一つ聞こえぬ中を天皇旗…… 　　　　　　　　井上剣花坊

身を潔(きよ)く持つ天皇とおない年 　　　　　　　　藤島　茶六

引退が出来ぬ陛下の丸い背な 　　　　　　　　藤本　巌

天皇にまだ神をみる寂しい血 　　　　　　　　盛合　秋水

天皇の帽子振る日が休日で…… 　　　　　　　　田口　麦彦

日本

鼓笛隊日本は平和なのですか……時実　新子
日本を出て日本を見る雅量……加藤　映佳
敗けたけど日本いい国いいさかな……柴田　午朗
日本食無かった頃の苦労談……倉田　文太（アルゼンチン）
日本便むさぼるように母の事……古田志津子（アメリカ）

日本語

よじれないように手渡すにっぽんご……樋口由紀子
そうめん流しとゆっくり泳ぐ日本語……成田　孤舟
さくらさくとは日本語のよいひびき……岸本　水府
外来語の数だけ減った日本語……白井　花戦
見れない食べれない着れないもニッポン語……中島　和子

判決

判決やたたまれてゆく鯉のぼり……時実　新子
判決に屈せぬ男を見たか見たか……田口　麦彦
再審の風がオセロを裏返す……松本　悠児
裁判に負けて身内の砂あらし……高木　昌子
西高東低無期懲役に雪しきり……寺尾　俊平

日の丸

日の丸に祝出征と書かないで　　　　　　　　　　中川　凡州
日の丸をだいじに島の子は育ち　　　　　　　　　田頭　良子
日の丸を立てて私もむこうみず　　　　　　なかはられいこ
日の丸の喜劇悲劇を折りたたむ　　　　　　　　　横村　華乱
日の丸に風あってよしなくてよし　　　　　　　　内藤　凡柳

民族

かさぶたを剝がす民族主義の風　　　　　　　　　矢須岡　信
民族は激しく滾る薬缶の湯　　　　　　　　　　　楢崎　進弘
正座して日本民族よみがえり　　　　　　　　　大野風太郎
平和主義騎馬民族を遠く見る　　　　　　　　　　清水　祐子
農耕民族の末裔雨と書く日記　　　　　　　　　　江畑　哲男

時間

朝(あさ)

君の名を叫ぼう美しい朝だ　　　　　　　…………山本　義明
前向いてみんな生きてる朝のバス　　　　…………花岡さちを
白い塀だんだん白く朝がくる　　　　　　…………和田　宏
生きるものみなざわめいて朝の皿　　　　…………はざまみずき
朝がくることを信じて飲むくすり　　　　…………織田不朽仁

明日(あす)

袖(そで)だたみ明日の命を疑わず　　　　　　　…………一色美穂子
あしたはあした今はお酒を飲む時間　　　…………新家　完司
ここからはあしたが見える窓を拭(ふ)く　　…………児玉　浪枝
茜雲(あかねぐも)明日を信じて良いですか　　　　…………吉永　昭斉
千年を生きても明日のこと憂い　　　　　…………斧田　千晴

あの日

廃坑の島であの日の花が咲き……………………………安永　怜子
炎のいろを足しても還らないあの日…………………唐坊　昌美
あの日のこと今なら話す花菖蒲………………………大森喜久恵
街の花屋であの日と同じ花を買う……………………河口　昌代
あの日からモンペの機能離さない……………………水本　幸子

いい日

日日好日気づけば妻の二重顎…………………………森本　医昌
いい日です雪降っていて妻がいて……………………山口　芙蓉
小吉をおし頂いて好き日とす…………………………池田　可宵
チロリン村にさつきがとどくいい日和………………藤井比呂夢
猫の目が澄んでる明日もいい日です…………………川鍋　房子

一日

栄光の日も一日は二十四時……………………………橘高　薫風
総て師と思う一日猫背なり……………………………篠崎堅太郎
一日がまじめにおわる薄い耳…………………………坂根　寛哉
一日で終る恋なら花買いに……………………………徳田ヒロ子
無職にも一日があるスケジュール……………………菊池　一覚

いつか

海を翔ぼうよテトラポットよいつか　　　　　矢須岡　信
鰯雲いつか女の二枚腰　　　　　　　　　　安藤まさ代
サルビアの赤もいつかはあせる時　　　　　　森田モモ子
愛する人にいつか行きつくシャボン玉　　　　　阿部　淑子
貧しさをいつかは越える屋根の石　　　　　問屋啓二郎

いつも

赤い靴いつもどこかに母が居る　　　　　　　伊藤　突風
生きるってなにと　いつもいつも　　　　　　山本　敬子
ブラックコーヒー危機感はいつもある　　　　筒井智伊子
着ぶくれていつも本音を言いそびれ　　　　　佐藤　洋子
いつも寝るとこへ皆寝て恙なし　　　　　　　山路星文洞

過去(かこ)

あじさい闇(やみ)　過去がどんどん痩せてゆく　　大西　泰世
うす暗い廊下で過去と擦れ違う　　　　　　　赤松ますみ
愛読書過去は津波となり襲う　　　　　　　　斧田　千晴
うしろ手で過去から逃げるドアを締め　　　　大東　豊子
懐かしいものへと動く過去の時　　　　　　　安藤　亮介

カレンダー

カレンダー妻のカルチャーから埋まる……吹田　朝児
カレンダーの数字に明日を語らせる……平山　繁夫
いささかの気負いでめくるカレンダー……斎藤　和子
よい年を信じて吊るすカレンダー……内藤　律
秋深し廃めた本屋のカレンダー……西村左久良

昨日(きのう)

能面の緒ばかり拾うきのうの川……尾藤　三柳
昨日まで確か味方の数にいた……久保内あつ子
昨日の皿に昨日が残るパンの耳……伊佐次無成
イェスタディ虹がにじ色だった頃……高瀬　霜石
ガラス窓きのうの月がまた昇り……木村　愛

休日(きゅうじつ)

休日の朝の雨音さえやさし……木野すみゑ
休日がいっぱい誰か泣いている……中島　和子
休日は母がみごとなスポンサー……名川　芳子
休日は妻のメモったまま動き……小西　涼成
休日は戦士の髭(ひげ)もよく伸びる……小畑　定弘

115

今日

わたくしに題名のない今日が明け……後藤 閑人
洗面器きょうのいのちをありがとう……中谷 道子
今日の日を束ねて輪転機がうなり……岡田 恵方
夫がいて子がいて今日の窓を開け……村上 陽子
色褪(いろあ)せた私に今日のルノアール……鷲見 湖水

近未来(きんみらい)

近未来夢の球根ふとらせよ……ふじむらみどり
近未来介護保険のチラシ読む……豊巻つくし
近未来宇宙旅行の夢談義……白井 花戦
桟橋を渡ると近未来の序曲……野中いち子
近未来子育てロボに育てられ……阪本千恵子

これから

これらのことはこれから 遠花火……白藤 海
これからはがんばる喉(のどかわ)も渇くだろう……内田 順子
これからは年を忘れたふりをする……山根 雪代
これからは母に老後が待っている……森 風子
これからなのに紙ヒコーキぐしゃり……香月 美樹

歳月（さいげつ）

火口覗く 夫婦に長い歳月よ……………………安藤富久男

ああ歳月老眼鏡を子がかける……………………一色美穂子

歳月は人待たずして人送る………………………久谷まこと

歳月が眠る国旗の畳み癖…………………………鷹野 青鳥

歳月の恥辱に耐えている木乃伊（ミイラ）……橋本衛門七

時間（じかん）

病み猫の舌が時間を舐めてゐる…………………中村 冨二

古い映画と私も若くなる時間……………………奥山 晴生

時計屋で時間が買えるなら買うが………………石田　明

着飾って残り時間を読んでいる…………………寺内富貴子

騙（だま）された振りする時間いい時間………原井 典子

旬（しゅん）

太陽の恵みで実る旬の味…………………………手嶋 吾郎

実山椒（みさんしょう）おんなの旬を問いつめる……山本 昭子

これからも今も人生旬の味………………………佐藤 良子

旬の花活けて私の始発駅…………………………瓜生 晴男

体内を旬のリンゴで浄（きよ）めたし…………松本 清子

新世紀

新世紀やがては臓器売りの声 ……………………………………… 佐藤　正

鍵あけるその鍵がない新世紀 ……………………………………… 田中いくお

新世紀びっくり箱も大がかり ……………………………………… 井上せい子

オルゴール開けると夢の新世紀 …………………………………… 馬目さだお

新世紀の扉へ油さしておく …………………………………………… 田口一香

深夜・真夜中

パソコンと指先だけがいる深夜 …………………………………… 青砥孝子

真夜中の蛇口言いたいことがある ………………………………… 柴崎昭雄

真夜中に息確かめるのも夫婦 ……………………………………… 高橋白蝶

なにを棄てようか深夜の防波堤 …………………………………… 河合克徳

真夜中に友だちを選る指を折る …………………………………… 福家珍男子

時

飾らねば時がひたひた押し寄せる ………………………………… 平田朝子

紅を引くひと時夢を見る小指 ……………………………………… 平尾もも代

失われる雲　失われる刻をもつ …………………………………… 葵徳三

たくさんのわたしこぼして　時をこぼして ……………………… 木立千世

手のひらを見つめる時が少し出来 ………………………………… 葛馬玉枝

118

年・齢・歳

二十世紀(にじっせいき)

若い気でいるのに齢を書かされる……………………黒田　能子

よい年をしてと私もその一人

年齢も七掛けにして若返る………………………………片田加代子

脱ぎ捨てたTシャツさえも年をとる……………………亀山夕樹子

初鏡歳は忘れて化粧する…………………………………斧田　千晴

梨の名の二十世紀ももう終わる…………………………槻谷　伸子

急がねば二十世紀の戸が締まる…………………………柴田　午朗

火砕流二十世紀を嘲笑(あざわら)う………………………………出垣　千孝

二十世紀の泡にいくつを学んだか………………………稲津　勝馬

二〇世紀の背中が落書きで埋まる………………………矢須岡　信

二十一世紀(にじゅういっせいき)

味噌(みそ)汁(しる)は熱いか二十一世紀………………………………尾藤　三柳

21世紀へお忘れ物のないように…………………………田口　麦彦

二十一世紀のぞく眼鏡を丸くふく………………………鶴田タツヲ

二十一世紀のお話星の降る夜に…………………………赤川　菊野

星空のかなたに二十一世紀………………………………松崎　文女

　　　　　　　　　　　　　　　　　　　　　　　　　黒川　笠子

119

日曜(にちよう)

なにも見ないなにも聞かない日曜日 ………松田　京美
付き人はいない私の日曜日 ………村上佳津代
日曜の父の鞄(かばん)が秘密めき ………大家　北汀
休みたくなった頃くる日曜日 ………丹羽　杏
コスモスへ妻を連れ出す日曜日 ………豊巻つくし

半世紀(はんせいき)

半世紀経(た)ってまだある戦後秘話 ………梅谷　楽梅
自信なき英語で過ぎた半世紀 ………岡田　民子(アメリカ)
家のため子のため母の半世紀 ………篠原　孝子
半世紀梅干いくつ食ったやら ………安藤富久男
半世紀戦友と呼ぶ男たち ………滝本　星城

昼(ひる)

産めぬ身をみすかしている昼の月 ………松崎　文女
仏様の横顔といる昼の闇(やみ) ………長谷寺てふ
主婦ばかり昼のホテルの銀食器 ………原　久美子
昼の部へ昼の法善寺を抜ける ………森中恵美子
それは見事な嘘(うそ)でした昼の月 ………宗村　政巳

未来(みらい)

丸めると未来がのぞくカレンダー……………………白藤　海
すぐ近くにも遠くにもある未来………………………若草はじめ
紙とペン　机の上にある未来…………………………高橋　繭子
暗証番号押すと未来が開けそう………………………平田　朝子
未来行きのしっぽはどこですか………………………内田　順子

昔(むかし)

いくささえ昔は絵巻ものになり………………………奥　　昭二
花あられむかし昔の音でたべ…………………………清原　理川
昔軍隊の正論は痛かった………………………………中島　和子
訃(ふ)報(ほう)欄昔お見合いしたお方……………………………一色美穂子
昔むかし赤紙という人さらい…………………………矢部あき子

もう

愛はもう問わず重ねたパンを切る……………………時実　新子
もうそれでよいではないかレスリング………………浅田扇啄坊
迂(う)回(かい)路はもう見当らぬ五十肩……………………………江口　信子
れんげ咲くここらあたりでもういいよ………………松田　京美
もう視野に大きなことはうつらない…………………吉川美保子

121

やがて

夢に見たやがての前に立っている……………………………堀　　豊次

手拍子のやがてやがて悲しくなる軍歌………………………寺尾百合子

尊厳死やがてやがての時がくる…………………………………岩井　三窓

夢幻泡影やがてけだるき桐一葉（きりひとは）………………………佐藤美枝子

やがて猿も万歩計つけ戯画の街…………………………………川辺　千絵

夜明（よあ）け

牛飼いで生きる夜明けの靴をはく………………………………小白金房子

いきものが集う夜明けの水飲み場……………………………なかはられいこ

結び目が緩くて夜明けまだ来ない………………………………西崎久美子

満ちてくる海をしっかり抱く夜明け……………………………黒川佳津子

夜明けです死にたい人は手を挙げて……………………………高野久美子

夜（よる）

マネキンは手をあげたまま夜が来る……………………………田中　明治

車窓から夜の深さを子と見つめ…………………………………高田　和子

長い夜短い夜もありひとり………………………………………一色美穂子

空腹をたたんで仕舞う秋の夜……………………………………関根　　清

最悪のまさかが当たる夜のニュース……………………………芦田　天舟

自然

青空(あおぞら)

青空を吊(つ)して眠るダリのヒゲ……脇屋 川柳

青空のたしかに音がして怖し……寺尾 俊平

宝石展それより青い空がある……栗本 房子

ひとりでは抱(かか)えきれない青い空……佐藤とも子

玉砕の日の青空をだれが見た……田口 麦彦

穴(あな)

しあわせの数れんこんは穴を抱き……高杉 鬼遊

ドーナツの穴から覗(のぞ)く禁猟区……桑野 晶子

ゆずれない位置にボタンの穴がある……大野 蒼流

穴が掘れたらマニュアル通り死ねるかな……森田 栄一

空っぽの頭でないと掘れぬ穴……小梶 忠雄

天の川(あまのがわ)

天の川まで前髪を剪(き)りにゆく……………倉本　朝世
天の川親きょうだいのいるようで……………羽渕　礼子
子に期待すること多き天の川…………………西来　みわ
天の川渡しでずっと待っている………………竹内ヤス子
来年は二人で見たい天の川……………………前中真由美

雨(あめ)

道頓堀(どうとんぼり)の雨に別れて以来なり……………岸本　水府
雨ぞ降る渋谷新宿孤独あり……………………川上三太郎
雨はげし個展の主がひとり掛け………………野口　北羊
かの子には一平が居たながい雨………………時実　新子
雨の酒逢(あ)いたい人はみな遠し………………斎藤　大雄

石(いし)

龍安寺(りょうあんじ)どの石ももの言ひたそう………………布部　幸男
転がったとこに住みつく石一つ………………大石　鶴子
ちぐはぐな個性で石が光りだす………………安永　怜子
いい雨が石の上にも降っている………………伊達南谷子
千年を生きて漬物石と成り……………………小野　公樹

宇宙

君の瞳の宇宙信じていいですか……………………岩本　笑子

パセリの森へ産みつけておく宇宙船……………加藤　久子

宇宙の扉ひらけば如月の茶房……………………西秋忠兵衛

宇宙へとわが息を吐く蕾の季節…………………渡辺　和尾

赤ちゃんを包む至福の小宇宙……………………絵馬古都雄

海

泣きに来た海が他人の顔をする…………………野村　京子

海多き日本に海を見ず暮し………………………白石維想楼

蟹の目に二つの冬の海がある……………………大野　風柳

しもきたのうみげんせんのかげをのむ…………高田寄生木

陽が落ちるわが人生の日本海……………………成田　順子

運河

いつからか筏動かず運河冬………………………三條東洋樹

夫婦の運河　魚眼レンズにとらえられ…………河野　春三

小樽運河ニシン景気の夢みてる…………………谷　　重雄

拳ふたつ静かに流れゆく運河……………………平山　繁夫

長い運河と小さき挿話のめぐり合い……………寺尾　俊平

125

炎天

バスが出てしまい炎天の無一文 ………………………… 鈴木　九葉
痰がからまる敗戦忌の炎天 …………………………………… 尾藤　三柳
炎天や　力をためているポプラ ……………………………… 増田　孝美
炎天の下は恋の火いのちの火 ………………………………… 斎藤　輝一
切り傷が手ごわく攻める炎天下 ……………………………… 恒川和佐子

遠雷 (えんらい)

遠雷や傘を忘れたままのひと ………………………………… 島田まさこ
遠雷と思う税額ベストテン …………………………………… 田口　麦彦
遠雷に狂い切れないうすら闇 ………………………………… 川西　青蝶
遠雷や子ばなれできぬふたちぶさ …………………………… 西条　真紀
湖見えて妻の寝息よ遠雷よ …………………………………… 田中　博造

丘 (おか)

生き死にへ勇気を呉れるので砂丘 …………………………… 山之内　洋
夕焼けの丘で羊と絵に入る …………………………………… 福田　白影
受け皿の寺を見おろす丘に住む ……………………………… 高谷　一人
希望が丘　光が丘　自由が丘とバス走る …………………… 恒川和佐子
コスモスの丘で素直に好きが言え …………………………… 細水　一子

126

海峡(かいきょう)

イカ釣りの灯が海峡を街にする……………………………渋川　渓舟

海峡の機嫌がわかる操舵室(そうだ)…………………………有福　　功

海峡を一気に渡る恋になる………………………………北野　岸柳

海峡の春を探しに絵具とく………………………………正本　水客

マゼランが立って居そうな海峡だ………………………松井美稚子

風(かぜ)

海からの風は明るくブーメラン…………………………墨　作二郎

目の奥のほうから風が吹いてくる………………………白藤　　海

風よ吹け　抱いてゐる子へ　歩く子へ…………………麻生　路郎

風かなと呟(つぶや)く足の爪が伸び…………………………田辺　幻樹

風の中ひとつ揃わぬ鼓笛隊………………………………寺尾　俊平

化石(かせき)

ラーメンとカレーで化石にはなれぬ……………………田口　麦彦

冬の亀化石(かめ)のようにうずくまり…………………………社方　一馬

石に化けるには時間がちと足りぬ………………………若山　大介

化石から過去のロマンをたぐり寄せ……………………間瀬　洋子

飛行機に乗らぬ化石がここに居る………………………石川美智子

127

川（かわ）

川の源は一掬（いっきく）の酒だろう……丸山弓削平
四万十（しまんと）に雪傾いてゆく日本……小笠原 望
ひと雨で川は力を見せつける……吉岡 茂緒
てのひらを流れる川はいま怒濤（どとう）……宮本美致代
川底を先に覗（のぞ）いたのはわたし……安田 柳子

霧（きり）

霧が降る愛の終わりがあるように……成貞 可染
霧の町生きてほのかな灯をともす……梶山三重子
霧の駅一人降ろして一人乗る……荻野 綺映
夜遊びにハッキリ霧の街となり……青砥 可明
霧の深さと愛の深さが吊り合わぬ……田口 麦彦

銀河（ぎんが）

過疎の手をのばして摑（つか）む銀河の尾……太田紀伊子
眉（まゆ）を引くすこし銀河を傾けて……北里 深雪
冬銀河ひとりぽっちも悪くない……野口きぬえ
美しい銀河に続く緩い坂……渡辺 和尾
一滴の雫（しずく）の中にある銀河……高味八重子

銀河鉄道(ぎんがてつどう)

銀河鉄道母が乗ってはいませんか……………………………小野　日生
銀河鉄道片手をあげたままの夜………………………………田村千可子
銀河鉄道往復二枚下さいな……………………………………松井さち子
銀河鉄道汽笛が道を塞(ふさ)ぐ夢………………………………内田　順子
しゃぼん玉割れて銀河の駅に着く……………………………墨崎　洋介

雲(くも)

むくむくむくむくまさしく青年の雲よ…………………………藤本静港子
錠剤を手に置き雲を見ぬ二日…………………………………葵　　徳三
一姫二太郎　三太郎には雲がない……………………………尾藤　三柳
飛行雲平和の民は貧しかり……………………………………伊藤　突風
雲ひらく今日生く影を克明に…………………………………今井　鴨平

景色(けしき)

変わらない景色の中に親は無し………………………………内田　則子
眼の中に遠い痛みを持つ景色…………………………………上河辺みち
紙を漉(す)く枠に透けてる冬景色……………………………松岡　葉路
さて次の景色が見えぬ多数決…………………………………須田　尚美
もう母はいないローカル線の景………………………………坂下　冬子

129

咲く

皆咲けば百花繚乱妻の庭 …………………… 椙元 紋太

きっちりとお彼岸へ咲く曼珠沙華 …………… 鈴木 可香

四季の花咲かせ一軒立退かず …………………… 黒川 紫香

百合咲きぬ失意の夜を音たてて ………………… 浜本 千寿

休田に咲く草の花農の首 ………………………… 佐藤 岳俊

砂漠

砂漠行きですが相乗りしませんか ……………… 北里 深雪

都市沙漠失うものが多過ぎる …………………… 布施 蘇公

ほとぼりが冷め見通しのよい砂漠 ……………… 中川緋紗子

たこ足のコードの先にある砂漠 ………………… 平田 朝子

ひとり砂漠にとり残されたのは男 ……………… 本田 南柳

島

島に来る医師は聖者に違いない ………………… 樫尾 一光

屋根に石積んでこの島逃げはせぬ ……………… 安永 理石

絵のような島で男に職がない …………………… 月原 宵明

ひと声で起きる島の子早起きだ ………………… 船津とみ子

不器用に生きても島はあたたかい ……………… 山口美代子

130

霜(しも)

米を研ぐ妻が明日の霜をいう　　　　岩田　土筆

霜踏んで行かねば入試までの道　　　田口　麦彦

初霜をニュースで聞いた朝のお茶　　斉藤　矢人

陽(ひ)のあたるとおりに溶ける霜柱　　　荻原　鹿声

不況にも負けぬ地下足袋霜を踏み　　曽我　秋水

地震(じしん)

平成七年一月十七日　裂ける　　　　時実　新子

震度七　さっと御位牌(いはい)抱き締める　　　飯田　菌児

五時四十六分ガラスのこわされて　　田中　節子

地震から生きたいのちを確かめる　　船津とみ子

避難手続き不備で毛布は三日先　　　永井乃里文

巣(す)

ダム反対クマタカの巣がそこにある　西村比呂志

君と棲む小部屋を愛の巣と呼ぼう　　鳩野　宗夢

巣造りは嫌いな女のハイヒール　　　宮本美致代

熟年に空の巣の絵が殖えてゆく　　　広瀬　啓子

腕時計つけるおとこは巣に帰る　　　柿山　陽一

彗星・流れ星

彗星を観たかと聞いてくれる人 　　池上 靖子
百武彗星二万年後は誰に会う 　　田村けい子
流れ星母病む故郷の空に消え 　　飯山 一夫
流れ星そんなきれいな終わり方 　　井上せい子
ピーポーが走ったあとの流れ星 　　山本 翠公

水平線

室戸から父の水平線を研ぐ 　　杉原 正吉
合掌のひととき水平線に居る 　　高野 明子
太陽を水平線が持ち上げる 　　渡辺 南奉
目を閉じてみればたやすい水平線 　　内田 順子
飛び魚が水平線に追いつけぬ 　　矢本 大雪

砂

八月の机に落ちた浜の砂 　　岸本 水府
砂時計 時を哀しくして見せる 　　渡邊 蓮夫
泣き砂の過去は華やかだよ きっと 　　石田 明
砂時計の砂一粒のいのち吹く 　　大内 順子
ひと握り綺麗な砂と生きている 　　角田ひろし

132

星座(せいざ)

少年の指めがねには白鳥座 ……岩崎真里子
星座などわからず星の美しさ ……岩切 康子
野天風呂(ぶろ)冬の星座と湯につかり ……清水 吉子
オリオン座ほくろの数をまだ言える ……佐藤ちあき
介護用品ずらり白鳥座は頭上 ……加藤 浩嗣

空(そら)

空は晴れて空は青くてこともなし ……渡辺 和尾
私の選んだ空を茜(あかね)とす ……桑原 佑介
都落ちだけど智恵子(ちえこ)の空がある ……泉本 玲子
縫い針をかざせば空に通路あり ……倉本 朝世
跳び箱がとべた日の空忘れない ……川瀬 翠

田(た)

父の田の痩(や)せるにまかす秋へんろ ……村井見也子
たんぽには出ぬ約束で嫁が来る ……野田 はつ
五風十雨喝采(かっさい)のない田に老いる ……山本 誠子
土踏まずわがげんげ田に帰りませ ……徳住八千代
有給をとり兼業の田を植える ……小渕はじ芽

台風

台風はそれて抜けない五寸釘(くぎ) ……岸本　水府

台風が来るという日の海の色 ……桂　枝太郎

台風禍藻のなき海の愁いとなる ……平田のぼる

台風はいま沖縄で夜のテレビ ……笠矢　芳子

海へそれた台風親しみを残す ……鈴木　泉福

太陽(たいよう)

太陽を真ん中にしてみんな生き ……大嶋　濤明

疲れたと言わぬお日様お月様 ……山田　良行

陽(ひ)が沈む今おっぱいのかたちして ……長谷川博子

太陽に問えば明日があると言う ……渡辺　銀雨

お陽さまがわたし見てますファイト湧(わ)く ……豊岡はつい

滝(たき)

わが肩に妻の手があり滝の音 ……西塚　春魚

滝壺(たきつぼ)の飛沫(ひま)人生観を変え ……加藤　圭路

地図持たぬ旅に無名の滝うれし ……岩井　澄子

ざわめきを捨て去りきれぬ滝の前 ……赤松ますみ

滝の水空を映して青く落ち ……野村　圭佑

134

地球(ちきゅう)

にんげんという害虫がいる地球 .... 河内 天笑
わたくしも地球こわしている輩(やから) .... 廣瀬 飯岳
人間が見えぬ地球は美しい .... 桟 舜吉
自転する地球のことをすぐ忘れ .... 山口 直子
キシキシと地球壊れる音がする .... 高橋 典子

地球儀(ちきゅうぎ)

地球儀のここが燃えてる飢えている .... 白石 春嶺
地球儀をつつくニッポニア・ニッポン .... 本多 洋子
地球儀を回せば飢餓の国があり .... 七谷虹桟橋
地球儀に音なく積もる人の灰 .... 尾藤 三柳
地球儀に愛する国はただ一つ .... 近江 砂人

地平線(ちへいせん)

地平線明るい雨が降っている .... 福島 久子
牛乳パック転がる僕の地平線 .... なかはらいこ
陽(ひ)がかげる前に越えたい地平線 .... 小林 宥子
太陽は一人で帰る地平線 .... 岩崎 一博
青年の夢伸びてゆく地平線 .... 峯岸不二夫(アメリカ)

月(つき)

月おぼろ君の情に似ておぼろ ……………………………… 麻生 葭乃

想い出のひと多くみな月のなか ……………………… 石曽根民郎

何だ何だと大きな月が昇りくる ……………………… 時実 新子

月の視野誰か双刃を砥ぎ居たり ……………………… 片柳 哲郎

われは雁 月の真上を渡るなり ……………………… 八木 千代

土(つち)

くやしさに握った土のあたたかさ ……………………… 玉野可川人

土の香をときどき嗅いでヒトに成る ………………… 津田 遙

一塊の土わがものならず故郷を去る …………………… 山本 芳伸

土を持ち上げる双葉に願いごと ………………………… 奥 美瓜露

雪掘れば土土掘れば芽がいぶき ………………………… 奥 昭二

梅雨(つゆ)

梅雨しきり静止画像の中にいる ………………………… 竹内 祝子

ダイヤルへばかり手がゆく長い梅雨 …………………… 野辺ひろ枝

梅雨明けを白い帽子が待ってます ……………………… 井本 節子

梅雨さ中妻の小言の中にいる …………………………… 松岡 好楽

梅雨末期豪雨のなかの逆さ傘 …………………………… 内田 順子

天

とても天まで届かぬビルを笑ってやれ……中野　懐窓

天もあり地もあり落葉音もなし……白石朝太郎

風船のおもいが届く秋の天……亀山　恭太

恩を知るおとこに天が深くなる……定金　冬二

花の枝手離し天にお返しす……小川　十宵

天気

五十歳でした　つづいて天気予報……杉野　草兵

しあわせが降って来そうないい天気……朝田　智子

干し柿が仲よく並び好天気……太田あさみ

いい天気だけでは持たぬ初対面……大島　脩平

みな天気褒めて運動会が済み……荻原　柳絮

波・浪

芭蕉去って一列白き浪がしら……木村半文銭

ひとり来てふたりで来たい浪の音……小田　夢路

大波に小波家族は皆元気……浦　　眞

逢いたいと波打ち寄せる打ち返す……渡部　康子

テトラポットと波のいくさを見て飽かず……阿部　平

虹

うたかたの虹よ暮らしを掠めるな……玉野可川人

迷い子の涙も涸れて虹が立ち……脇屋　實川柳

虹ふたつひとつは祈る淡さなり……横村　實

虹つかむ形で軍手干しあがる……神田ヒロ子

色あせた虹を福祉の谷で見る……松山金次郎

花曇り

ベトナムの戦火は如何に花曇り……田口　麦彦

さよならがうまく言えない花ぐもり……藤山　杏子

溜息の視野にひろがる花ぐもり……藪内千代子

行く先を妻にまかせる花曇り……岸本柳之助

花曇り就職通知待ちわびる……岡崎　麻子

花野

きれいねのあとは無言で行く花野……森　恵美子

花野来てポエムを貰う夢もらう……富安清風子

夫に鈴つけて花野へ解き放つ……興津　幸代

花野から見えてくるのはバスジャック……田口　麦彦

花の野に雲はそんなに高くない……竹内　良伸

138

春嵐
<ruby>春嵐<rt>はるあらし</rt></ruby>

春嵐恋しい人の夢ばかり ………………………………野坂美智子
明日の日は約束できぬ春あらし …………………………河内さい子
春嵐選挙の声が負けていず ………………………………伊藤美都子
春の嵐と契り私の虚脱感 ……………………………………細川万里子
春嵐軌道修正まだ出来ず …………………………………宮本美致代

火
<ruby>火<rt>ひ</rt></ruby>

行末はどうあろうとも火の<ruby>如<rt>ごと</rt></ruby>し ………………………………麻生 路郎
火柱やかえるところのない夫婦 …………………………河野 春三
ふり向けば火になる雨の歩道橋 …………………………桑野 晶子
いざとなればうしろの<ruby>藁<rt>わら</rt></ruby>に火をつける ……………………八木 千代
昭和史から時折り降ってくる火の粉 ……………………赤城 一平

風景
<ruby>風景<rt>ふうけい</rt></ruby>

風景に学校のあるあたたかさ ……………………………三原永久志
風景にきわめて近くなるあなた …………………………なかはられいこ
風景画が<ruby>痺<rt>しび</rt></ruby>れてしまう春の午後 ………………………渡辺 和尾
風景がどれも縮んでいる母校 ……………………………椎名 七石
B面の風景飢餓の子が群れる ……………………………梶山三重子

吹雪(ふぶき)

前略と綴り吹雪の中にいる……澤野優美子

残像を追いかけ吹雪の夜のワイン……大島うめの

花吹雪そっと散りたい花もある……永田 暁風

吹雪く夜の酒に味方も敵もない……玉井たけし

わざわざの客をいたわる粉吹雪……清水冬眠子

星(ほし)

満天の星です嘘(うそ)は言えません……藪内千代子

悠遠を斬る一瞬の流れ星……中島 国夫

コーヒーカップ星降る話きいている……高田 和子

いつまでも星の王子を待ちつづけ……嶺岸 絵美

可能性星を仰いでいるわたし……恒松 巨足

岬(みさき)

古代より叫びつづけてきた岬……盛合 秋水

少年に未来はあれど岬まで すれ違う……檜崎 進弘

岬行バスはやすらぎ……墨 作二郎

恋人岬の波がひとりを唆す……森中恵美子

もう逢(あ)えぬひとかも知れぬ風岬……坂下 久子

森(もり)

千年の森は樹齢にこだわらず……佐藤　良子

森の危うさ人の危うさ近未来……高味八重子

再生紙あしたの森へつなぐ夢……柴山えり子

きみの森わたしの森も雪が降り……寺沢幸智子

句碑一基裸の森に光あり……吉岡　宵波

山(やま)

むらさきの山少年は老い易(やす)し……東野　大八

山頂に風あり人を信じます……高田寄生木

ふるさとの山父になり母になり……小池しげお

ピッケルを磨けば山が見えてくる……影山　晴美

頃合(ころあ)いの暗さの山の登り口……赤松ますみ

闇(やみ)

マッチ擦ってわづかに闇を慰めぬ……藤村　青明

夜明け待つ闇には闇のあたたかさ……家久真智子

鈍い闇父をソフィストたらしめる……原井　典子

暗闇で信じる人の掌(て)をさがす……末村　道子

キリストの握りこぼした闇を追う……高木夢二郎

夕暮れ

夕ぐれのポストで好きと告げておく ……森田 弘子

夕ぐれの花散りなさい咲きなさい ……川西 青蝶

夕暮れの窓にたくさんシャボン玉 ……上地 弘子

夕暮れてブランコだけが揺れている ……川嶋 翡翠

夕暮れの早さに負けぬ子らの声 ……長尾みどり

夕立(ゆうだち)

夕立の向こうに見える晴れた町 ……斉藤 さわ

夕立に干梅匂(にお)う家の中 ……前田 雀郎

夕立に洗われている橋その他 ……時実 新子

夕立がすこし豊かな午後にする ……河内さい子

夕立や 奪えるものなら奪いたい ……宮本 夢実

夕日(ゆうひ)

恋人と陶器売場で見る夕日 ……畑 美樹

なにごともなくて夕日が美しい ……林 きみ代

日の丸が夕陽の色になって来た ……東井 淳

折り返し点から好きになる夕日 ……門脇かずお

駅長のあごに夕日を置いて発(た)ち ……根岸 川柳

夕焼け

夕焼けのうしろに天国があるか 村田 周魚

逃げ腰の男は討たぬ夕焼けよ 森中恵美子

弱者泣く夕焼けの町 われらの町 片柳 哲郎

妻側につく俎板(まないた)も夕焼けも 樋口 仁

ゆうやけのあれは仏の誘う色 須場 秋寿

雪(ゆき)

ことさらに雪は女の髪へ来る 岸本 水府

雪国にうまれ無口に馴(な)らされる 濱 夢助

いてほしい人を返した朝の雪 笹本 英子

ありがたしゆきあわければはるちかし 後藤 閑人

拿捕船(だほせん)へ雪はななめに降り急ぎ 斎藤 大雄

流氷(りゅうひょう)

流氷に生きた夕陽(ゆうひ)が美しい 嶺岸 柳舟

流氷離岸風のかたちが見えてくる 嶺岸 絵美

流氷のごとわが愛の漂うて 尾花 白風

流氷の軋(きし)み空しい島返せ 宗形 八郎

流氷の港を逃げてからが春 林 照子

思想・哲学

空想(くうそう)

空想で刎(は)ねる男の首がある ……… 塚本 道子

ドアチェーン空想タイムはじめよう ……… 進藤すぎの

空想のながれをのぞく花菖蒲(はなしょうぶ) ……… 小林 秀朗

冥想(めいそう)の腕組み眠ってはいない ……… 加茂 如水

初蝶(はつちょう)にもらう生ぐさき幻想 ……… 岡崎たけ子

こころざし

春の僕ただ良寛をこころざす ……… 麻生 路郎

こころざし半ばでおでん鍋つつく ……… 田口 麦彦

こころざし涸(しぼ)んで冬を越せぬ花 ……… 伊藤とみお

志抱いてまっすぐ眉(まゆ)をかく ……… 岡本 恵

村を出る朝の確かなこころざし ……… 和泉 香

144

思想

カストロの髭残り火の思想抱く……………桟　舜吉

君子蘭一つの思想持つ如く……………錦　俊坊

ボロ靴の思想へ鳴いた梟よ……………片柳　哲郎

つぎはぎの思想で斬れるものはなし……………酒井　路也

無思想の記念樹だけが生き延びる……………泉　佳恵

主義

主義捨てた骨がゆっくり溶けてゆく……………越村　智彦

平和主義元気な妻の傘に入り……………みそのゆり

負けて勝つ主義で白旗など持たぬ……………河内　月子

民主主義家族みんなが違う票……………延永　忠美

年齢を数えぬ主義に切り替える……………久田美代子

主張

しゅんしゅんと薬缶も自己を主張する……………成田　順子

一坪に実るトマトの自己主張……………中根　和子

主義主張あってたのしい夏帽子……………小林恵美子

主義主張しっかり持っている無口……………久保田千代菊

自己主張猫はしっぽを直立に……………堀　恭子

常識(じょうしき)

常識という一冊の眠い本 ……………………………… 佐藤 美文

常識の中にちょっぴり毒を盛る ………………………… 肥田 岳史

未来図に常識超えた彩(いろ)を塗る ………………………… 沢田 清敏

常識のズレを我が子に見てしまい ……………………… 山下 天平

常識をこえろ越えろと水をやる ………………………… 井上せい子

正論(せいろん)

四捨五入して正論をはじき出す ………………………… 竹内いつみ

正論が湯水のように出る日暮れ ………………………… 荻原 悦声

正論を吐いて討ち死にでもするか ……………………… 大塚 一由

正論をウォークマンで聞いている ……………………… 長谷川酔月

みんな正論だから判断任せます ………………………… 渡辺 京

哲学(てつがく)

冬深い樹々(きぎ)哲学をぶら下げる ………………………… 伊佐次無成

哲学も持たず雑煮の三杯目 ……………………………… 安藤富久男

哲学がある火葬場のけむりにも ………………………… 小玉 カヨ

哲学は桃の缶詰開けるとき ……………………………… 樋口由紀子

経営哲学タコ焼にタコひとつ …………………………… 矢須岡 信

願い

ポシェットに小さな願い持ち歩く……………………中村　英福
気品持つ弥勒へはしたない願い………………………奥田　松子
褪せていく月に願いが太り出す………………………篠塚　紀子
初詣で万の願いをどう裁く……………………………板垣　夢酔
願わくば夫婦で召されたい命…………………………國清　佳子

反論(はんろん)

反論は腹式呼吸したあとで……………………………中村　芳江
反論を虫歯の穴に溜めておく…………………………山見　都星
反論の文字は知らないイエスマン……………………加茂　如水
片隅にいる反論を数で斬る……………………………白石　春嶺
反論を封じる君のずるいキス…………………………江畑　哲男

147

社会

厚底(あつぞこ)

厚底を脱いでわが身の丈を知り……船木 敏弘

宇宙語を交わして厚底が歩く……松田 順久

厚底を売って心配する靴屋……小林 愛穂

ハンディーの分だけ靴を高くする……岡田 玖美

厚底が雷雨に逢(あ)うと惨めすぎ……白鳥 覚朗

エスカレーター

まだ若いエスカレーター馳(か)け登る……後藤 峯子

エスカレーター人追い越していく元気……林 雅子

エスカレーターの右側にいてすみません……江畑 哲男

エスカレーターへ上手に乗れて夫婦笑む……平松 正顕

エスカレーターに乗ると絆(きずな)が軽くなる……佐々木葭夫

148

エレベーター

エレベーターをわたしのために呼びつける……山本　洵一

エレベーター開くと他人の顔ばかり……伊藤　美幸

エレベーター花嫁さんと乗り合わせ……安田　吉甫

エレベーターなんて静かに混んでいる……毛利　由美

エレベーター閉を押すのは日本人……本庄　快哉

汚職(おしょく)

フラッシュへ開き直っている汚職……安永　理石

信頼のバッジが揺れている汚職……喜田　貴子

汚職の世流れを変える風を待つ……青木　昌子

エリートのミス台本にない汚職……藤本　巌

反転の裏で汚職が絡み合う……渡辺　吐酔

階段(かいだん)

螺旋(らせん)階段ゆっくり降りてゆく自信……菊永　咲子

階段に手すりがあった有難さ……神前　朋義

階段を一気に落ちる斬られ役……桑田砂輝守(さきむ)

階段のきしみにいつか叛かれる……佐々木葭夫

階段を降りる負けたと思わない……杉浦多津子

149

過疎(かそ)

過疎の海子を生みしこと幻か……………………小玉 カヨ
道端の過疎老人が鎌(かま)を持つ…………………古谷 恭一
卒業生の記念樹だけが伸びて過疎………………田頭 良子
いつの日に笑いがもどる過疎の町………………末村 道子
過疎捨てる話筍(たけのこ)立ちすくむ……………………寺坂よし子

肩書(かたが)き

肩書きはぼけ老人と書こうかな…………………藤原 浄子
肩書が重たい日日の泣き笑い……………………山本 康子
肩書が自信過剰の顔にする………………………越郷 黙朗
印籠(いんろう)に勝てぬ肩書なら要らぬ……………………野谷 竹路
いきいきとして肩書きのない名刺………………新畑ひろし

カリスマ

カリスマに遠く大きなくしゃみする……………小笠原 望
塾長のカリスマ振りを瞳の底(め)に………………高木 一男
カリスマの影をライトが誇張する………………野谷 竹路
カリスマの森には底なし沼がある………………大石 一粋
紫にカリスマ性を借りてくる……………………播本 充子

喫茶店(きっさてん)

アリバイを作りにはいる喫茶店 ………若草はじめ

興奮もなく妻を待つ喫茶店 ………河野なかば

喫茶店が一軒消えた冬の午後 ………西川ほしみ

喫茶店で身の上話 陽気だね ………恒川佐和子

喫茶店ムードよろしく向い合う ………藤田 水江

休耕田(きゅうこうでん)

休耕へのほほんと咲き捨子花 ………中野スミ子

休耕田人を拒否する草の丈 ………野口きぬえ

休耕田に花を咲かせている平和 ………相馬 銀波

休耕田ぼくを案山子(かかし)にしてしまう ………及川 松鶴

選挙カー休耕田を見ず通過 ………山本 蛙城

キレる

ご用心遊ばせ妻もきれますよ ………一色美穂子

キレそうな子の綻(ほころ)びが見ぬけない ………佐藤 哲朗

先生も生徒もキレる世紀末 ………石井 清勝

すぐキレる若さよ愛が不足だな ………大橋 一正

キレル親キレル子弱い血の絆(きずな) ………名井トヨ子

151

籤(くじ)

戦争と平和しかないあみだくじ ……… 今川 乱魚
仏だんの隅がよろしい当たりくじ ……… 田頭 良子
外れくじ積んで茫茫(ぼうぼう)たる視界 ……… 大家 北汀
つまらない男に当たるあみだくじ ……… 寺尾こうこ
宝くじ小さくたたんだ札で買う ……… 安井 蜂呂

クローン

クローンのわたしと出会う向こう岸 ……… 吉澤 和子
クローンは猿でおわりにして欲しい ……… 松田 順久
クローンのおまえは僕の何なのだ ……… 小川 千年 アルゼンチン
クローン嫌いあなたが二人いるなんて ……… 太田紀伊子
クローンもバイオも蓋(ふた)のない電車 ……… 藤井 蛍舟

群衆(ぐんしゅう)

群衆はタクト通りに唄(うた)わない ……… 吉岡 龍城
群衆になれるが一揆(いっき)にはなれぬ ……… 富安清風子
群衆をぎゅっと絞れば春霞(はるがすみ) ……… なかはられいこ
壁新聞のない街の冷めた群衆 ……… 森 由朗
人民裁判死刑を叫ぶ群衆だ ……… 田口 麦彦

152

欠席

欠席の葉書に理由など入れず ……………………………金築 雨学

欠席と書いてこころが揺れている ………………………安藤 亮介

欠席ときめて心が軽くなる …………………………………一色美穂子

どの嘘を書こうか欠席の理由 ………………………………忽那ミツ子

マドンナが来ないと聞いて欠にする ……………………田野倉 豊

減反(げんたん)

減反で捨てた棚田は戻らない ………………………………村上 綾子

減反田何か播(ま)かねば貰(もら)えない

減反ヘロングブーツの嫁が来る ……………………………吉田 清史

減反薯太(いも)るゲンコツ印だな …………………………中川 一洋

三人寄れば減反を言うソバの花 ……………………………濱本 千寿

コンビニ

戦争は嫌い コンビニの明るさ ……………………………安藤 恥目

コンビニに酸素入荷と貼(は)ってある ……………………西秋忠兵衛

コンビニで買う炊きたての団欒(だんらん) …………………田口 麦彦

寝ずの番コンビニがして街眠る ……………………………山村 牛車

コンビニで逢(あ)うライバルは怖くない ……………………みそのゆり

　　　　　　　　　　　　　　　　　　　　　　　　　　　小畑 定弘

153

時刻表(じこくひょう)

時刻表めくる速さも旅が好き ……………………… 榎本 聰夢

時刻表閉じると海は消えていた ………………… 木本 朱夏

人ひとり愛して買うた時刻表 …………………… 吉田 秀哉

着るものが決まってからの時刻表 ……………… 葉室三千世

寂しさが溜(た)まると時刻表を繰る ……………… 山見いく子

仕事(しごと)

座布団を運ぶ仕事がある職場 …………………… 山口 直子

仕事始めの鞄(かばん)に仮面三つほど ………………… 宮本 時彦

食べるためにする泣きそうになる仕事 ………… 赤松ますみ

初仕事舐(な)める程度の酒が出る ………………… 松谷 大気

お金にはならないけれどいい仕事 ……………… 上野多恵子

失職(しっしょく)

晩秋のこの靴音に職がない ……………………… 鷹野 青鳥

失職の腕のオメガが狂わない …………………… 小松原爽介

カタカナにしても職安職がない ………………… 中島 愛猿

離職票五月の風に癒(いや)される ………………… 山路 節子

失業の朝も六時に目が覚める …………………… 水木 博男

154

自動販売機(じどうはんばいき)

不信いよいよ自販機のアリガトウ……小松原爽介
自販機のカブト虫には森がない……加藤友三郎
販売機サンキューぐらい言いなさい……日下部舟可
販売機カタンと老いの日は永し……田口　麦彦
自販機がごとり少年堕(お)ちる音……中野野泣子

視野(しゃ)

全員解雇起重機は冬の視野……安藤富久男
マイカーの視野に入らぬ道祖神……松代　天鬼
男の視野に黄色いハンカチを吊(つ)るす……松村　華菜
先生の視野狭過ぎる漫画本……菖蒲　正明
逢(あ)いにゆく視野一面のまんじゅしゃげ……窪田　和子

自由(じゆう)

延命を拒否する自由だってある……平田のぼる
幸福論自由に勝るものはない……岩井　澄子
離婚した自由冷たい星が降る……本条　直子
長き夜に次ぐ長き昼　自由とは……鳥海　ゆい
約束をなにもしないでいる自由……高橋なみ子

十七歳(じゅうななさい)

セブンティーンあの輝きは今どこへ……松村　洋子
十七歳学徒動員だった君……吉岡れん子
十七歳戸惑う親へ果たし状……髙橋　佳子
十七歳の弾ける音を聞き漏らす……高山　以津
十七歳に命大事と教えねば……水谷　雅子

順(じゅん)

歳時記の順番に咲く妻の庭……土居　哲秋
杯の順日本の祝いごと……増井不二也
焼香の順を遠縁譲り合い……西村　在我
順番が来ても軍歌のほか知らず……伊藤とみお
古い順に並べて風は静かなり……熊谷　岳朗

少子化(しょうしか)

少子化に負けぬ大きな鍋(なべ)を買う……岩元　浅雄
縄電車乗る子がいない少子国……山本とし子
少子化の果てのピーターパンごっこ……斎藤由紀子
少子化に威勢をあげる鯉(こい)のぼり……喜田　貴子
もっと生まねば祭りみこしが上がらない……竹岡　訓恵

156

新人類

新人類針のムシロはひとまたぎ............佐藤　良子
新人類だって神様拝みます............黒川　笠子
新人類の背中は遠い日の私............多田　誠子
乾杯が好き新人類もわたくしも............川西　青蝶
かくし芸新人類に伝わらず............吉田千鶴子

ストーカー

ストーカーにならないほどの子への距離............丸本うらら
恋一途思えばストーカーだった............西村　茂
わたくしに貧乏神のストーカー............油谷　克己
帰り道まあるい月のストーカー............高野　義朗
ストーカー日本男子も地におちる............楠瀬　政市

製材所（せいざいしょ）

父が居そうな月の夜の製材所............峯　裕見子
製材所出て年輪に運が付き............北野　豊
鉛筆けずりの屑も製材所の匂い............柳　延子
製材の横を通れば木の香り............藤原　正明
学校の帰りに覗く製材所............田口　麦彦

157

席

席ゆずる少年ぶっきらぼうに立ち………………大森　昭恵
ろばた焼淋しがりやの席もある………………吉田　秀哉
今席を立てばわたしの負けになる………………伊藤　寿美
立見席から見ている夢の降る舞台………………宮村　典子
外野席がとっても好きな春帽子………………斎木　敏子

セクハラ

セクハラの線引きもめるティータイム………………高山まち子
セクハラをラッシュアワーが咬す………………岩元　浅雄
セクハラと言われてオジさんが揺れる………………藤原　一志
正調なセクハラだったねえ祝辞………………坂井　冬子
セクハラの線ぎりぎりの誉め言葉………………江藤　一市

世間(せけん)

世間とはそんなもんだと父がいう………………織田可津春
青梅のにがさを世間だと思う………………住田　三鈷
人は世に溢れて人に会い難し………………岡本　定女
割り切れば何と馬鹿げた世間体………………飯田　尖平
点滴へ世間は朝も昼もすみ………………平井与三郎

造花

失楽園蝶が遊んでいる造花 ……藪田　楽川

潔よく散れぬ造花も人間も ……中村　郁枝

点滴へ造花のバラが咲き競い ……平井与三郎

花言葉まだ呟いている造花 ……田鎖　晴天

造花きらめく掌の終電車 ……大島　洋

他人(たにん)

その昔おにぎり呉れたのは他人 ……美馬ていほ

痛い程視線かんじてまだ他人 ……平井　都

定年に妻が他人になる構え ……川西　一男

エビ天見比べる夫婦は他人 ……木下　草風

戸のあいた他人の家を見て通る ……池上　靖子

たまごっち

あらっ秋ね　そうだよたまごっちの少女 ……西秋忠兵衛

たまごっちより球根がすばらしい ……岡本かくら

三寒四温大手を振ってたまごっち ……千葉　絹子

老人ホームで涙ぐんでるたまごっち ……ちば東北子

アラ死んじゃった　アハハハたまごっち ……矢須岡　信

団地(だんち)

ふる里のありや団地は窓ばかり……三條東洋樹

住み慣れて妻にも役がつく団地……阿萬 萬的

梅雨晴れの団地乾(ほ)したいものを乾し……荻原 柳絮

共同アンテナ団地族にも村八分……礒野いさむ

団地いま国旗一本見つからず……蔵多 李渓

中流(ちゅうりゅう)

中流の顔ばかり住むうさぎ小屋……秋山 ヒサ

中流の証督促状がくる(あかし)……犬塚こうすけ

中流を詰め込む朝の定期券……牧浦 完次

中流の意識の中にワイン抜く……吉田 政敏

われもまた中流なれば貧しきよ……柏原幻四郎

出稼(でかせ)ぎ

出稼ぎの村が納まる山の影……野呂背太郎

死者五人出稼ぎ村のひとつの苗字(みょうじ)……高田寄生木

出稼ぎの父は笑いも持ちかえる……今田 俊亭

出稼ぎの土産重たくバスが揺れ……布施 順風

出稼ぎの脳裏にたたむ冬景色……野呂 尚史

160

都会(とかい)

午前九時都会の部署が皆きまり ……………………………… 岸本　水府

故郷出て一羽の鳩(はと)となる都会 ……………………………… 福田　白影

早朝の都会で拾う離職票 ………………………………………… 富谷　英雄

月冴(さ)えて墓石並びたる都会 ……………………………………… 朝日　ヒロ

大都会鼻毛の伸びるのがはやい ………………………………… 佐賀　龍峰

隣(とな)り

早く上手になってよお隣のピアノ ……………………………… 若草はじめ

お隣りも夜更かしのよう金曜日 ………………………………… いまいまい

隣人の鼻の高さが気にかかる …………………………………… 宮本めぐみ

小説の書ける熟女が両隣り ……………………………………… 田口　麦彦

田舎でも隣りの人と久しぶり …………………………………… 女鹿田　寿

仲間(なかま)

目刺し焼く　その藁(わら)しべの旅仲間 ……………………………… 墨　作二郎

打てば響く仲間だ遠慮など要らぬ ……………………………… 小嶋　旬月

泣いたことあるある仲間にしてあげる ………………………… 坂崎よし子

我の強い仲間わたしもその一人 ………………………………… 土井　千草

仲間ばかりでおなじ光を浴びている …………………………… 多田　誠子

ニュース

屍のいないニュース映画で勇ましい……鶴　　彬
ニュース館出ると働く明日の事……岸本　水府
電光ニュース政治は闇に消えるのか……ちば東北子
殺人のニュースに馴れていく怖さ……坪井柳念坊
人間ていいな明るいニュース読む……開発　淑乃

旗（はた）

学校に旗が出ていてまだ旗を出し……大山　竹二
祭日の旗にほどよい風があり……川俣　喜猿
ルームランナー妻が見えない旗を振る……白井　花戦
振り続けると正義の旗になる……矢須岡　信
旗の波　兄をさらって行ったきり……澤田　千春

パラサイト

パラサイト我が家にもまだ二人いる……西原　艶子
パラサイトシングル我家にも一人……村上　功子
パラサイトシングル雨の蝸牛（かたつむり）……森　イク子
穏やかな笑顔で花のパラサイト……伊藤　喜人
パラサイトシングル今日はどこまで行ったやら……甲斐英二枝

ハローワーク
ハローワーク出る靴音が弾まない………………………末田笑放子
ハローワークへ生命線が駆り立てる………………………千葉　絹子
プライドをハローワークに捨てに行く……………………鮒子田嘉子
定刻にハローワークへ着く日課……………………………馬場　明子
ハローワークへ通いつづける十二月………………………中田たつお

番号（ばんごう）
神さまの電話番号訊（き）きもらす…………………………盛合　秋水
ちょっと気になる番号で受験する…………………………延原句沙弥
人を焼く炉に番号が打ってある……………………………柏原幻四郎
携帯番号教えてからのけもの道……………………………中平　俊子
受験番号地蔵様にもいっておく……………………………小林こうこ

非常口（ひじょうぐち）
非常口真一文字に走れるか…………………………………有働　芳仙
非常口確かめ鬼と手をつなぐ………………………………向田桜羊子
非常口非常のときが来てしまい……………………………田口　麦彦
非常口セロハンテープで止め直す…………………………樋口由紀子
笑い皺のなかに非常口がある………………………………桟　　舜吉

163

ビル

首都俯瞰(ふかん)墓石のようにビルの群 ………………………… 安藤 紀楽

ビル高く幸福論を読み終える ………………………… 磯村たけし

ビル街に住みきれぎれの陽(ひ)をもらう ………………………… 中島 和子

ビル街で去勢をされたチンドン屋 ………………………… 菅原孝之助

ビルが建つ伝説の沼埋め立てて ………………………… 沢田 清敏

プール

プールサイドで泣いていた子の日本新 ………………………… 杉森 節子

リハビリのプールも水着カラフルよ ………………………… 苅谷たかし

夏燦燦(さんさん)プールサイドで芽吹く恋 ………………………… 伊東蚊母木

誰(だれ)も居ぬプールに映る監視人 ………………………… 草地 豊子

身内にはないしょプールで泳いでる ………………………… 宮内 恵光

ブランド

プールサイドで泣いていた子の日本新 ………………………… 森田ひでを

ブランドを着こなし愛に飢えている ………………………… 森田ひでを

ブランドの偽では仲間にもなれぬ ………………………… 定本 広文

失恋のたびブランドの服を買う ………………………… 野沢 大漁

ブランドは買ってもらったように持つ ………………………… 永原 陽恵

ブランドを着ても変わらぬ影法師 ………………………… 井上 直次

プリクラ

- どの人が恋人ですかプリクラシール……水野亜希子
- プリクラの前でにっこり梅ひらく……福井 桂香
- プリクラをこわごわと撮る老夫婦……岡田 丘山
- プリクラに阿呆(あほ)を並べてルビー婚……真弓 明子
- プリクラに行動開始急(せ)かされる……高橋 純子

ヘアヌード

- ヘアヌード貼って八月憚(はばか)らず……藤井 北灯
- ヘア解禁ぐらいでおろおろしなさんな……田口 麦彦
- 歌麿(うたまろ)の春画も笑うヘアヌード……佐藤 岳俊
- 立ち読みで充電してるヘアヌード……天野 弘士
- ヘアヌード雑誌とチャップリンの髭(ひげ)……橋本 征一路

ホームレス

- いい風が吹くとこにいるホームレス……中村登美子
- ホームレスねぐら無くした夏祭り……古閑 修
- 大阪城に住んで天下のホームレス……藤原 一志
- 温かな朝日みつめるホームレス……杉原 星雲
- 公園でバイブルを読むホームレス……岩元 浅雄

165

ポスト

裏道のポストへ秘めた便り出す ……………………… 檜山みち子

ポストへもお辞儀いい日のいい手紙 ……………………… 江畑 哲男

目印にされたポストは凜と立ち ……………………… 藤井 正雄

ふる里にまるいポストがある安堵 ……………………… 守先 伸子

定年の知らせが春のポストから ……………………… 多田 誠子

幕 (まく)

今日という幕が台本なしで開く ……………………… 片倉 沢心

紅白の幕の向こうは椅子(いす)を積み ……………………… 外山 瓢人

天寿にはやんわり幕が降りてくる ……………………… 佐藤 博正

鯨幕逢(お)うてはならぬ人に会い ……………………… 内山 憲堂

失楽園の幕を降ろした羅針盤 ……………………… 佐々井登喜子

町 (まち)

いい人に逢(あ)う踏切の多い町 ……………………… 森中恵美子

この町はそうね赤川次郎だわ ……………………… なかはられいこ

何もない町です遊びに来ませんか ……………………… 西村比呂志

ミュージック流れる欲の深い町 ……………………… 石川 三昌

せまい町出るほとぼりの冷めるまで ……………………… 金川朋視子

166

街

物価日に騰り山頭火売れる街 ………………………… 林田 馬行

母おもう街酒饅は湯気が立ち ………………………… 三條東洋樹

沛然と雨は悪事の街たたく ……………………………… 岸本 吟一

キューポラの街で昔のボクに逢う ……………………… 小泉 国男

不機嫌な果実が街を眠らせぬ …………………………… 吉岡 富枝

町工場

動力に家中動く町工場 …………………………………… 川上三太郎

春闘の風がとどかぬ町工場 ……………………………… 佃 静波

午後三時には点灯の町工場 ……………………………… 日野 愿

町工場いのちを削る音がする …………………………… 光永 武雄

町工場もめごともなく人を減し ………………………… 岡村 嵐舟

窓際

窓際の椅子にんげんの匂いする ………………………… 高瀬 霜石

窓際は告別式に狩り出され ……………………………… 安藤 玄白

窓際の椅子だと妻に言ってない ………………………… 梅原 憲介

窓際へきた耳打ちの縄梯子 ……………………………… 橋本 比呂

窓際に吊るす年金早見表 ………………………………… 平田 朝子

167

マネキン

マネキンの着替えためらうこともなく ……高橋 繭子

マネキンの顔でいつもの小言聞く ……袖木 奏子

マネキンの足が開いてゆく、夕陽 ……なかはられいこ

マネキンの鼓動を聞いたガードマン ……木村 勝治

マネキンと同じサイズでない誤算 ……増田 沙弓

村(むら)

男いぬ村ただ白く眠るのみ ……後藤 閑人

鶴(つる)降りる村の人みなあたたかし ……内藤 凡柳

成人を祝ってくれた村を捨て ……瀬戸 波紋

過疎の村お地蔵さまも腹が減り ……大木 俊秀

村起こし晴れ着の妻にある若さ ……脇坂 正夢

名刺(めいし)

お住まいはどちら名刺を見ぬ証拠 ……岸本 水府

紹介の名刺はワサビほど効かず ……塩見 草映

いい笑顔名刺代わりに置いていく ……浜田 京子

名刺入持たなくなって自然体 ……盛合 秋水

支店長の名刺かざしたがる若さ ……吹田 朝児

面接(めんせつ)

面接で私の裏ものぞかれる ……………………………………濱川ひでこ

面接に挑む軽めの四股(しこ)を踏む ………………………………樋渡 義一

カタカナのように面接かしこまる ……………………………本田 鋭雄

面接へ羊の顔になって行く …………………………………七谷虹桟橋

面接を落ちた息子にビールつぐ ……………………………西村 正紘

屋台(やたい)

屋台酒寂しい傘が忘れられ …………………………………中谷 道子

屋台村男の口を軽くする ……………………………………森中恵美子

腹が立つ訳を屋台は聞いてくれ ……………………………中野 頑慶

屋台の灯更けて硬貨の落ちた音(き) …………………………村田 一人

政治経済文化を斬って屋台酒 ………………………………中野 義一

屋根(やね)

ひとつ屋根肌寒いのは誰(だれ)のせい ………………………山口由利子

夕立に貧しき屋根を洗わせる ………………………………永平 三郎

仲のよさだけは誇れる低い屋根 ……………………………前田 富子

屋根の草風の運んで来た命 …………………………………酒井 光楼

カラフルな屋根にローンという重荷 ………………………江口かほる

169

Uターン

丘越えて来る風が好きUターン ……………………西郷かの女
Uターンウサギもカメもさようなら ………………古賀 絹子
ふるさとの空がすすめるUターン ……………………佐藤 良子
Uターンの駅地方紙のいい匂い ………………………福井 悦子
ユーターン苺が熟れて嫁が来て ………………………水本 幸子

乱(らん)

人を焼く煙を人が見てる乱 ……………………………石森騎久夫
すぐ元のそよ風になる母の乱 …………………………江口 信子
半日の家出で終わる妻の乱 ……………………………佐藤きく子
雪おこし一月の乱始まりぬ ……………………………田岡 千里
そっとしておくことにする妻の乱 ……………………田辺千坊子

リーダー

リーダーは玉虫色の旗が好き ……………………………岡部 翠華
リーダーになる保護色を塗り重ね ……………………太田紀伊子
リーダーの土下座に消えた夢の数 ……………………宮崎衣美子
リーダーに倫理うすれてゆく愁い ……………………河合 時弘
リーダーの先見性に酔わされる ………………………真鍋 訓子

170

履歴書（りれきしょ）

列（れつ）

履歴書をかく私も再生紙 ……………池田　武
わが闘争履歴書一枚持ち歩く ………松原　葦男
履歴書を書く手がにぶる青い空 ……山下紫華王
履歴書へ仕事をしたい顔を貼る ……小西　章雄
履歴書の自分に甘い長所欄 …………高橋　繭子

雁（かり）の列何もさびしいことはなし ……村田　周魚
臆面（おくめん）もなく善人の列にいる ……………小嶋　句月
採用は若干名に長い列 ………………蔵重　成人
ガス室へ続く列ではあるまいね ……岩井　三窓
とりあえずウインドウズの列にいる ……田口　麦彦

171

宗教

あの世(よ)

初盆へあの世の具合きいてみる………真壁みち子

寝入りばなあの世もこんなものだろな………野呂背太郎

健康食品みんな試してゆくあの世………田口 麦彦

あの世まで秘密を抱いて行くつもり………荒尾十四子

貧富なく小さな壺(つぼ)で行くあの世………村田 妙子

祈(いの)り

お祈りをしたが神様話し中………竹田 光柳

いまはむかし千人針という祈り………猿田 寒坊

祈りとはつつましいもの紙の鶴(つる)………岡田 玖美

祈りは深く折り鶴不器用なるままに(はる)………大場 可公

祈りより遥(はる)かなものを未だ知らず………岩崎真里子

鬼(おに)

たちあがると　鬼である …………………………………… 中村　冨一

宝くじ当るとみんな鬼に見え …………………………… 久保田以兆

童顔に鬼の異名をのぞかせず …………………………… 藤田きよし

五百羅漢五百の鬼らみな貧し …………………………… 北野　岸柳

弱い鬼ばかりみつけて鬼退治 …………………………… 田口　麦彦

鬼(おに)ごっこ

鬼ごっこみんな未来が光ってた …………………………… 川瀬　　翠

鬼が住むネオンの街のかくれんぼ ……………………… 樋口　祐海

輪の中の鬼は素直(すなお)に目をつむる …………………………… 西田柳宏子

鬼ごっこんなに好きにさせないで ……………………… 伊藤はるひ

鬼ごっこ小さな鬼の歩に合わせ …………………………… 松井さち子

おみくじ

おみくじに女は思い当ること ……………………………… 森中恵美子

おみくじを読む早口のひとりごと ………………………… 大野　風柳

おみくじの通りであれば治る筈(はず) ………………………… 織田不朽仁

おみくじを引くまい今のままでよし ……………………… 石附　柳愁

おみくじのどこかに思い当たるフシ ……………………… 絵馬古都雄

173

合掌(がっしょう)

鐘(かね)

合掌の手は柔らかく蠅(はえ)を追い ……………………… 鈴木 国松
合掌へ十指がみんな畏(かしこ)まる ……………………… 松井智恵子
合掌では足りぬ一つの石を置く ……………………… 脇屋 川柳
合掌の手の中にあるいのちの火 ……………………… 野中いち子
合掌の指のすき間にある命 ……………………… 本多 和子

大仏の鐘杉を抜け杉を抜け ……………………… 浅井 五葉
戯れについても淋(さび)し鐘の巾 ……………………… 麻生 路郎
奈良(なら)七重ひねもす鐘の鳴るところ ……………………… 岸本 水府
寝つかれぬ耳に修道院の鐘 ……………………… 北 夢之助
撞(つ)くたびにかすかに揺れる鐘の精 ……………………… 安武 九馬

神(かみ)

冬苺(ふゆいちご)一つ大きく 神からか ……………………… 鈴木 九葉
神さまに聞える声で ごはんだよ ごはんだよ ……………………… 山村 祐
神でなくなって帽子を振りならい ……………………… 石原青龍刀
神の手にいつかは返す飯茶碗(めしぢゃわん) ……………………… 村井見也子
鈴振ってあなた神様使いすぎ ……………………… 逸見 監治

174

教会きょうかい

教会を出ると飲みたい雪になり……岸本 水府
教会の屋根がそびえている痛み……田口 麦彦
教会の壁画に我欲ひとつ捨て……中野美智子
赤い鼻緒は教会のまわしもの……徳永 操
日曜は所在ないので教会へ……寺尾 俊平

教祖きょうそ

人間の顔で教祖さま病める……寺尾 俊平
教祖一匹ボディービルに余念なし……松本 仁
生真面目な尊師なんかは居やしない……てじま晩秋
教祖なきサティアンに陽が降りそそぐ……田口 麦彦
教祖にはなれぬ常識人だから……竹本瓢太郎

この世よ

入っています入っていますこの世です……時実 新子
いろはにほ焼いても煮てもこの世かな……桑野 晶子
此の世が好きで地球にしがみついてます……奥山 晴生
人の群れこの世のさくらあの世のさくら……大内 順子
この世仮の世 幾つまとめるゴミ袋……笹田かなえ

地蔵(じぞう)

雪地蔵餓えたる者を数珠つなぎ……細川　不凍

風化した街に立ってる石地蔵……末村　道子

裏町の温(ぬく)み地蔵のよだれかけ……我孫子我勝

ここに立つわけは語らぬ野の地蔵……合田　悦子

東京タワー巨大な水子地蔵さま……北里　深雪

写経(しゃきょう)

生きるとは写経に続き賀状書く……橘高　薫風

青い人いつからか住み写し経……時実　新子

唇をもう嚙(か)むこともない写経……富安清風子

心にも化粧夫婦で写経する……佃　静波

写経する私を鬼がさけていく……橋本さくら

宗教(しゅうきょう)

宗教もいろいろ十把ひとからげ……藤原　秋扇

信教の自由鎮守(ちんじゅ)の杜の荒れ……西村　心一

宗教が押し売りにくる日曜日……山下　昭平

宗教が淋(さび)しがり屋を探してる……荒巻　睦

冴(さ)え冴えと異教　青の遺伝子よ……清水かおり

176

十字架（じゅうじか）

十字架をゆらりと降りてくるイエス……藤本静港子
十字架に聴きたし胸の上で揺れ……橋本 京詩（アメリカ）
論争のいつしかクルス胸になく……宮崎 慶子
十字架に吊るされるのか花盗人（はなぬすと）……奥 美瓜露
十字架も鳥居も許すかたちかな……矢須岡 信

鈴（すず）

子が鳴らす鈴だ神様いてほしい……神田仙之助
戒めのように財布の鈴が鳴る……梅津 香折
移り気な男に鈴をつけておく……國清 佳子
十字路に立てば聞こえる母の鈴……西野 秋子
つけられた鈴で自由に生きている……佐古しげの

聖歌（せいか）

夕焼けのうしろに並ぶ聖歌隊……松永 千秋
ハーレルヤみんな神の子美しい……森田 文
讃美歌に人間臭き人といる……森中恵美子
たたかいに敗れ聖歌の輪のひとり……宮崎 慶子
サンタマリア私の中にある悲鳴……弘津秋の子

177

聖書

聖書読むわたしを神は見てますか……久場 征子

聖書一冊菊一輪の二階也(なり)……麻生 路郎

六法全書の重さと聖書の重さ……橘高 薫風

点滴落ちてホテルの聖書軽く読む……織田不朽仁

旅をして聖書が少うしだけ解ける……林 瑞枝

聖夜(せいや)

聖夜の餐(さん)神父の靴は常のまま……橘高 薫風

キリストとぶつかりそうになる聖夜……松本 三九

聖夜の灯足るを知らない羊たち……本田 南柳

こいびとも信仰もなくイブ一人……平野こず枝

愛の灯が確かについている聖夜……山口 竹志

次(つぎ)の世(よ)

次の世の雪をみているさくらさくら……野沢 省悟

次の世は蝶(ちょう)で蜻蛉(とんぼ)で舞わんかな……西 山茶花

次の世は男と妻の目が申す……塩見 一釜

次の世へ曳(ひ)きずりそうな芋の皮……北里 深雪

次の世もこの子の母でおでん鍋(なべ)……池田 茂代

寺

風鐸に風がある日の法隆寺……………………………片岡つとむ
寺町は寺の屋根から夕焼ける………………………末松仙太郎
拝観料上げてお寺も生き残る…………………………小林由多香
白蝶入り黄蝶出て来ぬ寺の門…………………………橘高　薫風
稲刈れば夕陽に映える寺の塔……………………………井上　幸子

野仏(のぼとけ)

野仏の目線で世界見てみます……………………………大広とも子
野仏に名もない人の茶わんめし…………………………佐藤　岳俊
野仏の峠民話が聞こえそう………………………………窪田　善秋
野仏の風化酸性雨が止まず………………………………敷田　無煙
野仏と春を舞おうか山桜………………………………真島十三枝

墓(はか)

あらかたの墓はこの世に忘れられ……………………白石維想樓
戦病死者の墓標声あぐいくさすな………………………今井　鴨平
デハ、晴雨兼用の墓でも建てよか………………………奥室　数市
曼珠沙華(まんじゅしゃげ)憎いおとこの墓洗う………………………………田中　好啓
海に生き抜いて墓みな海へ向き…………………………渡辺　銀雨

179

復活祭

復活祭の終りは元帥帽の羽根 …………………田中　　伯
百合つよく匂う聖壇イースター ………………宮武　明子
どの人も愛したい夢イースター …………………今田　無々
人類の一縷ののぞみイースター …………………轟木　蘇人
異教徒に月が静かなイースター …………………田口　麦彦

仏像 (ぶつぞう)

仏像の徴笑に風が立ち止まる ……………………尾藤　一泉
仏像の腹に納めていた歴史 ………………………橋本　定雄
みんな仲間円空仏の目がわらう …………………早川　白帝
観音のやさしい目元が画に出来ず ………………延永　忠美
苦味走ったお不動さんに見つめられ …………長谷寺てふ

仏壇 (ぶつだん)

仏壇の母を呼び出す鉦 (かね) を打つ ……………海地　大破
仏壇のパパと半分ずつ食べる ……………………名川　芳子
お仏壇だけが豪華に落ちぶれる …………………北原　晴夫
仏壇の鐘をならして病院へ ………………………森下　順子
甘えたい日もあり仏壇へひとり …………………武藤　瑞こ

180

菩薩(ぼさつ)

一生をあがく菩薩ののてのひらで……田口　麦彦
空調の御堂で弥勒素っ気ない……松井さち子
深いところで約束をする不動尊……原　章峰
罪持って仰げばきびし救世観音……延永　忠美
半跏像(はんか)ほとけにもある物思い……山本　鯉影

仏(ほとけ)

仏ただにこやかに居る恐ろしさ……西島　○丸
無縁仏余った花で拝まれる……根岸　川柳
ぬくもりを仏に貰(もら)う月詣(まい)り……片岡つとむ
御仏(みほとけ)の耳は両肩まで届き……西村　在我
ひとりではないよないよと仏の灯……森中恵美子

魔女(まじょ)

魔女の焼くパンは毎朝焦げている……末村　道子
魔女になる呪文(じゅもん)は猫が知っている……笹田かなえ
鏡よ鏡魔女もおんなでございます……國清　佳子
やがて古稀(こき)魔女になろうとしてよろけ……早良　葉
バーゲンのチラシに弱い魔女熟女……野間ヒロコ

喪

喪の列に並ぶ味方の貌をして……………………………山見　都星
喪が明ける一気に鯖の首はねる……………………宮本美致代
母の喪に素早い妻の裾さばき………………………………熊田　巽
喪の中で雨が言葉のように降る……………………………貝原　博次
喪の中のこの明るさを責めないで…………………………田中　万里

羅漢（らかん）

五百羅漢みな父に似た顔ばかり……………………………濱本　千寿
花吹雪羅漢の肩も少し溜め（た）……………………………松岡恵美子
花いかだ落ち着く先は羅漢の掌（て）………………………中原みさ子
五百羅漢亡夫を探す目になって……………………………藤野　チヨ
百羅漢泣いているのは僕でした……………………………井上　等

趣味・レジャー

歌（うた）・唄（うた）

目出度目出度と貧しい村の唄 ……白石朝太郎
下駄の緒の想い出古い唄ばかり ……古笹原芳子
平和とはいいな茶園の茶摘み歌 ……沢幡　芳子
軍歌ほどさみしい唄があるものか ……石川　勝
淋しくて美空ひばりの歌うたう ……酒井　江子

占（うらな）い

誰にでも合う占いを聴いている ……松田　千鶴
花占い綿菓子ほどの裏切りで ……石井美智子
易の灯へ恋に疲れた掌をひらき ……有働　芳仙
わたくしを占う人も貧しそう ……長野　城児
星占い女に希望抱かせる ……青木　昌子

183

映画

妻と見し映画は五指にみたざるか……堀　豊次

映画観て泣いた私も若かった……内田　則子

映画観た余韻歩いて帰ろうか……安藤富久男

チャップリンならどんな映画を今つくる……岸本　吟一

思い切り泣ける一人で見る映画……越智　貞子

玩具（おもちゃ）

つまずけば真夜中を鳴る子の玩具……福田　白影

パソコンという名のおもちゃ買いに行く……岩名　進

よその子のおもちゃをうちの子がみつめ……吉田　功

おもちゃのチャチャチャうめもさくらも咲いたのよ……笹田かなえ

拳銃（けんじゅう）がドキッとさせるおもちゃ箱……小林すみえ

ガーデニング

ガーデニングいつしか素手になっている……木原よし恵

ガーデニング妻のセンスが開花する……久野　紀子

ふっ切れてハーブガーデン妻にあり……岡田　玖美

子離れのガーデニングをしています……田口　麦彦

ライバルはガーデニングで遊ばせる……小林和喜子

回転木馬(かいてんもくば)

回転木馬乗ったところが降りるとこ ……柿山　紘輝
回転木馬時の流れは知らぬまま ……丸山　芳夫
回転木馬妥協するのはどのあたり ……宮本美致代
回転木馬余韻のこして降りようか ……伊藤冨美子
回転木馬終着駅が見つからぬ ……宇平百合子

数え唄(かぞえうた)

数え歌天の裁きは順を追う ……矢須岡　信
数え唄親しき人はもういない ……西野　秋子
ひとつとせー今老春の数え唄 ……伊藤　惣生
数え唄十から出ないボクの地位 ……本間美恵子
かぞえ唄十までぜんぶ君のこと ……窪田　和子

楽器(がっき)

たましいを揺する楽器と夜もすがら ……須田　尚美
楽器屋の前でときどき立ち止まる ……鎌田　京子
寂しがりやが集まってくる楽器店 ……赤松ますみ
打楽器のような男で酔いつぶれる ……古谷　恭一
体中の楽器鳴らして日が落ちる ……加藤　久子

185

楽器(がっき)いろいろ

尋常の姿で吹かぬサキソホーン……月原 宵明

ギター弾く弦いっぽんの白き夏……金子美知子

山に手をふりいちにち蒼(あお)いタンバリン……石丸 弥平

胃の少し下をくすぐるチェロが好き……徳永 凛子

バイオリン鼻梁(びりょう)の高き人が持つ……森中恵美子

カラオケ

カラオケボックスで窒息してる歌……渡邊 蓮夫

カラオケをとめてお話ししましょうよ……田端佐代子

気晴らしはカラオケまでとしておこう……竹下 圭子

カラオケのマイクを握るだけの芸……中村登美子

いい喉(のど)ね褒めるしかない古い歌……豊岡はつい

ゲーム

人生はゲーム笑える日もあるさ……甲斐 博美

男だけ無傷でおわるゲームかな……藤本静港子

バス停にいまだ終らぬ罰ゲーム……板橋 柳子

ゲーム機のうしろにふかい海のやみ……藤沢 三春

勝ち残りゲームで友を見失う……宮本めぐみ

186

碁

よく来たとよく居たと碁の音になり　　　　村田　周魚

碁会所は碁の音がして十二月　　　　　　　榎田柳葉女

熱中の囲碁に水さす鳩時計　　　　　　　　小林　松風

シチョウ当りを知らずに追っている男　　　稲葉　長生

負けた人背を写されて碁が終わる　　　　　青砥　可明

こけし

こけしの瞳描くとそのまま笑み返す　　　　泉　比呂史

雪国に生まれこけしの白い肌　　　　　　　菅原　一宇

こけし棚それぞれ旅の貌を持ち　　　　　　白倉　寿夫

絵付けしたこけしを見れば母の顔　　　　　赤松ますみ

旅人をじっと見つめるコケシの目　　　　　武田　紫雲

じゃんけん

じゃんけんぽんやわらかい手が石になる　　岩井　三窓

ジャンケンに強い中年物語り　　　　　　　大野　風柳

じゃんけんで負けるぐらいは許せるが　　　白井はな枝

子が巣立ち妻とジャンケンばかりする　　　高瀬　霜石

ジャンケンポン私が負ける平和主義　　　　中野満智子

趣味(しゅみ)

バランスを取って合わせる趣味仲間 ……松井智恵子
老いの趣味残り火などと言わせない ……山内きよし
独身を誇張しておく趣味の会 ……安永 理石
終点のない趣味だから老いられず ……野谷 竹路
新人が美女で波立つ趣味の会 ……田野倉 豊

将棋(しょうぎ)

7九玉逃げの得意な僕の父 ……石井百合子
強過ぎて面白くない将棋盤 ……久田美代子
詰め将棋猫のあくびを移される ……本田 豊實
女流棋士の指がしなってとどめさす ……沢田 正司
子ができぬ夫婦ではさみ将棋など ……松原 百歩

墨(すみ)

重心が低くなるまで墨をする ……大塚 一由
うす墨で画(か)く白鳥のしろき首 ……大野 風柳
この道の深さ墨にも彩(いろ)があり ……杉原 愛鳩
墨の香に浸り無心になってくる ……須田 尚美
漆黒のいのちひたすら墨を磨(す)る ……佐野 硯泉

188

煙草（たばこ）

酒もたばこもどうぞ他人の旦那（だんな）さま……山倉　洋子

煙草一服でひらける闇もある……渡邊　蓮夫

放哉（ほうさい）になれぬ煙草を吸っている……中尾　藻介

職安でふかす煙草は輪にならぬ……滝本　章

決断の時をかせいでいる煙草……中川さとる

旅（たび）

ハイビスカス髪に挿したよ　すでに旅……深谷　歩

人間に戻る小さな旅が好き……小倉　アサ

一人旅　無人駅から雪になる……嘉数兆代賀

春風が優しいうちに旅に出る……社本　蛙子

旅へ出る　たっぷり水を飲んでから……渡辺　和尾

達磨（だるま）

柏手（かしわで）を打てば達磨も朝の顔……荻原　柳絮

頑張った目なしダルマの意地を見た……寺沢なおみ

インターネットへ置いてけぼりにダルマ……渡辺　梢

手にのせる年に一度の福達磨……福島　銀子

銀行でくれただるまがお辞儀する……中尾　藻介

189

ダンス

ダンス靴ららうワルツに酔うてみる ……横田みわ子

ラストダンス踊った人と共白髪 ……河上 澄

足の短い僕にダンスはセクハラだ ……矢須岡 信

シャルウィダンス秘密は楠の木の匂い ……小林こうこ

夫婦熱さめた頃からダンス熱 ……太田紀伊子

釣り

餌代と釣果秤にかける妻 ……久保木 博

釣りに行く明日の天気が気がかりね ……上渕 幸八

釣りですかいやいやエサを泳がせに ……加藤 政時

釣れたかと聞けば手を振る向こう岸 ……浅田扇啄坊

釣れた日は少年の顔して帰る ……西田 邦子

手品

知ってるかアハハと手品やめにする ……樒元 紋太

最前列で手品の種が見抜けない ……園田恵美子

わたしはマジシャン刃も棘ものみくだす ……松下 佳古

鳩の出る手品一度はしてみたい ……安平次弘道

マジシャンのしてやったりという笑顔 ……寺崎 虹一

童謡(どうよう)

物忘れしても童謡唄(うた)えます……北村あじさい
結んで開いてこれがリハビリだとしても……松本 百子
さくらさくら父も私もその中に……北村 泰章
セメントが乾く童謡こばみつつ……加賀 千拓
童謡でよいと回って来たマイク……片岡 笋

人形(にんぎょう)

菊人形脚絆(きゃはん)の辺へ水をやり……岸本 水府
彼岸花あかく人形歳取(とし)らず……古賀 絹子
目を入れてからの人形笑わない……京野 弘
廃品の中で人形笑ってる……塩路よしみ
重いふとんでは眠られぬお人形……赤松ますみ

ハーモニカ

ハーモニカ又明日(あす)吹けと父の声……大山 竹二
風薫る歩きながらのハーモニカ……橘高 薫風
ハーモニカ持つと修司の雨になる……北野 岸柳
星ばかり見てた疎開のハーモニカ……上村 健司
ハーモニカ吹くあすからは職がない……大西 房夫

191

パズル

ジクソーパズル一片埋まらない家族 ……松永　千秋

パズル崩していつものように味噌(みそ)を溶く ……鶴羽芙美香

ジグソーパズル埋め残したる風を聞く ……羽田　国子

団地の灯パズルを埋めるように点き ……梶原　勝雄

パズル解けて終着駅が近くなる ……芦田　絢子

パチンコ

パチンコに負け丹念に手を洗う ……苅谷たかし

人ぞ知るオール15の滝の音 ……岸本　水府

パチンコの三人ひとりずつ帰り ……本庄　快哉

パチンコも禅騒音は耳にない ……吉岡　茂緒

職安の前でパチンコ玉拾う ……伊藤　巌

ピアノ

漆黒のピアノから出る海の音 ……橘高　薫風

わたくしのピアノを鳴らす人はだれ ……田口　麦彦

胸中のピアノ鳴り出す夏の朝 ……松田　京美

逢(あ)える夜は風の軽さで鳴るピアノ ……荒巻　重義

分校の午後を静かに鳴るピアノ ……紺矢　肇

フルムーン

ポスターのようにはいかめぬフルムーン………出町　庸一
ネジ少し緩んでからのフルムーン………………上野　豊楽
フルムーン妻から腕を組みにくる…………小池しげお
レディファーストの真似事(ねごと)もしてフルムーン…戸井田慶太
フルムーンらしき二人とお湯談義………………田端佐代子

毬(まり)

みんな泣かないで手毬をつきましょう…………時実　新子
あたたかく抱かれたころの毬の色………………武藤　阿衣
母の手を離れた毬がよく弾む……………………高橋　紀代
はずまない毬で世間に住み慣れる………………村瀬　幹子
無人駅風が手毬をつきにくる……………………藤本久美子

ヨット

怒濤(どとう)いま蹴(け)ってヨットに立つ男…………………大嶋　濤明
朋友(ほうゆう)相信じヨットで沖へ出る…………………時実　新子
ヨットハーバーに男の夢がある…………………安田　翔光
夕焼けにヨットが帰る向きを変え………………小川　舟人
ヨット行く海の素肌に酔うごとく………………川原　武

193

落語

落語家を生んだ長屋とうたわれて……岸本　水府

落語から寒さを偲ぶ江戸の冬……丸山　芳夫

真打ちになって落語がいやになる……岩崎　泰磨

二ン月の扇子ははなし家のものか……田中　好啓

落研のまだ角帯がままならず……鈴木丙午郎

情報通信・IT

IT
アイティー

ITも厚底靴も転びそう……川上　紅雀

ITで未知の扉を開く時……森　哲子

ITに置いてきぼりをくって老い……立場　増美

IT講習妻は未来へ翔ぶつもり……勝盛　青章

IT格差このまま枯れてなるものか……加藤　浩嗣

194

ＩＴ革命
アイティーかくめい

ＩＴ革命頭でっかちばかりふえ………………川添　歓一
ＩＴ革命錆びた頭脳に油差す…………………佐藤真砂延
ＩＴ革命古い男の意地もある…………………渡辺　幸士
ＩＴ革命庶民の暮らし知りもせず……………柿山　紘輝
ＩＴ革命上司にパソコンもなった……………島田　駱舟

ｉモード
アイ

ｉモード車内静かになりました………………上野　崇子
草木も眠る丑三ツ時のｉモード………………未安　　緑
ｉモード妻が行動型になる……………………五十嵐　修
ｉモード買ってはみたが電話だけ……………野田　博章
オジサンに子ギャル教えるｉモード…………安冨　節子

アンケート

理想の男性とは平凡なアンケート……………森中恵美子
性体験中三と書くアンケート…………………菖蒲　正明
アンケートごときへ本音など吐かず…………田口　麦彦
アンケート本音に少しおまけする……………武田　ふみ
戦争になれば逃げますアンケート……………立石　弦月

195

アンテナ

まだ欲があるアンテナとすぐわかる……松元すみ子

アンテナを張りて弱気な鳩である……桑波田まさ子

風をよむアンテナ張って生きのびる……久野志奈子

アンテナをたたみ地元の風となる……立嶋　宗雄

アンテナのもずをみつめている孤独……田中　清

Eメール

変身の時を待ってるEメール……山本　洵一

硝子(ガラス)の破片を見せ合っているEメール……吉田三千子

電子メールの軽いウィンクと遊ぶ……藤原　和美

電子メールの赤紙来たらなんとする……大場　可公

Eメール大事な人に書きすぎる……ひとり　静

糸電話(いとでんわ)

糸電話なかなか父に繋(つな)がらぬ……高瀬　霜石

糸電話空の青さがひびきます……中村　俊子

母と娘で書くシナリオの糸電話……上野　豊楽

糸電話ことば短く炎(も)えてくる……高島真砂子

もしもしもしもし糸電話から母の声……田口　麦彦

インターネット	早まるでないぞインターネットからよいヒントインターネットから貰う	田頭 良子
		射場 昭一
	インターネットに振り子がついた未来像	谷本 貞子
	インターネットもう呪文などかからない	河合 克徳
	インターネット遊ぶ手順がややこしい	吉岡 茂緒
写す	熊の死は殺した人と写される	山田 良行
	真実は一つどこから写しても	渡辺 幸士
	写す趣味あってリタイア救われる	中林 ふみ子
	真実をぼんやりとなら写せます	佐々木葭夫
	コンビニのカメラが写す少年法	菅原孝之助
カメラ	落ちこぼれないようカメラぶら下げて	小松原爽介
	難民の目がおびえてるカメラルポ	國清 佳子
	暴飲の愚を胃カメラに裁かれる	中田たつお
	使い捨てカメラに撮ってある平和	中村 安重
	偶然が飛び込んで来たカメラアイ	芝本しげる

197

キーボード

年寄りの冷や水ですがキーボード……李　琢玉(台湾)
削除キーポンで悲しみ消せないか……福井富美子
ひとさし指課長が叩(たた)くキーボード……松田以佐夢
十指みな役を貰(もら)ったキーボード……田中　道博
インターネット猫も打ち出すキーボード……田口　麦彦

記憶(きおく)

それぞれの記憶が沈む砂糖水……樋口由紀子
昭和史の記憶を埋める妻がいる……江藤　一得
貨車通過とおい記憶を手繰らせて……出口ようこ
記憶の中の君が白くてまだ逢(あ)えぬ……馬場　明子
また辞書に笑われている記憶力……斎藤　和子

切手(きって)

切手貼(は)る位置へ心を覗(のぞ)かれる……中島　和子
切手買うまだまだ人を信じてる……池　さとし
好きですと書けずに花の切手はる……中井　ゆき
まとめて買っても安くならない切手……仁賀　俊雄
切手貼るあなたの町へ向けて貼る……石川靖朱代

198

ケイタイ・ケータイ

ケイタイで彼女を甘く捕獲する …………高木 昌子
ケータイと焦燥感を持ち歩く …………江畑 哲男
ケータイで鵜匠の声が叱咤する …………絵馬古都雄
ケータイが増えても癒やせない孤独 …………五十嵐 修
ケイタイも盗聴される日が来そう …………鳩野 宗夢

携帯電話(けいたいでんわ)

街中の携帯電話が鳴る 桜 …………なかはられいこ
携帯をオフにして愛さめている …………谷口 義
携帯電話の軽いささやきに負ける …………成田 孤舟
携帯電話ピポパと脛(すね)を嚙(か)じる音 …………梶原 勝雄
携帯電話から続いている独り言 …………橋本 征一路

コピー

たましいがカラーコピーに写らない …………田口 麦彦
身の証(あかし)立てるコピーがあった運 …………坂元 一登
嬉(うれ)しいこと拡大コピーにしておこう …………松岡あずき
コピー化の人が増えてく情も渇(か)れ …………渡部さかえ
わたくしも親のコピーで生きたいな …………内田 則子

コマーシャル

寝たきりに季節を告げるコマーシャル……中村 地青

自滅へと誘うすてきなコマーシャル……伊藤 健

コマーシャルになると夫がお茶という……兵頭ひかり

Tシャツの背中で歩くコマーシャル……原 チサ子

マラソンの胸で揺れてるコマーシャル……高橋里江子

コンピューター

すぐ結婚すべしコンピューターの馬鹿（ばか）……脇坂 正夢

コンピューター事の善悪まで知らず……久保田以兆

コンピューターちょっとお休みしませんか……田口 麦彦

コンピューターの悲鳴が溜（た）まる世紀末……阿野 文雄

Y2Kコンピューターの肩すかし……末光也寸絵

写真（しゃしん）

辛（つら）かったころの写真がいい顔だ……竹内すみこ

写真館の窓を飾ったこともある……森園かな女

写真とりましょ今日より若い日は来ない……瀬川 幸子

のどかさと貧しさがある古写真……大石 鶴子

師と語る写真のどれも酒の上……佐藤 正敏

シュレッダー

知り過ぎた男も入れるシュレッダー ……………… 田辺 進水
シュレッダーあなたの過去を処刑する ……………… 江畑 哲男
部外秘を千切りにするシュレッダー ……………… 荒瀬 三郎
シュレッダー過去を微塵にぶら下げる ……………… 大石 浮石
シュレッダー掃除機そしてバスタイム ……………… あきみはら

情報（じょうほう）

情報の海にぷかぷかわたしの皿 ……………… 平井 詔子
情報という目かくしをされている ……………… 村田けん一
情報過多だんだん不感症が増す ……………… 田頭 良子
情報の中のひとつが刺しにくる ……………… 田口 麦彦
情報の一個一個にある根っこ ……………… 伊藤 益男

新聞（しんぶん）

新聞配達礼をいう家はここ ……………… 岸本 水府
新聞の折り目崩れず旬日喪 ……………… 時実 新子
新聞を被り仮眠の記者だまり ……………… 大場 可公
新聞を隅まで読んで職がない ……………… 平田 朝子
新聞の日付け安心して包み ……………… 田口 麦彦

ゼロ

零からの出発だからいさぎよし……………………樋渡 エイ
わたしからあなたを引けばゼロになる………………田口波津子
ゼロの数多くて買えぬビュッフェの絵…………………松村 洋子
再出発ゼロの背を押す妻がいる…………………………松本 多加
ゼロ金利ハードルを下げ生き延びる……………………池田 史郎

センサー

母さんのセンサー並のものじゃない……………………砂山 澄恵
センサーに留守をまかせて旅に出る……………………園田 康統
わが家にもセンサー トイレ暖房器……………………田口 麦彦
センサーがメロディ流す真夜中に………………………只政 陽子
センサーは貧富の貧からすぐ逃げる……………………楠美 一路

着（ちゃく）メロ

着メロを替えてみようか新世紀…………………………中岡千代美
着メロでイントロクイズしてしまう……………………中野 富夫
着メロが列島の空暗くする………………………………土屋 正
着メロは弾（はじ）けるような曲を選（え）る……………………乙部 美鈴
着メロを騒乱罪にして欲しい……………………………松田 順久

202

手紙

エプロンにいれてときどき見る手紙 ………住江 直子

子の手紙前田雀郎様とあり ………前田 雀郎

手紙日を置かず二度来てあたたかし ………房川 素生

いま出来ることは子供に書く手紙 ………山内 静水

私を高めそれから書く手紙 ………三村 舞

テレビ

テレビ消す自分を高いところに置く ………三條東洋樹

馬鹿になる手前でテレビから離れ ………野村 圭佑

豪邸をテレビが見せてからの鬱 ………中尾 飛鳥

よい紅葉それもテレビの五秒ほど ………岩井 三窓

しみじみと戦は悪だテレビ消す ………大堂 哲子

テレホンカード

快適に恋のテレカが加速する ………成田 孤舟

想い出とテレカの穴と終る恋 ………伊藤千枝子

テレホンカード一枚軽い恋だった ………坂井 兵

ふるさとの母へテレカがすぐ消える ………岩田 明子

エアポケットテレカしっかり握りしめ ………千葉 絹子

電報 でんぽう

電報を握ると遅くなる夜汽車 …… 千葉 風樹

ハハシスという電報はきっとくる …… 天根 夢草

「サクラチル」そんな電報ありました …… 和田あきお

祝電を打ってひとりの米をとぐ …… 岡田 玖美

祝電が以下同文のわけがない …… 高原まさし

電話 でんわ

教えるとすぐにかかってくる電話 …… 氏林 洋敏

晴れの日に晴れの電話が鳴りひびく …… 丸田 怜子

以心伝心 友から会おうとの電話 …… 丹羽 白紅

ふるさとの雨を聞いてる電話口 …… 柏原幻四郎

鳴りつづく電話みつめているラスト …… 松田 浩子

長電話 ながでんわ

長電話死ぬ話まで来て終わる …… 島 道代

サッカーを見ながら話す長電話 …… 中西美和子

腹こしらえしてから友と長電話 …… 荒尾十四子

長電話そろそろ妻に椅子がいる …… 小林 茂

お風邪など召さないように長電話 …… 脇坂 正夢

204

ネット

安直な恋がネットを行き来する	河口　昌代
ネットめくれば人の世の好奇心	今川　乱魚
ネットの恋低温火傷しちゃいそう	那須　静枝
この人もメールアドレス刷ってある	市原冨士子
ネット販売ヒトの臓器も縁組も	田口　麦彦

バーコード

バーコード付いていそうで顔洗う	安藤　恥目
バーコード通して絆確かめる	春名　恵子
一円も負けてくれないバーコード	山本　義明
読みとれぬ女の胸のバーコード	柴山　矢亜
バーコードの花束混じる桜桃忌	長野　清子

バーチャル

バーチャルの中から降りる縄梯子	原野　正行
バーチャルの箱庭にいて血の疼き	杉本　禮子
芽のなかに膨らむバーチャルリアリティ	桟　舜吉
バーチャルの美女へメールのキーを選ぶ	粕井かんじ
Eメール恋の流儀もバーチャルに	山口　菓声

205

はがき

絵ハガキで旅の景色をお裾分け………原　さよ子

いい葉書机に置いて心足る…………泉　比呂史

ふみの日に人恋しさで書くはがき……長友　渓雪

行間に「挑戦状」とある葉書……赤松ますみ

あめの日の葉書と半日が暮れる………前川千津子

パソコン

パソコンを睨む猫背になってゆく………犾守　和穂

パソコンを駆使して思想紡ぎだす………斧田　千晴

停電へパソコンただの箱になり………岡本かくら

パソコンにのせると使いやすい愛……みそのゆり

パソコンの上手な方が新社員…………鈴木　青古

ハッカー

ハッカー参上げらげら数字笑いだす……田中　伯

ハッカー侵入これはジョークでありません……田口　麦彦

ハッカーがホームページの闇を噛む………山本　毅

ハッカーが国のページに朱を入れる……松田　順久

ハッカー君よ正業はあるのかね………矢須岡　信

206

ヒトゲノム

ヒトゲノム読まれぬように蹲る……新野久美子

ヒトゲノム　でも神様はいるのです……吉岡 茂緒

より速くより高く跳ぶヒトゲノム……池 森子

ヒトゲノムわたしは知らぬままでよい……長江 時子

のざらしの方舟(はこぶね)に積むヒトゲノム……藤井 蛍舟

ファックス

ＦＡＸが届いた　青い空の下……渡辺 和尾

ファックスで父からげんこつが届く……松田 順久

ファックスの恋は加速度つきやすい……藤村 宏子

むずかしい文字など出ないファクシミリ……天根 夢草

蕾(つぼみ)から春発信のファクシミリ……下村小啄木

ファミコン

ファミコンにおいしい時間食べさせる……坂崎よし子

実力テスト　ファミコン程の冴えがない……澤村猪太郎

ファミコンの触手ぼよぼよみな寂し……矢本 大雪

ファミコンの子供に神話せがまれる……久野 孝

ファミコンの戦争じゃないニュースの絵……高橋里江子

207

フロッピー

まちがいを間違い通すフロッピー……………………………岸下　吉秋

フロッピーに明るい声も入れましょう……………………児玉　浪枝

遺書としてこの一枚のフロッピー……………………………高橋なみ子

パソコンの悪夢こわされたフロッピー………………………江畑　哲男

フロッピー汚職の秘密抱いている……………………………佐々木園代

ホームページ

ホームページ開くわたしでない私……………………………太田紀伊子

ホームページ嫌う男の眉一途(まゆいちず)…………………中山恵美子

少年のホームページは番外地…………………………………小林寿寿夢

ホームページ赤の他人の誘い水………………………………平田　朝子

芒(すすき)の奥のホームページの薄い耳……………………加藤　久子

ポケットベル

ポケットベルで呼び出す秋の真ん中に………………………児玉　浪枝

某月某日ポケベルオフにしておいて…………………………大塚美枝子

ロッカーのポケベルが呼んでいる……………………………いまいまい

ポケベルで呼び戻される放し飼い……………………………猿田　寒坊

ポケベル多忙　放課後のプリンセス…………………………江畑　哲男

マイク

めくるめく人生マイク持ちますか………………大家　北汀

哭(な)いている顔へマイクは退きなさい……………大場　可公

うっ憤を晴らすマイクは放さない………………坂口　信夫

十分で済んだ総会日のマイク……………………美馬ていほ

苦手とはまっかな嘘(うそ)のマイク持つ………………八十田洞庵

マウス

モニターとマウスのいくさ繰り返す………………富安清風子

パソコンのマウスと秋が深くなる…………………阪本　高士

ホームページの罠(わな)にマウスが気づかない………橋本　比呂

パソコンのマウスが僕を歯痒(はがゆ)がる………………青木　勇三

自画像をマウスで描いている寒さ…………………加藤　浩嗣

マスコミ

マスメディア象の尻尾は象ですか…………………長江　時子

取り囲むカメラが寒いカムバック…………………安永　理石

マスメディア角を矯めたり生やしたり……………藪田　楽川

マスコミに好かれて人気持ち直す…………………中西あやめ

マスコミが嫌いな理由聞きもらす…………………田口　麦彦

無言電話(むごんでんわ)

無言電話負けてたまるかピポパポパ　　　　　　荒砂　和彦
無言電話ぷつんと切れて寒い梅雨　　　　　　　細川　聖夜
無言電話のむこうに月は出ているか　　　　　　倉富　洋子
無言電話は定刻雨ふりお月さん　　　　　　　　片野智恵子
無言電話おんな一人と侮って　　　　　　　　　寺本　隆満

郵便(ゆうびん)

今日はまだ郵便受けは空(から)である　　　　　　安座上　敦
さびしくて郵便受けをよく覗(のぞ)く　　　　　　野村　清美
郵便のくる日は少し若くなる　　　　　　　　　坂根　寛哉
納付書が届く郵便受けも春　　　　　　　　　　横尾　京子
たった一枚軍事郵便今も抱く　　　　　　　　　西本　利子

予報(よほう)

雨乞(あまご)いの術(すべ)は知らない予報官　　　　　　　山下　天平
予報士のように天気の話する　　　　　　　　　鈴木　四郎
ブリ大根ラジオは雪になる予報　　　　　　　　池田　史郎
決意など天気予報のようなもの　　　　　　　　石田　明
天気予報神戸を思う癖がつき　　　　　　　　　江畑　哲男

ラジオ

叩かなければ鳴らぬラジオをいとおしむ……多田　誠子

詔勅のラジオガーガー聞きとれず……長田　武司

ラジオからあなたの都会聴いている……明星　敦子

人生相談俺もラジオも孤独だな……佐藤　灯人

石畳ラジオで聞いて得た知識……川崎はつ子

留守番電話(るすばんでんわ)

留守電のピーへ言葉が出てこない……竹見　吉弘

留守電が友の訃報(ふほう)を繰り返す……木村　愛

満月にかけた電話はるすばんでんわ……大越　英子

ルス電にしててんぷらを揚げてます……舟渡　杏花

では申し上げます留守番電話さま……山下　繁郎

ロボット

愛犬がアイボに変わる新世紀……古谷　清

ロボットに勝てる手加減菜葉漬(なっぱづけ)……五十嵐球子

残ったのはロボットだった消去法……安平次弘道

ロボットのひとつ覚えが侮れぬ……永田　俊子

ロボットよ酸素が欲しい日はないか……上野　豊楽

211

ワープロ

ワープロの指から秋が零れ落ち ……………………………児玉 浪枝
ワープロを親子で習う農閑期 ………………………………福田 白影
ためしてがってんワープロに叱られる ……………………森 風子
ワープロを横目にペン胼胝が固い ………………………稲田 佳子
ワープロに験されている国語力 ……………………………早野 賢

職業

アナウンサー 女子アナに代わってコラージュを怒り ………江畑 哲男
良いニュースアナウンサーも嬉しそう ……………………藤井 照子
いつしかにアナウンサーの好ききらい ……………………近江 砂人
アナウンサーの声もつれた滑りこみ ………………………力丸 花水
花のいのちもアナウンサーも短くて ………………………田口 麦彦

212

医師

医師われや冷汗幾度かいて来し ……………… 光武弦太朗

或る外科医ナイフの切れ味に酔えり ……… 中島 和子

樹木医の触れたところにあるいのち ……… 松村 隆

手を洗う医師が言葉を選っている ………… 西川 寿人

花の酔い捨てて救急医に戻る ……………… 河野 副木

会社員

会社では横顔だけが見える地位 …………… 麻生 路郎

訓示きく両手の位置も平社員 ……………… 斎藤 清幸

肩書のとれた背中を見てしまう …………… 久保田寿界

吊革に職ある幸を揺られてる ……………… 山本 八葉

一日の背広鎧のように脱ぐ ………………… 西山 金悦

看護婦

普段着の看護婦さんと街で会う …………… 石垣 信子

手術室宇宙人めくナースたち ……………… かわたやつで

ナース来て笑顔で開ける花の窓 …………… 小笹 錬太

煌々と灯してナースステーション ………… 佐伯みどり

やるだけはやったナースの日誌閉ず ……… 真島美智子

213

神主(かんぬし)

神主へ風がまともな地鎮祭 ……………………………… 田中桂太楼
神主のかしわ手プロの音で鳴り ………………………… 小林 敬山
神主の霊感冴えてくるみそぎ …………………………… 田村 奈美
神主の端役は御簾(みす)を巻き上げる ………………… 古下 俊作
神主のとおり玉串(たまぐし)無事にすみ ……………… 岡村 嵐舟

記者(きしゃ)

艶聞(えんぶん)へ記者の六感行き過ぎる ……………… 平賀 紅寿
新聞記者のうどんがのびている電話 …………………… 能村 唐衣
芸能記者離婚へ深く食いさがり ………………………… 礒野いさむ
今どきの記者原稿を打つと言う ………………………… 大場 可公
休日の記者は耳から眠くなる …………………………… 唐沢 春樹

キャリア

ふわふわの椅子(いす)がキャリアを押し潰(つぶ)す … 寺中三枝子
裸足(はだし)では歩いたことのないキャリア ………… 田村 凡太
失政よキャリアに甘い七光り …………………………… 石原 和子
場数踏んだ哲学があるノンキャリア …………………… 河野 花枝
キャリア組敵も味方も視野のそと ……………………… 小八重竹刀

214

教師(きょうし)

主婦になり切って女教師葱(ねぎ)を買う……大嶋 濤明

教え子の字が似て教師たる怖(おそ)れ……野谷 竹路

あすなろを教師ばかりが信じ込む……菖蒲 正明

試験おわりもう切り札のない教師……山岸志ん児

教師たる前に父たる難しさ……小林 厳

漁業(ぎょぎょう)

突っ張って耐えて波瀾(はらん)の漁場(ぎょば)に生き……今井 友蔵

漁火(いさりび)の一つ働く父がいる……桑野 真弓

勇魚追(いさなお)いし海春潮の煌(きら)めけり……福田不二城

島に生れて海を裏切ることはない……目良 郁夫

拿捕(だほ)悲しそれでも海へ出るという……山田 圭都

警察官(けいさつかん)

愛されて巡査で終る桃の村……攝津 明治

うどん半分残し刑事が走り出す……池田 南岳

振り出しにもどり刑事は歩くのみ……鷹野 青鳥

非行少年泣きたくなったのは婦警……船橋 正恵

パトカーは隠れていても勤務中……太田巳充好

215

作家(さっか)

飲みますよ女流作家の貸ゆかた……岸本　水府

作家いま裁かれている売れている……大和　柳子

抑留記作家に疼(う)ずくゆびがある……梅崎　流青

よく売れる作家政治を語らない……酒井　路也

印税の年金めいて老作家……本田　南柳

商業(しょうぎょう)

先に食べましたと夫婦で守る店……田村百合子

メーカーの出方次第の小商い……横山　白水

寒い時寒く商人ほっとする……相良　渉

信用がいのち笑って損する日……木幡　村雲

よく売れた日は一合の酒で酔い……佐藤　三春

嘱託(しょくたく)

嘱託と言う侍に陽(ひ)がおちる……河野なかば

嘱託としてノータイの服に慣れ……菖蒲　正明

嘱託の机に鍵(かぎ)はついていず……坂下　銀泉

嘱託と名は変わっても生き字引……平田　元一

嘱託を解く一枚の紙きれよ……大場　可公

216

職人（しょくにん）

職人の機嫌のままに遅い昼 ……………中尾　好郎
職人の腕がこだわる道具箱 ……………橋本　定雄
変人の大工誠意の音がする ……………梅田きみ子
職人の腕を旧家に残す意地 ……………駒津　住夫
手を抜かず職人恥を知っている …………杉本一本杉

セールスマン

買う気ない人にセールス労（いたわ）られ ……金子　尚義
セールスの背なに冷たい棒グラフ ………高野六七八
子をおもうセールス若き意志を見せ ……栗岡　園春
使い捨てセールスマンもライターも …大谷喜一郎
ドアの音背にセールスの疲労感 …………岡田　千夜

僧侶（そうりょ）

過労死は嫌で僧侶をしています …………中野　恵空
お経よりガイドに熱を上げる僧 …………池田香珠夫
住職が盆には帰る山の寺 …………………新梅　照弘
チラチラ降り出した修業僧の素足 ………藤本静港子
僧籍の父あり書架の歎異抄（たんにしょう） ……田口　麦彦

217

農業(のうぎょう)

農政に刃向かう籾袋(もみぶくろ)を背負い………………佐藤 岳俊

嫁の無い農を継げなど言えますか………………楠瀬 政市

篤農を冬のみみずは知っている………………盛合 秋水

米寿でござる農魂おとろえず………………前田 義風

職業は農業という低い声………………田崎 弘子

パート

皆勤のパート妻には妻の夢………………富安清風子

休日も夫ひとりにするパート………………山口 文生

いろいろの人生もって寄るパート………………岩本 静子

学歴のかかとを踏んで出るパート………………北村 幸子

母パートカップラーメン食卓に………………蓑輪 笑子

俳優(はいゆう)

俳優はモノクロにあり松田優作………………吉田三千子

泣き落とし 女優になれるかもしれぬ………………高橋 繭子

本名で女優空巣にはいられる………………吉田 凡茶

俳優の素顔の劇を追うカメラ………………尾崎たかもち

離婚歴あり俳優の芸(げい)の巾(はば)………………田口 麦彦

バスガイド

バスガイドもと来た道は唄にする………………津田 抱村

団体旗社務所とガイド顔なじみ………………伊藤 丹々

のど自慢させて一息抜くガイド…………………泉 文夫

手を振って他生の縁のバスガイド……………片岡つとむ

良い旅で終りガイドと握手する………………今井胡次郎

フリーター

パソコンも英語も出来てフリーター……………丸山三三夫

フリーターになる大卒の軽い首…………………山路 節子

フリーター登校拒否の過去を持つ………………菖蒲 正明

フリーターあっけらかんと飯を食う……………伊藤 惣生

フリーターも結婚したい好きな人………………安冨 節子

力士(りきし)

背中にも表情がある勝ち力士……………………岩橋 三馬

勝ち越しをきめて絵になる土俵入り……………新井つる吉

砂かぶりごひいき力士落ちてくる………………福富たけ雄

八勝七敗の胃の腑(ふ)にとどくチャンコ鍋(なべ)……………田口 麦彦

取り口が理づめ学歴ある力士……………………礒野いさむ

219

植物

薊(あざみ)

鬼あざみ墓の狭さを苦にもせず……東野 大八

空の破片を満身に浴び あざみ咲く……倉本 朝世

野薊の風恋しさに紅をつけ……成貞 可染

人妻を恋しつづける鬼あざみ……平井 都

薊濃し人には頼られぬものぞ……進藤すぎの

葦(あし)

生き方はそれぞれにありそよぐ葦……菊永 咲子

弱い葦十年たって弱い葦……石森騎久夫

葦もろし骨肉の愛うたがえば……細川 不凍

原罪の重さよ葦が立ち枯れる……吉川 寿美

まだ青い葦でどの水にも馴染(なじ)む……仲平 昌美

紫陽花(あじさい)

廃坑の雨あじさいが濡(ぬ)れている……横尾 京子

あじさいの雨はあじさい紫いろの恋……長谷川芙美女

あじさいが好きで花ことばを忘れ……佐藤 良子

紫陽花に眩(まぶ)しい雨が降りつづく……園田恵美子

あじさいが咲き今日だけを考える……田口 麦彦

苺(いちご)

ひとつ二つ数えて食べる春苺……船津とみ子

天窓も知らずに熟れる冬いちご……山田 寛二

思いっきり潰(つぶ)しゴメンネ冬苺……伊藤 美幸

癖のある顔で苺を食べている……徳永 政二

いちごスプーン身の上話聞いている……大鹿 節子

無花果(いちじく)

無花果の終(つい)の二つも妻が捥(も)ぐ……大山 竹二

無花果をひとつ神様からもらう……田口 麦彦

無花果はひとり黙って食べるもの……赤松ますみ

蜂(はち)に愛され無花果の深い傷……太田紀伊子

ふたありへ無花果どっと熟れてくる……村尾てる子

稲（いね）

稲あおく秋の素敵な日に刈られ……………………………村上　秋善
稲負いの老婆が歩く稲歩く…………………………………佐藤　岳俊
米になり酒になりして揺れる稲……………………………森下　愛論
旅先でやはり目につく稲の出来……………………………小白金房子
減反も輸入も知らず稲は伸び………………………………西田　邦子

芋（いも）

買い出しの芋の重さを忘れない……………………………前田昭一郎
藁葺（わらぶ）きの家に育ったふかし芋……………………宮園ミツヨ
悩むのは止しそうお芋が焼けてきた………………………菊永　咲子
里芋も夢もあなたも煮ころがし……………………………星野　かよ
小芋煮るときの母への挑戦状………………………………夏原　佳江

梅（うめ）

梅の花ぴしりと咲いて人語なし……………………………岡橋　宣介
梅はまだ固し結論出ぬ別れ…………………………………堀口　北斗
心中のたちまちにして梅ほころぶ…………………………古谷　恭一
梅の鉢孫が来る日へ場所を変え……………………………松澤　敏行
過去はみな美しきもの梅ひらく……………………………林　千代子

柿(かき)

すぐそこに祭りがきてる柿のいろ………………山崎　鮮紅

柿が熟れ柿が稔って亡母(みの)のこと………………橋本　天吞

木守柿(きまもりがき)が大将は孤独かも………………佐藤　美文

柿の木の柿の実全部鳥にあげ………………西谷美智代

吊(つ)るし柿の途中を食べたのは誰(だれ)だ………………草地　豊子

かすみ草(そう)

ブーケの中でスキップしてるかすみ草………………武田　笙子

寂しかろ主役になれぬかすみ草………………森　紫苑荘

好きですとやっぱり言えぬカスミ草………………神林　靖子

そよそよと脇役でいいカスミ草………………近藤　創風

かすみ草白く小さくうその数………………松岡十四彦

からたち

からたちの垣根抜け来て腕の中………………時実　新子

からたちの花をはさんで本を貸し………………近江　砂人

去る者は去りカラタチの花は白………………鈴木まこと

からたちの棘(とげ)が甘えを許さない………………邑中都詩子

からたちを茂らせ女ひとり住む………………橋本　秀実

カンナ

美しく燃えて生きろとカンナ咲く……………………林　千代子

夏帽子カンナの向こう側を君………………………本田　南柳

カンナ炎ゆ海まで歩くことにする……………………外山あきら

カンナの朱逢えば別れがあるばかり…………………坂下　久子

明日というよき日夢みてカンナ咲く…………………福一　静代

樹・木

樹が繁り樹が老い後継ぎがいない……………………鈴木まこと

学園の前の大きなポプラの樹…………………………吉田三千子

樹が眠る子の背が一センチ伸びる……………………川上より子

父の樹の高さ見上げてばかりいる……………………吉川　寿美

淋しそうりんごもがれた林檎の木……………………島岡　幸義

菊

菊を貰う菊より美しいひとに…………………………丸山弓削平

巻き尺の人が野菊を踏みにじり………………………鋳谷　京糸

口どめをしたのは菊のかおる部屋……………………樋屋　鳴味

銃痕を曝すと菊の紋が浮く……………………………久保　正剣

人のエゴ電照菊に夜が無い……………………………加藤　明

キャベツ

キャベツ一つ買うて政治に持つ不信 …………藪内千代子
キャベツむく乙女の如き朝の妻 ………………大野風太郎
キャベツザクザク今なら生めるあなたの子 …山倉 洋子
ステーキは薄いがキャベツを派手に盛る ……上野多惠子
春キャベツその名もはずむ調理台 ……………やまでゑみ

胡瓜（きゅうり）

ベランダのキュウリに朝の声をかけ ……………宮地 菖苑
さくさくと胡瓜を夏の音で嚙み ………………平野 和子
無農薬胡瓜のびのびそり返り …………………みそのゆり
まっすぐな胡瓜は疲れきっている ……………和嶋 恵美
旅行から帰ると胡瓜太りすぎ …………………深江 勝人

夾竹桃（きょうちくとう）

まだ咲いているのは夾竹桃のバカ ……………時実 新子
夾竹桃なにが正義でなにが悪 …………………なかはられいこ
夾竹桃ひとは哀しくすれ違う …………………小島 礼子
夾竹桃咲く 馘（くび）切りのはなしきく ……五郎丸去就
原爆忌夾竹桃の緋（ひ）のうらみ ……………菅生 沼畔

草

本墨打草一面によみがえり……	岸本　水府
休み田へ先祖にすまぬ草が伸び……	丹羽　麦舟
草に寝てきけば友にも恋があり……	坂本　一胡
草の実のはじける仕掛け野はやさし……	鷹野　青鳥
草萌えてわたしに萌えるものがない……	末村　道子

胡桃(くるみ)

頑(かたく)なな父だったなあくるみ割る……	盛合　秋水
ポケットの胡桃は強い味方です……	小堺　直教
渡された胡桃に暗い部屋があり……	金子由美子
かたくなに閉ざす胡桃が掌に重し……	玉利三重子
切り返す言葉くるみを手に鳴らす……	相良　渉

秋桜(コスモス)

コスモスの首のあたりの物想い……	堀　かずみ
コスモスの気ままを許す空の青……	大森風来子
コスモスにだけいたわりの風が吹く……	澤　車楽
コスモスの駅で急行待たされる……	宮本　時彦
秋桜(あきざくら)男にもある物想い……	猿田　寒坊

桜(さくら)

花散って桜はただの木に戻り ……………………………… 渡邊 蓮夫
魂(たましい)で咲き魂で散るさくら ……………………………… 橘高 薫風
小学校の桜にいつか辿(たど)り着く ……………………………… 吉田 右門
夜桜に抱かれて眠る天守閣 ……………………………… 吉岡 龍城
茫洋(ぼうよう)と桜の下のナルシスト ……………………………… 久場 征子

雑草(ざっそう)

雑草に地球の匂(にお)いふと感じ ……………………………… 西村比呂志
雑草の丈へ名義がまた変わり ……………………………… 川俣 喜猿
雑草の思想は天を指しつづけ ……………………………… 伊豆丸竹仙
露を得て雑草こともなく起きる ……………………………… 石曽根民郎
草もみじもう雑草を敵とせず ……………………………… 渡邊 蓮夫

シクラメン

曖昧(あいまい)なかたちは嫌いシクラメン ……………………………… 赤松ますみ
褒められて蕾(つぼみ)を増やすシクラメン ……………………………… 二宮 茂男
努力してどんどん伸びるシクラメン ……………………………… 織田不朽仁
花の名はひとつ覚えのシクラメン ……………………………… 田口 麦彦
シクラメン今朝はごきげんいかがです ……………………………… 石井 ヒロ

じゃが芋

母の忌へ新じゃががほわほわ煮えてくる………多賀 照代

じゃがいもの花と別れて始発駅………北野 岸柳

闇ばかり見て来たじゃがいものかたち………柴崎 昭雄

じゃがいもの花といたみを分かちあう………野村 禎子

じゃがいものエクボやっぱり信じます………夏原 佳江

西瓜

買いなはれ西瓜の上に置く西瓜………岸本 水府

母さんは西瓜の端が好きらしい………小林由多香

仏さま これは種なし西瓜です………小池しげお

近親憎悪ぐらつく場所に置く西瓜………山口 早苗

神さまがいないか西瓜切ってみる………門脇かずお

水仙

水仙が並び口開く聖歌隊………橘高 薫風

水仙の吐息を聞いた春の湖………中木 未香

水仙と同じ高さで夢を見る………広瀬ちえみ

水仙の黄が目にしむ旅づかれ………中村 イネ

水仙が溺れるほどの雪の白………米川 昌利

薄・芒(すすき・すすき)

芒が原か／父かえせ／母かえせ ……松本 芳味

にんげんのことばで折れている芒 ……定金 冬二

ファスナーをあずけ背中の芒が原 ……松本きりり

お月見の紫苑へ薄風に揺れ ……広瀬 千里

死んでもいえぬ話芒の穂に聞かす ……田口 麦彦

大根(だいこん)

大根をすぽっと切って鬱を捨て ……中安 譚子

三方に乗る大根の器量選る(さんぽう)(よ) ……吉田 凡茶

いとしにくしと大根煮えてまち ……宇田川圭子

大根の白さとくらべられている ……番野多賀子

大根の葉を家計簿が捨てさせず ……鳥飼 義久

竹(たけ)

筍もみな竹になり寺しずか(たけのこ) ……池田 可宵

竹踏みの音なきごとし老父の背よ ……平田のぼる

子は父を選べず竹の花が咲く ……鷹野 青鳥

哀しみをいくつ封じた竹の節(かな) ……赤松ますみ

竹を踏む一度は国に捧げた身 ……楠瀬 政市

229

種(たね)

- 来年も生きるつもりの花の種 …………田中　正坊
- あじさいも咲く庭びわの種を捨て ………鈴木　九葉
- 苦は楽の種かと種を噛みながら ……進藤すぎの
- 春が来る何はともあれ種を蒔く ………西田　邦子
- ひまわりの種黒々と水の村 ……………塩田　悦子

たんぽぽ

- 親離れ子離れタンポポ吹いてみる …………西来　みわ
- たんぽぽをいっぱいつんで嫁に行く ………坂本　勝子
- たんぽぽの綿毛と春のバスに乗る …………岡田　玖美
- 子は産まな産まなと責める毛たんぽぽ ……檪田　礼文
- たんぽぽがむかし地球に咲いていた ………田口　麦彦

チューリップ

- 口づけを待つ折れやすいチューリップ ……星野　かよ
- チューリップ一本買ってホイサッサ …………早良　葉
- 号令がかかると並ぶチューリップ ……………佐藤　幸子
- 開くのは三分でいいよチューリップ …………佐伯マリ子
- 明快に答えは一つチューリップ ………近藤ゆかり

230

つつじ

カルチャーへつつじの路を抜けて行く ……犬童エツ子
つつじ満開誘惑というものの赤 ……乙黒 初音
五月晴れ天に矢車地につつじ ……宮崎 邦嘉
つつじ満開お電話かけていいですか ……松田 京美
道聞いた人にまた会う山つつじ ……森田 松月

椿(つばき)

落ちてまた咲く土と誓いがある椿 ……北川絢一朗
椿の季いとしい人よ死ぬでない ……八木 千代
やぶ椿内気な恋というを知り ……濱本 千寿
忘れることは生きてゆくこと椿落つ ……野沢 省悟
仰向けに落ちる椿もわたくしも ……雫石 隆子

トマト

別れてもトマトスープをまだ作り ……安藤桃えん
お喋(しゃべ)りがとっても好きなプチトマト ……釜田 操
完熟のとまとにすこし近づけり ……宮本めぐみ
青いまま死を覚悟するプチトマト ……矢島玖美子
八月のトマト善意を膨らます ……西川 冨恵

梨(なし)

梨の皮長く剝いても誰も居ぬ……林 きみ代

梨の花受け身の愛で終わるのか……河内沙智子

梨あふれるうんるうんと独楽回る……安藤まさ代

梨剝いてまだ核心にふれずいる……藤田きよし

梨ひとつふところにあり帰路はずむ……田口 麦彦

菜の花(なのはな)

菜の花菜の花子供でも産もうかな……時実 新子

なのはなのはなのなかのはつねつ……佐々木久枝

菜の花が咲いたよ蝶(ちょう)に出す手紙……林 きみ代

菜の花の黄に責められている弱さ……矢野孝二郎

菜の花よざれごとでない安楽死……一鬼ふく世

葱(ねぎ)

葱坊主どの子も家を継ぐといわず……柏葉みのる

葱剝(む)いて刻んで男たるゆえん……須場 秋寿

咳き込めば共に咳き込む葱坊主……平賀 胤寿

青葱をたっぷり入れ無神論……石部 明

いささかもひるむことない葱坊主……末村 道子

葉は

農薬をたくさん食べた葉が青い……大家 北汀
拾われる落ち葉になって輝きぬ……近藤ゆかり
花は葉におんなの春は駆け足で……谷 笙子
葉を落とす枝に芽があり春があり……有馬 洋子
葉が落ちる女一人がひそと住み……伊藤志津江

花はな

花束にならぬ花にもあるいのち……宮本 時彦
押し花に小さな風がやってくる……大野 風柳
あるときは王者のこころ花を買う……定金 冬二
補聴器の故障ひと日を花と住む……宮本 シキ（ペルー）
思はじと椿（つばき）の花を火に焙（く）べて……川上 日車

花菖蒲（はなしょうぶ）

花菖蒲子を産まぬまま流される……森中恵美子
花菖蒲まっ直ぐ活けて子へ便り……桑野 晶子
六月の雨を絵にする花しょうぶ……安井 久子
菖蒲園不倫の二人とは知らず……國清 佳子
むらさきは君の彩（いろ）なり花菖蒲……松尾 照子

花束(はなたば)

花束が届く少うし自惚(うぬぼ)れる ……………… 合田 遊月

花束が似合う時まであと少し ……………… 大黒 政子

花束を頂く予定記入する ……………… 原井 典子

花束よ育ての親をなぜ泣かす ……………… 佐々木よしお

花束に埋もれて二度と会えぬ人 ……………… 玉木志恵子

バナナ

わけあってバナナの皮を持ち歩く ……………… 楢崎 進弘

戦後史にバナナ一房重すぎて ……………… 田口 麦彦

正直なバナナの皮はむきやすし ……………… 山本 洵一

バナナの黄もう生き方は変らぬか ……………… 矢野 佳雲

世紀末バナナの皮が残される ……………… 児玉ヒサト

薔薇(ばら)

受話器からゆっくり芽ぶく赤いバラ ……………… 加藤かずこ

薔薇もまた眉間(みけん)に疲れ溜めている ……………… 松田 京美

薔薇抱いて百合(ゆり)に心を奪われる ……………… 山口よしえ

胸の炎を鎮めて咲かす冬の薔薇 ……………… 末村 道子

朝霧を受けて目覚める薔薇の花 ……………… 赤松ますみ

向日葵

ひまわりの丈おとうとを思うなり………木本　朱夏
こんな世にもひまわり凛と咲いている………田口　麦彦
不在証明ひまわりの種ほの暗し………吉田久美子
ひまわりは焦げて聖者のように立つ………東野　節子
大らかに生き直したい向日葵よ………柿山ヒロ子

蕗の薹

ふきの薹コンクリートの割れ目から………大石　鶴子
蕗のとうお前も春がほしいのか………田向　秀史
天婦羅の手順の中の蕗の薹………蔵多　李渓
指先に春が真っ先蕗のとう………岡田美智子
雪どけを待つよろこびの蕗の薹………神田　格

葡萄

大粒の葡萄掌にあり娶らんか………大山　竹二
一度だけ海を湛えるぶどう粒………佐藤とも子
ぶどうたわわ聖母は今も学び舎に………柿山ヒロ子
一房のぶどうは家族かも知れぬ………野村　京子
種無しにされたブドウの黙秘権………安宅美代子

鳳仙花

鳳仙花はじけ太郎をみごもりぬ ……………………松山 我楽
科学する子の目にはぜる鳳仙花 …………………堤 日出緒
鳳仙花弾けて飛んだのはわたし …………………松本 幸夫
秘密もう支えきれずに鳳仙花 ……………………篠崎扶美子
一期一会風が運んだ鳳仙花 ………………………吉平 一岳

豆（まめ）

かんざしがゆれて一口五色豆 ……………………岸本 水府
ゆでられるまではいのちのあった豆 ……………山田 良行
妥協案ねる枝豆をたべ飽きる ……………………森中恵美子
ことことと豆煮る音に母がいる …………………井上 律子
ユーモラスな鬼には五色豆をまく ………………西川 景子

曼珠沙華（まんじゅしゃげ）

忽然と道はひらけて曼珠沙華 ……………………岩井 澄子
女百態そのひと色の曼珠沙華 ……………………早良 葉
曼珠沙華がくんと折れて敵ばかり ………………海地 大破
一声は上げて討たれる曼珠沙華 …………………蛯名 千恵
一念を貫いて咲く曼珠沙華 ………………………赤松ますみ

密柑(みかん)

みかん一個輝く大地描かしむ……………………時実　新子

妻といてどちらともなくみかんむく……………西塚　春魚

愛なんて箱の密柑はすぐ腐る……………………倉富　洋子

子の学費稼いでくれたみかん切る………………杉本　町子

目隠しのみかんが匂(にお)う待ち合わせ……………………植野美津江

麦(むぎ)

ひとすじの光りに麦は満ち足りる………………倉田恵美子

麦を踏むとはしらなんだ万歩計…………………大木　俊秀

麦青し不倖(ふしあわ)せとは言いにくし……………………神　手津王

校門を出て一粒の麦となり………………………小椋　探山

麦踏みの父の孤影をわかる日も…………………北川絢一朗

メロン

上段にメロン序列があるらしい…………………永田　俊子

頭数かぞえて母の切るメロン……………………坂口　松美

安物のメロンを食べてメロン党…………………早良　葉

自己愛のそんなメロンを食べてます……………小野　杏子

人の名は忘れたままでメロン食ぶ………………田村　精子

桃

どこまでが夢の白桃ころがりぬ ……………………… 時実 新子

桃の花びら一枚敷いて下さるの ……………………… 青田 煙眉

蟻(あり)たちの頭上はるかに桃熟れる ……………………… 住田 三鈷

ダム出来て桃が流れて来ない川 ……………………… 椎江 清芳

水蜜桃(すいみつとう)ガブリとけもの道たのし ……………………… 田口 麦彦

野菜(やさい)

生野菜生きることのみ考える ……………………… 番野多賀子

葉を洗ううなじに解けるささめ雪 ……………………… 武藤 瑞こ

不揃(ふぞろ)いの野菜有機という誇り ……………………… 田端佐代子

實篤(さねあつ)が描く福相の野菜たち ……………………… 原 久美子

連作を嫌う野菜の自己主張 ……………………… 古賀 絹子

林檎(りんご)

リンゴ熟れるころ恋人に来るわかれ ……………………… 大谷いわを

津軽から売られ売られて来たリンゴ ……………………… 和田 恭子

原罪のリンゴは今日も輝きぬ ……………………… 関 水草

りんご安売りえくぼもおまけしています ……………………… 野沢 省悟

りんご磨かれて自分を見失い ……………………… 船場けん吾

238

檸檬(レモン)

檸檬かけると許されますか今日の罪 ……牛田 東

遠い日の君が見えます レモンの輪 ……西海枝みちこ

すずなりのレモンの下が予約席 ……笹田かなえ

ひたむきなレモンは沈んでばかりいる ……藤谷怠民愚

中年は一度っきりや檸檬切る ……白藤 海

人生

明(あか)り・灯(あか)り

一つずつ情を返す雪明り ……田中 万里

月明(げつめい)のくるぶし双(ふた)つわが視野に ……泉 淳夫

裏木戸の明りバイトの妻を待ち ……齋藤由多香

いくつ訃に出会う厨(くりや)の薄明り ……村井見也子

闇(やみ)よりも淋(さび)しい灯り家に点(とも)す ……華 妙子

憧れ・憧(あこが)れる

人情の薄い都会に憧れる ……………………………… 池田 可宵

葱坊(ねぎ)主一度は空に憧れる ……………………………… 猿田 寒坊

憧れとためらい二つとも絵馬に ……………………………… 太田紀伊子

母さんの憧れだったバスガール ……………………………… 立場 増美

憧れの君の前では貝になる ……………………………… 井主てまり

遊(あそ)び

あそびには遠い屋台のはした金 ……………………………… 永田 帆船

教科書にない遊び方教えます ……………………………… 北 信子

遊びでは済まなくなった女の眼 ……………………………… 河野 副木

影踏みの遊びを夫と夜明まで ……………………………… 西条 真紀

遊び下手落葉一枚ずつ数え ……………………………… 高橋 万作

遊(あそ)ぶ

ともだちが遊んでくれる浮世かな ……………………………… 天根 夢草

児(こ)と遊ぶ雲は樹になり象になり ……………………………… 永田 安親

編み棒を止めて胎児を遊ばせる ……………………………… 八橋 武夫

白い白い風と遊んだだけの恋 ……………………………… 寺中三枝子

所在ない手足の遊ぶ針供養 ……………………………… 萩原 紫苑

家出(いえで)

家出して夕刊に出ぬたよりなさ……………岸本　水府
家出した日を命日に灯をともし…………高橋　散二
家出するきょうの天気を確かめて………春日井五月
この家を出る　まな板を拭きあげて……五郎丸去就
パチンコのマーチの中にいた家出………石丸　尚志

生き様(いきざま)

生きざまは直立原人吹雪来る………………野沢　省悟
生きざまはどれ程の濃さどんこ汁…………万　迷多
生きざまを子に見せておく霰(あられ)の夜………関口きよえ
生き過ぎたともよう生きたともああ命……山本　貞女
生きて死ぬただそれだけの事なのに………矢野　栄子

生きる(いきる)

生きたいか　ひとえに秋刀魚(さんま)やく母よ……松本　芳味
生きのびて知己一人ふえ二人減り…………越郷　黙朗
いま生きている素うどんがあたたかい……定金　冬二
信号の黄に突っ込んで生きている…………天根　夢草
生きるとは　にくやの骨のうずたかし……平賀　胤寿

一生(いっしょう)

あれも一生これも一生さくら散る……入江 金珠
一生は如何(いか)でしたかデスマスク……末松仙太郎
長い塀だな長い女の一生だな……時実 新子
子育ての一生だった母の墓……高橋 高助
瞬(まばた)きの一世を生きて我の器(うつわ)……田中 伯

嘘(うそ)

花氷おんなの嘘が透いている……川俣 喜猿
星の夜嘘が上手にまわらない……高橋 春造
どう嘘をついても母のまるい膝(ひざ)……大森風来子
嘘を言う眼を患者から覗(のぞ)かれる……河野 副木
破顔一笑政治家嘘をついている……大場 可公

裏(うら)

夜店の灯裏から見ると売れた影……岸本 水府
人生の裏を見すぎた黙り癖……吉本 硯水
アルバムの笑顔の裏にある暮らし……深井キイ子
高笑いした裏側にある孤独……我妻 進
裏側はきっと泣いてる魚拓(ぎょたく)の目……河合 茂雄

242

噂（うわさ）

髪形をかえて噂の中にいる ……………………… 中村笑美子
噂話しは風より迅(はや)い口移し ………………… 高橋ミチル
気まぐれな噂キリンの耳元で ……………………… 川上 冨湖
ベランダを開けると噂流れ込む …………………… 大橋 政良
くすぶった噂と春の真ん中に ……………………… 北沢 尚子

運（うん）

一(ひ)と電車おくれて運に変りなし ………………… 椙元 紋太
努力家へぽつぽつ運が向いてくる ………………… 大嶋 濤明
男運悪かっただけ米を研(と)ぐ …………………… 小畑 矢織
失恋が幸運だったかもしれぬ ……………………… 今村 純子
泣きぼくろどっちつかずの運不運 ………………… 赤松ますみ

宴（えん）

披露宴これも一種の偽証罪 ………………………… 下嶽 周村
宴果てて真白き闇(やみ)の中にいる ……………… 宮本めぐみ
犯罪に近い宴(うたげ)の後始末 …………………… 新家 完司
天下太平音痴の歌(うた)を聞く宴(うたげ) ……… 河野 晴峰
紅葉のうたげ空き缶捨てないで …………………… 坪田 深雪

想い出・思い出

想い出に寒い景色はなかりけり ……………………前田　雀郎
想い出となれば憎めぬ人ばかり ……………………北村白眼子
思い出も風化していくリトグラフ ……………………内田　順子
思い出は不意納豆の糸と来る ………………………伊藤　定子
思い出の真ん中にある母の顔 ………………………田崎　弘子

還暦（かんれき）

どう生きる還暦からの時刻表 ………………………石川　鮎郎
還暦にはじめた習字愛と書く ………………………中村喜久代
夏帽子選る還暦のパスポート ………………………大西　一美
還暦の鏡に逆立ちして見せる ………………………土居　哲秋
還暦の足が震えている梯子（はしご） ………………吹田　朝児

喜劇（きげき）

喜劇だと思う人生ってステキ ………………………田村　夢女
生かされて喜寿の喜劇の中にいる ………………大塚　純生
神さまにもらう喜劇のフルコース …………………松下　佳古
ピストルはおもちゃ喜劇にされちまう ………………矢須岡　信
男一匹喜劇演じて這（は）い上がる …………………本園はるを

244

喜寿(きじゅ)

まだ喜寿よ恋愛ぐらいしますわよ……豊岡はつい

風の私語ようやく喜寿が聞き分ける……大塚　純生

喜寿の身が新語辞典でまだ育つ……酒井　輝

定位置に坐って飲んで喜寿祝(すわ)……大沢勝之助

喜寿過ぎて傘寿米寿へ欲がつき……潮見　正

義理(ぎり)

のし袋義理は先代さまにあり……手嶋　吾郎

これも義理妻のお客へ髭を剃る(ひげ)……梅原　憲祐

紫の袱紗に義理を確と入れ(ふくさ)(しか)……藤村サダ子

義理で行く個展はっきり書くサイン……北山　青珠

駅裏の暖簾に軽い義理がある(のれん)……小川　速水

悔い(く)

石橋を叩きつづけた悔いがある(たた)……月原つくし

悔い一つ重ね人間しています……塩路よしみ

意識の果ての悔のつながり……井上　信子

人を刺す語尾に悔いあり星拾う……松山　我楽

深爪に似た後悔がつきまとい(ふかづめ)……本田　南柳

結婚

海光るぽくと結婚しませんか………江畑　哲男
結婚をことわる人といるグリル………森中恵美子
結婚とは何ぞや母の背に問い………熊谷千鶴子
祝い酒そうか結婚記念日か………田中　明二
ああ結婚中味が透けて見えて来る………稲戸　楽子

幸福

毎日が幸福ですと母謙虚………朝田　智子
幸福は眩しすぎるね日傘さす………斉藤　さわ
しのび足でくる幸福に気づかない………中村　誠子
幸福な老女演じて気疲れる………福島　銀子
旅帰りうちが幸福駅だった………山本　光倫

古稀(こき)

毎日を生きあれは幻これも夢………大場　可公
古稀過ぎて少女に戻る姉いもと………池田　愛子
古希のチャレンジやっと届いたEメール………植野美津江
リスクある投資へ古稀を戒める………礒野いさむ
こわれもの注意のいのち古稀がくる………宮本美致代

再会

再会に少し粉飾する履歴 ……………………………… 越智　晶子
そうだったのか再会の花名刺 ……………………… 冨安清風子
再会のドラマ戦後はまだ続く ……………………… 玉村　幸子
再会の銃より弾丸は抜いてある ……………………… 塚本　道子
再会へ綺麗な記憶だけを選り …………………………… 江畑　哲男

盃（さかずき）

父よ起てまだ盃に酒がある ……………………………… 寺本　隆満
こんどいつ逢える盃注ぎこぼし ……………………… 志水浩一郎
ご返盃時の流れに逆らわず …………………………… 猿田　寒坊
盃に本音ころころこぼれ出す ………………………… 小林由多香
さかずきに塔をうつして京の四季 ………………… 田中　秀果

サスペンス

ドラマより現世に多いサスペンス ………………… 野辺ひろ枝
サスペンスぼくも心の共犯者 ………………………… 江畑　哲男
萩（はぎ）はみていたサスペンスめく忍ぶ恋 ……… 西川　景子
サスペンス無駄には猫を泣かせない ……………… 大川　満生
山村美沙（みさ）の遺産を狙（ねら）うサスペンス … 中山おさむ

247

傘寿(さんじゅ)

ひたすらに生きて傘寿や雛(ひな)かざる......藤原　浄子

夏季講座傘寿に学ぶ事ばかり......小泉　亜紀

新語辞典を求めに走り出す傘寿......宮本　福心

傘寿まだ現役ですとちらし寿司(ずし)......村上喜美恵

この先は神様任せ傘寿来る......大槻　敦子

幸(しあわ)せ・倖(しあわ)せ

頰(ほお)づえや倖せなれば物云(い)わず......松本　芳味

毛糸玉倖せな陽が膝(ひざ)へ伸び......堀口　祐助

倖せを小出しにできるものあれば......脇坂　正夢

幸せを誰(だれ)かに問えば逃がしそう......太田紀伊子

よその時計が鳴っているよその幸せ......永田　俊子

尻尾(しっぽ)

汚れきった尻尾を洗う川の巾(はば)......原田　健二

春の月わたしの尻尾見てしまう......宇田川圭子

いつか切られる尻尾だが振りあるく......松波　一景

怒らせて見るか尻尾をきっと出す......桑田砂輝守

尾を振って待つ犬にない旅土産......岩崎　静一

248

死ぬ

傘をさす死ぬのを遠いこととして………………和泉 香

死ぬまでは生きる集中治療室………………原井 典子

じゃんけんぽん死ぬ順番を待つゆとり………早良 葉

まないたのへこみどこかで人が死ぬ…………石田 柊馬

独裁者の髭が動くと人が死ぬ…………………北村 泰章

出世

出世したハープ奏者を遠く見る………………末村 道子

失恋して発憤し出世して淋しい………………矢勝 耕石

同僚の出世を妻が聞いてくる…………………宮内 可静

いささかの出世が人を置き忘れ………………太田 昭雄

健やかに出世街道知らず老い…………………長沢民之助

冗談

血の引いてゆく冗談を聞き流す………………松下 佳古

冗談はおよしなさいと嬉しがり………………中村よし子

冗談かしらと道々考える………………………矢須岡 信

冗談で乗った木馬が走り出す…………………森本 里陽

冗談の下手な男にある時間……………………上島みゑ子

249

ジョーク

みな殺し出来るジョークを持っている……森中恵美子
ジョークだよ友もお酒も赦しあう……山倉　洋子
死際の派手なジョークを考える……新岡二三夫
ジョークです少し小骨が混ぜてある……今野きくえ
後輩へ古いジョークがとどかない……田口　麦彦

人生(じんせい)

人生に苦はなし思うだけのこと……富士野鞍馬
人生に意味などないよ飲みたまえ……台信　碌郎
ピンチのあとにチャンス野球も人生も……榎本　聰夢
人生に矢印のないことばかり……本庄　快哉
星が囁(ささや)くと見た人生は若かった……岸本　吟一

隙(すき)

明日ありと思う心に隙ばかり……大嶋　濤明
どうみても座禅の人の隙だらけ……高木千寿丸
聞き上手心の隙を埋めてあげ……沢田　律子
玉子焼き好きな夫婦で隙だらけ……一鬼ふく世
喪の帯の固さの中にあった隙……大西　言彦

250

過ぎる

人死んで日はどんどんと過ぎてゆく ……岸本　水府
放心の前を夜汽車の窓が過ぎ ……三條東洋樹
靴音が近づき胸を踏んで過ぎ ……時実　新子
海の絵が好きで婚期が過ぎてゆき ……田向　秀史
まどろんで過ぎゆく月日夢芝居 ……末村　道子

青春(せいしゆん)

青春や沈む火のいろ火の粉いろ ……中沢久仁夫
青春をめくると本になる厚さ ……松井　泰子
青春のひと振り天を高くする ……中村　昌子
青春の無惨を埋める習いごと ……平井　夏子
青春を歌う替え歌までうたう ……柿山　陽一

葬式(そうしき)

葬式で会い　ボロいことおまへんか ……須崎　豆秋
いさんなくあらそいもないおとむらい ……三隅　参平
葬式のかたい飯から第二幕 ……清水　汪夕
お向かいのお寺はきょうもお葬式 ……春日井五月
久し振り家族が揃(そろ)うお葬式 ……中野　恵空

251

底そこ

靴底に当るものありひとり旅 ……………………… 岡橋 宣介

独り住めば行末と言ふ底の無き ………………… 中野 懐窓

どん底で万事叶うと初神籤（みくじ） …………… 森下天龍雄

腹はどう切るかをひとり夜の底 ………………… 矢須岡 信

魚油消えてさいはてはいま夜の底 ……………… 田口 麦彦

退職たいしょく

退職をしても日曜日は寝坊 ……………………… 鈴木 如仙

退職の日にしっかりと見る職場 ………………… 谷口 節子

職退いてなお刃こぼれの太刀を抱く …………… 片岡 湖風

定年退職執行猶予など付かず …………………… 竹内寿美子

職退いてピエロも鬼もさようなら ……………… 渡辺 幸士

宝たから

人間国宝孤独のいのち刻みゆく ………………… 内藤 凡柳

父の写真が宝で冬がまだ匂（にお）う …………… 墨 作二郎

宝探しに行った女は放って置く ………………… 山口はんし

胎動のずんと私だけの宝 ………………………… 工藤 青夏

お宝は真っ赤なからすうりの中 ………………… 水野亜希子

企(たくら)み

風紋のあるたくらみに似たるなり……寺尾 俊平
企みがあって端歩をそっとつく……野田 和美
企みのある名刺なら要らないよ……十鳥 戦兵
たくらみに乗らぬ指から外される……岡崎たけ子
たくらみのある花だから美しい……布施 順風

長寿(ちょうじゅ)

祖母母と背なの丸みも長寿系……青木ひかり
女ばかりの長寿国ではつまらない……田頭 良子
長寿箸(ばし)ばかり溜(た)まってきた卒寿……白井 花戦
薄命は昔の話美女長寿……松岡十四彦
昭和なら幾年指を折る長寿……高橋あさ子

通夜(つや)

盃(さかずき)を置く音ひびく通夜の端……大山 竹二
雨の通夜くるべき顔はちゃんと来る……片岡つとむ
通夜の酒月は頭上を通過せり……海地 大破
許せない過去もあったが通夜の席……山本 幸水
仏にも一言ありや通夜の酒……太田紀伊子

定年(ていねん)

金属疲労いざ定年のあばら骨 ……………………… 大石 鶴子
定年の男の電池振ってみる ………………………… 今川 乱魚
定年になれば冬眠する予定 ………………………… 八坂 俊生
定年後も紳士で朝の靴磨く ………………………… 成田 孤舟
定年の前途に広い海を置き ………………………… 上田 野出

敵(てき)

七人の敵よりコワイ女房どの ……………………… 河上 澄
スマイルの裏で姿を見せぬ敵 ……………………… 原田 のぶこ
ふところの敵が戦をけしかける …………………… 名川 芳子
笑顔こぼして女の敵は女なり ……………………… 瀬良 梅子
人生の敵も味方も内に住む ………………………… 上渕 幸八

嫁(とつ)ぐ

嫁ぎます記者会見はしないけど …………………… 男武志津江
朝刊が午後着く島へ嫁ぎます ……………………… 柴本 ばっは
ピアノの座青く残して娘は嫁ぎ …………………… 吉田 せんば
嫁ぐ娘(こ)のこれが最後の背を流す ………………… 阿部 枯葉
凛凛(りんりん)と今日嫁に行く石の花 …………………… 小野 美根

254

長生き

高齢化長生きをしてすみません................吉川 一郎

一銭五厘の命傘寿へ永らえる................木村 あきら

ほんとうに長生きしてもいいですか................原田 北涯

長生きも芸なら派手に生きてやる................白井 花戦

長生きのできる食事の本を買う................安達 八代重

儚(はかな)い

会葬御礼儚いこの世生きてゆく................末村 道子

大正のロマン儚く美しく................本多 慶次

食べるだけ食べ儚さを口にする................野口 初枝

儚さは呼ばれた虹(にじ)のすでに消え................志水 剣人

海の家も愛も九月で消えちゃった................唐沢 春樹

悲劇(ひげき)

ニイタカヤマノボレ悲劇への指図................山下 繁郎

悲劇かも知れぬ勝者のVサイン................矢須岡 信

五客三才この寸劇を抜けだせず................盛合 秋水

悲喜劇の幕があく五月の景色................森本 夷一郎

ハムレットの顔して政治評論家................田口 麦彦

255

柩(ひつぎ)

戦いのすんだ柩に陽が落ちる……大橋 政良

ライバルの柩がこんなにも軽い……安藤 恥目

送り出すははの柩が軽すぎる……尾島 豊志

おれの ひつぎは おれがくぎうつ……河野 春三

のらりくらりをやっと押えた柩の釘……山村 祐

秘密(ひみつ)

共犯にする気秘密を打ちあける……小川 和恵

満月が欠けて漏れ始めた秘密……赤松ますみ

おなかが痛いちょっと秘密を溜め過ぎた……角田 珠実

ふくらんだ秘密が口をつつき出し……木咲 胡桃

秘密の木遠い昔の蟬時雨……三笠のぶ子

不幸(ふこう)

左手が右手を信じない不幸……尾藤 三柳

ふしあわせなれば滝音高まれよ……時実 新子

目を伏せて不幸な話聞いてやり……神 手津王

散ることを知らぬ造花の不仕合わせ……小島 澄子

居どころがわかりふしあわせがわかり……本田 南柳

米寿(べいじゅ)

もう何もいらぬと米寿いい笑顔 ……………………… 清水美よし

生き甲斐(がい)はダンスと答えます米寿 ……………… 豊岡はつい

喜寿米寿やはり洒落気(しゃれけ)のユニホーム ……… 龍興 秋外

苦学した昔を語らない米寿 ……………………………… 細谷 晃長

うっちゃりは食わぬ米寿の土俵際 ……………………… 川俣 喜猿

待(ま)ちぼうけ

待ちぼうけ献血をして気が晴れる ……………………… 古賀 絹子

炎天の街崩れゆく待ちぼうけ …………………………… 坂田 洋子

池に散る花を見ている待ちぼうけ ……………………… 平田 一暢

二階から海を見ている待ちぼうけ ……………………… 沢幡 尺水

待ちぼうけの駅で女が石になる ………………………… 福島 銀子

幻(まぼろし)

幻をうまし うましと喰(く)らうかな ……………………… 時実 新子

まぼろしをつまむかたちのピンセット ………………… 木野由紀子

まぼろしの男を待っている波止場 ……………………… 山倉 洋子

まぼろしの夫婦で眠る比翼塚 …………………………… 古賀 絹子

あの日見た虹(にじ)はまぼろし真珠湾 …………………… 新畑 ひろし

見合（みあ）い

シューベルト只今見合い中の部屋……………………梶川 一譜

見合いして親も秤（はかり）にかけられる……………………宇佐美いなぎ

家柄に触れる見合の席を立つ……………………………山崎 達美

手をつなぐひとが欲しくて見合いした……………………太田とねり

コンタクト磨いて返事する見合い…………………………上村 脩

味方（みかた）

たった一人の味方が居れば闘える…………………………國清 佳子

津軽三味優しいひとに味方する……………………………北野 岸柳

根回しの酒で味方も寝てしまい……………………………川崎まさみ

ポケットの飴（あめ）の数だけいる味方……………………大場 可公

晴れた日は味方もそばにいてくれる………………………門脇 晶子

身構（みがま）え

中段の構えで父は生きてきた………………………………樋口 仁

娘を奪う奴（やつ）の電話だ身構える………………………矢須岡 信

身構えた静止画像のまま終り………………………………坂口 蟻心

やさしさへ独り暮らしは身構える…………………………舟見 俊子

人事異動風の音にも身構える………………………………濱川ひでこ

矢面(やおもて)

あえて立つ矢面群れの数も読み ……………… 竹本瓢太郎

矢面に立つ気の眉(まゆ)が動かない ……………… 瀬野侑利子

矢面に立てば存在感はある ……………… 竹下 圭子

矢面に立ち本当の敵を知り ……………… 鈴木柳太郎

倒産の社長立たせて槍(やり)ぶすま ……………… 田口 麦彦

余生(よせい)

寒がりの猫と余生を温(ぬく)め合う ……………… 吉岡 龍城

ああ余生つるべ落しに日が暮れる ……………… 永田 俊子

余生です積載量は減らします ……………… 野口きぬえ

余生とは言わぬ毎日辞書を繰る ……………… 梶川雄次郎

消化ゲームのような余生にしたくない ……………… 中田たつお

ライバル

ライバルの我より白き歯に見とれ ……………… 黒野こうき

ライバルとなる目に出合う新入社 ……………… 越郷 黙朗

ライバルが笑う私も笑わねば ……………… 富谷 英雄

ライバルの会釈うなじにある火花 ……………… 窪田 和子

ライバルと死闘たかだか酒の量 ……………… 寺本 隆満

離婚(りこん)

金のある人さわやかに離婚する…………………………橋本 征一路

買う人があるなら売ろう離婚歴…………………………こだま 美枝子

四月馬鹿(ばか)でしょう定年離婚など…………………………斎藤 和子

神頼みすると離婚はすぐできる…………………………原井 典子

梨(なし)の花離婚適齢期にはいる…………………………久場 征子

霊柩車(れいきゅうしゃ)

霊柩車老いの台詞(せりふ)はどこもなし…………………………山本 芳伸

かえりなんいざ霊柩車が着いた…………………………東野 大八

金箔(きんぱく)がまだ足りないぞ霊柩車…………………………田口 麦彦

なぜだろう 笑って乗ってる霊柩車…………………………添田 明子

霊柩車ルルルルル蟬(せみ)も人もいて…………………………安藤 亮介

笑(わら)い袋(ぶくろ)

和紙で作った笑い袋を持っている…………………………盛合 秋水

笑い袋が小さくなった俳諧師(はいかいし)…………………………田口 麦彦

笑い袋の笑いあぐねる月明り…………………………柴崎 昭雄

笑い袋を買おう夕陽(ゆうひ)が赤すぎる…………………………三宅 勢津子

大人三人笑い袋がほしくなり…………………………河合 実世子

260

身体

足・脚

音消してこの世に残す足の裏……松田　悦子
追い越され足の短さウフフのふ……太田あさみ
この脚は砂漠を歩くだけの脚……寺尾　俊平
まだ道が歩ける足が二本ある……松原　澄子
どなたです足で襖(ふすま)を開けるのは……林　きみ代

足音(あしおと)

足音は待たせてすまぬ音になり……岸本　水府
足音があるから安心して眠り……有働　芳仙
せっかちな足音きっと母だろう……福島　銀子
きさらぎの空を足音降りてくる……なかはられいこ
別れても女足音忘れない……今井胡次郎

汗(あせ)

汗までは見えぬ車窓の田の青さ……石川つねじ

一坪の菜園生きて流す汗……高野 あさ

痩せたくて金のいる汗かいている……濱川ひでこ

玉の汗男の顔になってくる……奥田 白虎

いい汗を拭(ふ)いてる父に嘘(うそ)はない……川野 肇

胃(い)

原産地不明の魚胃に落とす……鳩野 宗夢

胃の中に起上がれないままの独楽(こま)……尾藤 三柳

胃袋のかたちしてねむる都営住宅12の5……奥室 数市

禁煙の記念日となる胃の切除……苅谷たかし

八月十五日ただただ胃が重い……田口 麦彦

息(いき)

今日逢(あ)えるミントの息を確かめる……坂本 浩子

おっさんの息買うて行くアメ細工……岸本 水府

息づかい蛍の息と僕の息……岩井 三窓

独房でおのれの吐いた息を吸う……野呂背太郎

指で輪を画(か)いてとんぼへ息をつめ……山内 三亭

262

遺伝子(いでんし)

遺伝子のせいかもしれぬお人好し……福岡　竜雄

遺伝子が脱ぎ捨てていくぬいぐるみ……藤井　蛍舟

頑張れとDNAが叫んでる……ひとり　静

DNAを父から継いでいる頑固……中嶋百合子

遺伝子がゆっくり母の顔に似せ……金子すすむ

腕(うで)

斧(おの)を振る腕の先まで男だな……定金　冬二

一本の藁(わら)と見たのは父の腕……工藤　寿久

君の背にまわした腕の余りたり……山口　新子

献血にためらいのない若い腕……猪野カツ子

女から腕を組んだとわかる型……青木　勇三

顔(かお)

冷凍魚アッと叫んだままの顔……岩田　三和

すれ違うみんな他人の顔をして……いとう　岬

裏の顔表の顔をもって生き……虎頭　民雄

食うて寝て起きて昨日と同じ顔……栗林　雅人

パスポート十年間はこの顔で……いまいまい

肩（かた）

長き夜の母の肩百たたきけり……池田　可宵
ハンガーに今日働いた肩を載せ……宮本　紗光
定年の肩を味方に叩（たた）かれる……加藤　翠谷
春の風ふたりの肩を撫（な）でていく……太田　一徳
転職の肩に値札がつけられる……岩堀　洋子

髪（かみ）

子の熱が下って気付く乱れ髪……瀬口　安彦
洗う髪梳（す）く髪若さみどりなす……坂本　一胡
癖のある髪を梳かして恋をする……吉田三千子
悲しみにとどかぬように髪を切る……赤石　ゆう
あおあおとわたくしごとを髪の丈（たけ）……桑野　晶子

肝臓（かんぞう）

偉いなあわたし肝臓やれません……岩本　静子
肝臓に会って一献ささげたい……大木　俊秀
肝臓よ許せ許せと三が日……田口　麦彦
肝臓のあたりに隠れキリシタン……西秋忠兵衛
移植肝臓　アルコールの夢を見て……渡辺　隆夫

口(くち)

口開けて鰯(いわし)は海を見ています……工藤　寿久

ねたふりで口を出そうか出すまいか……河合実世子

笑い袋の口がだんだん狭くなる……石橋千代子

口開けた埴輪(はにわ)のようには死ねぬ俺(おれ)……慶長　三六

偽証した口濯(すす)いでも洗っても……萩野　悦声

唇(くちびる)

唇をもれてきれいな嘘(うそ)になる……大橋　政良

唇に淡く紅引く春いまだ……堀　恭子

くちびるは瞬時に盗むものにして……今川　乱魚

唇が勝手に動く嬉(うれ)しい日……中村　豊子

花しずく　木偶(でく)の唇こそひらけ……細川　不凍

首(くび)

憶病な首が潜望鏡になる……海地　大破

いい人にされて横には振れぬ首……岩田　妙子

妻の首モディリアーニと見比べる……吉道　博章

細い首なれどしっかり横に振る……園田恵美子

椿(つばき)の首も女の首もためされる……森中恵美子

血液型(けつえきがた)

B型で一直線に穴を掘る ……………………………神川 敦子

O型の血の豊かさと風当り ………………………中島 和子

よく弾む毬でA型同士です ………………………下村 瑞恵

お話しの接ぎ穂血液型をきく ……………………篠原 房子

O型のひょうきん梅雨のウツを消す ……………松尾 涛源

声(こえ)

声を聞くただそれだけの電話代 …………………香川 寿

声変りする少年の口答え …………………………みそのゆり

参考の程度に聞いた民の声 ………………………中条久三夫

日本海大声(おおごえ)上げて陽(ひ)が沈む ……………………杉野 草兵

蟷螂(とうろう)の斧(おの)ふりあげて声の欄 …………………石川侃流洞

姿勢(しせい)

声を聞くただそれだけの電話代 …………………宇治田志寿子

前傾(ぜんけい)姿勢ばかりつづけて酸欠に ………………久田美代子

前向きの姿勢崩さぬかたつむり …………………竹下勲二朗

起立礼お詫びの姿勢だけきれい …………………吉野 瑛二

軍鶏(しゃも)いつも闘う姿勢崩さない ………………………伊佐次無成

矢面に立たされている火の姿勢 …………………

舌した

寒い朝舌が一枚減っている ……………………… てじま晩秋
おんなの敵は女と分る赤い舌 ………………… 船津とみ子
男とは ぷっと舌から枇杷びわの種 ……………… 笹田かなえ
舌出してアサリは死後を探ってる …………… なかはられいこ
献盃けんぱいの底に映った二枚舌 ………………………… 菖蒲 正明

心臓しんぞう

心臓がキュン あの人に見つめられ ………… 國清 佳子
心臓は餓飢大将でよく叛そむく ………………… 高柳 傍人
心臓が今日もトクトク元気です ……………… 生嶋ますみ
心臓がパクパクとする片想かたおもい …………………… 杉本 克子
心電図うごく生きてる生きている ……………… 右近 志秋

脛すね

親の脛かじった頃ころのコンサイス …………… 荻原 柳絮
脛に傷あって笑顔をたやさない ……………… 高塚 夏生
網タイツ見え隠れする脛の傷 ………………… 高野久美子
細い脛かじった息子よく太り ………………… 大戸 和興
逆縁の坂から脛が痩せてゆく ………………… 小山 紀乃

267

性(せい)

シャワー室 肉の落ちゆく音といる……時実 新子

清らかに過ごそう今日は排卵日……高橋 繭子

朱のシャツのユニセックスが面白い……小林 良恵

コンビニの灯りに集う青い性……安永 理石

くちづけをくり返す部屋薄暗し……西原 典子

背中(せなか)

受賞する背中が寒いなと思う……森中恵美子

舵(かじ)をとる妻の背中に目がござる……宮本 紗光

信号は青 背中押す風が吹く……渡辺 妙子

本当は許してくれている背中……柴田 銀河

介護する背中しっかり見せておく……西田 邦子

背骨(せぼね)

日本の背骨かなしくやわらかき……北川絢一朗

君は君の背骨で生きていきなさい……山本 乱

永らえて軋(きし)む背骨へ独り言……山本 貞女

魂を離して棒になる背骨……藤原 和美

霜月へやがて背骨がきしみだす……山口 晃

268

臓器(ぞうき)

働ける臓器や働きたい臓器 ……………………… 渡辺 隆夫

寝てる間に臓器失う怖い夢 ……………………… 高峰寿々丸

神様のくれた臓器で終わりたい …………………… 手嶋 吾郎

その折に役立つ臓器ならどうぞ …………………… 原田のぶこ

臓器みな自前この上なに望む ……………………… 広田 公子

血(ち)

やん衆の血が僕に棲む干し鰈(がれい) ……………………… 西山 金悦

魚の血洗って全てこともなし ……………………… 和泉 香

赤い血がわからぬように赤い服 …………………… 三村 舞

血のもろさ血のあたたかさ葱(ねぎ)ざむ ……………… 中原 恵子

日本人の血の中のさくらさくら …………………… 袖本恵美子

乳房(ちぶさ)

神様はさすが乳房のありどころ …………………… 延原句沙弥

子にあたふ乳房にあらず女なり …………………… 林 ふじを

乳房小さき妻の歎(なげ)きは初夏の些事(さじ) ………… 大山 竹二

みどり児も獣(けもの)もねむらせるちぶさ ……………… 窪田 和子

片乳房帯のすきまの冬が来る ……………………… 高屋二美代

翼 (つばさ)

春風だ　小さな翼拡げよう……石川　照子

あなたにも僕にもきっとある翼……小島　蘭幸

少年が抱けば翼となるギター……坂井　冬子

遠い道翼が欲しい一輪車……小野田彰代

ぼくにだけ生えた翼は伐り落とす……伊藤　健

爪 (つめ)

爪剪って爪に執着ある夜かな……河野　春三

待つことがなんにもなくて爪伸びる……北川絢一朗

深爪の今もつづくか遠い人……前川千津子

雨の日もしずかに爪が伸びてくる……村井見也子

私の敵はわたくし爪を切る……神長　幸枝

手 (て)

手と足をもいだ丸太にしてかへし……鶴　彬

大宇宙両手ひろげた幅のなか……大嶋　濤明

掌の蛍匂う危うい刻(とき)がくる……村井見也子

野麦峠のあかぎれの手はみたくない……末村　道子

母の振る手は裏切れぬ発車ベル……矢須岡　信

手の平・掌(てひら・てのひら)

錠剤の多彩を今日のてのひらに ……鷹野 青鳥
てのひらに子の手を包むとき絆(きずな) ……西山 金悦
手の平に落ちると雪はみな泪(なみだ) ……長谷川冬樹
赤ちゃんの手のひらにわく真綿かな ……坂東乃里子
てのひらにきらめくものは過去ばかり ……橋本衛門七

涙(なみだ)

涙とは冷たきものよ耳へ落つ ……前田 雀郎
見返してやる気の涙すぐ乾き ……玉野可川人
ハンカチを探す余裕のある涙 ……鳩野 宗夢
終戦日私は涙もろくなる ……原 シヅ
少年の涙を風が拭(ぬぐ)い去り ……青柳 秋雄

脳(のう)

脳天にいくさをしまう男の火 ……黒沢かかし
空っぽの脳持ちあるく投函後(とうかん) ……藤本静港子
右脳を春の演歌で塗りつぶす ……中前 幸子
パンを掌(て)に脳に色なき川ながる ……小宮山雅登
明日という字を百ほど描(か)いておく右脳 ……岡崎たけ子

喉(のど)

欠伸するキリンの寒い寒い喉 ……………………… 中島 和子

痩身図(そうしんず)この喉笛を鳴らす風 ……………………… 片柳 哲郎

銀盃(ぎんぱい)の重さ自祝の咽喉仏(のどぼとけ) ……………………… 小泉 紫峰

冬が来るのどの丈夫な仁王様 ……………………… 和泉 香

鵜匠(うしょう)ふと自分の喉に触れてみる ……………………… 成瀬 愛子

歯(は)

歳月を貪(むさぼ)ってきた歯の痛み ……………………… 岩田 眞知子

この世からはみ出しそうで歯を磨く ……………………… 矢島 玖美子

只今(ただいま)真人間抜歯の直後にて ……………………… 倉富 洋子

群集はみな喪服着て歯の皓(しろ)さ ……………………… 千葉 風樹

有線の流れる中で歯を抜かれ ……………………… 松尾 柳右子

裸(はだか)

裸の外にうらやまれるものを持たず ……………………… 麻生 路郎

アトリエに立てば裸とよぶまいぞ ……………………… 岸本 水府

ふくよかな神様がいる裸婦を描(か)く ……………………… 井上 謹三

久しぶりに妻の裸を見てしまう ……………………… 中野 文擴

裸木の強さ失うものが無い ……………………… 小林 瑠璃

鼻（はな）

ピノキオの鼻は誇りに満ちている……………………北村　泰章

象の目に棲む神さまも長い鼻

円空仏世間ばなしが好きな鼻　　　　　　　　　　　　盛合　秋水

握手した相手の鼻が高すぎる　　　　　　　　　　　　篠崎堅太郎

眼鏡ずらすと夫の鼻は高くなり…………………………山内　　實

　　　　　　　　　　　　　　　　　　　　　　　　乙黒　初音

腹（はら）

キューピーの腹一杯につまる愛…………………………津田　一江

飛行機の腹見上げたる別離なり　　　　　　　　　　　原井　典子

この国を支えていると腹が出る　　　　　　　　　　　石黒　初蔵

紆余曲折肝の決まった朝の顔　　　　　　　　　　　　村松　香昇

医者の手を真似ておのれの腹を診る………………………田中日出夫

髭（ひげ）

チャップリンのひげは怒っているのです………………亀山　恭太

初対面父親となるひげを剃る　　　　　　　　　　　　今野　空白

飢えた国ばかり写して記者の髭　　　　　　　　　　　野口　初枝

老いて候鏡に撫でる不精髭　　　　　　　　　　　　　中村　地青

ご立派な髭で毅然と叱れない……………………………平井　夏子

膝 (ひざ)

ほめられた小さな膝が崩せない……………福田 一二三

膝抱けば哀という字に似てしまう…………矢本 大雪

子を盾に言わせて貰う膝頭………………………宮本 紗光

困ったら泣きつく膝にされている………………河内 月子

膝を抱く土佐は遠流(おんる)の国なれば……………古谷 恭一

骨 (ほね)

箸(はし)でつまむのかと亡父の骨がいう……………柏葉みのる

君の骨栗(くり)拾うごと拾われよ……………………橘高 薫風

生きて生きてこれっぽっちの母の骨………………前田まえてる

人の子に戻って拾う母の骨…………………………古賀 絹子

春は曲線ジャコメッティのきしむ骨………………本多 洋子

眼差し (まなざし)

銅像の眼差し在りし日をしのぶ……………………山本 洵一

すでに遠きまなざし独り蜜柑(みかん)むく……………田辺 幻樹

眼差しの届く楕円(だえん)にうずくまる………………松井 文子

決戦は下まつげにもマスカラを……………………やすみりえ

頼りきる視線眉間(みけん)が痛くなる……………………杉本 青灯

274

眉(まゆ)

或るときは眉引くことも意地にみえ……藪内千代子
六郷満山仏の眉はみなやさし……尾花 白風
いくさする鏡の中の眉の位置……桑野 晶子
どう描いてみてもたたかう眉になり……高田 和子
約束を忘れずにいる眉しずか……田井 芳枝

耳(みみ)

昼のチャンネル貧しい耳になっている……岡田 玖美
全身を耳にして聞く社の人事……青木 昌子
らいばるのかみそりのはをみにかう……高田寄生木
共犯になるかも知れぬ耳をかす……合田 遊月
真っ先に被爆するのはロバの耳……田口 麦彦

胸(むね)

むねにすむひとりいしもてうたるべき……藤本静港子
問うなかれわが胸中の旅人に……片柳 哲郎
胸中に山水があり隠れ滝……石原 伯峯
胸抱けばまたひょうひょうと海鳴りす……宮川 蓮子
調律の出来ぬピアノが胸で鳴る……山口 晴美

275

目・瞳

献眼の目で次の世も見るつもり……………北川志津子

人生の裏を見てきた目を洗う……………板井 水狗

保護司の目正面に見て立ち直る……………保木 寿

君の瞳が少年になるチョコパフェ……………児玉 寿子

誰かしら仮装の中の瞳が笑う……………鷹野 五輪

目線・視線

笑い合う目線は同じいい仲間……………山内きよし

孫の目の高さで探す天の川……………清水美よし

元カレの車種だ目線はナンバーへ……………山本 智子

君の視線が難しすぎてほどけない……………高橋 由美

ボランティア愛の目線で愚痴拾う……………宇井 葉月

指

鉄拳の指をほどけばなにもなし……………大嶋 濤明

指さきを／ピストルにして／妻撃ち／子撃ち……………松本 芳味

靴みがき靴を笑わす指を持ち……………水瀬 片貝

指切りを信じて眠る小さい指……………仲川たけし

ささやかな祀りをほどくくすり指……………脇屋 川柳

276

心理

心(こころ)

見渡すとユダの心をみんな持ち ……麻生 路郎
心やや暗き日に読む太宰(だざい)の書 ……住田 三鈷
心ゆたか月賦の美術書にしても ……礒野いさむ
衿(えり)たてて心のうちは覗(のぞ)かせず ……一鬼ふく世
心まで見えたらきっと悲劇だろ ……岡 哲雄

自画像(じがぞう)

自画像のどこか羅漢に似る目鼻 ……木村 富夫
自画像は象牙(ぞうげ)で彫ってみるつもり ……伊藤千代麿
自画像が何時(いつ)も古里向きたがる ……高橋ミチル
イミテーション揺れて自画像まだ描(か)けぬ ……吉澤 和子
自画像をやがてやがてのうえにおく ……北川絢一朗

自分

自分らしく自分のためにまた走る……広瀬 啓子
誰よりも好きで嫌いなのが自分……奥田みつ子
時どきは自分を谷につきおとす……小西 幹斉
自分史に無駄花ばかり咲いている……園山多賀子
逆上がり自分を好きになれるまで……田代 時子

心理(しんり)

ぼくたちは心理テストの中の樹(き)だ……なかはられいこ
刺した子の方へ優しい心理学……酒井 輝
心理テスト私の謎(なぞ)があかされる……中島 典子
思い出し笑いが解けぬ心理学……大木 晤郎
胸に抱く袱紗(ふくさ)に包む石一つ……加川 熒川

ストレス

ストレスをスパイスにして生きてます……安藤寿美子
ストレスが満タン窓を開け放つ……桜井 千秀
丸洗いすればストレス消えるかも……本園はるを
ストレスが溜(た)まる正しく生きている……宇部 功
原子炉が見えるとストレスが見える……うつみ仙吉

278

白昼夢(はくちゅうむ)

夢(ゆめ)

夢二展出て矢絣の白昼夢 ……………………………… 鷹野　青鳥
ハウジングコーナーで見る白昼夢 ……………………… 田口　麦彦
コンサートの余韻楽しむ白昼夢 ………………………… 徳原　嘉明
白昼夢幼馴染みと逢(あ)っていた ……………………… 車田　和江
白昼夢ひとりの闇(やみ)に繋(つな)がれる ………………… 中村　安重

おもいきり顔を洗ってあれは　夢 ……………………… 木本　朱夏
ゆめのゆめ首無し馬が向かってくる …………………… 佐々木久枝
ラマンチャの男が夢を食い飽きる ……………………… 速川　美竹
出世魚夢はかたちにならぬまま ………………………… 早良　　葉
夢醒(さ)めてしばらく夢の中にいる ……………………… 堀　　恭子

わたし・わたくし

ゲラ刷りのまんまのわたしです見てね …………………… 楠根はるえ
わたくしを磨いてくれたのは挫折(ざせつ) ……………… 福田　淳子
わたしより綺麗(きれい)なひとは大嫌い ………………… 樹本　道子
わたくしを盗まれそうでしゃがみこむ …………………… 河内沙智子
明日があるスカーレットもわたくしも …………………… 大森美智子

スポーツ

ゴルフ

ゴルフするときの元気があればいい……玉井たけし
ゴルフ場麦を播きたいなだらかさ……村井 吉重
ゴルフ熱鳥も過疎地の山を去り……菖蒲 正明
ゴルフ場のみどりに人が放し飼い……竹下 圭子
ミニゴルフ老いの一徹つらぬかん……松本 一枝

サッカー

サッカーに入部少年らしくなる……山内喜久枝
ボール蹴るだけに世界が熱くなる……金子すすむ
濡れねずみ最後はたぶんサッカー部……江畑 哲男
キックオフ サッカーボールは覚悟する……生田三枝子
サッカーの足についてる方向舵……小笹 錬太

280

水泳(すいえい)

クロールで人魚に会いに行くのです……中井 智代

青空が好きで背泳ぎ崩さない……盛合 秋水

クロールで泳ぎたい日もある蛙(かえる)……かたわやつで

一匹になって金魚の平泳ぎ……弘津秋の子

水しぶき世界記録にほど遠し……上野山東照

スキー

スキー場色のよい服よく転ぶ……池田 勲二

青春がひとつ息づくスキー靴……古川 佳子

ゲレンデに咲くエレッセのペアルック……江畑 哲男

雪晴れに母もスキーをひと滑り……吉岡れん子

スキー板かつぎヤッホー若かった……大熊ミサ子

スケート

スケートにしばらくひまな右の足……高橋 散二

スケートの得意な顔になってこけ……三代木若松

銀盤に少女みごとに描く線……矢部あき子

満州の冬スケートのほかになし……田口 麦彦

ゴールキーパー鍾馗(しょうき)にも似たいでたちで……奥田 白虎

スポーツ

真っ白いスポーツ靴がはしゃぎ出す……持田　俶子
スポーツをギャンブルにして国貧し……樋川すみ枝
スポーツで結ぶロマンス清々（すがすが）し……植松　静河
スポーツの汗で流している虚栄……福岡　竜雄
スポーツも政治も二世では勝てぬ……辛島　静府

体操（たいそう）

逆上りすると男が少し見え……樋口由紀子
跳び箱が苦手なままで歳（とし）をとる……赤松ますみ
体操が甲で喜ぶははでした……中山　雅城
マスゲーム時代はあなた達のもの……芝原　路春
日本記録もって体操の教師する……礒野いさむ

卓球（たっきゅう）

少し本気で卓球をする古時計……田中　博造
妹と打つピンポンの玉の音……門脇かずお
ピンポンピンポン恋は進行形らしい……田口　麦彦
卓球は掬（すく）うが如（ごと）く切る如し……相原紫浪人
ピンポンの音する誰（だれ）もいない部屋……坂東乃里子

テニス

テニス部に属して恋の発酵期 ……………………… 田口　麦彦
放課後のテニスコートは恋模様 …………………… 江畑　哲男
健康なテニスボールの音がする ……………………… 白藤　海
ミックスダブルでテニスコートの風受ける ……… 稲垣とみ子
ファイナルへ女神微笑むネットイン ………………… 石井ひさ春

バドミントン

バドミントン好きで青春しています ………………… 柿本　葵
バドミントン生徒に負けているコーチ ……………… 宮本　凡器
一家総出バドミントンに流す汗 ……………………… 相川　文子
初速と球速あまりに違うバドミントン ……………… 真島　清弘
たして二で割ってダブルス組んでいる ……………… 中野　義一

バレーボール

子は塾へママさんバレー勝ち進む …………………… 津川　紫吻
初夏の昼バレーボールで汗ばむか …………………… 上原　豊彦
回転レシーブ肘にも使うサポーター ………………… 真島　清弘
パパ年休ママさんバレーベスト4 …………………… 仁部　四郎
バレー部に来いと背丈で誘われる …………………… 田口　麦彦

283

ホームラン

ソロホーマー天の一角稲光 ……近江　砂人
就職は既にきまったホームラン ……青木　三碧
ガム噛んで居ても助っ人ホームラン ……片岡つとむ
ホームラン無駄な一周だと思う ……中島　久光
夕焼けは逆転満塁ホームラン ……徳永　政二

ボクシング

ボクサーになれと育てた親はなし ……高橋　散二
仕上がりは順調シャドーボクシング ……久場　征子
格闘競技見てきて妻の涼しさよ ……楢崎　進弘
ボクシングしているような夏の雲 ……来島　睦枝
三回戦ボーイ見果てぬ夢を見る ……田口　麦彦

マラソン

マラソンの独走罪を背負うかに ……三條東洋樹
青年みるみる銀髪となるマラソン ……吉田　健治
四二・一九五キロは長すぎる ……田口　麦彦
マラソンのゴール毛布に生け捕られ ……大和　柳子
ハイヒールマラソン　ライバルは何処へ ……芳賀　博子

メダル

あどけない顔でメダルを取ると言う……土田　妙子
嬉(うれ)し泣きくやし泣きする銀メダル……西田　邦子
銅メダル慰めようか賞(ほ)めようか……坂巻　春妙
ご褒美のメダル鎖になってきた……渡辺　梢
蟬(せみ)しぐれメダルの数は競わない……小田　和彦

ラグビー

ラグビーのボールを奪う遁(に)げるため……樋口由紀子
ラグビーを観(み)る青年の中に居る……野村　圭佑
ラグビーの負傷は水ですぐなおり……北島　醇酔
ラグビーのボール桂馬(けいま)に似てころげ……津田　抱村
タックルタックルその一瞬が男なり……梶原　溪々

ランニング

ランニングマシンの上に積む荷物……久場　征子
淋(さぴ)しさに克つジョギングの紐(ひも)きりり……松村　華菜
ジョギングシューズ買うあの人も定年か……清水　正弘
ジョギングに星もいっしょにつれてゆく……松井　孝子
ロゴマーク背負ってプロのランニング……田口　麦彦

野球(やきゅう)

ジャンケンで打順を決める草野球 ……………………… 山口　春子

胸張って出て届かない始球式 …………………………… 瀬戸　波紋

少年の声澄み渡る野球場 ………………………………… 近藤　甲

少子化へ少年野球組めぬ町 ……………………………… 石川　三昌

ホームラン投手はあらぬ方を見る ……………………… 岡田俗菩薩

生活

味(あじ)

輪切りして大根母の味で煮え …………………………… 成田　孤舟

この味を受け継ぐ嫁と酌むビール ……………………… 佐藤　良子

日本に帰った味となる畳 ………………………………… 伊豆丸竹仙

テーブルクロス替えてみました旬(しゅん)の味 ……… 西原　知里

鮎寿司(あゆずし)の味が迎える祭り笛 ………………… 尾田　綾子

286

厚着(あつぎ)

厚着して虫のことばを聞き逃がす……神川 敦子

西高東低妻に厚着をさせられる……渡辺 浩一

厚着して少し理屈がくどくなる……佐藤 美文

重ね着をしては私が痩せてゆく……梶原サナエ

カウントダウン七十歳は着ぶくれて……和田 恭子

飴(あめ)

飴と鞭(むち)の飴にころんでから無口……小松原爽介

飴なめて月ありありと欠けている……田口 文世

酒も飴もと男の傘寿賤(しゃ)しかり……板木 継生

ひやしあめゆ十円札があった頃(ころ)……柿山 紘輝

針箱に飴玉　鈴振る母の帰らざる……墨　作二郎

椅子(いす)

お粗末な方が患者のかける椅子……江口 東白

うどん屋の椅子から刑務所が見える……定金 冬二

いい椅子に五年清潔感を欠く……礒野いさむ

灯を入れて明日開店の椅子を拭(ふ)く……西山 金悦

椅子とりゲームに敗者復活戦はない……板木 継生

287

糸(いと)

目に見えぬ糸であやとりする夫婦………小野　範子

好きな糸少し長めに切っておく………小倉　アサ

もつれ糸たどって見れば同じ糸………中村登志子

風船に糸あり我に妻子あり………播磨圭之介

絶交と裏腹細い糸を引く………石井　静風

イヤリング

嘘ついて大きく揺れるイヤリング・………太田やすみ

妻でない母でない日のイヤリング………山本希久子

私鉄沿線糸瓜(へちま)も揺れる………吉田久美子

原宿を行く少年のイヤリング………釜井　玲子

イヤリングはずせば母の顔になり………宮地　菖苑

うどん

うどん打つさぬきの嫁になりきって………平井　都

そうだったきつねうどんで別れた日………児玉　怡子

うどん屋の返事は湯気を越えて来る………椎江　清芳

うどん啜ってはっきり拒むことにする………荒井　荒星

うどん屋に四年馴(な)染んで定時制………田口　麦彦

エプロン

月明り妻よエプロン脱ぎなさい……松原とおし
エプロンはまっさら なにを作ろうか……川嶋 翡翠
エプロンの白が光ってまだひとり……河合 幸子
エプロンがよく似合うから妻のまま……香田 裕子
エプロンのまま乾杯へ座らされ……伊豆丸竹仙

音(おと)

妻や待たむ靴音を高めんか……麻生 路郎
音のするたびに奇蹟(きせき)を待って居る……三笠しづ子
放心のどこかで水を使う音……時実 新子
良心のくずれる音と銭の音……瀬良 梅子
拍子木の月に届いた音になり……西谷みさを

帯(おび)

金銀の帯を女のぬけがらに……森中恵美子
帯へすぐはさむ学資になるチップ……正谷柳筇使
ひらかなのまるさが欲しい帯をしめ……田頭 良子
好きな帯しめて逢(あ)いたい冬の雨……長谷川愛子
帯を解く帯の長さの情念や……西原 知里

カーテン

- カーテンを花柄にして立ち直る ……………………… 西川 景子
- カーテンを引いて雪崩のような恋 ……………………… 河口 新雪
- 中一の娘がカーテンで区切る城 ……………………… 保木 寿
- 引き際はカーテンコールあるうちに ……………………… 島田 公恵
- カーテンはブルー　朝日を一身に ……………………… あきみはら

カード

- 愛はあるカードに磁気があるように ……………………… 寺西 文子
- イエローカード出ない程度の思慕がよい ……………………… 犬童エツ子
- キャッシュカードは妻の手にあり十二月 ……………………… 吉岡 茂緒
- イエローカード妻がときどきちらつかす ……………………… 藤解 静風
- カエルあお向けカード破産をしたらしい ……………………… 小林こうこ

鏡 (かがみ)

- 春の雪合せ鏡の中に降る ……………………… 西野 秋子
- 鏡の中で女になってゆくわたし ……………………… 佐藤 良子
- 鏡かけはずすと沖の灯が見える ……………………… 本多 和子
- 鏡からもらう晴れの日くもりの日 ……………………… 堀田 英作
- 幸せになる筈(はず)だった鏡掛け ……………………… 樋口すみ江

290

鍵（かぎ）

　裏切らぬものに冷たき鍵の束 ………………………… 野口　初枝
　鍵穴のむこうで海が荒れている ……………………… 佐藤　美文
　人間（こわ）が恐くて閉る鍵の音 …………………… 妻神柳之介
　暮れなずむまちでくらしの鍵拾う ……………………… 佐々木イネ
　おいそれとなくしてならぬ鍵の束 ……………………… 赤松ますみ

かくれんぼ

　かくれんぼ誰（だれ）も探しに来てくれぬ …………… 墨　作二郎
　フルネーム書くかくれんぼもう出来ぬ ………………… 辺　安子
　携帯電話切ってからするかくれんぼ …………………… 仲村　陽子
　ケータイでしあわせごっこかくれんぼ ………………… 広田　公子
　かくれんぼずれてきている傘の軸 ……………………… 岩崎　妖子

家計簿（かけいぼ）

　家計簿にみつ豆とあり妻若し …………………………… 佐藤　正敏
　家計簿をとじて葉書は欠にする ………………………… 小原　遊児
　家計簿を得したように二月〆め ………………………… 益田　郁子
　家計簿へ酒ほど高いものはなし ………………………… 川野　初舟
　家計簿を見ているだけでダイエット …………………… 草野　ひさ

傘(かさ)

　身の丈に合わない傘をしたがる……福力　明良
　傘立てにあなたと差した傘がある……酒井　汀子
　傘の先で描いた魚が泳ぎ出す……三村　舞
　私も傘を斜めにすれちがう……大西　順子
　ジャンプ傘そんなに急ぐことはない……坂根　寛哉

菓子(かし)

　わた菓子を持った親子を皆押すな……岸本　水府
　洋菓子を持ち愛の巣をノックする……大山　竹二
　菓子好きの殿様がいた菓子どころ……山田　良行
　菓子パンを片手求人欄めくる……井上　遊
　菓子どころ昔をしのぶ城下町……森下　純子

ガス

　何もかも中途半端でガス点火……西谷美智代
　ガス台の陰で海ほおずきが鳴る……松岡　瑞枝
　神様に一番近いガスタンク……なかはられいこ
　ガスの火の青さ　コーヒーひとりぶん……畑　美樹
　風船飛ばそ街の毒ガス詰め込んで……荒井　荒星

292

壁(かべ)

泣き虫に土蔵の壁が温かい……………………西村　在我

幸せ家族のコピー一枚壁にあり……………西川ほしみ

姉という壁にすねたり甘えたり……………伊藤　寿子

美しく産みたし壁に聖母像……………………小浜　牧人

病院は迷路のようで白い壁……………………水野亜希子

鎌(かま)

投降の眼をして後ろ手の鎌…………………佐々木久枝

鎌を研ぐみな夕顔になりすまし………………石部　　明

夕焼を浴びてあしたの鎌を研ぐ………………児玉　勝也

蟷螂(とうろう)は錆びてきた鎌抱いて寝る………………浅野浅々子

どの鎌も錆びて農家は金を持ち………………高橋　散二

紙(かみ)コップ

紙コップどこまで堪えてゆけるのか…………片野智恵子

毒薬を飲む日のための紙コップ………………春日井五月

飽食の街をころがる紙コップ…………………西秋忠兵衛

棒鱈(ぼうだら)むしって夢つぎこぼす紙コップ…………府栄野香京

捨てられる時を知ってる紙コップ……………浦　　　眞

粥(かゆ)

小豆粥母が多弁になってくる……中野美智子

藷(いも)の粥雲の重さの下で煮る……柴田午朗

粥ふっくら炊いて小さな恩返し……平田朝子

見放した医師を見返す七分粥……梶川雄次郎

朝粥がうまい命が惜しくなる……北尾龍瑞

ガラス

楽しみをあしたに残すすりガラス……藤村宏子

透明なガラスの罪を何とする……朝日ヒロ

捨てられたガラスするどく陽をはじき……上野しん一

ふれないでガラスでできておりますの……松田京美

反省をしながらガラス拭(ふ)き終える……犹守和穂

カレー

子離れの出来ない甘口のカレー……吉田寿美

ある老後ドライカレーが皿にある……田口麦彦

欠伸(あくび)ふたつカレーライスの匂(にお)いする……田村千可子

カレーの匂いうちでなかった換気扇……久田美代子

カレーハウスで小さい秋を待っている……柘植卓也

294

缶(かん)ビール

冷やされたま缶ビール冬になる	高橋 繭子
缶ビール喉(のど)のあたりの鼓笛隊	唐沢 春樹
缶ビール一個で足りる浅い傷	田口 麦彦
たっぷりはないが今夜も缶ビール	赤星 一竿
リストラの子と飲む苦い缶ビール	石塚 清明

キッチン

キッチンでたしかに不発弾になる	森中恵美子
キッチンの彼方かまどの火と亡母と	中山 清香
キッチンが二つすんなりとは行かず	新田 満江
キッチンの味染み込んでいる暦	内田 久枝
母にも春キッチンドレス着てララ	宮村 典子

着物(きもの)

染め替えて母のきものが生きている	田頭 良子
母さんの着物を食べたことがある	小林すみえ
母の縫うきものはよそのものばかり	金川 佳鳴
母の日は母の形見の着物着る	堀越 三男
おむかえの車できもの展示会	高橋 散二

キャミソール

風船の軽さで少女キャミソール……小金沢綾子
罰ゲームみたいに歩くキャミソール……佐々木 徹
若者の街だと思うキャミソール……田口 麦彦
キャミソール肩のひもだけまだ暑い……樅野 志郎
キャミソール紫外線などなんのその……山内きよし

牛乳(ぎゅうにゅう)

牛乳瓶カチャッと二本朝を告げ……高梨ゆき子
牛乳の白をうたがうことになる……森中恵美子
牛乳を噛(か)んで胃弱を調える……久田美代子
風は秋ホットミルクへ想(おも)う人……芦沢 広子
物思う夜の牛乳は沸かし過ぎ……鋳谷 京糸

胡瓜揉み(きゅうりもみ)

何事もなく日が暮れて胡瓜もみ……前田 雀郎
胡瓜もみ妻に与える夢あらず……小宮山雅登
胡瓜もむ男の嘘(うそ)を揉むように……加藤かずこ
いじめ甲斐(がい)ある人を待つ胡瓜もみ……田頭 良子
下町のはなしに戻る胡瓜もみ……矢野 千両

296

クーラー

ルームクーラー貧乏性でくしゃみする ……………川上三太郎
クーラーを止めて空けとく風の道 ……………………高野 富子
クーラーを姑へ合わせて茶を入れる ……………………徳島 純一
クーラー全開原発の是非議論する ………………………山口 好子
クーラーの部屋で戦友会の贅(ぜい) …………………佐々木よしお

釘(くぎ)

釘一つ打つにもプロとアマの音 ………………………山田 良行
私を一夜干しする釘を打つ ………………………………佐藤千鶴子
信じようまず身の底の釘抜いて …………………………番野多賀子
どの釘も許す姿で錆(さ)びている ……………………斉藤 余生
五寸釘の使い道など聞かれても …………………………水野亜希子

口笛(くちぶえ)

口笛の自転車が行く新学期 ………………………………内山 シゲ
口笛のこつは次郎に伝授する ……………………………北野 岸柳
口笛がやがて大きな風になる ……………………………高橋 真紀
生きめやも口笛ひとつ携えて ……………………………倉富 洋子
口笛の人の名もなく月に冴(さ)え ……………………梅津 香折

口紅(くちべに)

口紅は剝がれぬように過食癖 ……………………… 畑　美樹

火の接吻誘うルージュが濡れている ……………… 進藤　芳枝

いのち短し紅をくっきり引いてみる ……………… 熊谷富貴子

美しい噓口紅を塗りながら ………………………… 松沢　鶴水

何事もなかったように紅を引き …………………… 大崎　晴子

靴(くつ)

窓際で解けぐせのつく靴の紐(ひも) ……………… 尾藤　三柳

賑(にぎ)やかに靴を並べて一人住む ……………… 高山まち子

擦り減った靴よい旅だったかい …………………… 高瀬　霜石

階段を見上げ朱の靴履きかえる …………………… 広瀬　啓子

恋人に貧しき靴をみつめられ ……………………… 田口　麦彦

暮(く)らし

殺菌抗菌思い上がっている暮し …………………… 新貝　映柊

黄櫨(はぜ)の木の土手より低い暮らし見る ……… 高木千寿丸

寝ておれとくらしを知らぬ医者が言う …………… 徳永　利夫

平凡な暮らし我が家にある笑い …………………… 福井　寿子

銀行の破たんぼんやり聞く暮らし ………………… 吉道航太郎

鍬(くわ)

鍬を振る姿は残したい日本 ………………………… 中尾 飛鳥
鍬の柄にのこされていた血の温(ぬく)さ ……………… 大橋 政良
夕暮れへ継ぐ者のない鍬洗う ……………………… 天野 昭
鍬に古稀(こき)残日録はまだ書けぬ ………………… 及川 松鶴
生き下手の鍬ひとすじを使命とも ………………… 指方 重幸

ケーキ

約束のケーキが揺れる終電車 ……………………… 塩路よしみ
助手席にケーキを乗せて孫の家 …………………… 西川えみこ
ケーキ入刀広漠の野をそこに置き ………………… 大家 北汀
少しずつ食べてケーキを全部食べ ………………… 西谷美智代
バースデーケーキどんどん乾きにくくなる ……… 吉田 州花

化粧(けしょう)

化粧せぬ日もあり恋の中だるみ …………………… 須崎 豆秋
祈りだな妻のお化粧一時間 ………………………… 上岡喜久子
降りる駅までに化粧が出来上がり ………………… 岩田 明子
誰(だれ)からも愛されたくて化粧する ……………… 斉藤 余生
化粧した妻を名前で呼んでみる …………………… 上村 脩

299

現住所(げんじゅうしょ)

税金を納めてここが現住所 .... 永井 玲子
現住所枕(まくら)のなかを彷徨(さまよ)えり .... 樋口由紀子
しがらみの根がからみつく現在地 .... 岩間 啓子
ふるさと発現在地までの水音 .... 春口倭文子
地球からちょっと借りてる現住所 .... 高見 宏子

紅茶(こうちゃ)

メンデルスゾーンと午後の紅茶飲む .... 加藤 鰹
メランコリー好きと言えずにいる紅茶 .... 後藤みち子
紅茶のデート天気の話ばかりする .... 坪井 篤子
午後の紅茶くらいはせびるボランティア .... 江畑 哲男
そんなこと知らんと紅茶つぎこぼし .... 岸野あやめ

珈琲(コーヒー)

コーヒーがうまいスランプが終る .... 西来 みわ
一杯のコーヒー独りの城が満ち .... 立嶋 宗雄
珈琲は濃い目に黙す日の多し .... 佐藤 幸子
コーヒーがぶがぶ二十四時間たたかう気 .... 江畑 哲男
決心のついたコーヒー苦くする .... 芦田 絢子

300

コップ

男老いてコップの水をひといきに………………柴田　午朗
ふっ切れて洗うコップの透明度………………原田　健二
バリウムのコップが少し大き過ぎ………………久田美代子
気づかれない私のコップ空なのに………………渡辺　妙子
コップの中に無色の寒がうずくまる………………宮本美致代

米(こめ)

風呂敷(ふろしき)の米どうしても米に見え………………土橋　芳浪
屑米(くずまい)を袋詰めする私語もなく………………前田　義風
お米が御飯に炊けて仏さんといただく………………神谷三八朗
米余り佐倉義民の話など………………上田みのる
口笛でわたしは米の種を蒔(ま)く………………谷沢　風晃

コンパクト

ときめきをそっとおさえたコンパクト………………平井　都
妻である前に女のコンパクト………………佐藤　良子
どの嘘にしようか覗(のぞ)くコンパクト………………梅原　憲祐
腹立ちをそっとしまったコンパクト………………篠原シゲ子
楽しさの数だけ開くコンパクト………………福一　静代

301

酒（さけ）

身の底の底に灯がつく冬の酒 ……川上三太郎
飲んでほしやめても欲しい酒をつぎ ……麻生 葭乃
一合の酒万象は意の如し ……野村 圭佑
来し方は落丁ばかり酒ばかり ……佐藤 正敏
雨の酒逢いたい人はみな遠し ……斎藤 大雄

皿（さら）

家出した猫を待ってる皿がある ……納谷 澄子
巻ずしの出来そこないは母の皿 ……田中 秀果
私語ばかり溜るひとりの皿洗う ……高木まさ子
レストランの皿を洗ってまだ無名 ……田口 麦彦
バイキングの皿にぼくだけ残ってる ……新岡二三夫

サングラス

サングラスの奥であなたをひとりじめ ……伊藤 美幸
美しい夕陽（ゆうひ）を避けるサングラス ……月原 宵明
誘惑にのった濃目（こいめ）のサングラス ……渡辺 一九
サングラス席をゆずって見直され ……石川 寛水
中年の迷路でかけるサングラス ……青木 清

302

ジーパン

ジーパンの夫婦しばらく子は生まず……………竹本瓢太郎
ジーパンのこれがわたしの晴れ姿……………塩路よしみ
少年のジーパン風を連れてくる……………保木　寿
ジーパンの嫁が引き継ぐ母の味……………山本　宏
ジーパンでとおすわが家のプリンセス……………藤崎一幸

ジーンズ

ジーンズで来世(らいせ)は男と決めてある……………藤澤知歌子
過疎守る女医でジーンズよく似合う……………山岸弘明
色あせたジーンズ若さ捨て切れず……………太田紀伊子
ジーンズを作務衣にかえて来る墓参……………山田和生
青春のまっただ中でジーンズ穿(は)く……………塩路よしみ

塩(しお)

盛り塩にまだ伝統が生きる町……………伊豆丸竹仙
負けてきたてのひら塩をひと摑(つか)み……………桑野晶子
消去法塩の足りないときがくる……………田口麦彦
にごりえを治める塩のひとつまみ……………木下　恵
骨壺(こつつぼ)と見紛(みまが)う冬の塩の壺……………田口文世

試着 (しちゃく)

たった古稀ルンルンさせる試着室 ……………………… 本田　豊實

似合う服ばかりで困る試着室 ……………………………… 赤松ますみ

たっぷりと食べてLL試着室 ……………………………… 末村　道子

試着室迷える妻が出て来ない ……………………………… 岩間　一虫

試着室のカーテン開ける春の精 …………………………… 荻野　圭子

自転車 (じてんしゃ)

幻花一閃(いっせん)自転車は赤だったな …………………… 橘高　薫風

そこまでの用事自転車ことづかり ………………………… 松本　波郎

子供用自転車ふたつ見てしまう …………………………… 原井　典子

街中に放置自転車黄砂降る ………………………………… 水野亜希子

葱(ねぎ)買って冬の自転車まえ屈み ………………………… 西秋忠兵衛

シャワー

シャワー全開鏡に自信とり戻す …………………………… 平田　朝子

シャワー室出ると表彰台が待ち …………………………… 上甲　満男

会うて来た火照り鎮めているシャワー …………………… 吉田　芳子

シャワー全開癒(いや)しの行にして楽し ………………… 江口　信子

シャワーから女の声も濡(ぬ)れている ……………………… 中村よしこ

スイッチ

奥様の知らぬスイッチ持ってます　　　　……山口　早苗

愛のスイッチ入れた貴方に妻がいる　　　……近江あきら

スイッチポンそのスイッチを入れ忘れ　　　……小泉　国男

スイッチオン一人のために炊く御飯　　　　……榊原　秀子

スイッチはここといっぺんつけて見せ　　　……岡田俤菩薩

スカート

先生が好きスカートを寝おしする　　　　　……渡辺　南奉

屋上で靡くスカートから未来　　　　　　　……佐田　眞喜

スカートがチャチャチャを踊る物干し場　　……広瀬八千代

カルメンになれるスカート持っていた　　　……石川　幸枝

私だってスカート穿けばいい女　　　　　　……阿世知美也子

スカーフ

スカーフでくるむ私だけの刻(とき)　　　　……倉田恵美子

スカーフがなびく小さな乱を抱く　　　　　……野邊喜美子

別れの日赤いスカーフなんかして　　　　　……山田　喬子

ふらんすのスカーフ巻いて破滅する　　　　……なかはられいこ

スカーフを踊らせ走り続けよう　　　　　　……吉田三千子

305

寿司(すし)

よいすしを食べに三つ四つ路地を抜け……岸本　水府
花だよりコンビニの寿司売り切れる……奥山　晴生
回転寿司の売れない皿が黄昏(たそが)れる……松代　天鬼
すこしずつ亡母に近づく五目寿司……渋谷美和子
まわるまわる回転寿司も人生も……田口　麦彦

ステーキ

ビーフステーキ隣の皿と見比べる……前原　健二
お茶漬けもステーキも好き元気です……西　康之
血糖値さてステーキが厚すぎる……高木すみゑ
ステーキはよそう刺客に狙(ねら)われる……富永　征翁
謝肉祭憎い男をステーキに……池　森子

スニーカー

そら春だ歩けあるけとスニーカー……林　嗣子
スニーカー履けば楢山(ならやま)にも登れ……佐藤　良子
父の樹(き)へ向かって伸びるスニーカー……熊崎　結子
音もなく近寄ってくるスニーカー……西谷美智代
青春をしまい忘れてスニーカー……松野智以子

306

スプーン

スプーンで掬うひんやりした未来……広瀬ちえみ
物思いするスプーンはまぜるだけ……斉藤 史朗
ホラー映画見てきて銀の匙(さじ)一つ……古谷 恭一
重力はかなしきものかなスプーン落つ……細川 不凍
スプーンでわたしを試すユリゲラー……田口 麦彦

住(す)む

文豪の旧居すげない人が住み……礒野いさむ
正直な人が住んでる低い屋根……三浦太郎丸
何様か住む赤煉瓦(あかれんがった)蔦(はい)が這い……浅田扇啄坊
木の家に住んでて四季に逆らわず……野村 圭佑
ときどきは岩戸へ消える妻と住む……山下美津留

スリッパ

おそろいのスリッパ少しずつ汚れ……阿部 悦子
スリッパを間違え妻に叱(しか)られる……那珂 圭介
スリッパを母ぬぎ忘れはき忘れ……宮本 時彦
スリッパが片方脱げて老いを知り……西村 在我
スリッパの音たしなみを失わず……林 千代子

セーター

セーターのグリーンいつまで孤をとおす ……濱本 千寿

派手かなあ赤いセーター落ち着かず ……鹿島 郁子

編み上げたセーター雪よもっと降れ ……高橋あさ子

草色のセーター人を恋しがる ……斧田 千晴

セーターを着せて私のものになる ……岩下 静香

背広(せびろ)

背広は紺面接の子の背なを押す ……中村笑美子

背広着て出て切札の隠しどこ ……成田 孤舟

初背広母が小さくなって見え ……鈴木 青柳

ぬるま湯の勤めに似合う紺背広 ……菖蒲 正明

新調の背広が固い新入社 ……石黒 初蔵

洗濯(せんたく)

どっさりと洗濯物がある安堵(あんど) ……三重 冠柳

先入観捨てて洗濯でもするか ……江川寿美枝

洗濯をすると家族が光りだす ……坂根 寛哉

洗濯も恋も陽(ひ)のある中にする ……門谷たず子

洗濯物ひらひら淋(さび)し父母の家(うち) ……横山 依子

308

洗濯機

洗濯機の中で絆(きずな)がからみ合う ………… 神沢さだ代
洗濯機憂さを一気に放(ほう)り込む ………… 太田 一徳
晴マークフル回転の洗濯機 ………… 小川 幸子
平凡な幸せ洗濯機が響く ………… 今井 奎子
マンガ読む横で洗濯機は回り ………… 河井 正之

扇風機(せんぷうき)

扇風機やさしい止まり方が好き ………… 西 恵美子
扇風機 仲をとりもつかの如(ごと)く ………… 板垣 草丘
扇風機かけてもらって値切られず ………… 青木 史呂
扇風機音の中なる駒(こま)の音 ………… 金泉 萬楽
扇風機3に落として札の束 ………… 鋳谷 京糸

掃除(そうじ)

耳掃除幼い頃(ころ)の母の膝(ひざ) ………… 石原 伯峯
お掃除に来るというので掃除する ………… 川村 小萩
ひょっこりと過去が飛び出す大掃除 ………… 山本 数子
ママが怒るとピカピカになるおうち ………… 岩瀬 恵子
大掃除からトランプがみな揃(そろ)い ………… 安藤 黒竜

掃除機(そうじき)

掃除機の音に負けないよう歌う……酒井　江子
掃除機をかけ思いっきり泣いている……斉藤　さわ
掃除機は母が来ている梅雨晴れ間……宮本　礼吉
掃除機のあとから母は掃きたがり……大木　俊秀
悪妻の部分に掃除機をかける……小林こうこ

台所(だいどころ)

物音の割には無事な台所……岸本　水府
台所更けて柄杓(ひしゃく)の沈む音……河柳　雨吉
葱(ねぎ)一把ある雪の日の台所……三條東洋樹
目を閉じて母の香がする台所……坂本　一胡
居心地のよい席がある台所……久田美代子

卵(たまご)

四五二十たまごは箱におさめられ……岸本　水府
茹(ゆ)で卵きれいにむいてから落とし……延原句沙弥
キッチンの卵で終る無精卵(むとじんらん)……古賀　絹子
ゆで卵の黄色は鶏になる部分……新家　完司
寒卵母の命日からの風邪……大野風太郎

310

食べる

白魚の跳ねるを食べたのはわたし…………福島 銀子
佃煮の何十匹をすぐに食べ…………………楢元 紋太
鬼の豆食べると鬼になれそうだ……………勝部 操子
基礎知識大根おろしにして食べる…………速川 美竹
ひとりの朝は堅いビスケット食べて………社本 蛙子

茶髪

茶髪して老人向う見ずになる………………西谷美智代
三者面談茶髪の親に茶髪の子………………菖蒲 正明
頬染めて茶髪に席をゆずられる……………西原みずき
茶髪君にもあるらしい五月病………………江畑 哲男
茶髪批判しといて白髪染めている…………越智 貞子

茶碗

団体の酒へ茶碗が行き渡り…………………川上三太郎
食うでなくいただく茶碗正座する…………内藤 凡柳
飯茶碗ひとりごというはるのゆき…………野沢 省悟
茶碗二個それで世帯を持った父……………迫部 秀子
愛されていたい小さな飯茶碗………………河合美絵子

チョコレート

秋が来て気を取り直すチョコレート……赤松ますみ

猫踏んじゃったバレンタインのチョコ……大野風太郎

本命か義理かとチョコに訊いてみる……絵馬古都雄

チョコレート今日は生徒を叱るまい……江畑　哲男

板チョコで機嫌がなおるフィアンセ……田口　麦彦

手帳 (てちょう)

約束を詰めて手帳が重くなる……岸本　宏章

その手帳私は息をしてますか……朝日　ヒロ

演歌ぎっしり書いて大まじめな手帳……田頭　良子

シングルの訳は語らぬ母子手帳……萩原　典子

死の影が被爆手帳につきまとい……國清　佳子

手袋 (てぶくろ)

手袋のままの介護をありがとう……伊藤　厳

農薬の怖さも知っている軍手……前田　義風

焼芋に軍手まだまだ生き延びる……菖蒲　正明

手袋をはめるわたしも暗殺者……なかはられいこ

手袋は紫　冬を乗り越える……西川ほしみ

電池

- 電池切れしたのか五体鈍くなる ……………………………… 星山トキ子
- パパの田舎　電池の要らぬカブト虫 ……………………………… 堤　日出緒
- 頂点を目ざし電池を取り替える ……………………………… 久田美代子
- 五十年電池が切れぬチンドン屋 ……………………………… 田口　立吉
- 泣きながら三個の電池直列に ……………………………… 北沢　瞳

ドア

- ドア開ける美少年あり高い酒 ……………………………… 岸本　水府
- 一フラン無くてトイレの戸が開かぬ ……………………………… 納戸　澄子
- 昭和史がときどきドアをノックする ……………………………… 富谷　英雄
- 回転ドアについて行けない髪かざり ……………………………… 吉田　州花
- 自動ドア私は無一文ですよ ……………………………… 瀬良　梅子

時計(とけい)

- 父の巻いた柱時計がまだ動き ……………………………… 小田　夢路
- 人まえで夫と合わす腕時計 ……………………………… 延原句沙弥
- 大掃除から遅れてる掛時計 ……………………………… 野村　圭佑
- 砂時計の砂のサラリーマンの日々 ……………………………… 白井　花戦
- 終末時計の針が確かに動きだす ……………………………… 園部志津代

313

ナイフ

自信持って持ってとポケットのナイフ ……柴田 午朗
消費者のナイフが少しずつ錆びる ……中島 和子
紙さえも切れぬナイフになり果てて ……田頭 良子
光るナイフは淋しさの果てなのか ……寺尾 俊平
使い方教えます ナイフ ……寺尾こうこ

鍋(なべ)

焦げ癖の付いた鍋ほどいとおしい ……井上 信子
鍋をゆすって男を煮っころがしにする ……山本 乱
どの鍋も寒がっている冬景色 ……佐藤 幸子
日日簡素生きるに余る鍋の数 ……弘 伽羅子
よく笑う家に大きな鍋がある ……嶺岸 柳舟

訛(なま)**り**

選挙には強い議員の国訛り ……仲川たけし
この土地に染まる訛りも板につき ……川俣 喜猿
なまりよし県人会のいいムード ……國清 佳子
爪(つめ)染めたどこかに残る国なまり ……鷹野 青鳥
母はいつか岬訛りで雑魚を売る ……児玉 怡子

縄のれん

辞めるなら僕も辞めると縄のれん……梶川雄次郎
縄のれん医学博士と飲んできた……盛合 秋水
悪人に逢いたし冬の縄のれん……山河 舞句
妻に勝つ策を練ってる縄のれん……池田 史郎
いいですね夫婦でくぐる縄のれん……高橋 紀代

日記

一日の重さ軽さよ日記帖……橘高 薫風
モクセイが咲いたことだけ書く日記……平井 夏子
叱った日ほめた日母の古日記……国武サチ子
正直に書いた日記は鍵をかけ……手塚みさほ
特攻の朝で終っていた日記……粕井かんじ

庭

虹だと庭であなたの声がする……岡本 恵
マーチ聞かせて箱庭の芽を伸ばす……太田紀伊子
一坪の庭あり貧しさ口にせず……平井与三郎
庭に咲く花それぞれの美しさ……林田 悦子
会社には遠いが庭に蝶が舞う……藤井 正雄

315

ネクタイ

上司よりいいネクタイで済みません ……………………… 山本　成男

ネクタイを締めているのは影法師 ……………………… 川上　大輪

ネクタイが曲っています惚れてます ……………………… 小嶋　句月

ねくたいをしているろぼっとのひるね ………………… 高田寄生木

歯車に乗るネクタイを締め直し ………………………… 斉藤　笑六

ネックレス

誇り高く生きるわたしのネックレス ……………………… 松田　京美

てのひらになくなりそうなネックレス …………………… 中尾　藻介

ささやきを全部聴いてたネックレス ……………………… 原田のぶこ

ネックレスきらりと今も裕次郎 …………………………… 本田とし子

母からのズシリと重いネックレス ………………………… 益田　郁子

バイク

追い越したバイクは青い風だった ………………………… 木下　文雄

ハーレーに負けない家のミニバイク ……………………… 中野ふみ子

盂蘭盆の袈裟がバイクですれ違う ………………………… 絵馬古都雄

家庭教師の赤いバイクに幸よあれ ………………………… 田口　麦彦

旅に出て赤いバイクがなつかしい ………………………… 坂本　勝子

灰皿(はいざら)

灰皿にうず高くなる負けいくさ……坂井 光子
灰皿を洗って主婦の眼に帰る……高田寄生木
灰皿を吸わない人が片づける……津田 遙
灰皿のなかにも灰の指定席……佐藤 良子
灰皿が綺麗(きれい)で何か物足らぬ……小田 匡長

バケツ

バケツ買うどこか心を波立たせ……田村千可子
割れているバケツ 凹(くぼ)んでいるバケツ……平賀 胤寿
むつごろうに末期の水を汲(く)むバケツ……岸 万伯
狂えない鮒(ふな)がいっぴきポリバケツ……石部 明
何か言いたげ大晦(おおみそ)日のバケツ……福光 二郎

箸(はし)

中風封じの箸哀(かな)しいが買うておく……田頭 良子
気楽とは張り合いもない箸二膳(にぜん)……喜多美津子
料亭の箸が人柱を決める……松田 順久
箸を置く音をうっかり聞きもらす……村井見也子
雑煮箸夫婦は同じこと思う……天根 夢草

柱(はしら)

ネクタイは男の柱かも知れぬ ……………………山内きよし

仲の良い姉弟だった柱傷(きずあと) ……………久田美代子

父の背が一番似合う柱 ……………………………高塚 夏生

長男を柱にゆるがない家計 ………………………本多 慶次

心して柱とならん子の寝顔 ………………………山村 恵子

鉢(はち)

花の鉢一つ輪血の枕元(まくらもと) ……………三條東洋樹

二ん月のひかりのはしに金魚鉢 …………………住田 乱耽

捨てられた鉢で楽しく咲いている …………………大嶋都嗣子

遅れ咲くつつじ一鉢もてあます ……………………田口 麦彦

植え替えてやりたい鉢が並ぶ家 ……………………かわたやつで

発酵(はっこう)

姫鏡今は発酵する時間 ………………………………川上 富湖

葡萄(ぶどう)醱酵(はっこう)すわたくしの湿地帯 …松永 千秋

物置きの暗がり 少年発酵する ……………………細川 不凍

時々は発酵をして生きるべし ………………………山本 礫

缶詰の中で発酵するモラル …………………………時原 淳子

318

話(はなし)

リヤ王の話を子らよ知ってるか……………………吉岡　茂緒
聞き捨てにならぬ話を酒の席………………………福家珍男子
おはなしの続き聞きたい母のひざ…………………田頭　良子
いい話妻にも受話器替わらせる……………………山崎　涼史
ここだけの話が好きな春の風………………………石田千枝子

歯(は)ブラシ

新しい歯ブラシ白く歯が磨け………………………春日井五月
歯ブラシが乾いて妻が帰らない……………………田中　正坊
ハブラシが二本ドラマを色づける…………………恒松　巨足
歯ブラシの隣り男の櫛がある………………………矢島玖美子
歯ブラシの硬さ　契りの柔らかさ…………………永藤　弥平

パン

未来より今一切れのほしいパン……………………朝倉　大柏
正月にパン屋が開いてパンが売れ…………………日下部舟可
たそがれのフランスパンを抱く男…………………時実　新子
パンがポンと飛び出す男のいない朝………………芳賀　弥市
パンのみみ鳩(はと)にはたよりない堅さ……………金井　文秋

ハンカチ

ハンカチを敷くとまぶしい海となり……岸本 水府
ハンカチを黙って渡す妻の汗……橘高 薫風
ポケットチーフあなた鳩(はと)でも出しますか……柿山 陽一
ハンカチに包んだ秘密持って余す……堤 亜美子
ハンカチを何度もたたみ面接日……和泉 花子

パンツ

豹(ひょう)柄のパンツできょうも勇ましい……檜崎 進弘
ワイシャツもパンツも干してきょうも生き……児玉 浪枝
かあちゃんがいないパンツはどこにある……江畑 哲男
孤独とやパンツを洗うおじいさん……井上 裕二
負け犬のパンツに雪が降り積る……土屋 久昭

灯(ひ)

灯を点けてから凡俗の飯茶碗(めしぢゃわん)……時実 新子
灯を消して女に勝てるわけがない……吉田 右門
金魚いっぴき死ぬお祭りの灯の下で……八木 千代
灯がつくと大阪の川うつくしい……本庄 快哉
鷹(たか)になりそうな気がする受験の灯……宮本 凡器

ピアス

春の風ピアスの穴を通り抜け ……………………………… 沢田　明良

ピアス穴するりと男抜けてゆく ……………………………… 佐藤　洋子

冗談もそこまで男の鼻ピアス ……………………………… 津田　一江

ピアス穴開けずに通す自己主張 ……………………………… 赤松ますみ

ピアスする鼻の高さは気にしない ……………………………… 新岡二三夫

引き出し・抽出し

抽斗のものみな乾き切ってゐる ……………………………… 福崎花戀坊

引き出しでひっそり褪せている手紙 ……………………………… 大橋　義正

抽き出しは一円玉の水子塚 ……………………………… 宮森もりじ

どの抽出しも空っぽ貴方も不在 ……………………………… 藤広　和義

引出しへ余る言葉を仕舞い込む ……………………………… 大久保敏雄

表札

雨の降る日の表札が生きている ……………………………… 安武　仙涙

寓とある表札京の雨やどり ……………………………… 柴田英壬子

表札にひとり合点の命かな ……………………………… 河口　　弘

表札も男も薄れゆくばかり ……………………………… 荒　　幸介

表札にまだ父がいて陽が当る ……………………………… 大和　柳子

昼寝

ねてもよいかと正直な昼寝する……………………岸本 水府

スケジュールひる寝の時間書いてなし………………長田 一丁

社会主義よりも昼寝のユートピア………………………谷垣 史好

昼寝から醒めるとあの世かも知れぬ……………………西出 楓楽

保母さんは寝たふり保育所の昼寝………………柳瀬あき緒

ファッション

原宿というファッションの震源地………………………内藤 凡柳

ファッションが決まったおばさんのジャンプ…中島 和子

ファッションを食べておんなに降る孤独………………小野 範子

ファッションの話コーヒー冷める午後…………浜野万亀子

女性大臣のファッションばかり見る……………………笹島 一江

風船(ふうせん)

風船屋そのまま天へ昇りそう……………………川上三太郎

うちへかえると風船の黄がさびし………………………岸本 水府

風船を飛ぶ気にさせたファンファーレ…………吉岡 龍城

風船の落ちたところに居たあなた………………………中岡 清美

ラッキーセブン僕も風船飛ばそうか……………………柿山 紘輝

322

封筒

封筒も若草いろの友ありき……早良　葉

封筒にこもる真冬の息づかい……境　一子

お役所から手紙　大きな茶封筒……石川　照子

封筒の中で辞表の深呼吸……菖蒲　正明

封筒の上から透かし見る中身……赤松ますみ

風鈴

風鈴はわが悪筆を下げて鳴り……奥　昭二

翔べなくて風鈴いつかわが味方……安藤まさ代

風鈴もじっと堪えてる昼下がり……奥村　公栄

風鈴とわたしは風を待っている……寺沢幸智子

言い負けた日の風鈴をうるさがり……中村よし子

蓋(ふた)

蟬死んでセメダインの赤い蓋……なかはられいこ

存在は土瓶の蓋であればよい……野村太茂津

どうしてもならぬ瓶の蓋……高橋はるか

鍋の蓋一緒に捨てるべきだった……宮本美致代

びっくり箱の蓋みつからぬ霰(あられ)降る……高田　和子

ブラウス

ブラウスに包むはち切れそうな春 ……………………… 平田　朝子
正体を隠すブラウス派手にする ………………………… 久田美代子
ブラウスを買わずに帰る人疲れ …………………………… 後藤　峯子
陽をもてあそぶ春ブラウスのEカップ ………………… 窪田　和子
ブラウスを詩集に変えている財布 ……………………… 石田かね子

ブランコ

ブランコを春へ向って漕いでいる ……………………… 菱川　麻子
ブランコよ秋の風にはつかまるな ………………………… 八木　千代
ブランコの向うで時が過ぎてゆく ………………………… 末村　道子
ブランコに妻と揺れたることもなし ……………………… 酒谷　愛郷
ブランコを天まで漕いで逢いにゆく ……………………… 中井　ゆき

風呂（ふろ）

たった一人土俵入りでも出来る風呂 …………………… 椙元　紋太
酒うまし風呂（ふ）はいちばんあとがよい …………………… 田中　好啓
友の訃が仕舞風呂まで馳（か）けてくる …………………… 伊木　鶯生
床上げの風呂生きている生きている ……………………… 播磨圭之介
ハミングも出て母さんのしまい風呂 ……………………… 篠原　孝子

324

部屋(へや)

片づいた部屋に時計も合っている………………………佐藤　正敏

でんきのたま切れておちつく子供部屋………………………墨　作二郎

アナーキストの手記も古びる梅雨の部屋……………松田　京美

年老いた犬と寄り添う秋の部屋………………………木村　道子

南向きの部屋で意欲をあたためる……………………橋本　沐人

棒(ぼう)

鉄棒に雲ゆき遠き日も虚弱………………………………泉　　淳夫

如意棒にならぬマッチの棒を嚙(か)む……………………高田寄生木

棒たおし夏のおとこと昏(く)れのこる……………………前田ひろえ

片棒をかつぎ続けて妻という……………………………坂下久子

棒を持つ故(ゆえ)の愉悦はなかったか……………………吉田　成一

帽子(ぼうし)

今年海に行かず　わが子の夏帽子……………………堀　　豊次

早寝する六区にくれてやる帽子………………………尾藤　三柳

われとわが余生いたわる夏帽子………………………小松原爽介

逢(お)うて来た帽子のかすかなる未練……………………前田芙巳代

一人っ子にかぶせる大き目の帽子……………………山口　早苗

宝石(ほうせき)

宝石に素直なためいきを捧(ささ)ぐ …………時実 新子

見るだけでいいと宝石並べられ …………山内 睦重

宝石を離すおんなの掌(て)の汗よ …………森本 医昌

宝石の数は戦に勝った数 …………梅原 憲祐

宝石の大きい方がよくしゃべり …………中西 葦切

包丁(ほうちょう)

包丁を元にもどしてから眠る …………門脇かずお

包丁は腥(なまぐさ)きまま沖を見る …………古谷 恭一

包丁と仲良くしよう手のふるえ …………安達みつ子

罪というなら庖(ほう)丁(ちょう)差しに庖丁が …………桑野 晶子

包丁を研いで南瓜(かぼちゃ)の試し切り …………林 きみ代

釦(ボタン)

背の釦一寸(ちょっと)甘えてみたい位置 …………阪根 澪子

とれそうな釦に妻子ぶら下がり …………大原 雅女

抜け道のどこで落としたやら釦 …………村井見也子

敗者復活とれたボタンをつけている …………長谷川博子

春だからボタンを一つ外しましょう …………谷本 弥生

枕(まくら)

お陽様(ひさま)の匂(にお)い枕にして眠る······················山西　佳子

ブルースが流れつづけている枕··························松永　千秋

歳時記は枕で役に立ってます··························原田のぶこ

首塚にあらず枕を裏返す······························須田　尚美

忘れよい枕が朝にしてくれる··························出口ようこ

マスク

マスクして妻にやさしいことを言う························道家樹与士

街路樹もマスクの欲しい排気ガス························丹下　友和

マスクとるはっきりイエス言うために······················滝口　忠人

マスクして恋人の瞳(め)が生きている·····················荻原　柳絮

マスクして今日は少うし人嫌い··························柳清水広作

マッチ

老いらくの恋へマッチの火がつかぬ························福家珍男子

火遊びのうち美しく消すマッチ··························徳住八千代

マッチ擦るまぼろしの国掌(て)に生れ······················右部　明

枯れ草の合図を待っているマッチ························北沢　瞳

指先を温めるマッチ箱を買う····························三崎　規正

窓 まど

母は昔今ごろ起きた窓明り ……………………岸本　水府
奔放な蝶を窓から見ています …………………広瀬ちえみ
生きている窓だ西陽が射している ……………青戸　田鶴
幸せが逃げないように窓を閉め ………………稲本　凡子
窓ガラス拭えば山が近くなり …………………三牧　　葵

マニキュア

マニキュアは昔いたずらしたにおい …………北村あじさい
マニキュアのきっぱり乾く時間待つ …………和泉　　香
マニキュアへ少女の羽化が眩しすぎ …………島岡美智子
マニキュアの赤が生きてる朝の霜 ……………柴田　芳子
マニキュアをしながら妻は指図する …………嵯峨根保子

ミシン

米代を稼ぐミシンだとは言わず …………………森中恵美子
雑巾だけ縫うぜいたくなミシン踏む ……………田頭　良子
付属品ほとんど使わないミシン …………………阿部　淑子
ミシンかたかた遠いあの日がついてくる ………小林　幸子
古タオルの整理朝から踏むミシン ………………森谷百合子

水着(みずぎ)

少女期のおわる水着のしずく落つ……鋳谷 京糸
サンオイル泳いだことのない水着……玉置 重人
プールには入る気配のない水着……田制 圀彦
箱の中スターダムへの水着たち……杉本 禮子
カラーフィルムへ今年の水着勢揃(せいぞろ)い……川西 忠義

味噌(みそ)

母の歳時記に九月の味噌こうじ……橋田呂久朗
味噌汁を恋しがる日は真人間……前田 雀郎
市民権とっても味噌の入るくらし アメリカ ……古田志津子
模擬店で淑女ためらうみそおでん……阿部 甘郎
手作りの味噌汁うまい朝にする……小田川昭子

眼鏡(めがね)

薄情な男眼鏡を拭(ふ)くばかり……麻生 路郎
決断は眼鏡を拭いてからにする……野谷 竹路
眼鏡ケースの中で腐っていくメガネ……赤松ますみ
嘘(うそ)つきが来たぞめがねをよく拭こう……園田恵美子
度の合わぬ眼鏡をかけて生き延びる……柴山 省市

飯（めし）

一家質素に朝飯の茄子の色 ………………………………………… 住田　乱耽

玉音や食べ残したるかぼちゃ飯 ……………………………………… 吉岡　龍城

手づかみで食うからうまいにぎりめし ……………………………… 渡辺　憲三

飯粒を頰に残して子がねむり ………………………………………… 斎藤利久子

ポケットに喪章突っ込み夜のめし …………………………………… 古谷　恭一

メモ

一行のメモに叫びが秘めている ……………………………………… 塩谷佐代子

仮名書きで鍵っ子を待つ母のメモ …………………………………… 伊勢　久苑

家中のメモで重たいカレンダー ……………………………………… 坂口　信雄

メモ一つ積木くずしは唐突に ………………………………………… 藤田　菁彦

メモ帳が明日のわたしを指図する …………………………………… 羽切八千代

喪服（もふく）

喪服まで借りて来たのにもち直し …………………………………… 不二田一三夫

喪服着た妻を素敵だとも言えず ……………………………………… 小松原爽介

受付の前で喪服の顔にする …………………………………………… 須栗たかお

一族のみんな似合っている喪服 ……………………………………… 久場　征子

菊日和折目のとれぬ喪服着て ………………………………………… 江上　春子

浴衣(ゆかた)

浴衣着ておいで花火の見える部屋 ………鈴木 清子
京浴衣すこし気になる泣きぼくろ ………石井 冬魚
女たのしゆかたの紺(こん)の匂う夜 ………増井不二也
浴衣着て又一段と名妓(めいぎ)たり ………橘高 薫風
浴衣にも金魚が泳ぐ夏まつり ………西川えみこ

指輪(ゆびわ)

指輪買う一人で生きてゆくために ………森下 順子
この指にとまるゆび輪の運不運 ………古賀 絹子
幸せで指輪ぬけなくなりました ………新 正子
誕生石の指輪を恋の使者にする ………上鈴木春枝
はずせない指輪火を見た風を見た ………吉田 州花

予定(よてい)

立ち読みの予定眼鏡をかけて出る ………平井 夏子
予定表そんな幸せありました ………北口 美保
残暑残暑秋の予定に責められる ………成田 孤舟
花束を頂く予定記入する ………原井 典子
来年も生きてる予定衣替え ………高橋 繭子

331

夜店(よみせ)

思い出は夜店の晩の旅戻り ……………………………… 岸本　水府

夜店の灯あか鬼あお鬼まずしい鬼 …………………………… 尾藤　三柳

雨脚に追われてたたむ夜店の灯 ……………………………… 西村左久良

禁酒した父に夜店へ連れられる ……………………………… 和田　三紘

夜店から闇(やみ)へそれると知る疲れ ……………………… 藤堂　十紫

ラーメン

ぼくも難民ラーメンに湯を注ぐ ……………………………… 小松原爽介

心豊かな日のラーメンはネギを入れ …………………………… 江畑　哲男

収入も似てラーメンへ気が揃(そろ)い ……………………… 鈴木　泉福

ラーメンはうまいかマンガ離さない …………………………… 竹内　甚吉

ラーメンにしようとメニューすぐ決まり ……………………… 田口　麦彦

リボン

捨てられて犬はリボンをつけたまま …………………………… 織田　正吉

来賓のリボンよ大き過ぎないか ……………………………… 慎田　英詩

贈られたリボンがからみ逃げられぬ …………………………… 江口今日子

私にリボンをつけて競りに出す ……………………………… 丸本うらら

平和ボケ犬がリボンをして歩く ……………………………… 池田　愛子

332

リュック

人生は背負っていないミニリュック ……田口　麦彦

リュックには霧をいっぱい詰めてゆく ……広瀬ちえみ

リュックサック一つわが家の危機管理 ……石川　三昌

敗戦の重荷は知らぬ娘のリュック ……市川　一

背嚢(はいのう)じゃないぞリュック背負っている ……田中　正坊

料理(りょうり)

銀の匙(さじ)僕の苦手なフルコース ……上村　健司

料理本閉じて気楽に目刺し焼く ……黒田　正吉

料理教室から帰りホカ弁食べている ……西　美和子

生きるとは料理を習う老いひとり ……山下　源水

料理番組作るつもりで見てますが ……森田モモ子

ルーズソックス

ルーズソックス寒くないのか雪の道 ……村上喜美恵

ルーズソックスの娘(こ)急き立てる秋の雨 ……丸山二三夫

コミカルにルーズソックス闊歩(かっぽ)する ……高木　一男

よく喋(しゃべ)るルーズソックスから女 ……今泉　竹童

今日も乾(ほ)すルーズソックス乾(かわ)かない ……山本　英子

333

留守(るす)

よく人が来る日と思う妻の留守……………………山内 静水

男の子「野菊の墓」を伏せて留守………………時実 新子

くどくどと言いつけて行く母の留守………………大津 久志

留守しても春には芽吹く庭の花……………………黒田 真砂

兎(と)も角(かく)も飯だけ炊いた妻の留守……………上野しん一

冷蔵庫(れいぞうこ)

欲しいのは二等賞の冷蔵庫…………………………西原 典子

父さんも家族 冷蔵庫を開ける………………………江畑 哲男

わたくしがしずかに腐る冷蔵庫……………………倉富 洋子

冷蔵庫いつもの位置にマヨネーズ…………………青砥 孝子

冷蔵庫 坐薬(ざやく)五本も冷えている…………………松田 悦子

蠟燭(ローソク)

蠟燭は叱(しか)られてからしゃんと持ち……………楊元 紋太

絵ローソクされば一夜を泣き細る…………………杉野 草兵

ローソクのつきるひときわ禱(いの)り持つ……………上荷田久枝

栄光の昔が灯(とも)す絵ろうそく……………………林 万里子

ローソクを立てる隙間(すきま)もない長寿……………桧和田 新

藁(わら)

藁茭(わらざさ)の温(ぬく)みに迷う風見鶏(かざみどり)　　　　　　　　　　　伊藤　美幸

凶作の藁をたたけば父母の骨　　　　　　　　　　　佐藤　岳俊

夕鶴(ゆうづる)がいそうわら屋の小さき灯　　　　　　　　　鷲見　湖水

サーカスは今どのあたり寝藁焼く　　　　　　　　　鷹野　青鳥

わらを打つ亡父ありありと土間に居る　　　　　　　寺本　隆満

政治

一票(いっぴょう)

わが脚を撃つ一票となるのかも　　　　　　　　　　井比砂山花

一票の権利福祉にもの申す　　　　　　　　　　　　吉岡　茂緒

一票のでばぼうちょうを研いでおく　　　　　　　　矢須岡　信

一票を書く日は義理へ目をつむり　　　　　　　　　中村よし子

一票一揆(いっき)ラッパは天に向けて吹く　　　　　　　　江畑　哲男

国会

クリンチのまんま国会梅雨に入り……………………長沼 春雷

議事堂に国民でない議員たち……………………野沢 省悟

陳情のバス議事堂ではいチーズ……………………亘 高一

議事堂の穴が腐ってS字に曲がった水道管……森田 栄一

ひな壇にならぶ見事な嘘である……………………片岡 湖風

首相

質問の野性首相へ指をさし……………………岸本 水府

解散のきざし首相の墓参り……………………高野六七八

宰相の帽子は鳩も鷹も出る……………………田口 麦彦

宰相の象徴欠けている画像……………………田中 伯

滅びるいうてます総理どうします……………矢須岡 信

政治
（せいじ）

遮断機を胸の高さに政治なし……………………今井 鴨平

政治から少し遠のく焚火あと……………………定金 冬二

政治かなし今日も玉虫色で暮れ……………………仲川たけし

つまらない政治が動く水面下……………………深澤 英俊

老人と猫が仲よくなる政治……………………岩元 浅雄

政治家

ノンポリを増やし政治家みな小粒 …… 富安清風子

政治家は落語家よりも笑わせる …… 原島 幻道

政治家を信じた私同罪か …… 武藤 瑞こ

政治ぼろいかポスターに三世載る …… 田口 一香

胸張って政治家という世よ来たれ …… 吉岡 茂緒

政府

しんまいの政府にしんまいの野党 …… 大石 鶴子

遠くの方で政府が何かやっている …… 近江あきら

4月1日政府広報ぬけぬけと …… 吉岡 茂緒

九条の番人してくれぬ政府 …… 松田 順久

政府高官逮捕と英字紙にも書かれ …… 田口 麦彦

選挙

政見はおぼろおぼろにまた選挙 …… 広川 閑人

浸水はじまる 一片の選挙権を浮かべ …… 今井 鴨平

選挙カー大怪獣のように吠え …… 大家 北汀

選挙カーことばはあるが実がない …… 岩井 三窓

選挙カー下手なオペラだなと思う …… 江畑 哲男

戦争と平和

無党派(むとうは)

無党派が握る政治に顔がない……伊福　保徳
無党派を狙(ねら)うセンスにしては野暮……吉岡　茂緒
無党派と呼ばれる顔で持つ叛旗(はんき)……金子すすむ
無党派へ送ってやろう莚旗(むしろばた)……清水　正弘
無党派へ縄張り揺らぐ風走る……黒光　可寿

飢(う)え

百冊の本をまたいでなお飢えに……北川絢一朗
アフリカの飢え聞く朝のパンの耳……石川　三昌
飢え今も地球は物の傾くか……河村露村女
レアル貨が木の葉となって増える飢え……大友　柳香
虚飾して心の飢えを深くする……岡部　誓子

核(かく)

反核や好日奪うものの影……………………西田光太朗

初日燃ゆ言葉選びの果てに　核…………関　　水華

世界中ポンペイにする核の数………………山下芙美子

核実験地球に非常口がない……………………中島　和子

核廃絶むなしく叫ぶだが叫ぶ………………かわたやつで

飢餓(きが)

汽車の窓区切り区切りに飢餓の村…………井上剣花坊

食べ物があふれ心は飢餓の中…………………飯野　文明

機上食眼下にあるは飢餓の国………………小松原爽介

飢餓海峡あの咆哮(ほうこう)はなんだろう………………林　　伯馬

食べ物の夢ばかり見た飢餓がある……………池内かおり

軍歌(ぐんか)

ぬかるみを軍歌で踏んだ遠い道………………鈴木　六角

耳底で父の軍歌が擦り切れる………………松岡恵美子

ほお杖(づえ)をつけば流れて来る軍歌……………湯藤　雪絵

戦争の是非とは別に出る軍歌………………横山ユキ絵

軍歌集もう青春はかえらない…………………池永　正雄

剣・刀（けん・かたな）

払暁の出来事として雪と剣 ……………………………………鷹野 青鳥

克つ剣へならアドバイスできるかも ……………………小八重竹刀

旧約の頃から腰に帯びた剣 ……………………………………吉岡 茂緒

反り返り刀はいつも空を見る ……………………………………山村 祐

両刃の剣をにぎりしめてもぱぴぷぺぽ ……………………高田寄生木

原爆・原子爆弾（げんばく・げんしばくだん）

原爆の炎に小さき砂袋 ……………………………………森脇幽香里

折りに火を噴くまなうらの被爆ネガ ……………………勝田鯉千之

生きていてよかったろうか爆心地 ………………………………柴原 米子

髪が抜けると泣いた少女ともう逢わず ……………………柴田 午朗

ローアングルの被爆図に責められる ……………………三輪 和生

銃（じゅう）

原爆の炎に小さき砂袋

銃眼にぽっかり浮かぶ月見草 ……………………………柏葉みのる

銃を向けても銃を知らない白兎（しろうさぎ） ………………山崎 蒼平

地球儀を回せば銃の音がする ……………………………沖田 いし

どの国の母にもつらい銃の音 ……………………………丸山よし津

神様が叱（しか）る銃口（つつぐち）天へ向け …………………佐竹 観光

終戦(しゅうせん)

敗戦か終戦かさすべり無言……………………前田芙巳代
終戦五十年蟬の骸(むくろ)の数知れず…………佐藤加津郎
雲ばかり追う終戦の日の画帳………………松村 隆
ラムネ玉ことりと青い終戦日………………山河 舞句
終戦のあの日を偲(しの)ぶ蟬時雨………………土師 芳子

地雷(じらい)

地雷踏んだ象に詫(わ)びよ人に詫びよ…………武田 笙子
はき慣れぬ靴で地雷をまたいでいる………佐藤 雅秀
日本はいいな地雷が埋めてない……………戸井田慶太
わたしから逃げて地雷を踏むがよい………渡辺 隆夫
地雷踏まぬように定年までの距離…………浪越 靖政

侵略(しんりゃく)

侵略と思いたくない従軍記…………………池田 愛子
日本軍という日本がしたことだ……………矢須岡信
母国語と氏(うじ)を奪った侵略史………………西澤比恵呂
言われれば侵略かなと兵の過去……………志水 剣人
侵略は美味(びみ)かフビライ・ナポレオン………田口 麦彦

341

聖戦

十字切る聖戦罪が許される ……………………………… 伊福 保徳

聖戦の民のあわれや孤児還る ……………………………… 矢須岡 信

聖戦のエゴ偶像へ酔い痴れる ……………………………… 吉永 亜弓

地に伏せて泣いた炎天下の詔書 …………………………… 加藤 角市

英霊という紙一枚が舞い戻り ……………………………… 矢部あき子

戦後

戦後は終わる原色の群れ海へ海へ ………………………… 石原青龍刀

アルバムのここから戦後髭がない ………………………… 小松原爽介

日の丸弁当父の戦後は終らない …………………………… 佐藤 良子

まだ泣かす戦後終らぬ基地の島 …………………………… 国吉司図子

平和の願い風化させまいまだ戦後 ………………………… 金子 竹川

戦車

戦車より月とラクダの王子様 ……………………………… 勝間田孫六

戦車火を噴くその光景は見たくない ……………………… 田口 麦彦

天安門僕を潰してゆく戦車 ………………………………… 北村 泰章

黒い鳩戦車の列の先頭に …………………………………… 寺尾 俊平

廻り舞台戦車が一台ずつ増える …………………………… 清原 理川

342

戦争

戦争(せんそう)

ビルの傾斜 ゴシゴシ戦争を洗い落す……河野 春三
戦争はわが人生の括弧書き……山本穴道郎
戦争責任僕にもあなたにも少し……宮本 凡器
戦争を忘れてくれぬ墓がある……小野 克枝
戦争が幾つかあって麦畑……古谷 恭一

戦争と平和(せんそうとへいわ)

あなたならどっち茶碗(ちゃわん)と大砲と……安藤富久男
有事論くもりガラスが外せない……堀井 勉
竹槍(たけやり)を信じた母と子に言えず……石井美智子
戦争は平和を守るためでした……矢須岡 信
戦争の話を嫌う長い足……久田美代子

戦い(たたかい)

戦いがないのに肉を食べ過ぎる……門脇かずお
戦火くすぶるザリ蟹(がに)と少年と……安藤富久男
看(み)られるも看る戦い春めぐる……吉澤 和子
屋根裏の部屋でアンネの見た戦(いくさ)……河合 克徳
帽振れで何機送ったこの平和……矢須岡 信

343

テロ

テロリスト神明に加護祈るなり	橘高　薫風
テロ憎むうつくしい花咲く限り	森中恵美子
テロの時刻パン一斤の明かるさよ	佐々木久枝
菊日和テロのニュースに遠くいる	渡辺　幸士
テロのいる街へ栄転仕事虫	礒野いさむ

逃亡(とうぼう)

逃亡のイワンが揺れる蜃気楼(しんきろう)	寺尾　俊平
逃亡と深くかかわる枇杷(びわ)のたね	佐々木葭夫
逃亡記ハガキ一枚では書けぬ	田口　麦彦
敵前逃亡モデルはわたしかも知れぬ	山本ひさゑ
逃亡はかなわず硝子壜(ガラスびん)を振る	北里　深雪

ながさき忌(き)

逃亡のイワンが揺れる蜃気楼	
神を埋めた長崎の炎の記憶	田中　　伯
ナガサキの怨嗟(えんさ)9の日へ座り込む	永石　珠子
十一時二分へ草も木も黙す	瀬戸　波紋
被爆記を綴りあの日へ涙する	坂本　和子
長崎の夜　火の帯にする精霊船(しょうりょうぶね)	松下　沢枝

344

難民(なんみん)

難民の群れを見ている牛の群れ ……寺尾 俊平
難民の姿にだぶる遠い過去 ……平井 夏子
クルド系難民毅然(きぜん)と飢えている ……田口 麦彦
コソボ白樺(しらかば)難民のよぎる道 ……岸本 吟一
遠い日のわたしも避難民だった ……山崎 保枝

敗戦(はいせん)

敗戦でなく終戦と教えられ ……矢須岡 信
敗戦投手の汗にも惜しみない拍手 ……山路 節子
鉢巻をいつかとられた負けいくさ ……渡辺 まさし
敗戦で泣いた樺太(からふと)氷雨降る ……的場 美善
腕に傷負けた戦さを笑われず ……濱本 千寿

爆弾(ばくだん)

爆弾がみつかる 夏の忌を前に ……五郎丸 去就
不発弾テロの匂(にお)いが消えません ……大橋 政良
爆弾を知らぬ子ゆかた着て花火 ……白神 桃丸
少年のポケットにある不発弾 ……平山 耕實
人間魚雷 死語にはさせぬ五十年 ……鈴木 東峰

ヒロシマ

観光旅行でヒロシマを見るのかい……矢須岡　信
水ヲ下サイあの子の声が空耳に………松浦　道子
ヒロシマを伝える義務が僕にある………秋山　勝
片仮名で書くヒロシマは灼熱(しゃくねつ)に………岸野あやめ
黒焦げの弁当箱よヒロシマよ……………松田壮之助

ひろしま忌(き)

八月六日を消印とする原爆忌………………田口　麦彦
冷房で風邪贅沢(ぜいたく)は敵ヒロシマ忌………窪田　和子
8月6日からのドラマをひとり生き………杉　久美枝
ヒロシマに生きて孤老も半世紀……………定本イツ子
ヒロシマを語り継げよと蟬(せみ)が鳴く………吉川　徳子

兵(へい)

平和の子兵隊墓の由来聞く…………………池田　愛子
兵馬俑(へいばよう)きりりと美男ばかりなり……………北村　泰章
昭和史の行間に哭(な)く兵の墓………………山口　春治
少年兵の写真が変色して平和………………渡辺　朝風
戦争を知らぬエキストラの兵士……………白井　花戦

平穏(へいおん)

平穏とはこの水の音ガスのいろ……ト部　晴美
ほこるものなくて平穏無事な日日……藤村　涼子
平穏無事に保険の満期やってくる……いまいまい
おやすみと平穏に言う娘が二人……山部　牧子
穏やかな顔　空のバスやってくる……竹内すみこ

平凡(へいぼん)

平凡な男に道を問いやすし……巽　仲男
石庭を凡人なりにじっと見る……住田英比古
平凡にくらせることの有難さ……田中　文子
平凡はたのしかぼちゃの花が咲く……天根　夢草
平凡な人生がいいピカソ見る……梅津　香折

平和(へいわ)

ワープロのへいわ平和にすぐ変わる……西川　燕柳
日本の平和にルビが振ってある……竹田　光柳
電灯の覆いがいらぬ平和の日……萩原みちこ
曇天の平和転げるにぎりめし……金子美知子
軒先を借りて平和の住み心地……小泉　正巳

飽食（ほうしょく）

飽食も飢餓も同じ日の長さ ……………………… 佐藤　一子
飽食のつけ短命へまっしぐら ………………… 宮崎　邦嘉
飽食や醜くむくむ朝の顔 ……………………… 吉岡　茂緒
飽食の視野へおにぎりだけ光り ……………… 本阿弥光敬
飽食のしっぺ返しを聞くカルテ ……………… 吉永　亜弓

捕虜（ほりょ）

捕虜の顔二十歳（はたち）にならぬ歯の白さ …… 三條東洋樹
捕虜の過去じゃがいもの皮うすくむく ……… 濱本　千寿
雪原に兵士羊の群れとされ …………………… 白井　博行
くずいもが転ぶと捕虜がみな転ぶ …………… 土居　哲秋
回転ドア男は捕虜になりたがる ……………… 水谷　一舟

ミサイル

ミサイルになった正義がいずこにも ………… 野沢　省悟
ミサイルの射程で脆（もろ）い平和論 ………… 竹田　光柳
ミサイルが飛んで来たのが返事です ………… 阪本　国公
ミサイルは飛ぶミサイルのある島へ ………… 山河　舞句
ミサイルに歯形を残す蟻（あり）の群れ ……… 渡辺　貞勇

348

地理・交通・運輸

石段(いしだん)

息切れのする石段のいい眺め……藤島 茶六
石段の家からノラは降りて来ぬ……森中恵美子
石段を一つよろけて村八分……前田芙巳代
生かされてまだ石段を登らねば……迫部 秀子
石段の一つ一つに願うこと……平山 三鶴

位置(いち)

月はいま幸せだったころの位置……矢本 大雪
花の位置座ぶとんの位置姑が来る……宇都 幸子
よく見える位置に全集置いてある……川田 茂
臥(ふ)す人の目線へ生けた花の位置……齋藤 和子
守備範囲うごかぬ位置に冷蔵庫……久場 征子

349

駅（えき）

どこにでも母を泣かせた駅がある 時実　新子
駅からの夫婦に夜風あたたかい 宮本　紗光
みちのくの駅は別れの記憶だけ…… 曽我　碌郎
一人送って一人迎える春の駅 堀　恭子
旅鞄（たびかばん）さげたわたしが駅にいた 末村　道子

大阪（おおさか）

大阪はよいところなり橋の雨 岸本　水府
大阪は大阪弁の総会屋…… 岩井　三窓
通天閣がまっすぐ見えてめしの店 三好　美芳
大阪に花の里あり通り抜け…… 本田渓花坊
北浜に友あり退職金近し…… 金泉　萬楽

沖縄（おきなわ）

ガム幾万吐き捨てられて沖縄よ 時実　新子
辺戸岬（へど）海かがやいて村貧し 田口　麦彦
平和一色沖縄の梅雨明ける…… 吉岡　茂緒
沖縄を病ませるアメリカの歯形…… 松田　順久
沖縄の海の静謐（せいひつ）祈る月 本多　慶次

350

貨車

貨車整列させて君らのりゝしずむ……中沢久仁夫

ダイヤにはない真黒な貨車が行く……大木 俊秀

踏切りの子守へ長い長い貨車……定金 冬二

雪と来た貨車の雫が喋り出す……早川 双鳥

長い貨車この子も遠い父を待つ……細川 聖夜

滑走路

誰を待っているのか白い滑走路……弘兼 秀子

遮断機の向こうを滑走路がのびる……東 おさむ

滑走路わたしの夢も離陸する……西村 淳一

ケータイの向こうに滑走路が見えぬ……樋口 仁

飛ぶことも無く一生を滑走路……唐崎 正光

汽車

出生の土地からひとり乗った汽車……天根 夢草

朝の汽車になろうと走る夜の汽車……久場 征子

ふるさとは過疎進んでも汽車がくる……内田 則子

隅の眼の一つ気になる夜の汽車……前田 雀郎

子をおもう子は遠きより汽車で来る……大山 竹二

北

花吹雪還らぬ島が北にある ……………………ちば東北子

北国になお北のあり流氷よ ……………………橘高 薫風

北を指す磁石へ口は挟めない ………………川上 大輪

風もしたたか女もしたたか北の冬 ……………宇田川圭子

北の男を激しく叩く津軽三味 …………………牧浦 完次

距離 (きょり)

手の届く距離でスープは冷めていた ……………佐藤 良子

目の前の人とかなしいほどの距離 ……………新家 完司

5センチの距離を他人として開ける ……………中村 その

ライバルに追突しない車間距離 ………………植木 利衛

ピカソ展出て来た二人に距離がある ………酒井みちお

空港 (くうこう)

待つ人が着く空港のコンパクト ………………冨安清風子

サヨナラが風に千切れるエアポート ……………加藤 静衣

旅慣れてバッグ一つのエアポート ……………安藤 玄白

エアポート雲の行方が気にかかる ……………斉藤 さわ

新空港海が次第に減ってくる …………………西内 朋月

352

車(くるま)

車にも心がわりのUターン……………………岸本　水府
車洗う夫のもうひとつの貌(かお)よ………………安藤富久男
安全運転父の車は眠くなる……………………佐藤　　崇
新車まだ嫁の話に耳かさず……………………志水　剣人
ぬいぐるみ乗せて寂(さび)しくないくるま………赤松ますみ

坂(さか)

坂道を急いで下ることはない…………………石塚　清明
上り坂視野から神が消えてゆく………………越郷　黙朗
女坂越えて来たのはつい昨日…………………林　千代子
腰おろす石が仏にみえる坂……………………西川　景子
この先に何があるのか坂登る…………………丹羽　白紅

信号(しんごう)

苛立(いらだ)ちをいつも見ている信号機……………五十嵐　修
ともだちの墓へとつづく信号機………………天根　夢草
赤信号を渡る淋(さぎ)しい町になった……………筒井智伊子
冷静に見ている信号は黄色……………………高橋かづき
出遅れぬように見ている信号機………………川上　大輪

宅配便

宅配便隣の家にばかり来る ……宮崎 緑水

宅配の情けがとどくいい日和 ……田口 麦彦

観光のみやげ宅配便でくる ……谷 守人

父の日を宅急便で済ます愛 ……岩田 康子

宅急便で昨日の嘘が今朝届く ……うつみ仙吉

断層 (だんそう)

断層の上で秋刀魚 (さんま) が焦げている ……京野 弘

活断層　さて安住の地はありや ……石田 明

凪落下してゆく父子 (おやこ) の断層に ……大島 洋

この国に活断層という背骨 ……ちば東北子

異次元となる年代の断層よ ……流 奈美子

地図 (ちず)

丁寧に書いてもらった地図を持ち ……森口 昭子

壁の地図ホームスティの子を思う ……西川 景子

地図もって自分探しに出かけます ……神戸みち子

地図にまだ描き足す夢があるのです ……横井 幸子

アジア地図より液状の神こぼれ ……石部 明

駐車場(ちゅうしゃじょう)

美しい月を見ている駐車場 …………………… 和泉 香

駐車場車が無いと清々し(すがすが) ………………… 寺川 弘一

縄張りはきちんと守る駐車場 ………………… 田口 麦彦

広っぱにもう戻れない駐車場 ………………… 山本 修

ヌード集抱え書店の駐車場 …………………… 礒野いさむ

電車(でんしゃ)

曇天に軋(きし)む電車が五分おき ……………… 水野亜希子

定刻に電車は去って僕がいる ………………… 斎藤 茂生

春の夢ぼつぼつ乗せて電車来る ……………… 川嶋 翡翠

欲望の電車無軌道でも走り …………………… 荒井 広和

満員電車電話のベルはどの鞄(かばん) …………… 勝谷 高明

東京(とうきょう)

東京の中から江戸を見つけ出し ……………… 岸本 水府

東京へ行く汽車の煙田に残り ………………… 川上三太郎

渋皮がむけて東京から戻り …………………… 江口 東白

東京をそっとめくれば ゴキブリ …………… 脇屋 川柳

東京に出て一匹の雑魚となる ………………… 今川 乱魚

灯台(とうだい)

晴れた日の灯台孤高の美しき ……………………………………… 西尾　栞

灯台のようふるさとに母が居る …………………………… 兵頭かほり

十二月　灯台の耳大きくなる ……………………………… 吉田　健治

悟りにも似て灯台の灯を見つめ …………………………… 村尾　孝峰

灯台の暮らし一日だけならば …………………………… 野上羅生門

トンネル

トンネルで見えないものが見えてくる …………………… 上田喜和子

トンネルで女の芯(しん)がしゃんとする …………………… 園田恵美子

トンネルの長さ教育勅語の長さ …………………………… 佐藤　幸子

トンネルを出てほっとした貨車の牛 ……………………… 伊藤　　秀

極楽へ行くトンネルと信じよう ……………………………… 田口　麦彦

橋(はし)

橋からの世相きびしき隅田川 ……………………………… 村田　周魚

父と会う橋のたもとの喫茶店 ……………………………… 時実　新子

橋が出来て島は眠ったことがない ………………………… 小島　蘭幸

わたくしが渡り切ったら落ちる橋 ………………………… 原井　典子

渡れない橋の向こうに君がいる …………………………… 田中井八恵美

356

バス

- 打ち消してみても楢山行きのバス………宮本 直子
- このバスでいいのだろうか雪になる………広瀬ちえみ
- 乗客をしっとり運ぶ夜のバス………赤松ますみ
- バス通り 女はいつも元気だね………吉田三千子
- バスが来る視野の限りの雨のなか………なかはられいこ

パスポート

- シェイクスピアも聖書も読まずパスポート………真鍋 訓子
- 日本のよさがわかったパスポート………内藤 凡柳
- 自分史の余白を埋めるパスポート………仲平 昌美
- 逃亡の際に役立つパスポート………赤松ますみ
- ガリバーに逢うかもしれぬパスポート………大橋 政良

飛行機(ひこうき)

- 飛行機を多少疑いながら 乗る………内田 順子
- 飛行機も必ず戻るくたびれて………畑 美樹
- レストランの窓から遭難機が見える………田口 麦彦
- 飛行機も新幹線も母正座………石田かね子
- 夕焼けの空にジャンボが溶けてゆく………柴田としみ

357

船(ふね)

運河たしかに汐(しお)満ちてきて／割れる／船 …… 松本　芳味

別れると船の絵がある喫茶(か)店 …… 時実　新子

船乗りの子が船の絵を描いている …… 安達八代重

新しい船の話をする男 …… 市村　京子

火も水も積んでおんなの船が出る …… 川辺　昭子

故郷(ふるさと)・故里(ふるさと)

ふるさとの自慢は雪が降るばかり …… 堀口　塊人

水栓のもるる枯野を故郷とす …… 河野　春三

四面楚歌故郷(か)は豆の花の頃(ころ) …… 橘高　薫風

故里によく似た水の音がする …… 小出　智子

故郷は大きな声がよく似合う …… 有友　喜子

墓地(ぼち)

墓地で見た街は見事な嘘(うそ)だった …… 中村　冨二

のぼり坂ついでに墓地も買っておき …… 荻原　柳絮

茶を入れて夫婦に墓地を買う話 …… 矢野孝二郎

どの道を掘っても墓地に出てしまう …… 野坂美智子

佇(たたず)まい変わらぬ墓地でほっとする …… 小枝　青人

358

曲(まが)り角(かど)

逃げていくひとにやさしい曲がり角 .... 谷口　節子

角一つ曲がるきのうを消したくて .... 服部　廸子

曲り角風が教える白い杖(つえ) .... 松尾　天信

通り魔に襲われそうな曲り角 .... 藤原　桜扇

曲り角素敵な人と会う予感 .... 久田美代子

道(みち)・路(みち)

わが路を勲章のない胸張って .... 林田　馬行

一本の道あり明日(あす)へひた行かな .... 雨宮八重夫

くたびれたのに何処(どこ)までも続く道 .... 中野　懐窓

ぼくの道市販テストで決めないで .... 小倉　アサ

あの道もこの道も好き父母の里 .... 末村　道子

迷路(めいろ)

人生迷路来世の扉だけが見え .... 田中　伯

迷路の中に常識の顔ばかり .... 佐藤　美文

軽く見た迷路いくつもある出口 .... 吉岡　茂緒

迷路からSOSが届かない .... 井上　文子

巨大迷路ついに一人も出てこない .... 石川　重尾

路地裏(ろじうら)

路地裏の頃が人間らしかった……会田規世児

路地裏の若き恋書く周五郎(さら)……萩原みちこ

塾に子を攫(さら)われ路地は風ばかり……藤川 政美

路地うらを伝い歩きのサンマの香……畠中 速男

カルメンの素足が走る昼の路地……竹内ヤス子

動作

仰(あお)ぐ

一緒には死ねない人と月仰ぐ……大内 順子

枯れ果てて仰げば光る詠み人知らず……島 道代

登れると言ってしまった木を仰ぐ……久場 征子

少年が仰ぐと塔が語りだす……鍵山妙々子

子の学資すべて終って月仰ぐ……福山 恭子

開ける

いい月へ仏間の窓も少し開け……大久保大柳

病む母に窓あけてあり大文字……山本 明彦

少年期を終え鳩小屋を開け放つ……西野 秋子

出稼ぎの窓開けてみる雪の舞い……阿部 枯葉

中流という逃げ道を今日も開け……鈴木柳太郎

溢れる

胎動へシグナルの青溢れ出る……杉野 草兵

わたくしのなかの兵士が溢れ出す……樋口由紀子

意志薄弱で水甕の水あふれさせ……佐藤 幸子

セールスの鞄を溢れ出る残暑……成田 孤舟

人や憂し鰯はザルに溢れ居て……時実 新子

歩む

SLがしずかに歩む象の墓……尾藤 三柳

春風とおんなじ速さ子と歩む……松岡十四彦

わたくしのコピーが背伸びして歩む……阿世知美也子

コピー化した男女が歩む乾く街……渡部さかえ

リストラや三歩退き二歩歩む……田口 麦彦

361

洗(あら)う

父が洗うとシャンプーが眼に沁みた………伊藤　健

髪洗う恋の終わりを予感して………石田　穂實

魂を洗いなさいと風の木は………吉野理恵子

擦れ違う心洗って干しましょね………長田さやか

ヒロシマで洗うおごりの出たこころ………今川　乱魚

歩(ある)く

草踏んで歩くは恋の虜(とりこ)たち………渡邊　青堂

表彰状からまっすぐに歩かされ………大島　文子

止まったら虹(にじ)が消えそうただ歩く………寺中三枝子

渓谷美ここから先は歩かされ………苅谷たかし

アルミホイルのばして世紀末をあるく………渡辺　裕子

荒(あ)れる

荒れた手のいっそめでたい明けの春………岸本　水府

荒れる子へ山河のよさが届かない………塩見　草映

荒れた日もあった私の日記帳………大家　北汀

違う男と見に来た海が荒れている………こだま美枝子

倖(しあわ)せをつかむ両手が荒れている………野沢　大漁

言う

座布団を拝辞言わせてもらいます……………………山内　静水
芸妓はんになりたい言うて叱られて……………………田頭　良子
まだ言える元素記号の七番目……………………………原井　典子
3年B組ぼくのいいたい事を言う………………………仁田　耕一
大切な話を別れ際に言う…………………………………岩山　正純

急ぐ

急がねば下弦の月が蒼白い………………………………大西　久美
遠花火女に急ぐことばかり………………………………北野　岸柳
桜散るひとひら俺に似て急ぎ……………………………斎藤　大雄
階段を急ぐその後を考えず………………………………寺沢幸智子
豚の子は豚になろうとして急ぐ…………………………藤田　早苗

労る

検診車いのちいたわるように降り………………………吉田　秀哉
いたわりのひと声妻に言いそびれ………………………長尾　無双
いたわりも厳しさも知る白い杖…………………………石崎　鶴矢
点滴の高さで妻にいたわられ……………………………波多野五楽庵
そっとしておくいたわりと気がつかず…………………上田　佳風

363

祈る

ただ祈りなさいと牧師静かなり……清水 美江
空は青いと子に教えるとも祈る……宮川 絢市
祈るのか禱るのか蝶の翳……寺尾 俊平
祈るだけ活断層の上に住み……長塚 麻紀
わたくしは空っぽだからただ祈る……高橋かづき

入れる

四捨五入善人の部に入れておく……樒元 紋太
棺に入れると重くなるトルストイ……小松原爽介
ポケットに夕陽を入れて母入れて……中村 誠子
わたくしをスッポリ入れて切手貼る……立枕よし子
コスモスの揺れをポストに入れました……鈴木 稔

植える

植えたから生え生えたから豆の花……樒元 紋太
植え替える花平穏が続くよう……高田 羅奈
一冬を越してわたしの木を植える……みのべ柳子
傘寿なお孫の未来へ桐植える……岩崎 瑞穂
茄子すこし植えお湿りを嬉しがり……荻原 柳絮

飢(う)える

飢えた国の飢えた子がつむ花ありや………柴田　午朗

古代史のころより飢ゆる河と民………寺尾　俊平

心みな飢えて開かぬ貝の蓋(ふた)………宮崎　慶子

飢えた日の話が孫に面白(おもしろ)い………村田　妙子

飢えた愛奢れる愛もおなじ壺(つぼ)………堀田　亀羅

浮(う)く

利き腕は市民プールに浮いている………倉本　朝世

地球から離れぬように浮く気球………久場　征子

嘘(うそ)のない花びらだけが浮いている………田井　芳枝

真実が逆光線の中に浮き(いす)………野尻　佳水

吸収合併浮いてしまった父の椅子………原田　順子

失(うしな)う

失ひしものみな美しき日昏(ひぐ)れ………宮崎　慶子

てのひらの亀(かめ)を失うまいとする………墨　作二郎

冬陽炎(かげろう)失うものはなんにもない………加藤　久子

口笛を吹く　失ったもの多し………進藤　一車

満月が溢(あふ)れて　友を失えり………五郎丸去就

疼(うず)く

生きている証し縫い目がよく疼く………………吉原　辰寿
玉音が背中のへんでまだ疼く……………………木村　木念
両の手に囲うと疼きだす炎………………………野坂美智子
やわらかい指で刺された背が疼く………………宮崎ヒサ子
疼くものあり一葉の古写真………………………矢野　栄子

歌(うた)う

春の歌キーが高くて歌えない……………………野村　禎子
裕次郎歌って昭和史がおぼろ……………………田口　麦彦
アリランを歌ったあいつの帽子だよ……………宮本めぐみ
高らかにさくらさくらを歌う母…………………大堂　哲子
ぬるま湯の中の混声合唱団………………………村田けん一

疑(うたが)う

疑ってみれば笑顔のこわいこと…………………小倉　ミサ
疑えばうたがえる夜の灯を消そう………………北川絢一朗
夕焼けのポスト絆(きずな)をうたがわぬ…………………村井見也子
冬苺(ふゆいちご)人うたがいし日の絵の具………………菊池　静恵
長雨に疑い深くなっている………………………西谷美智代

生む・産む

子を生みしことは幻 天高し……時実 新子
犬は犬の仔を産む明るさの中で……森 朝子
産み終えて深き眠りを賜われり……杉山理恵子
産む産まぬ産めぬ待合室の悲喜……宮下 玲子
赤ちゃんを産むと勲章もらえそう……森 由朗

埋める

わらじ編むごとく原稿紙を埋める……尾藤 三柳
弾みたい毬を埋めてる帯の下……岡崎たけ子
人生の余白を埋める雨の音……高田 和子
わたくしを埋める程よい雪の嵩……みのべ柳子
娘も嫁ぎ心の穴を趣味で埋め……島田タミ子

裏切る

裏切った男が笑っている写真……松本千代枝
裏切りの美学白馬の背にゆられ……神谷三八朗
スカーフがなびく裏切りかも知れぬ……古川 佳子
裏切りの果実袂に一つ抱く……大場 可公
冷奴がうまくて妻が裏切れず……永津 短夜

売る

仏壇の鐘を鳴らして山を売り ……… 川俣　喜猿

櫛を売るのは魂よりもすこしあと ……… 前田芙巳代

売ろうかと抱いた鶏あたたかい ……… 奥　昭二

折り込みで死後の世界も売りに来る ……… 清水句到点

正誤表つけて私を売りに行く ……… 大家　北江

演じる

コスモスの海で家族を演じ切る ……… 天野　弘士

篝火に鬼を演じるのは鬼か ……… 海地　大破

阿波の木偶人のさだめを演じきる ……… 尾花　白風

面白い父を演じる外はなし ……… 宮本　凡器

それぞれのドラマ演じて人は逝き ……… 藤代　柳芽

追う

点字書の中の光りを指が追う ……… 七谷虹桟橋

夢追うている間に父に母になり ……… 板井　輝子

父に似た帽子の人を追いかける ……… 山本　数子

ゆっくりと目で追う先に夢あるか ……… 高橋　典子

象を追うゲーテを追ってゆく真夏 ……… 松田　京美

368

置く

女工ら離郷　屋根に石置く山峡経て……今井　鴨平
羽根布団さて反骨をどこへ置く………小松原爽介
受話器置く夕陽(ゆうひ)が海に沈む音…………佐藤ちあき
ハネムーンの花束どこへ置いてこ………石川　三昌
膝枕(ひざまくら)ゴロリと夜を置きにくる…………佐々木久枝

送る

裏切りも別れも風の瞳(め)で送る……………谷口　茂子
この駅で還(かえ)らぬ人を見送った……………鎌田　京史
シベリアの凍土に送る鎮塊歌………………菅　沼匠
点になるまで見送ってエアポート……………浅木　邦子
言い足らず聞き足らぬまま送る駅……………金村　青湖

押(お)す

火葬場で私がボタン押しました………………本田シゲ子
この戸を押そうきっとあなたがいるはずだ……松田　京美
押し花に国語辞典を借りてくる………………佐藤ぶん子
ワープロで過去消すためのキーを押す………桑野千恵子
母乗せて押す倖(しあわ)せの乳母車………………佐藤　游子

落(お)ちる

落ちるならどすんと花のどまん中 ……………… 北川絢一朗

石段をはずまず落ちる無精卵 ……………… 尾藤 三柳

落ちてから本音吐こうとする椿(つばき) ……………… 八木 千代

梯子(はしご)から落ちる男を待っている ……………… 千葉 風樹

生きること死ぬこと蟬(せみ)が落ちている ……………… 鈴木 稔

踊(おど)る

阿波踊(あわおどり)虚空(こくう)をつかむわけでなし ……………… 川上三太郎

踊り子はドガに叛(そむ)いて踊らない ……………… 定金 冬二

ワルツを踊る雪をあかずに見ています ……………… 高田 和子

春の踊りに桜の枝が欠かせない ……………… 赤松ますみ

低次元で踊る靴など欲しくない ……………… 松田 京美

思(おも)う・想(おも)う

紙一重だったと思うことにする ……………… 山岸志ん児

いちにちの終りに想う人のあり ……………… 古池 一子

それぞれの思い一つの月を見る ……………… 迫部 秀子

あたりまえと思えば何も変わらない ……………… 仁賀 俊雄

菜の花と思うあるいは家族とも思う ……………… 楢崎 進弘

泳ぐ

諸行無常さっき泳いでいたうなぎ……………………吉岡　龍城
夜のプール青々として泳ぎきる………………………葛井さきよ
相剋の海は抜手で泳がねば……………………………宮本美致代
ネクタイを締めてノルマの海泳ぐ……………………大谷　　巌
泳ぐのを見ているうちに魚になる……………………高味八重子

降りる

二階を降りてどこへ行く身ぞ…………………………麻生　路郎
降りる客いとのんのんと続くなり……………………須崎　豆秋
飛行機の降りる角度は愛に似る………………………時実　新子
雪は愛白いまつりが降りてくる………………………墨　作二郎
二階から父の機嫌を見に降りる………………………黒川　柴香

折る

血迷うてコスモスを折る何ごとぞ……………………唐沢　春樹
指折って私も数に入れられる…………………………原井　典子
折鶴の千には遠い冬の指………………………………野沢　行子
わが草紙夕映えふたつ折りにして……………………矢本　大雪
騙し舟折れば悔だけ手に残る…………………………山田　　昇

371

終る

あっという間に楽しいことは終わります……西川ほしみ

恋終る　りんごに歯型つけたまま……木本　朱夏

偶像が崩れ少年期が終る……斉藤由紀子

一枚の紙に署名をして終わる……春日井五月

似合わないままで終った夏帽子……高田　和子

買う

淋しさに良く効くワイン買いにゆく……坂本　浩子

どの道もローマに通ず　靴を買う。……関　水華

月光のような照明器具を買う……樋口　仁

私を見ている魚買いそびれ……佐藤　洋子

ぼくの子がいよいよブラジャーを買った……伊藤　健

飼う

飼えば餌を争ふ鯉と成りさがり……北村　雨垂

本棚に飼ってる獏をもてあます……宇田川圭子

悲しまぬカラスを一羽飼っておく……野沢　省悟

くちなわを飼うまでもなし小面に……唯有　月慧

水甕の底に一匹鬼を飼う……村田けん一

変える

音もなくおとぎの国に変えた雪 ……………… 丹下美津子

この街に私を変える人がいた ………………… 浜野　　肇

髪型を変えてせきたてられている ……………… 高田　初江

病名を名儀変更して余生 ……………………… 平野　官爾

軸足を変えると視野が広くなる ………………… 入江　正夫

帰る・還る

人ごみを蜜柑（みかん）の匂い抱き帰る ………………… 八坂　俊生

遺産分けない気軽さの喪に帰る ………………… 今井チカエ

おもちゃだけ忘れず酔うた父帰る ……………… 沢幡　尺水

死ねば神の子生きて人の子兵還る ……………… 土居　哲秋

帰るにはちょっぴり惜しい花あかり …………… 上野　豊楽

書（か）く

復讐（ふくしゅう）と書き降参と書き直す ………………… 河野　春三

自分史を書く小賢（こざか）しき分身よ ………………… 志水　剣人

叩（たた）きつけてやりたい辞表胸に書く ……………… 白井　花戦

拝復と書いていい友ばかりだな ………………… 宮本　時彦

実篤（さねあつ）の字なら僕にも書けそうな ……………… 本庄　快哉

隠す

身をかくす私の竹がみつからぬ ……………………… 中谷　道子

逢って来た鏡へ炎える火を隠す ………………… 宇田川圭子

男老いて一丁の鉈(なた)　土に隠す ………………………… 石田　柊馬

身を隠すさして大きくない帽子 …………………… 佐藤　幸子

火の鳥を一羽かくした胸の帯 ……………………… 須川　千恵

賭ける

最前列いのちを賭けたことがある …………………… 原口　虎夫

プレイバック中年の夢賭けてみる ………………… 早川　双鳥

母と娘は何も賭けない賭けをする ………………… 柿山　陽一

青雲に賭けた路傍の石である …………………… 岩月優美子

賭けるものあるかと問われ続けたり ……………… 田口　麦彦

駆(か)ける・駈(か)ける

厨(くりや)から朝が駆け出す母の音 ……………………… 石川つねじ

駆け出せば涙の乾く少年期 ………………………… 関　　水華

抱かれたい形で孫がかけてくる …………………… 三田　富月

石勝線ぽあーっと藁(わら)の馬馳ける ………………… 桑野　晶子

私を半分にして子が馳ける ……………………… 岩崎真里子

囲（かこ）む

手作りの味噌汁囲む三世代……荒川　英子

善人に囲まれていて息苦し……篠崎堅太郎

古稀（こき）の父囲めば満州生きてくる……西山　金悦

手術室血のつながりがとり囲み……川俣　喜猿

ステッキの恩師を囲む花吹雪……吉崎つとむ

飾（かざ）る

楽しげに葬儀屋のする飾りつけ……延原句沙弥

ふるさとへ錦を飾る切符買う……小林由多香

花道を飾る台詞（せりふ）が浮かばない……西潟賢一郎

もう飲もか五年飾ったナポレオン……納谷　澄子

酋長（しゅうちょう）の妻かと思う首かざり……松谷　大気

数（かぞ）える

冬花火十発までは数えたが……宮本めぐみ

呆（ぼ）けてない証拠だ百が数えられ……金森　ちえ

声上げて指して数えるさくらんぼ……佐藤　定子

連れ立って出た日を妻に数えられ……松尾　夢城

遠景は海日銭数えているばかり……高田寄生木

嚙(か)む

ハッピーエンドのテレビ見ながらガムを嚙む　……高井　美穂

言い勝って来たかち割りをカリリ嚙む　……中村　安重

出来損ないにならないようにガムを嚙む　……樋口由紀子

愛されたように食パン丸く嚙む　……岡田千加子

鯛(たい)焼きの尻尾(しっぽ)しみじみ嚙みしめる　……寺西　文子

借(か)りる

泥臭い意見を本家から借りる　……五十嵐さか江

物あまる中で煙草の火を借りる　……大木　俊秀

讚美歌(さんびか)の聞こえる町で部屋を借り　……中島　鬼水

滝つぼを覗(のぞ)くあなたの掌を借りる　……宇田川圭一

ふらんす小咄(こばなし)美しい耳借りたがる　……庄司登美子

変(か)わる

信号を渡ると女気が変わり　……玉野可川人

耐えるのは男流れが変りだす　……中田たつお

髪切ったぐらいで変わらないわたし　……白藤　海

変わり身や胸に二色のボールペン　……田口　麦彦

香水がかわり結婚するらしい　……伊豆丸竹仙

考(かんが)える

ありがとう妻に言う日を考える……遠藤　呑舟

万歩計つけて近道考える……原　とき

考える葦(あし)に孤独がつきまとい……奥原　雨人

にんげんを枕(まくら)ひとつで考える……野呂背太郎

憲法をその都度(つど)読んで考える……古田　凝碧

消(き)える

庭に来る野鳥どこかで山が消え……渡邊　蓮夫

鳴らせば消える鈴一つ過去ひとつ……尾藤　三柳

この春も田んぼ一枚消えました……斎藤　和子

栓を抜く音にわだかまりが消える……高田寄生木

目じるしの樹(き)が次々と消えてゆく……番野多賀子

聞(き)く

虫を聞く会平和とはありがたし……森　紫苑荘

C席でひとり聴きたい曲がある……安井　久子

暑さなら凌ぐと冬の愚痴を聞く……野口　初枝

聞く方にまわり珈琲(コーヒー)まろやかな……桑野　晶子

成人病のはなし最前列で聞く……新家　完司

刻む

- 母を刻むわたしを刻む砂時計 ……………………………………… 岡田 梨津
- 青々と世紀を越えたネギ刻む ……………………………………… 中村 安重
- 喜々として男を刻む台所 …………………………………………… 藤原 秋扇
- 葱刻む絆をすこしふかくして ……………………………………… 横山さつき
- 愛憎を刻む標札だったのか ………………………………………… 千葉 鉄男

嫌う

- 魔女狩りの如くたばこが嫌われる ………………………………… 高杉 鬼遊
- 姥捨てのはなしを嫌う蕎麦の花 …………………………………… 柏原幻四郎
- 嫌われてなんぼ生活指導室 ………………………………………… 坂倉 秀樹
- 過去ばかり言って子供に嫌がられ ………………………………… 荻原 柳絮
- カラオケを嫌う大きな象の耳 ……………………………………… 須藤 通

切る・斬る

- メスと一言視線はすでに切っている ……………………………… 大田 佳凡
- 大切な話はテレビ切ってから ……………………………………… 山本 峰子
- おとうふはさいの目恋はみじん切り ……………………………… 笹田かなえ
- 伸びた爪人を恨まぬように切る …………………………………… 原井 典子
- 花を切る悔いの数には未だ満たぬ ………………………………… 吉田 州花

来る

犬の名で獣医さんから来る手紙 …… 水野亜季子

不意に来るすみれ菜の花れんげの日 …… 安西まさる

新らしい母が来る日で子も着替え …… 赤松喜美子

節分にパンチパーマの鬼がくる …… 堀 恭子

良いこともあるさと月がついて来る …… 豊岡はつい

消す

電灯を消せば明日に続く闇 …… 山田 良行

おふくろの味をグルメが消してゆく …… 佐藤 良子

消しゴムで消せる程度の恋でした …… 山木 恭子

一日をきれいに消して行く時間 …… 大家 北江

少々の痛みは酒を飲んで消す …… 小林由多香

削る

歯を削る音はこの世のものならず …… 今川 乱魚

色鉛筆削りつくせり銀河系 …… 濱本 美茶

黄砂降る ざらっとたましい削られる …… 木立 千世

心臓も一緒に削る歯の治療 …… 江崎 睦明

なにごともなかったように削除キー …… 山村 牛車

越える

いつか私を越える足音聞いている……園田恵美子
閉会式のころ風船は海を越え……宮本 時彦
うみのおくやま越えて来ました坐りだこ……永田 俊子
責任が教諭を越えて校長へ……中条久仁夫
ひたすらに枯れ野を越える本を読む……細川 聖夜

零す・溢す

こぼさずに揺らさずに海抱いてゆく……矢本 大雪
忘れたいこと吹きこぼし粥炊ける……山下タツヱ
言う事がまだある酒を酌ぎこぼし……鈴木柳太郎
まつげからJFKが零れ落ち……なかはられいこ
めし零す傘寿の母を笑うまい……田口 麦彦

零れる・溢れる

神の手をこぼれたリオのスラム街……吉岡 龍城
生き下手の掌からこぼれる雛あられ……細川 聖夜
妻の愚痴こぼれて小銭落ちた音……中村 有人
てのひらをこぼれ続ける砂丘かな……鎌田 京子
喝采の手からこぼれる小さい秋……高田 和子

冴(さ)える

ケーナーの音色が冴える美術館 ……………………… 井嶋えい子

電池交換したか五時から冴えている ……………… 西村比呂志

勤王も佐幕も冴えていた維新 ………………………… 田口 一香

胸の中見抜かれそうな月の冴え ……………………… 川島 一斗

ある日雌牛(めうし)の角冴えて唯物論 ……………………… 松尾柳思郎

探(さが)す・捜(さが)す

未知の星さがす僥倖(しあわせ)などあるか …………………… 平田のぼる

広辞林一矢酬(むく)いる語を探す ……………………………… 月原 宵明

生きていく間違い探しばかりして …………………… 寺本 隆満

少年期さがしに川をさかのぼる ……………………… 長谷川冬樹

子育てが終って探す道しるべ ………………………… 山口三千子

叫(さけ)ぶ・叫(さけ)び

あれは叫びだったか洒落(しゃれ)たネクタイよ …………… 神川 敦子

子の城の叫びが風に遮られ …………………………… 山本 俊一

ナガサキの熔(と)けたガラスにある叫び ………………… 松下富士子

鬼畜米英と叫んだことがある ………………………… 田口 麦彦

散りぎわの花の叫びを聞き洩(も)らす …………………… 寺沢みどり

支(ささ)える

片腕と言わず両手で師を支え……………………古賀　絹子

倖(しあわ)せを支えた腕がだるくなり……………須藤　小鶴

力瘤母(ちからこぶ)が支えた家なりき……………西田　龍鬼

小さくなった僕を支えているすすき……………鈴木玲於子

ひらかなが支え続けた強い意志…………………佐藤　仁子

指(さ)す

天地指す御仏の指ためらわず……………………斎藤　大雄

飲み代に置いた時計が二時を指し………………二川　三語

南指す人間臭き切り株よ…………………………工藤　寿久

指させばあなたの虹(にじ)が遠くなる……………村上　陽子

小径(みち)行く彼の指さす方だから………………葦　　妙子

誘(さそ)う

誘うなら今よ心が乾いてる………………………青砥　孝子

絵手紙で誘うとみんな来てくれる………………西出　楓楽

おとこだと思っていないから誘う………………立蔵　信子

誘われた訳は聞かない方がいい…………………川上　大輪

春を待つ鱗美事(うろこみごと)に光らせて………前田　咲二

382

錆びる

ひなた水心が錆びてゆく温度 ……………………… 吉田　州花
人間のハートが錆びる一大事 ……………………… 片岡　玉虫
アンテナが錆びるさびると出て歩く ……………… 遠山しん平
農捨てたわたしを責める鍬の錆 …………………… 細川　聖夜
空き缶の無情に錆びて海閉じる …………………… 藪田　楽川

去る

子が去る日静かに雪が降るであろう ……………… 中村　冨二
SLの如く去りたし眼鏡拭く ……………………… 後藤　柳允
つらなってわたしを去ってゆく電車 ……………… 時実　新子
ねぶたの灯消え一人去り二人去り ………………… 高田寄生木
去る者は追わずにたたむ雪の傘 …………………… 細川　聖夜

叱る

子を叱る秀才だった顔をして ……………………… 西田　邦子
包帯を優しく巻いてから叱る ……………………… 横山　妙子
弟をほめる序に叱られる …………………………… 川俣　喜猿
叱られた子が口笛をすこし吹き …………………… 東野　大八
父を叱って花を叱って嫁かぬ春 …………………… 近藤ゆかり

縛る

母親の流す涙が子を縛り ………………………………………… 北畑 重一

髪おどろ象も男も縛られる ……………………………………… 柏葉みのる

逢いに行くシートベルトに縛られて ……………………………… 内田 英

まうしろも前も津軽という呪縛(じゅばく) …………………………… 矢本 大雪

愛されるその日の縄に縛られる …………………………………… 千島 鉄男

仕舞(しま)う

抽出(ひきだ)しにしまい忘れた空の蒼(あお) ……………………… 高田 和子

プライドはしまっておいて昆布漁 ………………………………… 渋田由美子

認識票を素焼の壺(つぼ)にしまい込む ……………………………… 高田寄生木

しまわねば同じ文句の喪のハガキ ………………………………… 渡辺 裕子

口約束を男がしまう桐(きり)の函(はこ) ……………………… 吉田 州花

喋(しゃべ)る

ふところにお金があってよくしゃべり ……………………………… 須崎 豆秋

口止めをした本人がまずしゃべり ………………………………… 山下 龍三

よく喋る心のキズを消すように …………………………………… 吉田 点笑

死にべたになれよと影がしゃべりだす …………………………… 藤井比呂夢

黙否権ついに指紋が喋り出し ……………………………………… 中山ヒロ子

透き通る

葱の青さの　戦争の雨　透きとおる……河野　春三

嬉しくて今朝の鏡が透きとおる……末村　道子

ささめゆき眩しき五指の透きとおる……髙田　和子

流氷接岸おんなのいのち透き通り……嶺岸　柳舟

自閉児の海は透明かも知れぬ……宮本めぐみ

救う

参籠の僧の若さに救われる……一色美穂子

まだ救いごめんなさいが言えるから……石川　三昌

千手観音救い給うや千の罪……北村　泰章

救われて二本の箸の重さかな……酒井　路也

よいほうにとってわたしがすくわれる……片岡つとむ

進む

なまけてはおれぬ眼鏡の度が進む……広瀬　啓子

産み分けが進む神サマどうします……安井　久子

砂漠でも進む海でも進むほかはなし……寺尾　俊平

空瓶に花あり母の老いすすむ……髙田寄生木

だけど進むまた戦争をするために……河合　克徳

捨てる・棄てる

人間も含まれている使い捨て ……………………………… 大島　文子

少し楽になれた綺麗(きれい)なもの棄てた ……………………… 五郎丸去就

わたくしを捨てにゆく日の花曇り ……………………………… 村井見也子

少年の大志は村を捨てたがり …………………………………… 佐藤　良子

長針捨てた秒針捨てた僕のかげろう …………………… 佐藤しゅんいち

澄(す)む

勲章はいらない人の　秋が澄む ……………………………… 五郎丸去就

ソマリヤの肋(あばら)　瞳(ひとみ)が澄みすぎる ……………… 藤本　静港子

恋知った頃(ころ)とおんなじ銀河澄む ………………………… 橋本　天呑

恐山澄(おそれざん す)んだ音色の風車 …………………………………… 佐竹　　章

長鳴きのこおろぎと澄む秋の耳 ……………………………… 吉田　　浪

座(すわ)る・坐(すわ)る

ケイタイを切って枯山水に座す ……………………………… 中田たつお

いい話坐れば妻も子も坐り …………………………………… 斎藤　大雄

気に入った時間しびれるほど座る …………………………… 広瀬　啓子

黙って坐る修了証の出る講座 ………………………………… 赤松ますみ

肩書も名前も捨ててすわる椅子(いす) ………………………… 中村喜久代

386

育つ

不揃いに育ってみんな親思い………………………………石川侃流洞

育児書を踏みこえていく子の育ち………………………菅野　和子

愛されて育ち愛して子を育て……………………………斎藤　弘美

育つ子と同じレベルで読む童話…………………………濱川ひでこ

もう結婚ですか他人の子の育ち…………………………江畑　哲男

揃う

父さんにそむく父さんと呟いて…………………………寺尾　俊平

渋柿(しぶがき)の青あざやかに子が叛く………………………………安藤　亮介

日曜日たったひとりの子にそむき………………………織田可津春

背かれてから地すべりが止まらない……………………竹原　和美

叛くかもしれぬ火種を掌に残す…………………………石川　重尾

背く・叛く

お揃いのパジャマ息子は嫁のもの………………………黒岩　　豊

家中の靴が揃って今日終る………………………………川上三太郎

スーパーで何んでも揃うおそろしさ……………………清原　理川

お揃いを着ると妬心(としん)が目をさまし………………………志水　剣人

生え揃う歯で真っ先に母を嚙(か)む………………………土屋　久昭

387

抱(だ)く

子を抱いた重みが母の春だった ……………… 岸本　水府

三球三振大地が抱きにきてくれる ……………… 尾藤　三柳

抱きあえばたったひとりのひとの熱 …………… 笹田かなえ

抱かれようポットの残り湯を捨てて ………… なかはられいこ

抱かれてもいいと畳の匂(にお)う部屋 ……………… 川辺　昭子

立(た)つ

兵馬俑(へいばよう)妻も子もある顔で立ち ………………… 高山まち子

まっすぐに立つ電柱の頼もしさ ………………… 久保田以兆

壇上に立てば大臣世を憂い …………………… 川俣　喜猿

自尊心だけでまっすぐ立っている ……………… 松田　京美

別れると決めて鏡の前に立つ …………………… 原井　典子

騙(だま)す

おとこを騙す自分をだます厚化粧 ……………… 窪田　和子

ピノキオの鼻にだまされまいとする ………… 北野　岸柳

美しい尻尾(しっぽ)だ騙されてみよう ……………………… あべ　和香

騙される金がなかっただけのこと ……………… 苅谷たかし

欺(あざむ)いた手のひらがまだ濡れている …………… 金築　雨学

黙る・黙す

もう黙るよりほかないか老人は………岩井 澄子

黙ってる海が犯人だと思う……………普川 安彦

妻の武器一日黙るだけで終え……………角掛往来児

金の要る相談みんな押し黙り……………荻原 柳絮

黙すれば淋し歌えば尚淋し………………井上剣花坊

違う

違いますあなたが先にプロポーズ………松山 厳

テニスコート違う姿の妻がいる…………西田光太朗

歳時記と違う自信を捨てきれず…………上杉 波而

懺悔室出てから違う風を知り……………鈴木柳太郎

ギャル向きとオバサン向きの違うM……平野こず枝

力

続編を追うから生きていく力……………安西まさる

耕したあの日が少しずつ力………………弘兼 秀子

肩の力抜けばとかすみ草がいう…………渡辺 千華

揺れながら葦は力を蓄える………………東海林一有

腕相撲父の力を見せておく………………佐々木良可

散る

散る前に言っておきたいことがある……川辺 昭子

人の眼を意識せず散る山桜……古賀 絹子

川向こうの桜一本散り終える……高田 和子

散る桜そんなおとこを一人見た……田頭 良子

盃に散るはなびらも酒が好き……大木 俊秀

摑む

昔むかし雲を摑んだことがある……竹内ヤス子

赤ちゃんのてのひら風をつかんでる……高田ゆたか

バーゲンで摑んだ服で若返る……梅津 香折

木漏れ日を摑もうとする貧しい掌……内山 孤遊

春の野の生命力を手摑みに……田代 時子

着く

音楽隊港にえらい人が着く……岩井 三窓

泳ぎ下手ながら余生の岸に着く……田尻 美学

欲のない風船だけが天に着く……田辺 進水

終点へ私一人のバスが着く……盛合 秋水

海へ着く無数の傷を櫂にして……樋口 仁

続く

野は天に続いて旅に終わりなし……関　水華

空のない鳥　鳥のない空　婚つづく……倉本　朝世

母の鞭はがきの表まで続き……酒井　輝

こんな日が続いてほしい雲動く……春海千恵子

ポケットにニトロ綱渡りが続く……上段　杉子

包む

古びたら錦のきれに包みます……三笠しづ子（ブラジル）

長生きをして香典をまた包み……坪井柳念坊

まごころを包む田舎の新聞紙……大木　俊秀

笹の葉に生家を丹念に包む……小林　正枝

ゆっくりと雪のこころに包まれる……高田　和子

繋ぐ

足首をゆるくつないで眷族よ……なかはられいこ

雑学を繋ぎ合わせて生き上手……門脇波留子

跡継ぎに新車を買って繋ぐ過疎……津留　正

思い出をつなぎ合わせて冬を編む……野坂美智子

血をつなぐ長い手紙を書いている……加藤　正治

391

積む

まぼろしをつかむおろかをつみかさね	石原 伯峯
愚を積んでいくと私の背丈	柴山 省市
子の為にひとつふたつの罪は積む	浜脇 春江
廃タイヤ タイヤのかたちして積まれ	内田 順子
死ぬまでに読もう読もうと本を積む	由良 清子

積(つ)もる

慎ましく生きても積もる春の塵(ちり)	河野 副木
雪積もる訃報(ふほう)が積もる村外れ	杉野 草兵
手鏡に雪の積もった跡がある	皇山 とき子
橋に雪積もる日密告決意する	大島 洋
黒龍江省(こくりゅう)生れで積もる母恋し	田口 麦彦

吊(つ)る

鉄橋へ女の業を吊り下げる	後藤 柳允
打てば響く 誠実な鐘吊ってある	八木 千代
銃眼に鳴らない鈴が吊ってある	杉山 竜太
貧しくて百樹に吊りし百の縄	工藤 寿久
魚眼レンズにシャガールの馬を吊る	進藤 一車

出る

日曜のネジは自分で巻いて出る……………………山本 翠公

味方から先ず出る釘は叩かれる……………………野谷 竹路

出てゆこう自分を深く知るために……………………平井 夏子

終電車出ると冷たくなるホーム……………………谷口 節子

冷蔵庫ピカピカにして旅に出る……………………武山 文子

問う

どう生きる問いより子には単語帳……………………高瀬 邦一

杖になれますかと少女から問われ……………………奥野 誠二

ざらめ雪先の先まで問うてくる……………………佐藤 とも子

実篤のかぼちゃが生きるとはと問う……………………大場 可公

道を問う人が素直な顔になる……………………遠藤 正静

通る

幸せな人が無口のまま通る……………………鈴木 玲於子

噴水がやむとき侵略者が通り……………………寺尾 俊平

はらわたをときどき山頭火が通る……………………西秋 忠兵衛

赤い羽根つけた人だけ通りゃんせ……………………久場 征子

針の穴おぼろな罪が通ってしまう……………………吉田 州花

研ぐ

もの書きの刃を磨ぐ喉のうすあかり……飯尾麻佐子
何の日であろう庖丁研いでいる……唐沢　春樹
逢うて来た火のてのひらで米をとぐ……窪田　和子
弱虫の触角いつもとぎすまし……杉原　愛鳩
秋が来る包丁二本研いでおく……勝谷　高明

土下座

土下座した土の匂いを忘れない……鈴木　順子
子のために私も土下座なら出来る……坂下　久子
漫画かも知れぬトップが土下座する……米田千枝子
土下座した片目はうすく明けている……岩本　和夫
鼻曲り鮭よ土下座の血を受けて……盛合　秋水

溶ける

すぐ融ける雹は神さまかも知れず……小林　庄作
淡雪に溶ける小さなわだかまり……西野　秋子
昼顔の微笑が夏日に溶けている……園山　果心
ともだちが欲しくて溶ける雪だるま……川守田秋男
春のゆき花屋のあたりから溶ける……奥野　誠二

閉(と)じる

社史閉じて創業記念日だけ残り……………………………田口　麦彦
目を閉じて灰色もよき色のうち……………………………後藤蝶五郎
人は眼をとじて生まれる月あかり……………………………鈴木　稔
ぴったりと閉じておのれを守る貝(か)
目を閉じて昔に還えるすべがない……………………………吉田　茂子
　　　　　　　　　　　　　　　　　　　　　　　　　　　波多野五楽庵

届(とど)く

星座運勢かゆいところに手が届く……………………………福島　銀子
お日さまの味だと梅干がとどく……………………………森中恵美子
噴水の高さ平和に届かない……………………………西川　燕柳
送り主不明の消しゴムが届く……………………………海堀　酔月
無為無策今日もランチが胃に届く……………………………田口　麦彦

跳(と)ぶ

この溝を一緒にとんでくれますか……………………………高橋かづき
跳べそうな気がする回転木馬の眸(め)……………………………松原ゆきえ
いつの日か跳ぼうと決めた川の幅……………………………田口　麦彦
テレホンカードの穴から跳んで夢多感……………………………大橋あきる
僕になるためのハードル跳び続け……………………………大家　北汀

翔(と)ぶ

翔んで下さい羽根を一枚贈ります……………………大和田八千代
翔べるかな指輪をそっと抜いてみる………………………久場　征子
どうしても海へ翔びたい竹とんぼ…………………………西山　金悦
翔んだとて着地は妻のたなごころ…………………………本田　豊實
ポーズやや悪いがわたしらしく翔ぶ……………………飯尾こまき

流(なが)れる

温(ぬく)もりの記憶で川も流れるか………………………………児玉　怡子
来年へ流れる水を見ていたり………………………………堀口　塊人
川を流れて童話の桃は消えてゆく………………………近江あきら
下水道を流れるまでのかっとうよ………………………広瀬　啓子
自紋伝(じじょでん)を流れる白い時間帯……………………………宮本めぐみ

泣(な)く

泣くもんか第三埠(ふ)頭(とう)倉庫前………………………なかはられいこ
泣きじゃくる私をなだめるのも私…………………………武藤　瑞こ
肩に手をおくから女泣きやまず……………………………田頭　良子
泣きに行く先はやっぱり母の胸……………………………林　　晴子
泣きたくて泣かず中島みゆき聞く…………………………永瀬　　唯

並ぶ

コンビニの棚に並ぶのかな愛も　　　　　　　高田　羅奈

マグロならぶ人の死体とことならず　　　　　岩井　三窓

バス停に並んでいるのは兵馬俑　　　　　　　工藤　寿久

延命へ多彩に並ぶ糖衣錠　　　　　　　　　　織田不朽仁

号令で並ぶと怖い音がする　　　　　　　　　水口　樹里

鳴る

鈴が鳴るやっと忘れた恋なのに　　　　　　　興津　幸代

さて春の町　フルートから鳴りはじめ　　　　東川　和子

水爆をにくむ春雷身近かに鳴る　　　　　　　今井　鴨平

天井へ壁へ心へ鳴る一時　　　　　　　　　　川上　日車

カラカラ鳴るはあの世の風車か私の骨か　　　山村　祐

慣れる・馴れる

中年の背鰭　蛇行に慣れている　　　　　　　野沢　省悟

工場で造った味にいつか慣れ　　　　　　　　野口きぬえ

ひもを解き慣れてゆびから冬に入る　　　　　渡辺　裕子

グリーン車のシートに慣れず妻といる　　　　島田　牧童

暗闇に馴れた女の目玉焼　　　　　　　　　　藤田　てえ

煮(に)える

一本の箸へ里芋煮えてくる ……川上三太郎

輪切りして大根母の味で煮え ……成田 孤舟

深刻な話すき焼煮えつまる ……河原田ゆきお

煮えたぎる鍋　方法は二つある ……倉本 朝世

それぞれに皆んな動いて煮える音 ……高田 和子

匂(にお)う

味噌汁(みそしる)が匂うそろそろ起きようか ……渡邊 蓮夫

たましいが匂うか猫が寄りつかぬ ……矢本 大雪

陽(ひ)の匂い大地の匂い春が来る ……成田 順子

鉄工場ときにいくさの匂いする ……五十嵐さか江

石鹸(せっけん)の匂い独りもいいもんだ ……島谷 弘子

握(にぎ)る

一握り握った雪に音がする ……岸本 水府

握れない右手を友に握られる ……高須啞三味

空っぽの両手を握りしめている ……安藤 亮介

うつむいているがにぎっているこぶし ……板橋 映水

切札を握ると風も味方する ……香田 龍馬

逃(に)げる

にげて生き残って君が代をうたい……林田　馬行

逃げのびて烏賊(いか)より黒い墨を吐く……柏原幻四郎

開いたら逃げるかなぶん握った手……赤松ますみ

補聴器を外し雑音から逃げる……中川　幸一

分ろうとすれば逃げてく昼の月……佐藤　洋子

抜(ぬ)く

葬列を一気に抜いて救急車……緒方　修

南風男の骨を抜きに来る……工藤　寿久

わらびのように灰汁(あく)抜きしたい人ばかり……益田　郁子

魚の骨を抜いて逢(あ)いたいなと思う……宇田川圭子

おもうことあってビールの栓を抜く……高田　和子

脱(ぬ)ぐ

薔薇(ばら)崩れ落ちるが如(ごと)く女脱ぐ……三條東洋樹

主婦の面ガボッと脱いで詩をつづる……西沢　青二

尊敬をされてぬげない仮面です……やぶうち三石

花なれば蕾(つぼみ)の頃(ころ)を脱ぎたがり……久保田以兆

片肌を脱げば太鼓も気を許す……吉岡　龍城

399

温(ぬく)もる・温(あた)まる

雪国の土ぬくもってみな動く……………………………菅原 一宇
野仏の温もり目鼻欠けている…………………………河原 房子
寒がりに母の温もりこめて編み…………………………富田 竹司
裏町の恋素うどんで温まり……………………………五郎丸去就
温もりを駅までもらう白い杖(つえ)……………………………林 亮

抜(ぬ)ける

傘立てをずらすと過去へ抜ける道………………なかはられいこ
トンネルをぬけて告白したくなる……………………今野 一城
お互いに少し抜けてて馬が合い………………………吉野千枝野
輪を抜けるたび雪解けの音がする………………………樋口 仁
ちちははの円を抜け出す葱(ねぎ)ぽうず………………………福井 文明

盗(ぬす)む

唇を盗むに丁度良い月夜………………………………井上由起子
親友の夫盗んでみたくなり……………………………小野 富代
オフサイドギリギリハートを盗む男……………………星野 かよ
ゆるやかに桔梗(ききょう)の恍惚(こうこつ)をぬすむ………………野沢 省悟
くちびるを盗んでくれた人と添い………………………五郎丸去就

濡れる

濡れる気になって夕立面白し ……………………………… 篠原　春雨

ひとりずつ夕陽にぬれてバスの中 ……………………… 矢本　大雪

絵はがきの通り名所の雨に濡れ ………………………… 神谷娯舎亭

休日も父の砥石はぬれている ………………………………… 榎本　信治

傷心の窓は小雨に濡れている ……………………………… 岡田　稲人

寝転ぶ

寝転べば畳一帖ふさぐのみ ………………………………… 麻生　路郎

寝転んで草の位置から空を見る …………………………… 水野亜希子

寝ころんだ森を包んで青い空 ……………………………… 吉岡　宵波

寝ころんで見ている雲は生きている ……………………… 沢田　司良

寝転んでぼくも流れる　雲になる ………………………… 伊藤　　健

眠る

キリストが眠る粗末な木のベッド ………………………… 鈴木　九葉

月朧　草食獣はみな眠り …………………………………… 古谷　恭一

交番の灯が起きていて街眠る ……………………………… 岡村　嵐舟

山の絵の下で今夜も眠ります ……………………………… 小出　智子

居眠りのマリヤカラスは紅葉す …………………………… 脇屋　川柳

401

寝(ね)る

いつの間に寝た仕合せな人の顔 ……………… 伊志田孝三郎

草に寝る亡父と話がしたいから ……………… 山本 義明

ブラームスではなかなかに寝てくれぬ ……… 大野さつき

寝て消せる糸を垂らして一人寝る ……………… 大藪 布袋

なにもしてやれぬ吾(わ)が子よもう寝よう ……… 相坂 酔鬼

残(のこ)す

神が残したみそしょうゆ納豆ほか ……………… 尾藤 三柳

接吻(せっぷん)へ少女は飴(あめ)の味残す ……………… 吉岡 龍城

飲みかけのコーラ残して君は去り ……………… 松田 浩子

亀(かめ)の背にだけは乗るなと書き遺(のこ)す ……… 矢須岡 信

原始林残せと蟬(せみ)の大合唱 ………………… 宮坂斗南房

残(のこ)る

すず虫が死ぬすず虫の餌(え)が残る ……………… 森中恵美子

牛追うて選挙のしこりまだ残る ……………… 柴田 午朗

嫁が来ぬ村に根雪がまだ残る ………………… 細川 聖夜

倒産の名が緞帳(どんちょう)にまだ残り ……………… 樋口 祐海

切除した臓器に残る海のいろ ………………… 古賀 絹子

覗く

ともすれば賽銭箱を覗く癖……………………岩井　三窓

人妻とふとのぞきこむ橋の下……………………北村　泰章

遠いとおい日をのぞこうとする鏡………………福田　白影

晩年の淵を少女と覗き込む………………………海地　大破

鍵穴を覗くと猫の髭がある………………………千島　鉄男

伸びる

まだ伸びるパンツのゴムとアフリカの飢餓……寺尾こうこ

母さんが入ると伸びる縄電車……………………藤原時化緒

机の下で少年の脚伸びてゆく……………………大原なゆた

見せかけの平和へ輪ゴムのびてくる……………石田　明

ライバルの木がすくすくと伸びている…………野口　初枝

登る

豆の木を登りつくして子は巣立ち………………佐藤　良子

昭和史に登ったきりの二等兵……………………山口　春治

叫びたくなると大きな木に登る…………………山倉　洋子

壮行会もうヒマラヤへ登った気…………………山口　蕊川

地を這って登りつめてく山の道…………………鈴木　霞

飲(の)む

二合では多いと二合飲んで寝る……………………村田　周魚

焼酎(やきぢゆう)の小さき顔と酒を飲む………………………川上三太郎

星空も一緒にのんだ大ジョッキ………………………岸本　水府

父と子と並びラムネを立って飲む……………………堀　豊次

飲もうかと別れがたきは口にせず………………………佐藤　正敏

乗(の)る

おとなしい馬なら乗れる乗馬服………………………永田　帆船

飛行機は愛する人とだけ乗ろう………………………三村　舞

砂漠行きですが相乗りしませんか………………………姫川　紫

ひと様をかばっていつも乗りおくれ……………………大塚冨美子

押し合って薄い縁(えにし)のバスに乗る…………………広瀬ちえみ

励(はげ)ます

リクルートスーツ励ます初夏の風………………………斎藤　和子

輝いている百歳に励まされ………………………飯土井健夫

わが身より重い患者に励まされ………………………新井　利房

図書予約やさしい声に励まされ………………………青山　亨子

お早うのナースの声に励まされ………………………山本　雄也

404

弾(はじ)ける

風船のいくつ弾ける人生か ……本田　南柳

くす玉が一つ弾けた村起こし ……橋本サブ郎

パソコンの指が弾けているジュニア ……中山おさむ

にんげんが通ると弾く鳳仙花(ほうせんか) ……梅崎　流青

バブルはじけて森は深呼吸をする ……高田　和子

走(はし)る

暗闇(くらやみ)にむかって走る先導者 ……天根　夢草

春が来たわたしも走りだしましょう ……末村　道子

逢(あ)いたくて闇を味方にして走る ……田代まつこ

根子岳に男の貌(かお)を見に走る ……こばやしたえ

ビートルズ乗せた夜汽車が走り抜け ……東川　和子

外(はず)す

腕時計外して自分取り戻す ……津田　遙

逢(あ)って来てはずす小さなイヤリング ……和泉　香

その後を聞いてはならぬ座を外し ……金子　竹川

キッチンへ指輪はずして主婦になる ……今道千穂子

母と娘の話へ父は外される ……鈴木　時夫

405

弾(はず)む

葉ざくらのそれから弾む手毬唄(てまりうた) ……………… 田代　時子

シルバー展いのちの弾む音がする ……………… 安永　理石

ふる里の駅から靴がよく弾む ……………… 瀬尾　秀子

何に弾むか青年ガムを嚙(か)みながら ……………… 中尾　藻介

鮭遡(さけのぼ)る川で弾んで見たくなる ……………… 墨　作二郎

働(はたら)く

高下駄の音は働く法善寺 ……………… 岸本　水府

懸命に働く汗は真珠色 ……………… 井主てまり(アメリカ)

働けばこんな日もあるベケーション ……………… 伊藤　蘭女

働けて働き蜂は苦にならず ……………… 久保　花門

つんのめるほど働いて離農する ……………… 奈良　春子

放(はな)つ

放つ矢の先に私が居るのです ……………… 三笠しづ子

乙女来て真白き犬を草に放つ ……………… 岡橋　宣介

矢を放ち終えて少女の丸き線 ……………… 後藤　柳允

嘘(うそ)を言うドミノの列に火を放つ ……………… 藤村　秋裸

陽炎(かげろう)の野に子を放つ水の椀(わん) ……………… 千葉　風樹

離(はな)れる

親離れ子離れ同じ月を見る ……………… 皆川明日子

値切ってる妻から少し離れとく ……………… 黒川　紫香

お地蔵さま明日この町を離れます ……………… 谷口　節子

親離れがよすぎて音もさたもなし ……………… 國清　佳子

列を離れて同じところにもどれない ……………… 和泉　　香

冷(ひ)える

湯豆腐がいいね今夜は冷えるから ……………… 佐伯　けい

北京(ペキン)放送旧満州の冷えを言う ……………… 大井　正夫

冬天に声なし鉄の街冷える ……………… 柏葉みのる

人間不信足の裏から冷えてくる ……………… 佐藤三辛堂

こんにゃくがふるえて煮える秋の冷え ……………… 宮本美致代

光(ひか)る

光るものとて仏壇があるばかり ……………… 前田　義風

捨てた方の道がおいしそうにひかる ……………… 普川　素床

或(あ)る危機の予感に光る春の潮 ……………… 卜部　晴美

光り合うのは仏の群か蛾(むし)の群か ……………… 細川　不凍

母に降る雪はほのかに光りたり ……………… 矢本　大雪

引く

裾を引く犬の愛情でもあろう……唐沢　春樹
男にはなりたくないと紅を引く……藤田　てえ
引抜けば根は一塊の土を抱き……内野　桃水
友が逝く朱線いっきに引いて霧……杉森茶芽夫
早起きの手相に鉋曳いている……福士てつお

開く

音がしたしないへ開く蓮の花……渡邊　蓮夫
子のこぶし開けば熱き熱きコイン……社本　蛙子
結んでは開く十指のなかも春……大西　泰世
胸襟を開くくすりを酒という……山本　翠公
明日ひらく花の小さな息づかい……西谷須恵子

拾う

夫の骨を拾うたのしみだけがある……前田夕起子
魂を拾って父は帰路に着く……近江あきら
黙々と子の助走路の石拾う……奥田みつ子
辞書を拾い読みして雑学を越えず……中島　和子
拾いもの届け陽気に子と帰り……神　鉄男

増(ふ)える

ふるさとの山に言いたいことが増え……荻原　柳絮

人間不信　暗証番号が増える……松本　幸夫

生き抜いて来た身に怒ることが増え……伊豆丸竹仙

やさしさごっこペットの墓が増えてゆく……佐藤加津郎

子を産まぬ才女が増えて国やせる……名川　芳子

吹(ふ)く

口笛を吹(お)くとき私美少年……坂本　浩子

折り鶴へいのちを入れる息を吹き……石川　三昌

強がって吹いてる風は淋(さび)しいね……城村美都枝

どん底の風は素直に吹いている……江口諏訪男

鳩(はと)の死に少年が吹くハーモニカ……山田　昇

拭(ふ)く

カーテンで手を拭くくせが直らない……久田美代子

窓を拭く私の心拭くように……高見　豊泉

拳骨(げんこつ)で拭いた涙は忘れない……田崎　三笠

窓を拭く暮らしをかけた命綱……岩崎　昭治

拭いてもふいてもふる里を向くめがね……大西　うめ

伏せる

伏せ字ある改造文庫亡父の本 ………… 浦山 雅世
式次第本音を伏せたまま終る ………… 滝 正治
頑張っていると住所を伏せた文 ………… 朝海 正雄
ときめいた夢は家内に伏せてある ………… 谷口 四郎
年毎に母の伏せ字が解けてくる ………… 辻本 幸子

踏む(ふ)

竹を踏む残り時間は少ないが ………… 大橋 一正
ガラスの靴がいっぽんの草踏んでいる ………… 大島 洋
手も足も洗って父の轍踏む(わだち) ………… 犾守 和穂
わが小さき影を踏んでる愚者の靴 ………… 高田寄生木
雪ふんで罪のあがきの果てもなし ………… 高田 和子

振り返る(ふ)(かえ)

振り返る過去に雨音強くなり ………… 木村 愛
ふり返る道へ小さくなって母 ………… 土居 一亭
恋を振り返れば二勝五敗にて ………… 今川 乱魚
振り返るたびに寺山修司かな ………… 田口 麦彦
ふり返る鼻の記憶にひとが棲む(す) ………… 近藤ゆかり

410

振り向く

振り向けば残り時間が攻めてくる………………吉澤　和子
雪明り悔いが振り向きそうになり………………広川　てる
ふりむけばがんじがらめの老眼鏡………………山本　克夫
振り向けば私にエール呉れる影…………………吉原　湖水
振り向くとナンバー2の持つゆとり………………塚本　道子

振る

では私のシッポを振ってごらんにいれる………中村　冨二
歯ぐきまで見せて候補者手を振りぬ……………岩井　三窓
瓶の中の残り時間を振ってみる…………………広瀬ちえみ
手を振って帰るさみしくないように……………和泉　　香
同業の一人をかばう旗を振り……………………織田可津春

降る

降る雪に貧しきものが先ず隠れ…………………橘高　薫風
いつまでも歩くいつまで霧が降る………………石森騎久夫
沛然と降る許されぬ恋に降る……………………矢須岡　信
アフリカに降る星屑よパンになれ………………但見石花菜
刑務所に白より白き雪が降る……………………保木　　寿

411

触(ふ)れる

お見舞いの言葉が恋に触れてゆく………………………名川　芳子
末席の野武士タブーに触れてくる……………………鈴木　如仙
フォークダンス三笠宮(みかさのみや)のお手にふれ…………………石川　三昌
優しさに触れて残り火燃えはじめ……………………中原　操雪
月光や触れれば熱き紙の傷………………………………石部　　明

干(ほ)す

式服を山のかなたに干している………………………樋口由紀子
善人の面をときどき干しておく………………………新岡二三夫
薫風に干すわたくしの裏表………………………………田口　麦彦
ひめくりをはぐといのちがほしてある………………高田寄生木
形見干すと亡母かと思う蝶(ちょう)がくる……………………宇田川圭子

褒(ほ)める

お互いの足をほめあう山の道…………………………村田　周魚
褒められたことは一度もない毛虫……………………竹中すみこ
試されているかも知れぬ褒め言葉……………………島田まさこ
死ぬことに触れず桜を褒めようよ……………………小林　楼甘
偉大なる凡人などとほめられて………………………小寺　万世

舞(ま)う

束(つか)の間(ま)を舞って見せますしゃぼん玉 ……川西 青蝶

日没は少女の声色カモメ舞う ……野沢 行子

言い訳が上手になって舞うテレカ ……山村 牛車

白蝶(しろちょう)のひとりで舞えばひとりの死 ……島 道代

雪舞いの涯(はて)にわが瞳(め)がふたつある ……野沢 省悟

負(ま)ける

日本が敗けた虫きく一乗寺(せき) ……川上三太郎

九回裏別に奇蹟もなく負ける ……岸本 水府

仕手筋と手を結ぶとき負けいくさ ……礒野いさむ

引揚げの眼にハッキリと負けいくさ ……小山 吉朗

負けた目に見たライバルは聳(そび)えてた ……杉本 和志

待(ま)つ

待つ事に慣れてしまった港の灯 ……仲村 陽子

若者をシンドバッドの船が待つ ……尾花 白風

待たされる電話ピアノが鳴っている ……池田 可宵

名画座の前でいつでも待っている ……広瀬ちえみ

待つ人は見えずに風の音ばかり ……福島 銀子

迷う

分別回収まだ迷ってる僕の骨 …………熊谷　岳朗

ドライヤー迷いの髪の渇き過ぎ …………栗田　竹司

花吹雪浴びて迷える羊なり …………熊谷冨貴子

喜寿にして蓮如の里でまだ迷う …………岩本　文雄

迷い蜂窓明けてやる花の庭 …………菊地　正衛

回る

人や老いたりムーランルージュくるくるくる …………片柳　哲郎

藁の巣に着くまで回る木馬たち …………木野由紀子

汗みどろ血みどろ父の独楽回る …………宮崎　東天

小川さえ飛び越せなくて回り道 …………斧田　千春

蛇の目傘くるくる母の闇ひとつ …………鈴木　稔

見える

遠くから見えるわが家に母がいる …………岸本　水府
ブラジル
桜満開移民に遠い故国が見え …………塩飽　博柳

いい気分妻が美人に見える酒 …………國清　佳子

私だけ貧しく見える花の中 …………中里世以子

呼び声に家族が見える電話口 …………田崎　弘子

磨(みが)く

磨かれてそしてさびしい父の靴 .... 大家 北江

向きあって磨く石屋の無口なり .... 高須啞三味

雨だれの根気でわたくしを磨く .... 園田恵美子

歯をみがくいのちが今日もあるように .... 中谷 道子

土地売った農夫 十時の歯を磨く .... 小松原爽介

見(み)つける

校正の字がさかさまの田をみつけ .... 高橋 散二

馬鈴薯(ばれいしょ)のいのち見つけた台所 .... 浅田扇啄坊

傷を見つけ合う バラの真っ盛り .... 野沢 省悟

良寛となる陽(ひ)だまりを見つけたり .... 長根 尉

霧の街亡夫に逢う道みつからぬ .... 長谷川愛子

みつめる

勲章の嘘(うそ)をみつめている義眼 .... 後藤 閑人

見つめ合うための目鼻を持っている .... 吉田三千子

見つめれば闇というのもあたたかし .... なかはられいこ

みつめると弥勒(みろく)の指は海になる .... 亀山 恭太

中年の背中無断でみつめられ .... 松本今日子

見舞(みま)う

リンゴひとつ両手につつみ見舞はれる …………宮崎 慶子
問診のように見舞の客が聞き …………竹田 信江
お見舞に行けば四季報読んでおり …………井上 直次
嘘おいて帰る見舞の喉(のど)かわく …………中山 はな
お見舞は来んでもええと母が待つ …………相田 博子

見(み)る

時計見ることを野心と見られたり …………岸本 水府
ほんとうの母は写真で見たばかり …………池田 可宵
複眼で見れば許せることばかり …………河上 澄
落日を見るそのほかはなにを見る …………渡辺 和尾
老人を見る目で母を見てしまう …………高橋 繭子

向(む)き合(あ)う

向き合って別れの曲を聴いている …………保田 二郎
向き合えば妻の涙も見えてくる …………瀧 正治
一病と向き合う春の水がある …………植野美津江
残しては死ねない人と差し向い …………広瀬 啓子
椿(つばき)と向きあっているぜいたくな時間 …………森中恵美子

416

結ぶ

くちびるをぎゅっと結んで敵と会う……赤松ますみ

ネクタイを結んだ職のあった頃……杉本克子

恋をして優しく結ぶ朝の髪……たかもり紀世

天国で結ばれますか今ですか……松尾冬彦

大吉を去年と同じ木に結ぶ……篠原伸廣

群れる

群れて咲く淋しがりやの彼岸花……玉田　功

その昔焚火に群れていた土偶……松本幸夫

魚群れて柩の隅のうすあかり……柴崎昭雄

吊革に飛翼を持たぬ男群れ……杉森茶芽夫

点滴のうつらうつらと朱鷺の群れ……いとう岬

燃える

鬼も明日も藁も貧しく燃えている……寺尾俊平

いのち炎ゆるは秋の日の恋ならむ……野口初枝

燃えるだけ燃え若者はうずくまる……赤坂碧柳

戦争に燃えた日もある千社札……田島綾乃

指切りの指より燃える火となりぬ……織田可津春

戻る

明方をうつつに戻る雪の音 ……………………… 西郷かの女

振り出しに戻った愛と午後のお茶 ……………… 上野 豊楽

不況風やっと戻った人間味 ……………………… 西村 正紘

やさしさが戻った朝の目玉焼 …………………… 島 道代

巻き戻しすれば聞こえるわらべ唄 ……………… 香月 治子

貰う

大好きな人から貰う春の風邪 …………………… 柏原幻四郎

花束を非常階段から貰う ………………………… 北野 岸柳

人脈の端で黍団子を貰う ………………………… 池下まごし

貰い風呂きれいな月を見て帰り ………………… 三浦 宗一

愚痴言わぬ妻から貰う片笑窪 …………………… 村上 志朗

漏れる

被爆国からゆっくり漏れる放射能 ……………… 佐藤 岳俊

素顔から洩れた素顔にうそがない ……………… 折原 清風

母がまた泣いているのか水漏れる ……………… 島 道代

水漏れの風呂にわたしを重ねみる ……………… 角本沙夜子

脳味噌も一緒に漏れるヘッドホン ……………… 片倉 忠

418

焼(や)く

薪能その夜わたしを焼きつくす……木野由紀子
まっすぐに煙は天に文(ふみ)を焼く……宮崎　慶子
焼き捨てて下さいましという手紙……川西　青蝶
戦場へ行かぬ男のパンを焼く……吉田　州花
藁(わら)焼いて焼いて怒りを灰に積む……佐藤　岳俊

休(やす)む

休みたいとき休んでいる古時計……犹守　和穂
休まずに枯野をめぐる母の咳(せき)……米谷　不落
雨ですね今日はお休みしましょうか……たにひらこころ
カレンダー通り休める人とすれ違う……登　萬葉
新年の寛(くつろ)ぎ新聞休刊日……福家珍男子

行(ゆ)く

恋なればこそ午前二時闇(やみ)と行く……鈴木　古春
落選作を引きとりに行く公募展……礒野いさむ
ゆっくりと耳の後ろをゆく祭り……土屋　桜子
老母によろしくふるさとへ行く雲よ……新　万寿郎
どの顔も顔も瞼(まぶた)に入れて行く……小林　白鳳

許す

叱ってる父の目元はもう許し……福島　郁三

許そうと思う林檎を剝きながら……長谷川博子

なにもかも許す大きな紙オムツ……平賀　胤寿

森の樹のどの一本も子を許す……石森騎久夫

今日許す帯もきっりと結びたい……細井　芳子

緩む

平穏は怖ろし顎の骨緩む……なかはらいこ

歳月の中でゆるんでくるロープ……みのべ柳子

だんだんにゆるみはじめる紙こより……佐藤千鶴子

結び目をすこしゆるめて許し合う……嶺岸　勝子

かけひきもそこまで紐がゆるみだす……佐藤　李穎

揺れる

陽炎がゆれるどこかでお母さん！……渡邊　蓮夫

なにほどの快楽か大樹揺れやまず……大西　泰世

人間とは何ローソクの火が揺れる……林　千代子

喪の人も揺れる満員電車なり……高橋　繭子

一日中ゆれて神戸が燃えてゆく……原　宣子

420

酔う

酔えばわが文学貧しなお酔い……石曽根民郎

したたかに宮司も酔った本祭り……山崎 涼史

酔えばまだ生きていて欲し……北原 草史

人さまの靴はいている酔っている……高橋 正二

酔うてまた人が憎くて恋しくて……石丸 弥平

呼ぶ

もういいかいもういいかいと呼んでいる……中出 弘輝

母が呼ぶ廊下の奥の汚物入れ……古谷 恭一

呼びかけてみたいね春のヘリコプター……平井 夏子

友達が来たので妻をオイと呼ぶ……佐野九州男

地の底で呼ぶ声残し閉山し……長谷川緑風

読む

車座で読むアンネの日記　ビートルズ……墨 作二郎

自転車のライトくらいの先を読む……草地 豊子

戦記読むひととき過去はほろにがし……礒野いさむ

名作を読んだ充実感に寝る……山崎 涼史

読み返す社訓の裏の雨の音……倉本 朝世

421

選(よ)る

雪消えて籾(もみ)の力を選り分ける ……………………………… 相馬 銀波

謎(なぞ)のある言葉の端を選っている ……………………………… 山田フサ子

ほり深い顔のあんこう選って買う ………………………………… 鎌田 玲子

ジャジャ馬を慣らす花束選ってます ……………………………… 井上 遊

図鑑から救って呉(く)れる虹(にじ)を選る ……………………………… 黒沢かかし

別(わか)れる

別れ来し静かな町の帽子店 ………………………………………… 堀 豊次

川幅のどんどん広くなる別れ ……………………………………… 時実 新子

満月を引きずりおろし別れよう ……………………………………… 今川 乱魚

空港の別れは讃岐(さぬき)うどんなり ……………………………………… 宮本 礼吉

好きだから別れましょうという美学 ……………………………… 楠田 宝文

分(わ)ける

七三に分けると父もまだいける ……………………………………… 安永 理石

実南天(みなんてん) 嫁の傷みをわかち合う ……………………………………… 宮本めぐみ

巡る四季 勝者敗者を分けながら ………………………………… 朝倉 尚子

空の青墓地は小さく分けてある …………………………………… 西谷美智代

分けるほど無くて仲良く一周忌 …………………………………… 阿部 正人

忘(わす)れる

ひろしま・ながさき　三百六十三日は忘れ……西田　放亭

時計を忘れ　愛した日を忘れ……時実　新子

シベリアの凍土に埋めた名も忘れ……伊豆丸竹仙

私を忘れた母を明日見舞う……赤松ますみ

網棚へ　ふっと忘れて来た生命(いのち)……ウオミタカコ

渡(わた)す

病院の廊下財布のまま渡し……麻生　路郎

子に会えて鞄(かばん)一つをすぐ渡し……房川　素生

巣立する翼へ空を明け渡す……上野しん一

多目的ホールで渡すラブレター……菖蒲　正明

女から渡されたのは風邪薬……原田みのる

渡(わた)る

渡らねばおとなになれぬ薄氷……あべ　和香

戦えぬ迷彩服が海渡る……伊藤小竜子

ボタン信号　どうもすみませんと渡る……鈴木柳太郎

はみ出した個性を武器に世を渡り……鈴木柳太郎

つぎの世もきっと女で渡る橋……武村　一美

詫びる

人間を造った神が詫びている……………………田辺 進水
雑兵だけが心底詫びている……………………稲垣ひな子
詫びる気で帰れば故郷風ばかり………………牛尾 正弘
留守詫びる花が一輪活けてある………………北山 好笑
やわらかい爪がしきりに詫びたがる…………佐藤 幸子

笑う

外人もわかる笑いを太郎冠者…………………平賀 紅寿
ころころと笑って女過去を消し………………早川 双鳥
浅草で拾う笑いのアラカルト…………………速川 美竹
通訳を中に時間の要る笑い……………………潮見白柱禅
夏雲が笑ったようで立ち止まる………………佐藤 陸子

割る

足して二で割って労使は手を握り……………安野 呑酔
生きのびる数だけ朝の卵割る…………………岡崎たけ子
後ろ手の手斧で何を割るべきか………………倉富 洋子
決断の割箸ぽんと割って冬……………………恩塚 治子
半数を割っても反省ない政治…………………内田 臥龍

動物・虫・魚・鳥

鮎(あゆ)

鮎二匹しばらく焼かず皿の上……前田 雀郎

生き抜いて今落鮎が聞く瀬音……山本 貞女

レモン添えると鮎がフランス語をしゃべる……伊藤 凡々

鮎も男も哀しい性で遡上する……鈴木 如仙

若鮎の日もありました私にも……原田のぶこ

蟻(あり)

労働歌蟻が歌えば凄かろう……橘高 薫風

首縦に振り体制の蟻でいる……永石 珠子

慈悲無用蟻の骸は蟻が曳く……倉富 洋子

考えているのも混る蟻の列……荻原 柳絮

蟻さんの稼ぎから取る消費税……高橋 幸月

425

犬(いぬ)

北風へ三角になる犬の顔 ……………………………川上三太郎

ちり箱の犬がひょろりと顔を向け ………………山本 芳伸

本当に叱ると犬も距離をおき ……………………野谷 竹路

お経読む後ろ 伏せする犬がいる ………………長谷部じゅん

人間に疲れて犬と散歩する ………………………藤沢 岳豊

牛(うし)

牛の子が売れてさびしいハーモニカ ……………大矢左近太郎

牛と歩く地の哀しさが分ってくる ………………吉田 成一

牛売って牛の匂いの紙幣(さつ)になる ……………進藤 一車

売られ行く牛へ少年草をやる ……………………黒川 紫香

牛連れて牛よりも尚露(なお)にぬれ ………………大山 竹二

馬(うま)

戦争を知らない馬が美しい ………………………黒川 紫香

魁夷(かいい)消えわたしのなかの馬も消え ………進藤すぎの

馬疾(はや)る 夢のもろもろ短命な ………………西城 真紀

馬の恥男の恥と囃(はや)される ……………………古谷 恭一

闘いは終った馬の背を洗う ………………………盛合 秋水

蚊(か)

泊めて頂いて蚊のいることをいう ……………………… 岸本　水府

長靴の中で一ぴき蚊が暮し ……………………… 須崎　豆秋

近代にねじ伏せられて蚊を叩く ……………………… 大山　竹二

秋の蚊の風に吹かれて音もなし ……………………… 川俣　喜猿

秋の蚊と男の頰(ほお)を平手打ち ……………………… 下村小啄木

蛙(かえる)

蛙鳴いてわが晩婚を旺(さか)んにす ……………………… 大山　竹二

薔薇(ばら)に座す蛙よ君は王子様 ……………………… 中塩美智子

蛙の死水合戦はおわらない ……………………… 黒田　高司

かえる大合唱社会派であるぞ ……………………… 平賀　胤寿

蛙ついに隠者の貌(かお)を捨て切れず ……………………… 伊藤　正紀

蝸牛(かたつむり)

カタツムリ苦労話をしたがらぬ ……………………… 野尻　佳水

アンテナを変えてもやはりかたつむり ……………………… 長井きの江

かたつむり秋の日暮れも宿たしか ……………………… 高橋千万子

あじさいの彩(いろ)に酔うたか蝸牛 ……………………… 奥出美代子

飛ぶ夢をいつも見ているかたつむり ……………………… 石田かね子

427

河童(かっぱ)

河童起(た)ちあがると青い雫(しずく)する……………川上三太郎

河童びいきの祖母ヒシの実を割りながら……日下部舟可

花びらが流れて河童恋を知り…………………高木千寿丸

河童半病人です皿を探している………………時実 新子

葦平(あしへい)が好きで河童の礼讃(らいさん)で……………永島 一考

蟹(かに)

蟹を売る蟹の眼一つずつ点し(とも)……………………泉 淳夫

心売らぬ蟹で横歩きが続く……………………矢須岡 信

蟹ツアー蟹が滅びてしまいそう………………渋谷由紀子

コンビニの立ち読みあれは蟹だろう…………進藤すぎの

氷屑(こおりくず)カアッと蟹の目が光る……………………横村 華乱

鴉(からす)

鴉の子わたしは月の泣き黒子(ぼくろ)…………………川上三太郎

枕木(まくらぎ)を数える鴉男前……………………………岡橋 宣介

草分けの目玉を食べにくるからす……………尾藤 三柳

喪服着て鴉の恋のややこしさ…………………成松 浪人

赤い実を食べても食べてもまだ鴉……………真弓 明子

428

雁(かり)

雁の列見送る裾(すそ)が冷えて来る ………… 乾 ふたよ

人の死のあっけらかんと雁渡る ………… 細川 静

孫を呼ぶ間にもう消えた雁の列 ………… 横尾 東川

いま俺が見ていなくても雁わたる ………… 西秋忠兵衛

ゆく雁を仰いで人は老いてゆく ………… 上久保山人

キリン

キリンの首空にすくっと聖五月 ………… 宮本美致代

青空が降りてくるのを待つキリン ………… 桟 舜吉

好きキライ キリンの首も猫の目も ………… 山倉 洋子

ワイドカメラ縦に構えてキリン撮る ………… 犬童エツ子

視野広いキリンのメール待ってます ………… 河上 澄

金魚(きんぎょ)

今宵(こよい)あなたの夢に参上する金魚 ………… なかはらけいこ

泣きべそと浮いた金魚の写る鉢 ………… 島田まさこ

金魚ひらひら私ひらひら日曜日 ………… たなかまきこ

新しく入れた金魚が死んでいる ………… 西谷美智代

むきになる金魚すくいが恋に似て ………… 佐伯 けい

鯨（くじら）

ビー玉がこぼれる老いた鯨の眼……尾藤 三柳
ときめいているのか鯨声を出し……荻原 柳絮
絵日記のプールへ鯨泳がせる……鎌田てる子
逢いたがる春へ春へと捕鯨船……笹田かなえ
自己否定沖に鯨がいるようで……樋口由起子

蜘蛛（くも）

蜘蛛の巣を払う誰かが居なくなる……五郎丸去就
蜘蛛の糸の上で丁々発止かな……山本 乱
蜘蛛の巣が破れて青空がきれい……河合 克徳
夜の蜘蛛に重なる顔が一つある……玉利三重子
嚔（うがい）ころころ朝蜘蛛は神の使者……かわたやつで

鯉（こい）

潔白を見てよと開く鯉の口……黒川佳津子
鯉に餌あなたに手紙書いている……寺西 文子
鯉の棲む水を守って城下町……荻原 柳絮
誤解とくすべなし鯉に麩（ふ）を与え……博多 成光
食べ飽きて鯉は手の鳴る方へ来ず……矢坂 花澄

子猫 (こねこ)

捨てに来た子猫を連れて帰る雨 ……………… 白石 春嶺

貰いてのない猫の仔が育ちすぎ ……………… 荻原 柳絮

陽だまりへ母を誘っている仔猫 ……………… 中田 雅子

伝言板子猫あげます夫あげます ……………… 小林こうこ

気疲れの帯へ子猫のはしゃぎよう ……………… 太田紀伊子

魚 (さかな)

冷凍魚海に返せと睨みつけ ……………… 岸本 節郎

底を這うだけの魚よたのしいか ……………… 前田夕起子

飛び魚の汗 どこまでも沖があり ……………… 倉本 朝世

胸のアフリカ見知らぬ魚の眼と出会う ……………… 山村 祐

魚にもプライドがあり餌を選ぶ ……………… 今井 友蔵

猿 (さる)

猿の声出して身ひとつもてあそぶ ……………… 時実 新子

猿真似はよそうと猿も考える ……………… 佐藤 良子

電池切れの猿は御辞儀をしたまんま ……………… 中嶋百合子

猿山のボスに札束など要らず ……………… 渡部 林平

進化論何やら猿のなつかしさ ……………… 大家 北汀

秋刀魚（さんま）

裏返すと銃のかたちになる秋刀魚……瀬々倉卓治

みんなどう生きていますか秋刀魚焼く……松田 京美

おぼろなる君のアドレス秋刀魚焼く……吉田 州花

月下独酌　秋刀魚の骨とわが肋（あばら）……森田 栄一

飽食の奢（おご）りをなじる秋刀魚の眼……坂口 松美

雀（すずめ）

群れたがる雀の本音聞いてみる……廣江 利徳

農業の明日を危惧（きぐ）して稲雀……中野 義一

木犀（もくせい）を散らし木犀から雀……荻原 柳絮

建て売りの軒を雀が先に借り……児玉 明窓

雀の巣つつかれそうに子が覗（のぞ）き……石川 寛水

蟬（せみ）

木登りを笑って蟬は枝を替え……脇田 梅子

ひと夏を生きる確かな蟬の声……中島 和子

油蟬終戦の日がよみがえる……大矢左近太郎

テレビから今年の蟬が鳴きはじめ……木下 愛日

不意に蟬鳴いて会議をほっとさせ……唐沢 春樹

象(ぞう)

サーカスの象材木と共に着き……岸本 水府

象を見ているあなたを思い出している……小島 蘭幸

ナウマン象の耳の中まで春の風……なかはられいこ

生も死もとても重たい象の足……松田 京美

目を開けてこの世見ているときの象……渡辺 和尾

蝶(ちょう)

ある晴れた日が蝶々の死すべき日……川上三太郎

美しい蝶がとまった母の墓……和田 遠矢太

刑務所の塀の高さを蝶が越え……遠山 夏生

少年はとんぼ少女は蝶になる……鈴木 可香

同封の蝶の生死をお知らせ下さい……吉田 州花

燕(つばめ)

障害の子のやさしさへ燕来る……安西まさる

母の日の母と見上げるつばめの巣……平賀 紅寿

被爆都市つばめが低く低くとぶ……吉富テイ子

つばめ来る息子むすめは遠国に……鋳谷 京糸

燕の巣村になんでも診る医院……平井 青踏

鶴（つる）

檻の鶴又眼を閉ずるほかはなし……………………橘高 薫風
鶴の瞑想或は人より深からん………………………永田 俊子
鶴は北へみんなさみしい革命家……………………古谷 恭一
夫の部屋に鶴の来ている気配する……………………安藤まさ代
片足で鶴の思案はまだ解けず…………………………伊豆丸竹仙

鳥（とり）

鳥になろう鳥になろうと思いつめ……………………田口 麦彦
ひとつずつ荷物を捨てて鳥になる……………………西秋忠兵衛
スリッパが片方　鳥になったのね……………………瀬良 夏樹
鳥帰るいじめられっ子先頭に…………………………渡辺 隆夫
火の鳥を飼おう野心を餌にして………………………星野 かよ

蜻蛉（とんぼ）

赤とんぼ遊びつくしていなくなる……………………古谷 恭一
とんぼ死す目玉に百の空残し…………………………野沢 省悟
トンボ一匹家じゅうの窓開け放つ……………………藤本こゆき
蜻蛉（せいれい）は複眼なれば　みな許す……………………栖崎 進弘
約束はまだ生きている鬼ヤンマ………………………本庄 東兵

猫(ねこ)

今生を跳ぶ猫われも獣(けもの)たり………………森　朝子

猫が好き　中途半端な男より………………木本　朱夏

捨て猫の目のらんらんと貨物駅………………筒井　深水

昼寝する虎(とら)はまぎれもないネコ科………………堤　日出緒

玄関のチャイムが鳴ると猫が出る………………豊岡はつい

獏(ばく)

また冬が来て一匹の獏と棲(す)む………………佐藤美枝子

緞帳(どんちょう)に巻き込んでいく獏の列………………藤原　和美

昼の月　夢食べられぬバクでいる………………北川扶佐子

妄想に飽きた夜は獏呼んでみる………………いしがみ鉄

老いた獏CTスキャンから輪切り………………松田壮之助

白鳥(はくちょう)

白鳥が眠る涙の形して………………小野　爲郎

敏感に白鳥へ来る火の匂(にお)い………………大野　風柳

白鳥になってしまったトウシューズ………………新岡二三夫

白鳥も気品を見せる二重橋………………石川　三昌

白鳥がきてバランスを保つ町………………塩田　悦子

蜂(はち)

はちの句の果てなき道をただひとり・・・・・・清水 美江

裏返しして熊ン蜂死んでおり・・・・・・鷹野 青鳥

くつろげば働き蜂は眠くなり・・・・・・小石 漫歩

一匹の蜂教室をみな立たし・・・・・・住田 双光

蜜蜂(みつばち)もすこし疲れた花盛り・・・・・・堀内 暁風

鳩(はと)

片足の傷ついた鳩その後見ず・・・・・・鈴木 泉福

駅前のハトが私を離さない・・・・・・市村 姫子

鳩を撃つ指を一本持っている・・・・・・鈴木 稔

菩提樹(ぼだいじゅ)のした人は食べ鳩は飢え・・・・・・瀬々倉卓冶

帰らない鳩弟を眠らせず・・・・・・宮本 紗光

羊(ひつじ)

天国が見えてるらしい羊の眼(め)・・・・・・渡邊 尺蠖

火の好きな羊と長い旅に発つ・・・・・・定金 冬二

群羊の目が角笛を疑わず・・・・・・高橋ミチル

羊の瞳の中の炎を見ましたか・・・・・・小島 蘭幸

空の青写して遠い羊の瞳(め)・・・・・・西野 洋月

ペンギン

ペンギンの列非武装で歩調とる ……………………………… 速川 美竹
ペンギンの歩幅が柩まで続く ……………………………… 佐藤 容子
ペンギンの整列である組閣式 ……………………………… 田口 麦彦
ペンギンの芸は立ってるだけでよい ……………………………… 野里 猪突
ペンギンのわびしいときも胸を張り ……………………………… 古下 俊作

蛍(ほたる)

蛍飛ぶ兄の戦死を聞いた道 ……………………………… 金近 愛子
泣いたらあかん蛍だまって灯をともす ……………………………… 逸見 監治
ふるさとの墓は蛍のとぶあたり ……………………………… 中武 重晴
ホタルこい一億円の村おこし ……………………………… 平田 統祥
盆下駄(げた)の紅緒が切れるホタル狩り ……………………………… 下村キミエ

虫(むし)

虫けらは矢張り自分の世と思い ……………………………… 大嶋 濤明
大方(おおかた)の虫はしずかに生きて死ぬ ……………………………… 時実 新子
蠅叩(はえたた)き獅子(しし)身中の虫を打つ ……………………………… 柏葉みのる
嫁がせて虫聞く今夜から二人 ……………………………… 川田 万吉
一匹の虫と緞帳(どんちょう)下りるまで ……………………………… 荻原 鹿声

駱駝

自殺できない／らくだに／瘤があるかぎり

起きてくるらくだの山が崩れかけ

駱駝の目相剋ばかり見てたのか

呑み込んだ言葉が背なにある駱駝

つぐないの雨か駱駝の背を濡らす

………………松本　芳味
………………岸本　水府
………………寺尾　俊平
………………川上　大輪
………………京野　弘

人間

握手

握手した数がわたしの宝もの

お互いに長生きしようという握手

握手の手洗えば愛が逃げそうで

ほんとうは淋しがりやがする握手

嬉しくて両手で握手してしまう

………………今川　乱魚
………………本庄　快哉
………………大河原信昭
………………長谷川愛子
………………こばやしたえ

欠伸(あくび)

妻のよいあくびが湯殿からきこえ……………………大山　竹二

赤ちゃんのあくびも乗せる昼のバス……………………織田　正吉

うららかさ母の欠伸も本願寺……………………………桂　ひろし

もう幕にしろと傍観者の欠伸……………………………寺尾　俊平

欠伸を殺しわたしを殺し妻でいる………………………松田　京美

いい人(ひと)

いい人と言われた僕は水母(くらげ)です………………………大家　北汀

いい人のままで定年きてしまい…………………………塩見　草映

いい人が出来たから嫁く(ゆ)順不同…………………………江口　信子

いい人と歩くきれいに甘えよう…………………………中島　和子

いい人と言われお掃除しています………………………菊池　克二

言い訳(いわけ)

言い訳のかわりに高い木に登る…………………………定金　冬二

言い訳の下手な男ヘリンゴ剝く(む)…………………………永石　珠子

言い訳けに行く口紅を厚く塗り…………………………布施　順風

言い訳に鉛の味が少しする………………………………深谷　歩

言い訳をしたら消えそう春の雪…………………………鈴木　公弘

怒る・怒り

たのしげなフランスデモにある怒り……榎本 聰夢
天声人語今日の怒りはわたしにも……白井 花戦
海の貌（かお）小さき怒りにはあらず……寺尾 俊平
ピアニシモぐらいで終わる怒りです……谷内 一枝
民衆の怒る手だてが見つからぬ……矢須岡 信

遺書（いしょ）

遺書などを書き変えましてのどかなり……明星 敦子
この世では言えぬ本音を語る遺書……梅谷 楽梅
いちばん短い手紙僕から僕へ遺書……土居 哲秋
句集一冊これはまことの父の遺書……柿山 紘輝
ひろげると遺書がとびだす冬の傘……青木十九郎

命（いのち）

年の暮命一つに突き当（あた）り……前田 雀郎
門標に竹二としるすいのちかな……大山 竹二
春の水稚魚のいのちが透きとおり……渡邊 蓮夫
こんないのちでよろしいならば風呂敷（ふろしき）に……時実 新子
いのちとや音立てて食う母の箸（はし）……森中恵美子

440

苛立ち

いらだちやおとこの去った座のぬく味 …………田頭 良子
いらだちをザクリ大根乱切りに …………太田紀伊子
いらだちを静める母の手の温み …………佐々木幸子
すり替えの宝刀がないいらだちよ …………西沢平凡子
いらだちの針が刺さった脳洗う …………堀川 旭

笑顔 (えがお)

ラッピングほどの笑顔は作れない …………笹田かなえ
産みおえた笑顔がとても美しい …………河合美絵子
良い笑顔して泥んこのユニホーム …………河村智津子
百歳の笑顔見習う事ばかり …………小島 亜紀
何もないせめて笑顔を返します …………福田 淳子

驕り (おごり)

勝つもののおごり滅びる日を忘れ …………直江 武骨
人間の驕り許しはしない海 …………片倉 沢心
使い捨て廃車の山を積むおごり …………牧 修一
風船が割れて驕りが萎えてくる …………及川 豚朴
塾のコンピューターに驕りはないだろうか …………江畑 哲男

441

男(おとこ)

ともだちは男に限る昼の酒 ……………………………… 岸本 水府

半玉に男ざかりの手をひかれ ……………………………… 西尾 栞

男には悪女の燃える夜はたのし …………………………… 東野 大八

乾杯と未来が好きな男たち ………………………………… 時実 新子

ふところが深い男の腹話術 ………………………………… 猿田 寒坊

女(おんな)

昔から女が走る愛の時 ……………………………………… 橘高 薫風

明けやすき障子が女には淋(さび)し ……………………… 森中恵美子

うしろ手で鍵(かぎ)をおろしたのは女 …………………… 大木 俊秀

女なり泣くだけ泣けば髪を梳(す)き ……………………… 東野 大八

花びらを数え女を演じきる ………………………………… 野口 初枝

影(かげ)

パチンコ屋　オヤあなたにも影がない …………………… 中村 冨二

わが影を撫(な)ぜれば地べたあたたかし ………………… 後藤 柳允

中年のわが影となるチャップリン ………………………… 篠崎堅太郎

振り向けば私にエール呉(く)れる影 ……………………… 吉原 湖水

かげもまた演技しているシャンデリヤ …………………… 志水 剣人

442

仮面(かめん)

いまはただ快くなるまでの仮の面ら ……大山 竹二

いい人と言われ仮面がはずせない ……稲戸 楽子

担任へそろそろ仮面脱ぐ五月 ……菖蒲 正明

年金の暮し仮面はもう要らぬ ……伊豆丸竹仙

月曜の仮面上手にはまらない ……大家 北江

傷(きず)

長袖の下終生の傷を持つ ……河内さい子

燃えやすい冷めやすい身のかすり傷 ……野口 初枝

蒸発をするまで寝かす胸の疵(きず) ……古賀 絹子

傷口を笑いとばしてくれる友 ……河内 天笑

傷口をなめてはくれぬ夜の街 ……田中 新一

絆(きずな)

叱(しか)られて絆だんだん太くなる ……西田柳宏子

蛸(たこ)焼きをときどき買ってくる絆 ……奥山 晴生

ふれ合いの絆をくれた通り雨 ……福家珍男子

縺(ちぎ)れては解けて夫婦という絆 ……石田 明

糸ほどの絆異国で逢(あ)いし人 ……坂本 一胡

狂う

狂いしは智恵子に非ず光太郎 ……時実 新子

発車まで残り少しの恋狂い ……唐沢 春樹

狂うかもしれない線を書いている ……松田 京美

狂うって素敵見る見る雪の原 ……草地 豊子

妻ひと夜病見ればリズムがみな狂い ……内山 金時

元気

元気出せよ男も日本経済も ……江畑 哲男

泣きながら「元気元気」と神戸っ子 ……棒名智津子

元気な人の中で元気を取りもどす ……間可 圧子

ところどころの元気に切手貼って出す ……森中恵美子

クラス会仕切る元気は持ち合わせ ……荻原 柳絮

死

死は 手袋のように垂れ下がっている ……山村 祐

確実な死と一本の歯ブラシと ……森中恵美子

虫の死を見送るばかりにらの花 ……岩崎真里子

死はいかに青い眉間をひらくとき ……古谷 恭一

わたくしのからくり時計死後もなお ……北村 泰章

充電（じゅうでん）

充電に行くふる里に母が待ち　　　　　松本　舎人
充電の時間本屋を梯子（はしご）する　　　　　北沢　尚子
風邪に寝て今日一日を充電す　　　　　伊川登美男
同窓会少し充電して帰り　　　　　神庭　詩郎
充電をする胎教の本を買う　　　　　加藤　当百

正直（しょうじき）

正直を視野の要（かなめ）として生きる　　　　　伊藤ハツ子
正直に米の包みのまんまるく　　　　　岸本　水府
正直に話すと誰（だれ）か傷がつく　　　　　安達みつ子
正直に育った花を信じよう　　　　　池　樹代子
真正直に生きる本音も愚痴もない　　　　　佐藤真砂延

少女（しょうじょ）

秋の朝セルの青さの少女たち　　　　　川上三太郎
こんにちはさよならを美しくいう少女　　　　　岸本　吟一
ズック靴少女の神はまだ来ない　　　　　脇屋　川柳
少女まだなんにも偸（ぬす）まれぬ寝覚め　　　　　中沢久仁夫
焼きりんご少女の微熱まだつづく　　　　　杉野　草兵

少年(しょうねん)

内閣総理大臣という字を少年よ、書けなくてもよい ………中村　冨二

もはや男少年草の実を嗅げば ………………………………大山　竹二

少年の海より深いミサの列 …………………………………山岸　竜清

少年のこぶし開けば甲虫(かぶとむし) ………………………………………西尾　栞

少年をよごす月光青畳 ………………………………………大西　泰世

信(しん)じる

来ることを信じて山のバスを待ち ……………………………楢元　紋太

米洗う明日の幸せ信じよう ……………………………………藪内千代子

信じあうただそれだけでよい夫婦 ……………………………去来川巨城

餌(え)づけする人と鶴(つる)とが信じ合う …………………………宮本　凡器

妻の鼻信じて食べる残り物 ……………………………………上野　淡月

青年(せいねん)

北風に青年の足よろめかず ……………………………………大山　竹二

青年が立てば五月の空動く ……………………………………織田可津春

青年の未知数こぼれコーヒー濃し ……………………………石曽根民郎

青年消えし村幾百の桜咲く ……………………………………中川　一

青年の主張リボンは真っ白い …………………………………小嶋　句月

退屈

清潔で退屈　芳香剤の匂う家　　　　　　斧田　千晴

退屈な男だったわ　好きだった　　　　　渡辺　美輪

退屈と書いてあるから日記だろ　　　　　奥崎喜一郎

退屈な欠伸へさくら迷い込む　　　　　　寺尾　俊平

手持不沙汰月が半分欠けている　　　　　園田　逢春

他人

他人よし　まして男はあたたかし　　　　時実　新子

振り向けば街は他人の顔をする　　　　　市村　姫子

わたくしを咲かせてくれたのは他人　　　斉藤　余生

忘れたいことへ他人のもの覚え　　　　　手塚みさほ

遠くから花輪を数え他人の死　　　　　　中根　四阿

魂

たましいを撫でてやる日のうす曇り　　　時実　新子

今はたましいの時間で月の下　　　　　　八木　千代

杖を伝って魂が逃げてゆく　　　　　　　清原　理川

魂が留守の間のうす埃　　　　　　　　　近藤ゆかり

魂を丸洗いする沢の音　　　　　　　　　芳賀　七枝

誕生日(たんじょうび)

海の日になった私の誕生日 ………………… 古山　絢子
ワインの栓上手に抜けた誕生日 ……………… 中村　　和
誕生日ローソクの数笑いあう …………………… 板谷　明子
産(う)んだ日を想(おも)う子供の誕生日 ……………… 斎藤　弘美
二十四色クレヨンを買う誕生日 ……………… なかはられいこ

中年(ちゅうねん)

中年になったのかなあ火(お)がつかぬ ………… 高橋　繭子
金さえあればよい中年に堕ちました …………… 矢須岡　信
中年の孤とボクサーの脚の幅 …………………… 奥野　誠二
中年の病むや湿地に似たる思惟(しい) …………… 寺尾　俊平
なるようになる中年の破れ傘 …………………… 猿田　寒坊

沈黙(ちんもく)

計算の上の沈黙抱いている ……………………… 相川　年子
沈黙を続けることが今は愛 ……………………… 大西　俊和
沈黙の花びら黒い実をつける …………………… 武内　雅堂
昨日から妻の沈黙梅雨に入る …………………… 太田　剛道
沈黙は答え　ぶらんこ揺れている ……………… 長井すみ子

448

毒(どく)

酒も毒　煙草(たばこ)も毒で生きている……山下美津留
女ですいさすがの毒抱いてます……瀬川　幸子
泣きながら毒盛ることがうまくなる……松田　京美
友情という毒舌に毒がない……武藤　瑞こ
毒リンゴ持って歩いている私……仁多見千絵

友(とも)

友だちはいいものと知る戎橋(えびすばし)……岸本　水府
友達のうしろ姿のありがたみ……川上三太郎
傍聴券友の無罪をうたがわず……礒野いさむ
友来たる古きレコード回すべし……橘高　薫風
友だちに手を振る　あすも晴れだろう……渡辺　和尾

ドン・キホーテ

男の髭(ひげ)とドン・キホーテに風光る……高田寄生木
このドン・キホーテも貧し酎(ちゅう)ばかり……中野　懐窓
花吹雪ドンキホーテになってやる……篠崎堅太郎
度忘れが得意なドン・キホーテだよ……田口　麦彦
台風ヘドン・キホーテとなる僕で……真島　清弘

仲間(なかま)

仲間だろ心の窓を開こうよ ……………… 宮脇 加奈
人間が好きで仲間と持つマイク ………… 泉 比呂史
みな仲間みんな他人の冬木立 …………… 安田 翔光
麦笛が吹けて仲間にしてもらう …………… 新 正子
紙コップぽくを仲間にしてくれる ………… 塩谷 幸子

憎(にく)い・憎(にく)しみ

梅の雨ふとりゆくものみな憎し …………
憎しみの形に割れた壜(びん)の口 …………… 時実 新子
炎天下夾竹桃(きょうちくとう)の緋(ひ)がにくい ………… 赤松ますみ
憎しみの一つと数え綿帽子 ……………… 池上みち子
憎しみがまだ足りなくて煮えぬ豆 ……… 前田芙巳代
　　　　　　　　　　　　　　　　　　 山本 乱

憎(にく)む

戦争を憎むあまりの諸(いも)ぎらい ………… 今川 乱魚
人ひとり憎み信号見落しぬ ……………… 新家 完司
訳あって髪の先まで憎まれる …………… 平井 夏子
しっかりと憎み男の飯を盛る …………… 村井見也子
憎むのをやめる絶縁状を書く …………… 原井 典子

450

日本人にほんじん

さようですかさようです日本人 ……………………… 渡辺 和尾
飲めばすぐ順にうたわす日本人 ……………………… 岸本 水府
拳骨げんこつも小さくなった日本人 ……………………… 川上三太郎
会談の小さいほうが日本人 ……………………… 福田秋風郎
働けば番茶がうまい日本人 ……………………… 内藤 凡柳

人間にんげん

人間を摑つかめば風が手にのこり ……………………… 田中五呂八
にんげんのことばをもちて裏切れり ……………………… 松本 芳味
人間になろう日が暮れ陽ひが昇る ……………………… 内藤 凡柳
人間の死が軽々と皿にのる ……………………… 森中恵美子
人間に生まれ淋しき手が二本 ……………………… 楢崎 進弘

万歳ばんざい

猿の芸ですかバンザイばかりして ……………………… 小松原爽介
酒好きにまだ万歳は早すぎる ……………………… 荒瀬 三郎
万歳が終わると深いふかい秋 ……………………… 兜 はなえ
万歳の腕を素直に伸ばし切る ……………………… 相馬 銀波
人間万歳十二月三十一日を眠る ……………………… 斎藤 大雄

人(ひと)

ひと許すためのことばをあたためる……北川絢一朗

ヒロシマと無邪気に書ける人もいる……伊藤 健

星空を見る時人の小さくて……藤田 雪魚

この人もこの樹(き)も人になるかたち……岩崎真里子

人生の人それぞれの一大事……仁賀 俊雄

一人(ひとり)

三人の子の臍(へそ)の緒と一人住む……豊岡はつい

負け惜しみひとり暮らしがよいものか……吉岡 茂緒

ひとりきたみちはひとりでおりかえす……酒井 路也

めし焦がす魚を焦がす独りとは……外山あきら

レンジでチン私が一人生きる音……平田 朝子

ヒロイン

シネマ館出ても 私 ヒロインよ……柳田みずき

錯覚のヒロイン走る鰯雲(いわしぐも)……古谷 恭一

ゆるゆると幕は上がってヒロインに……木村 愛

ヒロインになって乗りたい渡し舟……伊藤 春恵

ヒロインを夢みて励むトーシューズ……吉田きみこ

不器用

不器用に生きる大きな音を出し……………………………樋口由紀子
ふみの日の情ぶきっちょに男文字……………………………窪田 和子
不器用なせめて命をいとおしみ………………………………中村 宵星
不器用に生きても満ちる春の壺………………………………ふじむらみどり
不器用は努力で父の樹を凌ぐ…………………………………野田まさお

二人(ふたり)

足して二で割ればよい子が二人いる…………………………本庄 快哉
二人でいる理由はひとつ藤ゆれる……………………………情野 千里
別れ際中途半端になるふたり…………………………………岡本 幸子
茄子(なす)の馬 妻とふたりは乗れますか……………………………菊池 克二
遠足のルス教頭と二人きり……………………………………江畑 哲男

プライド

ひび割れたプライドに貼るカットバン………………………武田 笙子
プライドを畳んでみてる万華鏡………………………………米川 昌利
プライドを修理に出してまた歩く……………………………青砥 孝子
プライドの箍(たが)をゆるめてゆく余生……………………………山崎日出男
ぷらいどの所在はおなじカスミ草……………………………佐藤美枝子

僕(ぼく)

請求書上様とありぼくのこと……………………延原 句沙弥
立ちどまるまいとする僕の足である……………根岸 川柳
雪の道ころべぬ僕になってきた……………………大野 風柳
僕だけにわかる符号もある日記……………………小林 由多香
僕という青い響きが心地よい………………………恒松 巨足

誇(ほこ)り

風強き一日旗手の誇る眉(まゆ)……………………鷹野 青鳥
わたくしの誇りで洗う皿小鉢………………………村井見也子
日本の誇りもいちど考える…………………………荻原 柳榭
炎天へひまわり誇り捨てられず……………………安西まさる
母になる誇り比べるものがない……………………平田 朝子

欲(ほ)しい

欲しい本はいちばん下にあるのです………………社本 蛙子
ほしいのは若さをくれる玉手箱……………………大野さつき
欲しいのはきみの瞳(ひとみ)と言ったはず………斧田 千晴
グラビアに欲しい男が載っている…………………橋本さくら
訪れてほしい人待つ雨しずか………………………山本 雅秀

炎(ほのお)

沈黙の雪野の下の炎かな……………………松本佐知子
ディゴ咲いて火焔(かえん)放射器まだ消えぬ………田口　麦彦
生きてゆく炎が欲しい長い雨季……………石倉美佐子
ビーアンビシャス少年の炎、野火(ほむら)となれ…盛合　秋水
炎の河を渡り終えたら半世紀………………野口　初枝

みな・みんな

陽(ひ)の恵みいのちあるものみな動き………越郷　黙朗
みんな行ってしまった丸太が一本…………根岸　川柳
しあわせを掬(すく)う両手をみんなもち………片岡　湖風
家族みないるべき場所にいて不安…………鳥海　ゆい
鶏(きぎ)みんな売って淋しく歯を磨き…………対馬坊太郎

無口(むくち)

蝶(ちょう)の名をみんな知ってて無口な子………田頭　良子
逢(あ)っている時を温めている無口…………古賀　絹子
いくさの非無口な男語り出す………………板谷　明子
少年を無口にさせた小鳥の死………………松本　幸夫
東京で咲かすと無口茄子(なす)の花……………金子美知子

455

野心(やしん)

シャイな男の野心が胸でまた消える……………渡邊 蓮夫

男なら野心を持てと父の酒………………………石田 正気

野心家のいつも離せぬリトマス紙………………稲垣ひな子

男から野心が消えて冬の橋………………………前田芙巳代

野心捨てたら素顔で街を歩けます………………木村 久子

欲(よく)

欲目かな娘にひまわりがよく似合う……………かなもりかず枝

ミュージック流れる欲の深い街…………………石川 三昌

歩(ふ)が金に欲の始まりかも知れず………………仁田 耕一

慾言えばきりなし風呂(ふろ)で目をつむる…………奥 昭二

方丈記読めどこの身は欲の川……………………中筋 雅子

欲望(よくぼう)

欲望という電車に乗らずマイペース……………末村 道子

欲望の仮面をつけて背をのばす…………………伊川登美男

ブレーキがない欲望という電車…………………小嶋 句月

欲望を誘うチラシが舞っている…………………初田喜美子

欲望よ春の埃(ほこり)が目に入る…………………峯 裕見子

我・吾

あめつちの中に我あり一人あり……………吉川雉子郎
われは一匹狼なれば痩身なり………………川上三太郎
文学や月の切尖われに向く……………………小宮山雅登
世の中も吾れも矛盾ののどぼとけ……………石丸 弥平
魚拓などあるものですかわれ漁師……………鳩野 宗夢

文化

アルバム

アルバムを開く赦してしまいそう………………荻原 鹿声
アルバムを繰れば逢いたい人ばかり……………宮本 時彦
時よ戻れ古いアルバム繰ってます………………力丸二三子
アルバムの顔がゆっくり年をとる………………河口 節子
アルバムの済んでしまったことばかり…………和泉 香

暗記

ジンムスイゼイ豊かな暗記力いずこ……鈴木ちよ乃

クラス会ハナハトマメを諳じる……宮本良久子

恋人の首のサイズを暗記する……平田　朝子

暗記した勅語も九九も風化する……嘉村ひすい

暗記する桃の産毛の舌ざわり……なかはられいこ

一行詩

一行詩今日の日記はこれで足る……佐々木よしお

好きですと書いた女の一行詩……岡田世起子

風船を放すと一行詩が書ける……辻　スミ

人間が好きでセッセと一行詩……上野　豊楽

妥協せぬ春一番の一行詩……伊福　保徳

色

ムンク展出て罪いろの月に遭う……吉田　健治

白に勝つきれいな色が見当らず……山本　毅

スイトピーちひろの色で咲き初め……浅木　邦子

神さまのいろに菜を茹で菜を刻む……佐藤　洋子

木の家に住み風のいろ雨のいろ……井上　静詩

鉛筆

鉛筆を削る 暫く木の香り……………………水野亜希子

鉛筆を舐めるとははの文字になる……………茶谷 好太

鉛筆を削るキラキラだった僕…………………大野風太郎

鉛筆のころがる先の選択肢……………………江畑 哲男

鉛筆の丸くなるまで好きと書く………………田代まつこ

オルゴール

オルゴール鳴らしささやかなる奢り…………平賀 紅寿

オルゴール毀してからも音の中………………時実 新子

ゆっくりと漂う海のオルゴール………………保地 桂水

寂しい と言って途切れるオルゴール………赤松ますみ

飛び立った娘の部屋で聴くオルゴール………長谷川昌子

カタカナ

カタカナで書く花の名はすぐ忘れ……………朝田 智子

カタカナに嬲られ眼鏡瘦せてくる……………池下まごし

片かなに平がな混ぜて母のメモ………………桜庭 慧子

カタカナの角が肋につきささる………………天野 紀一

生かされてカタカナ辞典いそがしい…………宮原 せつ

紙(かみ)

紙の雪やっぱり紙にある重さ ……………………… 大嶋　濤明

リトマス紙敵か味方かあててみよ ……………… 安井　久子

記念日を包みやさしい紙となる …………………… 奈尾はるか

屑籠(くずかご)に字の見えぬまでちぎる紙 ……………………… 赤松ますみ

毎日毎日紙ひこうきが男から ……………………… 窪田　和子

紙芝居(かみしばい)

今日は来ないうそつきだった紙芝居 ……………… 岸本　水府

紙芝居花子に母が二人あり ………………………… 高橋　散二

ボタ山が背景だった紙芝居 ………………………… 本田　南柳

来週をごらんと電気紙芝居 ………………………… 山本　澄子

師を殴る子はいなかった紙芝居 …………………… 三重野文士

原稿(げんこう)

わかくして四百字詰原稿紙 ………………………… 柴田　午朗

原稿紙たった二枚へ小半日 ………………………… 梶川雄次郎

四百字詰で世間に吐く意見 ………………………… 和田　　宏

あと少し命も延びる原稿紙 ………………………… 平井与三郎

生き恥を晒(きら)せと迫る原稿紙 …………………………… 佐藤　正敏

460

公園

近道をして公園も役に立ち……………………川上三太郎

公園の少女の話全部嘘(うそ)……………………坂東乃里子

公園の写生大会 鳩(はと)もいる……………………いまいまい

公園にひとり探しているポエム……………………今井　旺波

公園のいつもの場所に咲いた萩(はぎ)……………………高橋なみ子

講演(こうえん)・講義(こうぎ)

棋士ののど聴いた講演会を出る……………………田口　麦彦

講演の興奮つづく著書へ列……………………栄　静女

知恵熱がほてる講義を肉として……………………太田紀伊子

ハンサムの医師から呆(ぼ)けの講義きく……………………越智　貞子

講演が終わり拍手で目を覚ます……………………田中　憧子

言葉(ことば)

手を洗う医師が言葉を選(よ)っている……………………西川　寿人

慰めの言葉どこかで傷に触れ……………………菅原　劫子

お陰様日本にこんないい言葉……………………宮崎　勝義

いま一度鳴れば言葉となる電話……………………水本　幸子

むずかしい言葉はいらぬ花の下……………………黒須　洋子

461

雑誌(ざっし)

以下次号そんな雑誌ははやらない............本庄　快哉

待合室ヌード雑誌でだまされ............入佐　ユイ

メールマガジン若者世界垣間(かいま)見る............河野　花枝

ネクタイで縛らないでよ古雑誌............小林こうこ

この街が好きでタウン誌編集部............田口　麦彦

詩(し)

藤村の詩を吟じたも同じ血で............北川絢一朗

冬の詩を小便小僧からもらう............坂部車前草

詩を書いた手で茄子床の杭(くい)を打つ............中川　一洋

井の中で自己陶酔の詩を綴る............上田　佳風

字余りにどうしてもなる愛の詩(うた)............及川　松鶴

字(じ)

旧字体漫画字文字にある時代............佐藤のぶ行

伝言板待ちくたびれた字が怒り............平山　由実

亡父の字が村の記録に生きている............辻野　伸子

年賀状余白に匂(にお)う女文字............土橋　怜史

出を消して言い訳文字を書き添える............藤倉五十次

辞書

英和辞書学生の頃引いた線 ……………………………… 川上三太郎

ボロボロの辞書わが師なり半世紀 ……………………… 山本宍道郎

辞書を操る時に若さをとりもどし ……………………… 生島 鳥語

孝行という字が辞書にありはあり ……………………… 池田 可宵

新語辞書　春の書店は明るすぎ ………………………… 成田 孤舟

詩人

二階から一日おりず詩人とか ……………………………… 西尾 栞

詩人にはなれないパンにかぶりつく ……………………… 高田寄生木

トマト銀行支店長以下みな詩人 …………………………… 岩井 三窓

北国の詩人に雪が降りすぎる ……………………………… 中川 柾美

詩を書いて果てる漢(おとこ)や昼の月 ………………… 田中 伯

下町(したまち)

下町の屋根が哀れな花曇 …………………………………… 川上三太郎

真っ先に下町が出す義援金(ぎえんきん) ……………… 榎本 聰夢

下町の質屋は情に負け易し ………………………………… 伊藤 正紀

下町の恋も別れももんじゃ焼き …………………………… 横山 祐二

下町の人情ビルに吸いこまれ ……………………………… 松原 清子

辞典

生きて来て机上の広辞苑五版 ……………………………… 三浦　宏
新明解国語辞典と目をひらく …………………………… 田口　麦彦
遠い日の秘密がひとつコンサイス ……………………… 安井　久子
辞典ひったくりあかさたなはまやらわ ………………… 桜井　六葉
ブリタニカ教育ママに目をつける ……………………… 西村　寿子

シナリオ

洛北に住みシナリオを書く女 …………………………… 高橋　散二
脚本にすれば半生あっけなし …………………………… 本庄　東兵
シナリオは赤紙一枚来た日から ………………………… 白井　花戦
嫁の書くシナリオだから乗ってやる …………………… 川口　昌通
お詫び会見はシナリオになかったな …………………… 田口　麦彦

週刊誌

週刊誌吊り広告ですべて読み …………………………… 石原　莞子
週刊誌に耽って堕落かも知れぬ ………………………… 大谷　祥子
美容院でまとめ読みする週刊誌 ………………………… 毛利　由美
下車までを読むあみ棚の週刊誌 ………………………… 荒巻　滋
しあわせな記事では売れぬ週刊誌 ……………………… 江畑　哲男

464

十七音・十七字

無から有を生む十七字わがいのち……内藤 凡柳

子に遺す言葉は十七字の形……土居 哲秋

よっこらしょ十七音字に日が暮れて……安永 暁子

十七音ノーベル賞は無理かしら……横山 雨水

字余りも字足らずもあり以下余白……川合 笑迷

賞

芥川賞作家が美女で困ります……田口 麦彦

ペンダコの届かぬ位置の直木賞……佐藤 良子

金賞の札つけしまま菊枯れる……黒田 青磁

賞状をお盆に乗せて渡す役……上野多恵子

直木賞から三才賞に夢凋む……渡辺 夢王

小説

小説の中美しく国亡ぶ……三條東洋樹

綴るほど薄墨色の私小説……宮川 蓮子

平熱で書く小説が売れ残る……間瀬田紋章

小説のページ進める青い風……石堂 稔枝

私小説ふとんはいつもやわらかい……樋口由紀子

シンデレラ

- パンプスで逢う平成のシンデレラ……久保　正剣
- シンデレラの老後をだれか知らないか……石川　勝
- 終電へ色とりどりのシンデレラ……鈴木　如仙
- 北ウイングに俄(にわか)シンデレラの行列……小林こうこ
- 門限をしばしば破るシンデレラ……太田紀伊子

水族館(すいぞくかん)

- 水族館肴(さかな)にしたいのも泳ぐ……岩間　一虫
- 水族館好きな夫と魚になる……中野美智子
- 水族館の魚楽しい訳がない……仁賀　俊雄
- 水族館に行けば目高と会えますか……井上　晴雄
- 水族館すこし泣いてもいいですか……本間　貴子

随筆(ずいひつ)・エッセイ

- 随筆のぬくみがすくう女坂……佐々木京子
- エッセイに秋より深い目を見つけ……かなもりかず枝
- エッセーの種にも使うもの忘れ……岡本かくら
- 随筆のほかに持っているメシのタネ……奥田　白虎
- エッセイの中に生きてる少年期……柿本　葵

線(せん)

白線にいつもぎりぎり立っている ……………… 小八重竹刀

むこうから白線引きがやってくる ……………… 樋口由紀子

平行線そろそろ握る手を洗う ……………………… 小山　太一

線引きをすればはみ出す過去もある ……………… 平井　都

フライング許さぬ真っ白なライン ………………… 荒砂　和彦

塔(とう)

大陸に白塔一つ暮れ残り …………………………… 大嶋　濤明

苔(こけ)むして敵味方なき慰霊塔 ………………… 山本宍道郎

点景に女人高野の塔が浮く ………………………… 片岡つとむ

春がすみ東寺の塔はもの思い ……………………… 辻　嬉久子

てのひらで汗ばんでくる他人の塔 ………………… 尾藤　三柳

童話(どうわ)

日本の童話かたきを討ちたがり …………………… 延原句沙弥

街の渦に巻きこまれずに童話書く ………………… 磯野いさむ

雪降って童話が戻る冬の森 ………………………… 島田　たづ

童話のページ深くて桃は冷えており ……………… 倉本　朝世

グリム童話怖い大人の裏表 ………………………… 高岡　宏子

ドーム

炎の川はわたしの歴史ドーム濃く ……………去来川巨城
ドーム球場綺麗な星が出ていても ……………岩井 三窓
ドームより青空が好きホームラン ……………後藤 博行
学校もドームが欲しい部活動 ………………菖蒲 正明
感動を箱がドームが閉じこめて ………………道家樹与士

図書館（としょかん）

図書館の無口に心洗われる ……………………安部 節子
わたくしを探しに秋の図書館へ ………………番野多賀子
図書館が深い眠りの文化の日 …………………松原 弘樹
図書館の隅で催眠術に会う ……………………土居 哲秋
図書館で斜め読みする直木賞 …………………岸野あやめ

名（な）

人の名は忘れ薬の名を覚え ……………………土屋 みつ
名を捨てて一つの机ひとつの書 ………………去来川巨城
神の名を思い出せないので走る ………………吉田 右門
被告席教祖の名前では呼ばず …………………田口 麦彦
ビルマという名が消え戦死の父も消え ………大戸 和興

博物館(はくぶつかん)

博物館やはり野におけ仏さま ……………… 安武 九馬

博物館ほどの健康器具飾る ……………… 金子すすむ

毒盛った皿が博物館にある ……………… 平井 遊草

博物館のケースの中の仏さま ……………… 更谷 風見

われらヒト科 恐竜博物館を見る ……………… 田口 麦彦

恥(はじ)

生き恥をそのままさらす投了図 ……………… 江畑 哲男

膝(ひざ)折って愛に恥などあるものか ……………… 時実 新子

恥かいて覚えたことで食っている ……………… 今川 乱魚

恥という文化が消えてゆく日本 ……………… 森園かな女

恥多き貌(かお)をあぐれば痩せし月 ……………… 長町 一吠

花言葉(はなことば)

そうだったのか若き日の花言葉 ……………… 渡邊 蓮夫

花言葉忘恩もある不死もある ……………… 橘高 薫風

温室で咲いて忘れた花言葉 ……………… 鈴木柳太郎

花言葉聞いてその花好きになり ……………… 巻田 玉枝

花ことば インターネットで空を飛び ……………… 水口 風佳

碑(ひ)

奈良はよし八一(いちじゅう)の歌碑を一つみて………………………青木 三碧
碑の向こうにたしか花歌留多(はなかるた)……………………………菅原孝之助
建長寺参り久しく句碑に佇ち………………………………小野寺右門
春がくる夏がくる安吾(あんご)の碑は笑わない……………鷲尾 文子
休耕田と枯松を見る忠魂碑………………………………篠原紋次郎

美術館(びじゅつかん)

美術館の桜さまざま観(み)て飽かず………………………川西 青蝶
錆(さ)止めを塗って出掛ける美術館……………………郡山 弘子
美術館めぐりトロンとして鴉(からす)………………………江澤多香子
青空のもとわが街の美術館………………………………前川千津子
美術館愛つのらせるガレの壺(つぼ)……………………松本あや子

批評(ひひょう)

劇評に鋏(はさみ)役者の妻として………………………………岸本 水府
微温的批評もとより聞き流し……………………………佐藤 正敏
辛口の評引っさげて春の鬼………………………………早良 葉
劇評が寄る年波に少し触れ………………………………川西 忠義
批評の批評する言論の自由な世…………………………岡林 京子

470

平仮名(ひらがな)

ひらかなのように男がやってくる ……………………………… 大西　泰世

ひらがなで読むと優しいわたしの名 ……………………… 西原　典子

ひらがながかすれて慕情ふくらみぬ ……………………… 桑野　晶子

ひらがなでみんな宥(ゆる)して温い風 ……………………… 岩佐みゆき

ひらがなで喋(しゃべ)る先生だから好き ……………………… 池下まごし

笛(ふえ)

秋が来て笛は太鼓を恋しがる ……………………………… 橘高　薫風

笛吹けばみんなが右を向く怖さ …………………………… 富安清風子

一本の葦(あし)を小さな笛にする …………………………… 宮本　紗光

草笛を教えてくれた遠い人 ………………………………… 水城　ゆう

妻働けど指笛はもう鳴らぬ ………………………………… 野中いち子

文化(ぶんか)

文化とは御飯の炊けぬ停電日 ……………………………… 寺岡百合子

不況でも薪(まき)の文化に戻れない ……………………… 保田　二郎

文化着て文化を食べてつつがなし ………………………… 依斐　笑石

文化セミナーで眠たくなってくる ………………………… 矢須岡　信

藁(わら)やねの温(ぬく)もりかえらない文化 …………… 南　多喜子

471

文学(ぶんがく)

文学に故郷の柳うつくしい……岸本　水府

文学にかぶれて死んだことにされ……須崎　豆秋

羽根ペンで書きし嘗ての文学よ……橘高　薫風

文学への迷い肺活量がなし……森中恵美子

鉛筆一本あれば私の文学よ……小島　蘭幸

文化祭(ぶんかさい)

別人の息子見て来た文化祭……塚本　清子

文化祭おでんがすこし売れ残る……島本　泰

文化祭父の書道に陽が当り……安永　理石

お点前(てまえ)とタコ焼並ぶ文化祭……吉岡　茂緒

文化祭持たせた鍋(なべ)が返らない……木下　一輪

ペン

ペンで世を斬(き)った男の細い指……伊藤　凡々

道楽とののしられてもペンを持つ……長谷川博子

枇杷(びわ)の季に自省のペンを走らせる……池内　邦子

司馬遼(しばりょう)のペン馳(か)け抜けた男たち……片岡　湖風

ペン走る女がノラになりたがる……末村　道子

472

ペンネーム

スムーズに返事が出来るペンネーム……………今井　旺波
本名が嫉妬しているペンネーム………………ちば東北子
芸名といわれてくさるペンネーム……………高牟禮南窓
本名は忘れ親しきペンネーム……………………岩田　　梢
本名で働きペンネームで遊ぶ……………………土居　哲秋

本（ほん）

飢え久し点滴のごと本を読む……………………北川絢一朗
返本の山文化とはこんなもの……………………志水　剣人
読む本はここ積んでおく本はここ……………一色美穂子
本棚の恋人に会う十三夜…………………………石川　照子
魂をざぶざぶ洗う本の中…………………………竹岡　訓恵

本屋（ほんや）

惚（ぼ）けに効く薬本屋で買ってくる……………岩元　浅雄
ひもじくて本屋の前で立ち止まる………………山口　　瞳
コスモスの海を縫うては本屋まで………………菱川　麻子
スーパーのような書店で親しめず………………近藤　塚王
書店に並ぶ本の動きで知る世相…………………窪田　善秋

漫画

漫画にもなろうホワイトデーの父 …… 中島 和子
サンジョルデイ漫画本でもいいですか …… 横山 雨水
取り上げた漫画職員室で読み …… 菖蒲 正明
マンガ本積んで卒論まだ書けぬ …… 兜 はなえ
放置自転車マンガの絵本売れて売れて …… 桐越 千絵

モノクロ

モノクロが似合う国民服のころ …… 藪田 楽川
モノクロの樹氷儚(はかな)く美しい …… 井垣 和子
モノクロの回想冬の章ばかり …… 堀江 加代
モノクロのドラマにひとつ紅いれる …… 松原 利枝
モノクロのページ痛みが伏せてある …… 西村のぶこ

ユーモア

ユーモアを足してあしたの処世術 …… 山本 誠子
ユーモアのわかるランプになりたくて …… 田口 麦彦
古い古い壁はユーモアだったのさ …… 矢須岡 信
ユーモアがすこしは解(わか)るかまいたち …… 山本ひよこ
ポケットにユーモアがある好きな人 …… 蔵野そゑ子

詠(よ)む

人妻のなぜか危うき歌を詠む……………………矢須岡 信

妻を詠む嘘ばっかりと妻怒る……………………吉岡 茂緒

老いて尚ダンスもおどり歌もよみ………………植松五十路

母を詠む句の幾つかの親不孝………………………龍興 秋外

反戦をおおらかに詠む万葉歌……………………園田世志乃

落丁(らくちょう)

落丁は広辞苑にも私にも…………………………松岡十四彦

落丁を許してからの胃の軽さ……………………佐藤 良子

菜種梅雨落丁多き日を重ね………………………野田 はつ

落丁がずーっと続く照り返し……………………外山あきら

落丁にて候(そうろう)文学史の川柳……………………田口 麦彦

ランプ

人はみなテールランプを一つもつ………………岸本 吟一

アラジンのランプに祈ること多し………………河合 茂緒

子の道を照らすランプを振り続け………………工藤 寿久

サヨナラがテールランプに絡みつき……………鈴木柳太郎

ランプ燃ゆ 黒人霊歌降るときに………………野沢 省悟

倫理

恩

恩人は月のある夜の月の中 ……………………………大山　竹二
亡恩や磯の香のせぬ日本海 ……………………………橘高　薫風
恩知らず手の鳴る方へ歩きだす …………………………時実　新子
受けた恩拾えば両の掌をこぼれ …………………………上野　豊楽
仰げば尊し恩は半分塾にあり ……………………………男武志津江

価値観（かちかん）

人間の価値観夏の雲に聞く ………………………………八島　白龍
価値観もグラリと揺れた震度七 …………………………松本はつ子
問答無用父と価値観食いちがい …………………………榎本　聰夢
価値観の同じ仲間に気を許す ……………………………篠崎扶美子
価値観の違うあなたが刺激的 ……………………………渋田由美子

刑(けい)

コスモスに五年の刑がまだ半(なかば) ……三條東洋樹
一等を減じ死ぬまで生きる刑 ……矢須岡 信
流刑地で書いた一行詩はいのち ……土居 哲秋
お前もか針千本の刑に処す ……安井 蜂呂
まだ刑の終らぬ足袋を干している ……村井見也子

孝行(こうこう)

家建てて親孝行の早い歌手 ……内藤 凡柳
逃亡の船に孝行者ひとり ……時実 新子
親不孝子不孝他人の知らぬこと ……中島 和子
孝行息子の迎えの馬車が来るそうな ……早良 葉
粗末にはせぬが孝行とも言えず ……杉原 愛鳩

定規(じょうぎ)

物あふれ少し歪(ゆが)んでいく定規 ……松井 泰子
幸せの定規に潜む不幸せ ……荒井 広和
先生にまた叱(しか)られている定規 ……山上佐江子
ものさしが違いすぎます嫁姑(よめしゅうと) ……石原 淑子
スタートに弾力のあるものさしを ……小林こうこ

477

常識

常識を尺取り虫の伸び縮み ………荒井 広和
常識の寝首を非常識が搔く ………速川 美竹
常識の中で錆びてる理想論 ………佐藤 美文
常識の範囲だけ飛ぶ竹トンボ ………高瀬 輝男
情報は過剰常識押し遣られ ………水井 玲子

正義

君の言う正義は君のためのもの ………吉岡 茂緒
乾電池直列どこを向いても正義 ………なかはられいこ
不器用な父から正義だけもらう ………佐渡由利子
吹けば飛ぶ駒も正義の貌をもち ………桜井 大平
裕次郎主演街には正義あり ………田口 麦彦

罪

君の言う…(削除)
雷鳴や赦して欲しい罪がある ………尾方 文子
ふるさとを遠くしている罪一つ ………寺本 隆満
吾が罪をわからないのも罪のうち ………梅谷 楽梅
大陸に残る軍靴で踏んだ罪 ………園部 世紀
広角度レンズに映る過去の罪 ………中村 安重

罰(ばつ)

暗夜行く贅沢(ぜいたく)をした罰かしら……尾田　米女
罪と罰時間に影があるように……普川　素床
父に罰ならば火の矢もうけてみん……長藤　泰敏
罰ゲームだろう駅まで遠い家……佐藤みさ子
新世紀へ曳き摺っている罰ゲーム……川上　大輪

不倫(ふりん)

秋ざくら不倫の彩(いろ)のまま揺れる……寺尾　俊平
不倫だろうやがて根雪になる気配……寺中三枝子
かく不倫縁切り絵馬とどくだみと……本多　洋子
帯を解くたった一度の手を裁く……村上　あい
あの人もこの人も好き罪ですか……岬　和美

モラル

ゴミの日にモラルのテスト受けている……松田　順久
モラル説く大人の裏が透けて見え……高岡　宏子
三面ヘモラルを捨てている活字……五十嵐　修
モラル説く男の牙(きば)の見え隠れ……高矢芳加津
肩書を盾にモラルが欠けている……山口三千子

約束

約束は忘れていない花の種 ……猿田 寒坊
約束は雨が降っても守ります ……仁田 耕一
約束が思い出せないミントガム ……堀 恭子
海行かばあの約束は何だった ……中村 小弓
山彦に好きと約束してしまう ……稲津 勝馬

勇気

一所懸命やがて勇気になってくる ……小島 蘭幸
席譲る小さな勇気持ってます ……仁賀 俊雄
かずら橋渡る勇気を振りしぼる ……かわたやつで
子のために父の勇気はとってある ……近藤ゆかり
的になる勇気をりんごから貰う ……高橋 紀代

倫理

あざやかな倫理 のろのろ汽車がゆく ……前田 一石
ねばならん古き倫理を持て余す ……嶋田 玄洋
一本の釘に止まっている倫理 ……太田ヒロ子
花の倫理はとてもきれいに横を向く ……近藤 智子
エリートよまず大切な倫理観 ……松本城南子

歴史

江戸(えど)

リサイクルで江戸はまあるく生きていた……福岡　義隆

江戸のゴミきれいに燃えるものばかり……古賀　絹子

江戸がまだ出初めへ続く木遣唄(きやりうた)……野村　圭佑

戯作者(げさくしゃ)の約束　江戸は晴れている……古谷　恭一

浴衣着て杉浦日向子(ひなこ)江戸の人……田口　麦彦

自叙伝(じじょでん)

も一つの自叙伝闇(やみ)に指で書く……川上三太郎

手に余る敵は自伝で斬(き)り伏せる……田口　麦彦

自叙伝を変えて綺麗(きれい)な尼の新春……奥田　光代

自叙伝は情けに泣いた過去にふれ……今村中間子

上演をした自叙伝は美男美女……生駒　竹人

自分史(じぶんし)

自分史へトンネルの数しかと書く……高木　善賜
自分史を下巻に分ける程はない……滝口　忠人
自分史にドラマの様な日々もあり……松本　宏子
自分史の華麗な落ちを考える……山本　昭彦
自分史のところどころを虫が喰い……石原　伯峯

縄文(じょうもん)

縄文の水路の涯(はて)に亡父がいる……児玉　怡子
縄文の人の手のあと祈りあり……井上　謹三
縄文の土偶に母の貌(かお)を見る……福田　公洋
縄文人自然にやさしい知恵で生き……福岡　義隆
縄文杉枯らすも守るのもヒト科……牧　修一

昭和(しょうわ)

サイタサイタサクラと遠くなる昭和……森中恵美子
昭和完結　背表紙に「戦争と平和」……田口　麦彦
昭和一桁(ひとけた)敢闘賞がよく似合う……奥山　晴生
茄子(なす)の馬昭和を語り尽くせるか……猿田　寒坊
百万の霊が昭和にぶら下り……うつみ仙吉

482

昭和史 しょうわし

昭和史を力いっぱい生きて老い────安永 怜子
昭和史を追えば少年兵も古稀────濱田 良知
昭和史のまん中ほどにある血糊────小田島花浪
八月の祈り昭和の罪と罰────藤川 政美
昭和史を生き人生のターミナル────山崎 保枝

城 しろ

城一つ伸びゆく街の灯を見つめ────金子 呑風
バスガイド城趾へ立てば詩を吟じ────川俣 喜猿
ビルよりも低うなっても城は城────永田 帆船
雑兵が石の数程死んだ城────吉岡 龍城
薔薇の城おとこ名前を欲しがらず────梅津 香折

世紀末 せいきまつ

再任の椅子が重荷の世紀末────礒野いさむ
窓開ける窓の向こうも世紀末────渡辺 和尾
コンセント抜けば無力な世紀末────大家 北江
世紀末この豊かさは罪である────高瀬 邦一
混沌から明日を紡ぐ世紀末────印牧さくら

大正(たいしょう)

大正の顔できいてる枯すすき……中島 鬼水

年表に大正あっけなく終り……田口 麦彦

大正の終わりの生れ仕事虫……板原 豊三

大正三年とあり父の道具箱……外山あきら

大正と大正語る酒に酔い……山下 英龍

埴輪(はにわ)

竹の花咲く日埴輪が恋をする……高畑 俊正

古墳発掘よしなさいよと埴輪の目……川邊 梓

千年を生きる埴輪にある乳房……松本佐知子

何を見てござる埴輪の目の深さ……佃 誠一

逢(あ)える日を大切にする埴輪の目……柴田 午朗

平成(へいせい)

平成の世が退屈な仁王門……柴田 午朗

平成の男子をさくら値踏みする……永田 俊子

明治、大正、昭和、平成見る果報……龍興 秋外

平成と書くペンがもう驕(おご)りだす……高畑 俊正

平成も貴族も細い顎(あご)ばかり……保田 二郎

484

ミレニアム

ミレニアム肉の焼き方だよ きっと ……………………… 樋口　仁

ゼロゼロをおずおず越えてミレニアム ………………… 橋本　比呂

描きかけの自画像が見るミレニアム ……………………… 足立　淑子

二〇〇〇年を生きる変換キーを押す …………………… 大塚美枝子

躓(つまづ)いた石ふところにミレニアム ………………………………… 井上　裕二

明治(めいじ)

明治村烈婦というはすでになし ………………………… 橘高　薫風

無法松明治の恋は手も触れず …………………………… 内藤　凡柳

明治とは女にきびし座りだこ …………………………… 榎田柳葉女

お宮お蔦浪子(つたなみこ)明治は泣く女 ……………………………… 岸本　水府

走馬灯十五で嫁に行く明治 ……………………………… 福沢　義男

歴史(れきし)

五星紅旗歴史は忘れてはならぬ ………………………… 太田紀伊子

神風が吹いた歴史に裏切られ …………………………… 榎本　聰夢

それぞれの歴史が背負う血の歴史 ……………………… 斎藤　弘美

坂道を転げた歴史忘れまい ……………………………… 大場　可公

終戦の日が真ん中にある歴史 …………………………… 吉岡　茂緒

索引

本書にジャンル別に収録したテーマを五十音順に配列した。数字は本文の収録ページを示す。

あ

- 嗚呼……084
- IT……194
- IT革命……195
- 愛……002
- 愛人……002
- 愛する……003
- 逢う……003
- 明り・灯り……003
- 青い……085
- 青空……123
- iモード……195
- 赤い……085
- 握手……438
- 仰ぐ……360
- 秋風……043
- 朝……112
- 明日……112
- 秋……043
- 商い……070
- 足音……261
- 味……286
- 明るい……085
- 開ける……361
- 憧れ・憧れる……240
- 足・脚……261
- あたたかい……086
- 欠伸……439
- 葦……220
- 遊ぶ……240
- あたり……286
- 紫陽花……221
- 汗……262
- 遊び……240
- 厚底……148
- 新しい……086
- 厚い……086
- 熱い……087
- 姉……026
- 穴……123
- アナウンサー……212
- あなた……003
- 厚着……287
- 雨……124
- あの日……113
- あの世……172
- 溢れる……361
- 兄……026
- 蟻……425
- 飴……287
- 鮎……425
- 洗う……362
- アンケート……195
- 荒れる……362
- 歩む……361
- 天の川……124
- 暗記……458
- アンテナ……196
- 歩く……362
- アルバム……457
- いい日……113
- いい人……439

い

- 家……027
- 家出……241
- Eメール……196
- 言い訳……439
- 生きる……241
- 育児……004
- 怒る・怒り……440
- 息……262
- 言う……363
- 石段……349
- いじめ……051
- 遺産……070
- 石……124
- 生き様……241
- 遺族……027
- 痛い……087
- 遺書……440
- 椅子……287
- 医師……213
- 一月……044
- 一行詩……458
- 労る……363
- 位置……349
- 急ぐ……363
- 市場……071
- 苺……221
- 無花果……221
- 一円……071
- 遺伝子……009
- いつか……114
- 一生……242
- 一日……113
- 遺伝子……009
- 糸……288
- 一票……335
- いつも……114
- 糸電話……196
- 犬……426

486

うーか

稲……222
芋……222
医療ミス……364
色……458
牛……426
嘘……212
うっかり……088
馬……426
裏……242
噂……243

え
エレベーター……149
遠雷……126
丘……126
驕り……441
汚染……039
男……442
帯……289
思う・想う……370
オルゴール……459
温暖化……040
カーテン……290
介護保険……011

命……440
妹……027
入れる……364
インターネット……197
失う……365
歌・唄……183
美しい……088
海……125
占い……183
運……243
宴……243
エスカレーター……148
絵……080
置き去り……039
教え子……052
落ちる……370
踊る……370
おふくろ……028
おみくじ……173
玩具……184
終る……372
女……442
カード……290
会社員……213

祈り……172
イヤリング……288

う
後ろ……087
歌う……366
写す……197
生む・産む……367
裏切る……367
売る……368

お
置く……369
沖縄……350
教える……052
夫……028
同じ……089
鬼……173
重い……090
降りる……371
恩……476

か
絵本……052
江戸……481
映画……184
運河……125
笑顔……441
エプロン……289
炎天……126
大阪……350
追う……368
汚職……149
音……289
弟……028
鬼ごっこ……173
思い出・想い出……244
折る……371

祈る……364
医療……009
植える……364
飢える……365
浮く……365
疼く……366
宇宙……125
うどん……288
埋める……367
嬉しい……089

駅……350
絵……052
鉛筆……459
大晦日……044
王様……105
送る……369
押す……369

ガーデニング……184
蚊……427
介護……010
買う……372

海峡……127
回転木馬……185

き

飼う……372
鏡……290
鍵……291
革命……105
駆ける・駈ける……374
菓子……292
風邪……011
家族……029
価値観……476
合掌……174
鐘……174
髪……264
嚙む……376
鴉……428
軽い……090
カレンダー……115
雁……429
元旦……045
聞く……377
喜寿……245
喫茶店……151
君が代……106
救急車……012

蛙……427
鏡餅……427
鍵っ子……064
かくれんぼ……291
過去……114
貨車……351
化石……127
肩……264
肩書……476
滑走路……351
株……072
紙……460
仮面……197
ガラス……294
カルチャー……053
川……128
考える……377
樹・木……224
カンナ……224
記憶……198
喜劇……244
帰省……054
着物……225
休耕田……151

変える……373
輝く……339
書く……373
家計簿……291
影……442
ガス……292
かすみ草……292
傘……375
囲む……375
紙おむつ……011
紙コップ……293
壁……293
河童……428
からたち……223
カルテ……012
乾く・渇く……091
看護婦……213
神主……214
キーボード……198
帰化……105
刻む……378
傷……443
切手……198
キッチン……295
キャベツ……225

柿……223
隠す……374
家計簿……291
飾る……375
賭ける……374
風……127
数え唄……185
肩書き……459
過疎……150
肩いろいろ……186
楽器いろいろ……186
蟹……428
鎌……293
粥……294
カリスマ……150
カレー……294
変わる……376
缶ビール……295
消える……377
飢餓……339
記者……214
絆……443
きっと……091
キャミソール……296
休診……013

顔……263
蝸牛……427
学校……053
片思い……004
数える……375
風……127
学級崩壊……053
カタカナ……185
癌……012
金……071
紙芝居……460
カラオケ……186
借りる……376
枯れる……091
元日……044
還暦……244
記憶……054
菊……224
北……352
汽車……351
昨日……115
キャリア……214
牛乳……296

く

勤労感謝の日……064
銀河鉄道……128
霧……128
夾竹桃……225
教会……175
胡瓜……225
胡瓜揉み……296
教師……215
教室……055
給料日……072
距離……352
キリン……429
金魚……429
キレる……151
切る・斬る……378
嫌う……378
キレられ役……081
キス……116
近未来……116
銀行……072
空気……352
空港……352
空想……144
クーラー……297
籤……152
唇……265
首……265
クリスマス……065
クラス会……055
車椅子……013
群衆……152
勲章……106
軍歌……339
車……353
暮らし……298
靴……298
削る……379
元気……444
原爆・原子爆弾……340
ゲーム……186
芸術……081
釘……297
口……265

け

ケイタイ・ケータイ……199
劇……082
くちづけ……004
国……106
鯨……152
口笛……297
雲……129
来る……379
クローン……152
鍬……299
刑……477
警察官……215
薬……013
九月……045
空気……040

敬老の日……065
化粧……065
欠席……153
欠住所……300
芸……081
ケアハウス……014
消す……379
剣・刀……340
狂う……444
減反……153

こ

献血……014
血液型……266
結婚……246
景色……129
携帯電話……199
碁……187
恋敵……005
恋文……006
合格……056
恋人……005
憲法……107
鯉……430
子……030
原稿……460
現住所……300
恋……005
鍬……299
校舎……056
越える……380
告白……006
五月……045
こけし……187
紅茶……300
校歌……055
鯉のぼり……065
公園……461
孝行……477
声……266
告知……014
心……277
古稀……246
校長……056
公害……040
公文……005 [?]
秋桜……226
こころざし……144
国籍……107
幸福……246
国歌……108
国家……107

さーし

さ

国会……336
こどもの日……066
珈琲……300
米……301
コンピューター……200

坂……353
桜……227
サスペンス……247
雑誌……462
寒い……092
サングラス……302

塩……303
時間……117
次女……031
静か……092
下町……463
尻尾……248
縛る……384
しなやか……093
仕舞う……384
写真……200
自由……155

国旗……108
子猫……431
零す・溢す……380
ゴルフ……280

魚……431
酒……302
誘う……382
雑草……227
皿……302
傘寿……248
死……444

自画像……277
シクラメン……227
辞書……463
姿勢……266
七月……047
失恋……006
シナリオ……464
自分……278
霜……131
喋る……384
十一月……047

国境……108
この世……175
零れる・溢れる……380
これから……116

歳時記……046
探す・捜す……381
叫ぶ・叫び……381
札……073
砂漠……130
猿……431
三女……030
詩……462

ジーパン……303
CTスキャン……015
四月……046
試験……057
自叙伝……481
思想……145
試着……304
辞典……464
次男……031
自分史……482
視野……155
シャワー……304
十月……047

国旗……108
子離れ……030
コマーシャル……200
コンパクト……301
再会……247
財産……073
裁判……109
盃……247
指す……130
作家……216
支える……382
寂しい・淋しい……092
三男……031
去る……383
三月……046
字……462
シール……073
時刻表……066
詩人……463
地震……131
失職……154
地蔵……176
自転車……304
死ぬ……249
島……130
芝居……082
自動販売機……155
仕事……154
叱る……383

言葉……461
コピー……199
ゴミ……041
コンビニ……153
歳月……117
咲く……381
冴える……381
錆びる……383
サッカー……280
秋刀魚……432
幸せ・倖せ……248
ジーンズ……303
躾……267
舌……257
姉妹……032
写経……176
銃……340
宗教……176

週刊誌……464 じゃんけん……187

490

十字架……177
十七歳……156
手術……015
趣味……188
春闘……074
定規……477
捨てる……041
スニーカー……306
住む……307
ジョーク……250
消費税……478
常識……477
信じる……446
心臓……267
侵略……341

せ

スイッチ……305
隙……250
救う……385
進む……385
捨てる……041
脛……267
住む……307
性……268
世紀末……483
青春……251
制服……059

十七音・十七字……465
十二月……048
首相……336
シュレッダー……201
賞……465
商業……216
少女……445
情報……201
嘱託……216
白い……093
しんしん……094
シンデレラ……466

随筆・エッセイ……466
好き……007
鈴……177
スケート……281
少し……094
スーパー……157
スプーン……307
スリッパ……307
税……074
星座……133
聖書……178
成人の日……067

終戦……341
主義……145
出世……249
手話学習……015
生涯学習……058
少子化……156
小説……465
縄文……482
職人……217
じわじわ……093
新人類……157
新聞……201
巣……131
彗星・流れ星……132
水平線……132
水族館……466
水仙……228
水泳……281
深夜・真夜中……118
スカート……305
透き通る……385
寿司……306
ステーキ……306
ストレス……278
スポーツ……282
座る・坐る……386
聖歌……177
製材所……157

終戦記念日……066
塾……057
主張……145
旬……117
正月……048
正直……445
冗談……249
少年……446
昭和……482
地雷……341
シングル……032
昭和史……483
人生……250
心理……278
西瓜……228
スカーフ……305
過ぎる……251
砂……132
素敵……094
薄・芒……188
墨……132
正義……478
政治……336
成績……058
聖夜……178

充電……445
宿題……058
主婦……032
順……156
将棋……188
常識……146
少年……446
シルバー……016
信号……353
新世紀……118
スカーフ……305
水族館……466
税務署……075

そ

- 正論……146
- 世間……158
- ゼロ……202
- 戦車……342
- 洗濯……308
- 揃う……387
- 祖国……109
- たんぽぽ……230
- 達磨……189
- 卵……310
- 他人……447
- 竹……229
- 宝……252
- 体操……282
- 象……433
- 掃除機……310
- 葬式……251
- 先生……059
- 洗濯機……309
- 扇風機……309
- 造花……159
- 僧侶……217
- 育つ……387
- 卒業……059
- 聖戦……342
- 選挙……337
- 背広……308
- 背中……268
- 線……467
- セーター……308
- セールスマン……217
- セクハラ……158
- 蝉……432
- センサー……202
- 戦後……342
- 戦争……343
- 戦争と平和……343
- 席……158
- 背骨……268
- 川柳忌……067
- 臓器……269
- 掃除……309
- 底……252
- 空……133
- 退屈……447
- 退職……252
- 高い……095
- 企み……253
- 黙る・黙す……389
- 食べる……311
- 他人……159
- 太陽……134
- 大学……060
- 大正……484
- 大根……229
- 田……133
- 煙草……189
- 種……230
- たまごっち……159
- 魂……447
- ダンス……190
- 立つ……388
- 戦い……343
- 滝……134
- 抱く……388
- 台所……310
- 台風……134

ち

- 誕生日……448
- 血……269
- 近い……096
- 地図……354
- 地球儀……135
- 乳房……269
- 地球……135
- 地平線……135
- 痴呆……016
- 中年……448
- 中流……160
- 聴診器……016
- 通信簿……060
- 騙す……388
- 旅……189
- 卓球……282
- 宅配便……354
- 背く・叛く……387
- 断層……354
- 小さい……095
- 違う……389
- 父……033
- 父の日……067
- 茶髪……067
- チューリップ……230
- 茶髪……311
- 中流……160
- 他人……253
- 力……389
- 小さな……095
- 団地……160
- 黙る・黙す……389
- 長男……033
- 通帳……075
- 掴む……390

つ

- 次の世……178
- 着く……390
- 月……136
- 沈黙……448
- 蝶……433
- チョコレート……312
- 茶碗……311
- 駐車場……355
- 散る……390
- 長寿……253
- 長女……033
- 机……060
- 杖……017
- 土……136

て―に

て
手……270
出稼ぎ……160
手紙……203
デイサービス……017
手の平・掌……271
敵……254
定年……254
釣り……190
積む……231
椿……231

包む……391
妻……034
通夜……253
梅雨……136
罪……478
繋ぐ……391
つつじ……231
燕……433
積もる……392

手帳……312
寺……179
天……137
天皇……109
電報……204
哲学……146
テレビ……203
テレホンカード……203
天気……137
電話……204
テニス……283
手袋……312
テロ……344
点滴……017

と
ドア……313
同居……034
童話……467
遠い……096
溶ける……394
研ぐ……394
届く……395
翔ぶ……396
ドン・キホーテ……449
ナイフ……314
長電話……204
塔……467
倒産……075
灯台……356
ドーム……468
年・齢・歳……119
ドナー……449
トマト……231
トンネル……356
友……449
ドナーカード……018
図書館……468
独身……034
通る……393
出る……393
電池……313
東京……355
逃亡……344
鶴……434
爪……270
吊る……392
手品……190
続く……391
翼……270

な
童謡……191
都会……161
時計……313
閉じる……395
隣り……082
ドラマ……082

並ぶ……397
菜の花……232
流れる……396
鳴る……397
鍋……314
泣く・哭……344
ながさき忌……344
名……468
鳥……434
跳ぶ……395
嫁ぐ……254
土下座……394
時……118

煮える……397
匂う……398
慣れる・馴れる……307
訛り……314
情け……007
梨……232
夏……048
蜻蛉……434
長生き……255

に
虹……138

二十世紀……119
憎しみ……450
肉親……035
縄のれん……315
波・浪……137
仲間……161
涙……271
難民……345
握る……398

二十一世紀……119
憎・憎み……450
二月……049
長い……096
仲間……450
逃げる……399

偽・贋……097
日曜……120

ぬ

日記……315
似る……097

ぬ

庭……315
人形……191
脱ぐ……399
抜く……399
抜ける……400
願い……147
葱……232
盗む……232
寝転ぶ……401
寝たきり……018
寝る……402

日本語……110
人間……451
ネクタイ……316
ネックレス……316
濡れる……401
温い……097

日本人……451
猫……435
ネット……205
温もる・温まる……400

ニュース……162

ね

眠る……401
年金……076
残す……402
伸びる……403
乗る……404

残る……402
野仏……179

のほほん……098
覗く……403

喉……272
登る……403
脳死……271
脳……271
農業……218
能面……083
のど飴……019
飲む……404

パーコード……205
ハーモニカ……205
パート……218
俳優……218
墓……179
白昼夢……279
パスポート……357
働く……406
パチンコ……192
鳩……436
放つ……406
歯ブラシ……319
花嫁……319
薔薇……234

は

バイク……316
はがき……206
儚い……255
白鳥……435
箸……317
走る……405
パズル……192
鉢……318
罰……318
バドミントン……283
話……319
花時計……319
離れる……407
バブル……076

灰皿……317
敗戦……345
獏……435
バケツ……317
橋……356
博物館……469
バス……357
パソコン……206
蜂……436
ハッカー……206
花……233
花菖蒲……233
バナナ……234
埴輪……484
ハムレット……083

バーチャル……205
葉……233

の

八月十五日……049
発酵……318
鼻……273
初恋……007
八月……049
旗……162
恥……469
バスガイド……219
パケット……317
花束……234
花野……234
母……035

花言葉……469
花畳り……138
爆弾……345
花便り……050
花火……068
母の日……068
外す……272
弾ける……405
励ます……404
弾む……406
柱……318
パラサイト……162

ひ―ふ

ひ

バリアフリー……019
パン……319
万歳……451
引く……408
美術館……470
人……452
日の丸……111
病院……020
開く……408
ヒロイン……452
貧乏……077

封筒……323
笛……471
不器用……453
伏せる……410
仏像……180
吹雪……140
ブランコ……324
振る……411
振り向く……411
文化……471

晩学……061
半世紀……120
碑……470
髭……273
非常口……163
ヒトゲノム……207
批評……470
病気……020
蓋……120
枢……256
昼……120
拾う……408

ふ

夫婦……036
増える……409
吹く……409
仏壇……180
踏む……410
ブランド……164
降る……411
フルムーン……193
文学……472

春……050
ピアノ……192
火……139
冷える……407
悲劇……255
人妻……036
向日葵……235
表札……321
ビル……164
ひろしま忌……346
ファッション……322
ファミリー……036

夫婦別姓……037
深い……099
拭く……409
舞台……083
葡萄……235
冬……050
フリーター……219
古い……099
触れる……412
文化祭……472

春嵐……139
ハンカチ……320
半分……098
灯……320
光る……407
飛行機……357
一人……452
秘密……256
病床……020
昼寝……322
ひろしま忌……346
風景……139

夫婦別姓……037
風鈴……323
路の蒼……235
福祉……021
二人……453
不登校……061
ブライド……453
ブリクラ……165
振り返る……410
風呂……324
文化の日……069

バレーボール……283
判決……110
パンツ……320
ビッグバン……407
膝……274
羊……436
雛祭り……068
百円ショップ……068
平仮名……471
広い……098
貧……077
ファミコン……207

風船……322
プール……164
不況……078
不幸……256
復活祭……180
船……358
ブラウス……324
不倫……479
故郷・故里……358
風呂敷……324
フロッピー……208

ハローワーク……163
番号……163
反論……147
ピアス……321
引き出し・抽し……321
雛祭り……068
フロッピー……208

495

へ

ヘアヌード……165
平成……484
ヘルパー……021
ペン……472
ペンギン……437
ペンネーム……473
部屋……325
包丁……326
僕……454
誇り……454
ポスト……166
仏……181
ポリープ……023

ほ

抱擁……008
ボクシング……284
菩薩……181
ホームページ……208
ポケットベル……208
星……140
釦……326
炎……455
ぼろぼろ……099
舞う……413
枕……327
マスコミ……209
マスク……327
街……167
まっすぐ……101
マッチ……327
眼差し……274
学ぶ……062
幻……193
毬……257
マネキン……168
マナー……062
マラソン……284
曼珠沙華……236
魔女……181
町……166
待つ……413
窓際……167
マニュアル……063
迷う……414
漫画……474
万歩計……023
見構え……258
水……042
見つける……415
耳……275

み

密柑……237
水着……329
店……078
看取る……023
ミサイル……348
みつめる……415
見る……416
未来……121
兵……346
平凡……347
平和……347
ペンギン……437
棒……325
飽食……348
ホームページ……208
保険……022
宝石……326
呆ける惚ける……021
ホームラン……284
ホームレス……165
母校……062
干す……412
補聴器……022
ボランティア……022
本……473
本屋……473
マウス……209
曲がり角……359
孫……037
まだ……100
待ちぼうけ……100
貧しい……100
負ける……413
待ちぼうけ……257
窓……328
眉……275
マニキュア……328
味方……258
回る……414
見える……414
丸い・円い……101
見合い……258
墓地……358
欲しい……454
褒める……412
米寿……257
へそくり……078
偏差値……061
帽子……325
鳳仙花……236
民族……111
岬……140
味噌……329
みな・みんな……455
見舞う……416
ミシン……328
道・路……359
見る……416
ミレニアム……485

む

娘……038

め

目線・視線……276
面接……169

ゆ

優しい……101
山……141
指輪……276
揺れる……420
夕焼け……143

よ

ヨット……193
余生……259
呼ぶ……421
夜……122
弱い……103
駱駝……438
乱……170

昔……121
無言電話……210
無党派……338
目・瞳……276
メーデー……069
メダカ……042
メダル……285

も

桃……238
闇……141
遺言……079
夕立……142
浴衣……331
指輪……331

や

野心……456
病む……024
勇気……480
夕日……142
雪……143
夢……279
夜明け……122

予定……331
読む……421
夜店……332
選る……422
落丁……475
ランドセル……063

麦……237
虫……437
胸……275
名刺……168
眼鏡……329
目薬……024
メモ……530

燃える……417
喪……182
もう……121
モラル……418
やがて……122
矢面……259
焼く……419
貰う……418
夕暮れ……142
郵便……210
約束……480
屋台……169

欲……456
病む……024
夕日……142
雪……143
夕暮れ……142
行く……419
許す……420
酔う……421
欲望……456

予報……210
余白……103
詠む……475
ラーメン……332
羅漢……182
ラジオ……211
ランニング……285
ラグビー……285
ランプ……475

向き合う……416
息子……037
村……168
明治……485
迷路……359
飯……330
メロン……237
盲導犬……024
モノクロ……474
戻る……418
森……141
野球……286
野菜……238
屋根……169

柔らかい……102
Uターン……170
ユーモア……474
ゆっくり……474
緩む……420ゆる
預金……079
汚れる……102
嫁……038
ライバル……259
落語……194
ラブレター……008

無口……455
結ぶ……417
群れる……417

り

リーダー……170
リハーサル……084
リハビリ……025
履歴書……171
リボン……332
リストラ……079
流氷……143
倫理……480
力士……219
離婚……260
林檎……238

る

リュック……333
料理……333
ルーズソックス……333
留守番電話……211
留守……334
霊柩車……260
冷蔵庫……334
蠟燭……334

れ

歴史……485
列……171
老後……025
六月……051
若い……103
忘れる……423
薬……335
路地裏……360
別れる……422

ろ

ロボット……211
ワープロ……212
分ける……422
詫びる……424
悪い……104
我・吾……457
わたし・わたくし……260
笑い袋……260

わ

檸檬……485
渡る……423
渡す……423
割る……424
笑う……424

掲載作家索引（五十音順）

掲載作家索引

あ

相川 年子・相川 文子・相坂 酔鬼・合田 悦쑤・会田規世児・相田 博子・合田 遊月
相原紫浪人・葵枝 鉄治・青木 可明・青木 清・青木 三碧・青木史十九郎・青木 史呂
青木ひかり・青木 昌子・青木 勇三・青田 煙眉・青砥 孝子・青戸 田鶴・青野平一郎
青柳 秋雄・青山 亨子・青木 赤石 ゆう・青砥 可明・青野 坂砥・赤星 碧柳・縣 赤星一竿
赤松喜美子・赤山 赤松ますみ・我妻 あきみはら・赤川 菊野・赤城 一平・赤坂 碧柳・縣 赤星一竿
阿久沢廉治・阿久津千鶴・浅井 我妻 進・五葉 朝海 正雄・秋木 栄一・秋元 てる・秋山 勝悟
朝田 智子・朝妻 翠明・五葉 朝海 滋子・浅野 房子・朝日 ヒロ・大柏 朝倉 尚幸・秋山 ヒサ・秋山 勝悟
芦田 絢子・芦田 朝妻 浅野浅々子・浅野 滋子・浅野 邦子・朝倉 大柏・芦沢扇啄坊 朝倉 尚幸・浅沢扇啄坊
芦田 絢子・芦田 天舟・阿世知美也子・浅野 滋子・浅野 房子・朝日 ヒロ・芦沢 妙子・芦沢広子
安達八代重・安達 文雄・我孫子我勝・葭乃・阿部 和香・阿部 甘・安達 みつ子
阿部 絹雄・阿部木奴見・安部 淑子・油谷 克己・阿部 ふく・阿部 天根・枯葉 甘砂
天野 昭・天野 紀一・天野 弘士・雨宮 節子・阿部 平・阿部 正人・天根 夢草
新みさを・荒井 広和・荒井 五郎・雨宮八重夫・阿萬 萬也・荒井 幸介・新 正草
新 万寿郎・新貝 映修・荒井 雨宮 三郎・新井 愁思・新井つる吉・新井利房・荒尾十四子
荒川 英子・新貝 功・荒砂 和彦・荒瀬 三郎・荒巻 重義・荒巻 滋・荒巻 睦・有泉くにお
有友 喜子・有福 洋子・安西まさる・安座上 敦・杏田 和夫・安藤 紀介・安藤 玄白
安藤 黒竜・安藤寿美子・有馬 恥目・安藤富久男・座巻 桃えん・安藤 楽・有泉くにお
依婁 笑石・飯田 一夫・家久真智子・井垣 鶯生・生島 鳥語・五十嵐亜沙・生田樹代子
飯野 文明・飯尾麻佐子・飯尾こまき・飯田 和子・飯田 夢世・五十嵐 尖平・飯田 菌英
五十嵐球子・伊川トシエ・伊川登美男・伊木 邦子・池上みち子・嶋ますみ・生田三枝子・池下まごし・池 樹代子

い

池 さとし・池 森子・可宵・池内かおり・池内 竃生・池田 和子・五十嵐修・五十嵐さか江
池田香珠夫・池田 茂代・武・池田 史郎・池田 青馬・池田 武代・池田 魔戸・池田 愛子
池永 正雄・生駒 竹人・伊佐次・伊井 章・石井 清勝・石井 静風・石川 南部
石井ひさ春・石井 ヒロ・去来川巨城・伊佐次無成・石井 章・石井 清勝・石井 静風・石川 南部
石川侃流洞・石川 幸枝・石川 三昌・石川 冬魚・石井 ユズル・石井百合子・石川 鮎郎・石川 寛水
・石川 重尾・石川つねじ・石川 照子・石川 勝・石川美智子

499

掲載作家索引

石川靖朱代・石垣 信505・いしがみ鉄・石神 由子・石倉美佐子・石黒 初蔵・石崎 鶴矢・石沢 三善
石曽根民郎・石谷 忠良・石田 明・石田かね子・伊志田孝三郎・石田 寿子・石田千枝子・石田格馬
石田としお・石田 浩子・石田 穂實・石田 正気・石田 都・石田 龍刀・石塚 清明・石附 明・石堂 稔枝
石原 和子・石原 莞子・石原青磁子・石原青龍刀・石原 伯峯・石橋千代子・石部 尚志
石丸 弥平・石森騎久夫・石森 鮮紫・井嶋えい子・井豆丸仁仙・泉 淳夫・和泉 誠子
和泉 花子・泉 久令・石森 比呂史・泉 文夫・泉 佳恵・泉本 香子
伊勢 久苑・礒野いさむ・磯村たけし・板井 水狗・板井 泰子・泉本 玲台・石谷喜代子
伊藤 喜人・板原 豊三・板橋 映水・一色美穂子・板橋 柳子・板谷 明子・石垣 草丘 夢酔
鋳谷 京糸・板原 市原・板橋 姫子・伊藤 輝子・一鬼ふく世・市川 健一・板木 継生
市原富士子・市村 京子・伊藤惣生子・伊藤 寿美・伊東蚊母木・伊藤 礎由・伊藤小竜子
伊藤 定子・伊藤志津江・伊藤突風・伊藤みお・伊藤 紀子・伊藤ハツ子・伊藤 春恵・伊藤はるみ・伊藤丹々
伊藤千枝子・伊藤千代麿・伊藤とみお・伊藤 正紀・伊藤 益男・いとう 岬・伊藤美都子・伊藤美幸
伊藤富美子・伊藤 凡々・伊藤好太郎・井仲 泰生・稲垣とみ子・稲垣ひな子・稲田 佳子
伊藤 秀・伊藤 蘭女・糸賀 千代・糸山好太郎・伊藤 好子・稲垣 五郎・稲本 凡子・乾 和郎
伊藤 楽子・稲葉 長生・因幡 仁志・稲葉 洋・稲葉 村・伊東勝馬・井上 謹三
乾 ふたよ・乾 風 孝子・井主てまり・犬塚こうすけ・犬童エツ子・狄守 和穂・稲本晴雄
市原冨士子・市原富士子 (削除)
井上剣花坊・井上 幸子・井上せい子・井上 静詩・井上 孝幸・井上 次・井上 信子・猪野カツ子
井上 等・井上 博子・井上 文子・井上 遊・いまいま・井上由起子・井上 直次・井上 晴雄
射場 昭一・井比砂山花・伊福 保徳・指方 重参・今井 旺波・今井 鴨坪・今井 律子・今井 奎子
今井胡次郎・今村チカエ・今泉 今亭・竹童一・今川乱魚・今田 俊秀・今田 馬風・今田 無々
今道千穂子・今村 純子・井本 節子・鋳谷京糸・今井 金珠・今井 正夫・今田 静一・今井明 子
岩井 三恋・今村中間子・井上竹童・今泉 鋳谷・入江みゆき・入江 正夫・入佐 ユイ
岩井 三葱・岩井 澄子・井泉 友蔵・井本 康子・井佐みゆき・岩崎 寿香・岩崎一博
岩崎 昭治・岩田 三和・岩崎真里子・岩井日桜子・岩下 妖子・岩崎 妙香・岩瀬 正子・岩崎 明子
岩間 椚治・岩田 泰磨・岩田 瑞雄・岩本 岩月・岩月優美子・岩間 静子
岩橋 梢・岩田 妙子・岩田 笑子・岩本 康子・岩本 和夫・岩本 静 ・
三馬・石堀 洋子・岩間 一虫・岩間 土筆・岩田真知子・岩本 利衛・岩島みる子・植嶋 操
岩本 文雄・岩山 正純

う

印牧さくら 宇井 丈児・上杉 波而・上鈴木春枝・上田 佳風・上田喜和子
植杉 葉月・植木 啓介・岩元 浅雄・上久保山人・上島みる子

500

掲載作家索引

上田 野出・上田 仁・上田みのる・上田 祐三・上地 弘子・上荷田久枝・上野山東照・上野十七八
上田 志野・上野しん一・上野多恵子・上野 崇子・上野 淡月・植野美津江・上原 豊彦・上原美佐子
上田 忠志夫・上野 慶枝・上渕 幸八・植松五十路・上松 静河・植松代子・上村 健示・上村 脩
上本 年久・ウオミタカコ・鵜飼 蟻朗・宇賀 勇夫・宇田志秋・宇佐美いなじ・牛尾正弘・牛田 東
宇治田志寿子・氏林 洋敏・臼井はな枝・白倉 寿夫・宇田川圭子・宇久保勝子・内田 英一・内田臥龍
宇平百合子・宇部 典子・内田 則子・内田 久枝・内田 桃水・内平登代子・内田 春美・内田 金時
梅原 憲介・内山 孤遊・内山シゲ・宇都 撫尾 清明・内平うつみ仙吉・有働 芳仙・宇野 昭代

え

梅原 憲祐・卜部 晴美・浦地 大破・海堀 酔月・梅崎流青・有働 楽梅・梅田きみ子・梅津 香折
梅原 永礼・梅澤 憲祐・江川寿美枝・江山雅世・浦山雅世・瓜生 晴世・瓜生 みね
江口 愛介・江上 春子・江口かほる・江口今日子・江口諏訪男・江口 東白
江崎 信治・江崎 睦朋・江澤多香子・江口 麦休・江藤一一得・江藤一市・江藤 花泉

お

榎田柳葉女・榎本 信治・榎本 聰夢・及川 豚朴・江畑 哲男・江上 姥谷 鉄也・蛯谷 千恵
榎本古都雄・大木 晴郎・大城戸節子・大石 雅子・大石 哲男・大内 順子・大内 正夫
遠藤 正静・大木 俊秀・大越 英子・大崎 鶴子・大石 一粋・近江あきら・大川 満生
遠藤 吞舟・大久 立子・大沢勝之助・大久保大柳・大久保敏雄・大熊ミサ子
大河原信昭・大嶋 政子・大島 佳凡・大島 文子・大鹿 節子・大島うめの
大倉なつ子・大嶋都嗣子・大島 一徳・太田紀伊子・大塚 洋子・大塚次郎・太田 昭雄
大倉 脩平・太田 良子・太田 一由・太田とねり・大澄泰示・太田ヒロ子・太田巳光好
大島やすみ・太田 逸星・大友 俊和・太塚 一美・剛道 純生・大塚美枝子・大槻 敦子
太田 忠夫・大友 俊和・柳 房夫・大塚 久美・太田 純生・太田 言彦・大西 貞子
大戸 和典・大友 柳 香・大西 一美・大西久美・大西 房柳・大野 風柳・大西 蒼流
大木 順子・大津 政良・大野風太郎・大畠美津子・大野さつき・大野 雅女
大西 主水・大橋 一正・大野 泰世・大橋 義正・大野 風柳・大原さゆた・大原 いわ
大場 可水・大広とも子・大森 昭広・大畠美津子・大森美智子
大谷 巌・大森喜久重・大森 純子
大広左近太郎・大森 祥子・大森美智子
大和田千代・大谷喜一郎・大矢左近太郎・大家 北江
大谷 恵方・大谷幸次郎・柳陰亭・尾籠 秋蝶・大崎麻子・岡崎たけ子・岡崎 民子
岡田八千代・岡田 哲雄・岡 玖美・岡崎 布袋・大山竹二
岡田 恵方・岡田 丘山・岡田 稲人・岡田俗菩薩・岡田千加子・岡田美智子

501

掲載作家索引

岡田世起子・岡田 梨津・丘野 旭・岡野 幹子・岡橋 宣介・岡本 京子・岡部 誓子・岡部 翠華
岡部 美雄・岡村 信男・岡村 洋子・岡本かくら・岡本 定女・岡本 幸子・岡本 速水 恵
小笠原 望・尾方 修・尾方 文子・小川 嵐舟・小川 和恵・小川 徹哉・小川 千年・小川 鹿声
小川 舟人・沖田 いし・沖原 幸代・荻原 綺映・荻野 圭子・小川 十宵・小川 悦声
荻原非茶子・荻原 昭二・美瓜露・奥崎喜一郎・荻野 幸子・数市 白虎・荻原 鹿声
奥田光代・柳絮・美瓜露・奥出美代子・奥原 雨人・奥村 公栄・奥山 晴生・奥原 松子
奥田みつ子・奥田 誠二・長田さやか・長田 武司・尾崎たかもち・奥山 晴生・小沢 アサ
小椋 ミサ・小倉 一丁・長田 一丁・奥原 誠二・織田可津春・小田 和彦・小田 匡央・小沢 成一
小鹿田 探山・小田 豊志・男武志連江・尾田 綾子・織田可津春・小田川昭子・小田 無郎・小沢 正敏
女鹿田不朽仁・小田 無限・尾田 夢路・尾田 米女・小田川昭子・小田島花浪・小田 無郎・織田 正吉
織田不朽仁・小田 貞子・小田 初音・尾田 克枝・小野 美根・小野田彰代・小田島無郎・越智 晶子
越智伽藍・越智 乙部・小野 範子・小野 美鈴・小野 美根・小野田彰代・小野 杏子・越智 重格
小野田美智子・小野 寿・小野寺右門・小畑 定弘・小畑 矢織・小野 克枝・小野 公枝・小野 千春
折原 清風・恩塚 治子 ・小野寺令子・甲斐 博美・尾花白風・小渕はじ芽・斧田 千春・折井 一恵

か

柿山 紋輝・柿山ヒロ子・加賀 干拓・加賀美文子・香川 寿・加川 淑乃・嘉数兆代賀
樫尾 一光・梶川 一譜・鍵山妙々子・桟 舜吉・影山 晴美・笠原 吸江・柿本 葵
樫山陽一・梶川 達也・梶川雄次郎・樫谷 寿康・鹿島 郁子・梶山三重子・笠矢 芳子
柏原幻四郎・梶原 雄・梶川サナエ・粕井かんじ・春日井五月・片岡 湖風・柏葉みのる
片岡 玉山・片岡つとむ・渓々・片岡加代子・片野智恵子・片岡 凜風・片岡登志男
片岡 鯉千之・勝部 操子・勝間田係六・沢心・片倉 忠・片野智恵子・片柳 哲郎・片山登志男
勝田 明・加藤 映佳・勝間田係六・勝盛 青章・勝谷 高明・桂枝太郎・桂 ひろし
加藤 角市・加藤 正治・加藤かずこ・加藤 鯉・加藤 圭路・桂 枝太郎・桂 ひろし
角本沙夜子・門谷たず子・門脇 正治・加藤 白扇・加藤 久子・加藤 浩嗣・加藤 翠谷
かなもりかず枝・金泉・門脇 当百・加藤 晶子・門脇波留子・加澤 政時・加藤友三郎・角畑
金子すすむ・金泉 ちえ・萬楽・金枝久五郎・金澤 政時・加藤 紀六・加藤 詩郎
金子青湖・兜・金子 尚義・竹川 文秋・金川朋視呂・金川朋佳鳴・角掛往来児・神前朋義
上岡喜久子・釜井 はなえ・釜井 玲子・金井 呑風・金子美知子・金子近雨学・神庭 詩郎・神前朋義
上岡 喜久子・神川 敦子・上河辺みち・上甲 満男・鎌田 京子・鎌田 史子・鎌田てる子・鎌田 玲子

502

掲載作家索引

神谷娯舎亭・神谷三八朗・神山　勢陵・嘉村ひすい・亀之園憲三・亀山　恭太・亀山夕樹子・加茂　如水
唐崎　正光・唐沢　春樹・神山　静府・苅谷たかし・河合　克徳・河合　幸子・河合　茂緒
川合　笑送・河合　時弘・河井　正之・河合美絵子・河合実世子・河内　月子・河内さい子・河内沙智子
河内　天笑・川勝　弥生・川上三太郎・河上　　澄・川上　大輪・川上　富湖・川上　日車・川上　紅雀
河内より子・河口　新雪・河口　　弘・川口　凡人・川口　昌通・川口　昌代・川島はつ子
川崎まさみ・川島　一斗・川嶋　翡翠・川添　歓一・かたわやつ子・川田　昌子
川田　万吉・川鍋　房子・川瀬　　翠・川田　　茂・川田　　武
河原　房子・河原田ゆきお・川守田秋男・川辺　昭子・川邊　一男・川野　　肇・川原　昌武
河村智津子・河村露村女・川守田あやめ・来島　睦恵・菊地　雨吉・神田　　格・神田仙之助・神田伊知呂・神林　小萩

き

岸本柳之助・喜田　貴子・菊池　北二・信子・美保・喜多美津子・北　夢之助・咲子・神田ヒロ子・神田　靖中
北川志津子・北川絢一朗・北川扶佐子・北口　仁子・北里　　格・北沢　尚子・北尾　節郎・北川クニエ
北野　岸柳・北野　　豊・北畑重一郎・北山　青珠・草風　晴夫・北沢あじさい・北村クニエ・北川　醇酔
北村白眼子・北村　土筆・北原　泰章・北山　一輪・草笛　好笑・北村あじさい・北村　雨垂・瑞　北川幸子
北野すみる・木野由紀子・木下　愛日・木下あきら・木下　草風・木塚　秋子・木下しげる・木村　橘高・木村　信博
木幡　木雲・木幡やす雄・木原りえ子・木村　愛一・木村あきら・木下ひな子・木下由紀子・木念　薫風・木寺　信博
木村　健一・木村　　隆・木村　富夫・木村半文銭・木本　朱葉・木村勝治・樹本　道子・清原　木寺
桐越　千絵・桐堀　　　　日下部明可・草地　豊子・草野　ひさ・木本　ひな子・楠田　宝文・楠根はるみ

く

工藤　寿久・工藤よしを・國清　佳子・葛原　美一・草薙さきよ・葛井さきよ・楠田　幸子・工藤　青夏
久保ひさし・久保　正剣・久保内あっ子・國武サチ子・國吉司図子・楠美　一路・狛田　征子・久保　花門
久保田千代菊・窪田　善秋・窪田敏子・窪田　礼文・榛葉　玉枝・久場　幸子・久保　寿界
熊崎　結子・熊田　　巽・蔵重成人・久保田元紀・窪木　博・窪田和子・熊谷富貴子・熊谷富貴子
蔵野そる子・栗岡園春・栗田恵美子・倉田　敏子・久保田以兆・熊谷岳朗・熊谷千鶴子・倉富　洋子
　　　　　朝世・巽　　蔵重・蔵田はつよ・窪田元紀・熊谷和子・熊谷富貴子・倉富　洋子
黒岩　　豊・黒川　笠子・黒川佳津子・栗原竹司・栗原　竹丸・栗林　雅人・李渓・車田　和江
　　　　　　　　　　　黒川紫香・木木・黒沢かかし・栗本　花丸・栗本房子・黒須　正吉

掲載作家索引

黒田 青磁・黒田 高司・黒田 能比子・黒田 真砂・黒光 可寿・桑田砂輝守・桑田 宏子
河野 晴峰・黒田 忠雄・小梶 忠雄・黙朗・越郷 蘭幸・小島 寿子・小寺 ミッ子・忽那 正志・後藤 正志・小西 涼成・小林 幸子・小林 白鳳・小林 由多香・小林 由多香・小松原爽介・小山 吉朗・小山 空白・今野 一城・今野 清幸・斎藤 利久子・斎藤 輝・斎藤美代子・坂井 政子・坂根 寛哉・坂本 国公

こ

河野 晶子・桑野 千恵子・桑野 真弓・桑原 香山・小池しげお・小石 漫歩・小泉 亜紀・小泉 国男・小泉 狂雨・小泉 紫峰・小泉 花枝・小石 香山・河野 副木・河野 香田・河野 万京・河野 治子・河野 美樹・河野 なかば・河野 花枝・小金井啓次・古閑 修・高山まち子・小枝 青人・郡山 弘子・古賀 絹子・小金沢絞子・古閑 修・小島 直教・小島 花枝・小島 弘子・小島 鍊太・小篠 早苗・越村 智彦・小白金房子・小島 芳子・小島 花枝・小島 松子・小島 萌・小島 礼子・小杉まさはる・小谷美ッチ・木立 千世・児玉 明窓・小島 勝也・小玉カヨ・児玉 浪枝・児玉 怡子・児玉ヒサト・小玉 満江・こだま美枝子・児玉道子・児玉 万世・後藤 梅志・後藤 洋子・後藤 閑人・後藤蝶五郎・後藤 博行・虎頭 民雄・後藤 峯子・小林 厳・小林 恵美子・小西 正一・後藤 敬山・小西 幹斉・小浜 牧人・小林 暁子・小林寿美夢・柳允 京野・小林こばやしたえ・小林こうこ・小林 茂・小林 秀朗・小林 陸奥美・小林すみえ・小林一夫・小林妻子・小林はつ子・小林 正枝・小林 松風・小林こばやしたえ・小林 有子・小林 悦峰・小林 宵夫・小林 良恵・小林 楼甘・小林和喜子・小林 遊児・小松 敬山・駒津 住夫・小宮美奈子・小林 不落・小林八重竹刀・小原 乃乃・小山 拓乃・小山 太一・小宮山雅登・小林 楼子・小原 秀方・小松 ゆかり・小山 塚王・近藤 甲・近藤 創風・西郷かの女・近藤 秀紀・西城 真紀・斎藤 和子
今野 五郎丸去就・斎木 五郎丸去就・斎木 敏子・斎条 茂生・西城 真紀・斎藤 史郎
今野きくえ・近藤 肇・斎藤 西城 茂生・斎藤 笑六・斎藤 和子
空白・紺矢 肇・斎藤 大雄・斎藤 弘美・矢人 輝一・斎藤さわ・斎藤 真紀・斎藤 史郎

さ

斎藤 佐伯 弘美・齊藤由紀子・齋藤由多香・斎藤 余生
佐伯けい・佐伯 国雄・斉藤みどり・佐伯マリ子・境 ちお・酒井 路也・坂井 栄一・酒井 光楼
西海枝みちこ・坂井 冬子・坂井 兵・坂井 蟻心・坂口 光夫・坂井 江子
坂倉秀樹・坂崎よし子・坂部車前草・坂巻 春妙・坂本 一胡・坂元 一登・坂本 和子
阪本 高土・阪本千恵子・坂本 浩子・酒谷 愛郷・佐賀 龍峰・相良 渉・佐久間初音

掲載作家索引

桜井　子黃・桜井　大平・桜井　千秀・桜井　長幸・桜庭　六葉・桜庭　慧子・佐古しげの・迫部　秀子
桜井登喜子・佐々木葭夫・佐々木京子・佐々木幸子・佐々木園代・佐々木徹・佐々木久枝
佐々木森哉・佐々木よしお・佐々木良中・笹田かなえ・笹本英子・佐竹観光章・佐竹博正
佐田　眞喜・定本　冬二・定本広次・定本イツ子・笹島　一江・佐藤　一夫・佐藤　一子・佐藤加津郎・佐藤きく子
佐藤啓四郎・佐藤　圭柳・佐藤　定子・佐藤しゅんいち・佐藤　崇・佐藤岳俊
佐藤　正・佐藤ちあき・佐藤　定子・佐藤　幸子・佐藤　仁子・佐藤三幸堂・佐藤みさ子
佐藤ぶん子・佐藤　扁理・佐藤　千鶴子・佐藤　哲朗・佐藤三辛堂・佐藤博正
佐藤　三春・佐藤　真砂延・佐藤　灯人・佐藤　雅秀・佐藤　陸子・佐藤みさ子
里中　明良・佐渡由利子・佐藤　正敏・佐藤　游子・佐藤　良子・澤　車楽・佐藤李穎
沢田　秋泉・沢田　清敏・佐野　好苑・佐藤　砥研・沢　寒坊・澤　車楽
沢田　三春・澤村猪太郎・沢田　司良・佐藤　風見・沢田千春
尺水・沢幡　芳子・三條東洋樹・沢田　更谷・澤田　正司・沢田　悦歩子
早良・山海　友煕・塩谷佐代子・沢田　洋子・椎谷　正芳・潮見白杖禅
沢幡　芳子・塩路よしみ・塩谷シゲ子・佐藤　容子・椎田　椎名・塩田
葉　山海・篠原孝子・篠原　伸廣・篠原　春雨・塩見　一釜・七石塩飽・潮見白柱禅
敷田　無煙・塩田　清芳・塩田　悦仔
柴田英子・篠原銀河・柴田　午朗・篠原　房子・草映・篠崎扶美子・潮見白柱禅
柴田かんな・柴山省市・柴山としみ・雫石隆子・篠崎堅太郎・篠崎昭雄
柴本ばっは・柴山えり子・柴山　矢亜・篠原北斗・篠原紋次郎・柴崎昭雄
し・島岡幸義・島谷　弘子・渋川　芝之原・柴原紋次郎・柴崎昭雄
早見・嶋田　玄洋・柴原米子・芝本しげる
島　道代・島岡まさこ・島本・渋川由美子・渋谷和子・渋谷由紀子・澤野優美子
島田　牧童・島岡美智子・駒井・嶋田　公恵・島田たづ・島田タミ子
下獄　正明・清水冬眼子・清水　俊男・島本・島田　公恵・島田句到点・島田剣人
志水浩一郎・清水　正弘・清水　泰・清水かおり・志水祐介・志水剣人
蒼蒲　正明・下村キミエ・清水雀地・清水　汪江・清水美よし・清水句到点・上段　杉子
白神　花戦・白井博行・下村小啄木・清水　美江・清水東海林一有・庄司登美子・白鳥　覚朗・白藤　進海
白藤　滋・白井　桃丸・城村美都枝・白石朝太郎・白石維想楼・白石春嶺・白鳥覚朗・白藤　進海
進藤すぎの・白神　郁子・吹田　朝児・新家　完司・白石　眞弓・神　鉄男・末村　道子
新原和子・菅野　進藤芳枝・末田笑放子・末松仙太郎・神津王神・末村　道子一車
菅生　沼畔・菅野　未安・末田笑放子・末松仙太郎・末光也寸絵・末村　道子一車
す・菅　緑・菅　晴見・菅　眞智・菅　久美枝
杉野草兵・須川　千恵・菅原一宇・菅原　朝匠・菅原孝之助・杉浦多津子
杉原愛鴨・須川　正吉・菅原　星雲・沼原本杉・杉本克子・杉本和志・杉本青灯

掲載作家索引

杉本・禮子・杉本・町子・杉森・節子・杉森茶芽夫・杉山・一竽・杉山理恵子・杉山
須栗たかお・須崎・豆秋・須木・可香・鈴木・霞・鈴木・公弘・鈴木・清子・鈴木・如仙
須木・国松・鈴木・九葉・鈴木・古香・鈴木・順子・鈴木・青古・鈴木・泉福・鈴木・ちよ乃
須木・木峰・鈴木・太郎・鈴木・丙午郎・鈴木まこと・鈴木・玲於於子・鈴木・六角
須田・尚美・須藤・小鶴・須藤・通・砂山・澄恵・須場・秋寿・鷲見・湖水・墨・作二郎・汎人
住江・直子・墨崎・洋介・住田英比古
住田・三鈷・住田・双光・住田・乱耽・瀬戸・情野・千里・関・水華・関・秀子・瀬川なほこ
瀬口・安彦・瀬々倉卓治・撮津・明治・曽我・秋水・関口樹洋史・関口きよえ・関根・清

そ
園部・世紀・園山・果心

園山多賀子・園山・恵美子・園田・明治・瀬戸・波紋・嵯峨根保子・瀬良・梅子・瀬良・夏樹・船場けん吾

た
相ామ銀波・園田・添田・蓬春・園井・芳枝・多伊良天南・園田世志乃・袖木・奏子・袖木恵美子

逢里・田・鷹・台信・碌郎・平・みつの・田岡・千里

高木・一男・高木千寿丸・高木すみる・高木・大典・高木・美惠・高岡・宏子
園山多賀子・高畑・俊正・高原まさし・高見・宏平・高木・善賜・高木・昌子・高木まさこ・高木・美穂・高坂・数能
高島真砂子・高須啞三味・高杉・鬼遊・高瀬・邦一・高瀬・霜石・高梨ゆき子・高木夢二郎・高坂・照男
高木・初江・高田ゆたか・高田寄生木・高田・羅奈・高田・夏生・高瀬・輝男・高田・和子・高田佳代子
高野・富子・高野久美子・鷹野・五輪・高塚・義朗・高田・青鳥・高野・鬼焼・高田・明子
高野・一枝・高橋かづき・高橋久美子・鷹野・佳子・高野六七八・高野あさ子・高野・散二
白蝶・高橋・純子・高橋正二・高橋寿季・高助・高橋こう子・高橋千万子・高橋なみ子・高橋・紀代
高橋はるか・高橋・春造・高橋・真紀・高橋・正雄・高橋・繭子・高橋万作・高橋ミチル・高橋・典子・高橋・由美
高橋里江子・高畑・俊正・高原まさし・高見・宏平・高橋・豊泉・高橋千万子・高味八重子・高峰寿々丸・高橋・幸月・高橋
高畑俊正・高原・正吉・高原まさき・高見・宏平・高橋・豊泉・高味八重子・高峰寿々丸・高牟禮南窓
高全ふさの・たかもり紀世・高屋二美代・高谷一人・高矢芳加津・高柳傍人
高山・以津・照代・梵鐘・高峰寿々丸・章・滝本・星城
田鎖・晴天・多賀・正治・瀧・正治・瀧・忠人・滝本・星城
田口・一香・田口・立吉・田口波津子・田口・文世・竹明なおみ・竹内いつみ
竹内すみこ・竹内・甚吉・田田・祝子・武内・竹田・麦彦・竹内・良伸・竹内ヤス子
竹下勲二朗・竹下・圭子・武田・紫雲・武田・雅堂・竹内寿美子・竹岡・訓恵
竹中すみこ・竹原・和美・竹見・吉弘・武村・一美・竹本瓢太郎・竹田・信江・武田ふみ・竹田・光柳・竹智・武子
田崎・かなた・田崎・弘子・武山・文子

506

掲載作家索引

田崎 三笠・田代 時子・田代まつこ・田島 綾乃・田尻 美学・田制 圀彦・多田 誠介・田中 ヨシ子
田中井八恵美・田辺 幻樹・田辺 聖子・田辺千坊子・田辺 克美・谷 重雄・谷口 節子
田中 節子・田中テル子・田中 憧子・田中 万里・田中 道博・田中日出夫・田中 秀果・田中 博造・田中 明二・田中好啓・田中 文子
田野倉 豊・田原 藤太・田利三重子・田向 秀史・田村 絹子・田村 清・田中桂太楼・田中五呂八・田中 新一
立枕よし子・立山 高之・田中いくお・田中 伯・田中日出夫・田辺千坊子・田辺 聖子・田辺 克美・谷 重雄・谷口 節子
但見石花菜・立蔵 信子・立場 増美・龍興 仲男・達谷窟信子・立石 弦月・立嶋 宗雄
玉村 幸子・玉利 百合子・丹下 友和・田村けい子・田村 精子・田村 奈美・田村ひろ子
谷口 弘・谷口 義・谷崎 哲馬・谷平・谷口秋之助・谷口喜一郎・谷本 貞子・谷口 茂子・谷口 四郎・谷口 笙子
谷守人・谷内 一枝・谷垣 史好・谷口たけし・下置 重人・玉木志恵子・玉田 功・谷本弥生・天野可川人・白紅
田口 麦舟・大東 豊子・大堂 哲子・伊達南谷子・たにひらこころ・丹下美津子・丹羽 英助・丹羽
丹羽 深雪・大東 鉄男・地島 徹・千葉 風樹
ち
千島 鉄男・千葉 絹子・千葉 鉄男・ちば東北子・茶谷 好太
月原つくし・月原 宵明・佃 静波・佃 誠一・津田 柘植 卓也・対馬坊太郎・塚本 清子・塚本 道子
辻野 伸子・月原 幸子・辻本 みつ・筒井 一江・津田 暹・抱村 土田 妙子・辻 嬉久子・津川 紫吟・槻谷 伸子
辻沢 久昭・土屋 幸子・恒松 深水・筒井智伊子・堤 亜美子・土田 光枝・桜子・土屋 桜子・土屋 正・辻 スミ
土屋 久昭・土屋 みつ・巨足・恒吉 依子・角田 珠玉・角田ひろし・坪井 篤子・坪井柳也子・恒川佐和子・坪井イサ子
恒川和佐子・恒松 夢女・角田 英治・鶴・彬・丹下百合子・鶴田 タツヲ・鶴羽笑美香
坪田 凡太・妻神柳之介・津留 正・手嶋 吾郎・てじま晩秋・手塚こすほ・出町 庸一・寺内富貴子
て
出垣 千孝・出口 ようこ・手塚 俊平・寺岡百合子・寺川 弘一・寺坂よし子・寺崎 虹一
寺尾こうこ・寺尾 俊平・寺沢みど里・寺西 文子・寺本 隆満・天広・道家樹十士・藤堂 十紫
寺沢幸智子・寺沢なおみ・寺沢中三枝子・哲秋・戸井 慶太・昌美・遠山しん平・夏生 時実・時岡 新子・時岡 淳子・恒田 諧介
と
徳島 純一・徳住八代子・轟木 蘇人・土橋 芳浪・土橋 恰史・富澤ひろし・富沢理貴子
徳原 嘉明・十鳥 戦兵・大八 唐坊・徳田かず子・徳山 利夫・徳永 政二・徳永 操・常盤 凛子
富田 竹司

掲載作家索引

富永 征翁・富谷 英雄・富安清風子・友末 康夫・外山 あきら・外山 瓢人・豊岡はつい・豊巻つくし
鳥海 ゆい・鳥飼 義久
問屋啓二郎
中尾 好郎・中岡 清美・中岡千代美・中川 一・中川 代代・中川 智代・中井 ゆき・中尾 飛鳥・仲川たけし
中川 凡州・中川紺紗子・中川 柾き・中川 未香・中川 一洋・中川さとる
中沢久仁夫・中塩美智子・中条久仁夫・中条久三木・中後 清史・中里世以子・中澤 巌・中澤 巌
中島 典子・中島 敏子・中島 愛猿・中島 和子・中田 幸一・中田 鬼水・中田 国夫
仲田 ミツ・中島 重晴・中島 久光・中嶋ひろむ・中嶋百合子・中田たつお・中田 雅子
中根 四阿・中野 恵空・中谷 道子・中西 草切・中田 弘輝・西 あやめ・中西美和子・中田 和子
中野 文擴・中野満智子・中野 頑慶・中西 ふみ子・中野野泣子・中根 ふみ子
中林ふみ子・中野美智子・中野 懐窓・中野 富夫・中野 ふみ子・なかはられいこ
中村 ふみ子・中平 俊介・中野 前翼・中原 操雪・中原みさ子・中野 富夫
中村 英福・中村笑美子・中平 昌美・中村 幸子・中村 安重・中村 郁枝・中村 イネ
中村 その・中村 地青・中村 和・中村 有人・中村信柳・中村 誠一
中村 宵星・中村 陽子・中村 俊介・中村 小弓・中村 五酔・中村 昌子
中山 仲林・中村 芳江・中村登志代・中村 冨二・中村 豊子
中山おさむ・中村 世志絵・中村登志枝・中村よしこ・中安 語子・中村 国夫
中山 清香・中山ヒロ子・中山 雅城・中山美喜・中山恵美子
長井すみ子・中山 はな・中山よしの・中山きの江
長井乃里文・井石 珠子・中野野泣子
長井紀子・永瀬 玲子・中野 ふみ子・長井きみどり
長尾 無双・長沢民之助・永島 一考・長石 俊子・長江 時舟・尾井みどり
長田 安親・永瀬 短夜・永島 晩風・永田 帆船・長尾みどり
永原 朋月・納戸・長塚 麻紀・長友 渓雪・永田 清子・長野 城児
夏原 陽恵・永川 三郎・長友 弥平・長町 春雷・長野 信子・長野 静児
夏原 佳江・七谷虹桟橋・長藤 泰敏・永瀬 吹・長沼 流・成川 芳子・成 孤舟
成田 順子・成瀬 愛子・納谷 澄子・楢崎 春子・成貞 進弘・新野久美子・新畑ひろし
鳴海 れい・納戸 澄子・浪越 靖政・奈良 奈良・成貞・名川 可染・成田 ひろし・仁賀 英雄
鳴海 栞・西岡茶花・新梅 照弘・新岡二三夫・新野久美子・新畑 美和子・西 康之・新秋忠兵衛
成田 剛・西山 照弘・西岡ひろ子・西川 茂柳・西川 燕柳・西沢 寿人・西川 富恵
西川 冨恵・西川えみこ・西川 永町・西崎久美子・西沢 青二・西田 那須
西川 朋恵・西潟賢一郎・西岡ひろし・西来 みわ・西澤比居呂・西田 放亭
西沢平凡兒・西川ほしみ・錦 俊坊・西谷みさを・西田 邦子・西田 光太郎
西沢平凡兒・西島 ○丸・西谷 恵子・西谷美智代・西田光太郎・西原 知里
西田 龍鬼・西田柳宏子・西谷須恵子・西塚 春魚・西出 楓葉・西永美智枝・西野 秋子・西野 洋月

掲載作家索引

ぬ・ね

西原・艶子・西原典子・西原みずか
西村のぶこ・西村半畳・西村寿子・西村在我・西村左久良・西村茂・西村淳一
仁田敦子・仁田耕一・仁多見千絵・西村比呂志・西村正紘・西本利子・西山金悦・西山隆志郎
布岐幸男・能村唐衣・新田満江・新田ミチ子・二宮茂男・仁部四郎
根岸川柳・野上羅生門・野木尋子・野口きぬえ・野口初枝
野沢省悟・野柳大漁・野尻佳水・北羊・野坂美智子・野里猪突・野沢行子
野田まさお・野谷竹路・澄子・能仁・野田江実子・野田博章・沢萬葉
野間ヒロコ・野村京子・野中いち子・野邊喜美子・延永忠美・野田はつ登
野村敏子・野村清美・野辺ひろ枝・延永忠美
野呂尚史・野呂背太郎・野村圭佑・野村賢悟・だ骨句沙弥・野村太茂津市

は・の

野呂尚史・野呂背太郎・萩多博水・萩原紫苑・萩原成光・萩原芳賀・萩原七枝・萩原すみれ・萩原芳江

はさまみずき・橋田呂久朗・葉室三千世・橋本亜紀・橋本秀実・橋本比呂・橋本衛門七・橋本京詩・橋本祐子・橋本さくら・橋本ゆき・橋本定雄
橋本サブ郎・橋本征一路・橋本天吾・橋本沐人・橋本芳江
土師芳子・長谷川愛子・橋本晃・長谷川酔月・長谷川博子・長谷川芙美也
長谷野冬樹・長谷川昌子・長谷川緑風・長谷川かっこ・長谷川博行・長谷川博子・長谷川芙美也
波多野五楽庵・初田喜美子・服部談亭・長谷寺てふ・長谷部じゅん・畑中美鶴・畑山美幸・畑田美茶
羽田国子・羽渕礼子・服部夢助・浜野ひでこ・浜野剛史・浜野万亀子・花見留雄・羽切八千代
羽田玲野・浜川濱・浜野奇幸・浜野信一郎・浜野肇・花岡さちを・濱田良知
浜脇春江・双鳥・浜野白帝・美竹・美代・浜本千代子・濱本美茶
波多野五楽庵・初田喜美子・服部速川雅子・林ふじを・林瑞枝・濱田嗣幸
林伯馬・林晴子・林ふじを
林田馬行・早野賢・原章峰・原久美子・林万里子・林照子
原とき・原宣子・原井虎栄夫・原島幻道・原田チサ子・原田悦子
原のぶこ・原典子・原口正行・原田明子・原田千代子・原田さよ子・原田シツ
原田節夫・原のる・原野半田・武彦・播磨圭之介・馬場肇・浜野千代・原田順子・原田節子
春田節夫・原田のる・棒名智津子・北涯・原野光次・原田健二・春田倭文子
番野多賀子・原野節江・樺川すみ枝・東おさむ・馬場和子・馬目さだ子・春田千恵子・坂東万里子

ひ

菱川麻子・肥田岳史・樋口祐海・尾藤一泉・尾藤三柳・ひとり静
久谷まこと・樋口由紀子・樋口久野美代子・久野志奈子・久野孝・樋口すみ江
恵子・東川和・久野紀子・日野真砂・日野愿

掲載作家索引

檜山みち子・桧和田 新・美馬ていほ・姫川 紫・樋屋 鳴味・兵頭かほり・兵頭 自適
平良航海子・平井 恭子・平井 吾風・平井 詔子・青踏・平井 夏子・平井 都・兵頭ひかり
平井与三郎・平尾もも代・平賀 胤寿・平川 紅寿・平川 三雄・平田 朝子・平田 遊草
平井不二城・福部三・福田 郁三・平田 祥祐・平田のぼる・平賀 和子・平野 一暢
平田 実男・平田 統洋・平田 元一・平野こず枝・平野 文彦
平田 照子・福井 二郎・藤井 とよ・藤井一二三・平山 耕實・平山 三鶴・平野 信子
平野 官爾・平間 大恵・平松 正顕・平山 實・蛭子千鶴子・平野 由実
弘 伽羅子・廣江 利徳・平松 弘兼・閑人・廣瀬ちえみ
廣瀬 反省・廣瀬 秀子・広川 秀子・広田 公子・広瀬 千里
樋渡 義一・府栄野京・廣瀬 飯岳・広瀬ゆたる・弘渡 エイ

ふ
普川 素床・福井 悦子・福井富美子・福井 歩・普川 文明
福家珍男子・福一 静代・福岡 桂香・福井 隆人・福井 安彦
福島 銀子・福岡 紫蝶・福岡 竜雄・福沢 義男・福沢 士てつお
福田 文音・福田 秋風郎・福岡花恋坊・福田 義一・福田 二三二
福冨たけ雄・福光 公洋・明良・白影・福田 淳子・素生
福山 二郎・福山 恭子・房川 伏見・森村 清流
藤井比呂夢・福山 蛍舟・北灯・正雄・居森村
藤倉五十次・藤沢 岳豊・藤沢 三春・島茶六
藤崎 一幸・藤澤知歌子・藤沢 繁子
不二田一三夫・藤田きよし・藤田 早苗・藤田のぼる
藤谷怠民愚・富士野鞍馬・藤田てゑ・藤田サダ子
ふじむらみどり・藤野 チヨ・藤沢 和義・藤村 順風 杏子
藤原 宏子・藤原 和美・藤原 久志・藤原 敏弘・鮒子川嘉彦・藤島のぼる
秋扇・桜扇・一志・帯刀・浄子
布施 智子・藤山 青帥・藤村 秋裸・藤井 水江
藤代 正明・藤村 雪魚・藤岡 久子
藤代院潮・藤村 紫彦・福山 六江
藤本静港子・藤井 秋裸
藤本化緒・藤村 胡・藤原 杏合・蘇公・古津 三誥・古池一子・古田ときを
船橋 三郎・藤原 正恵・藤見俊子・杏花
船原時代緒・藤原 正明・舟見俊子
古川 佳子・古里イツ代・古澤蘇雨子・古下俊作・船津とみ子・古角尋子・古川恭一
古谷 清・古見イツ代・古見 逸見 安子
細川万里子・古山 絢子・監治・堀田 英作・細川 亀羅子・細川かず美・細川かずみ・細川 聖夜・星山不凍
堀 さちこ・細水 一子・細谷 晃長・堀田 英江 芳子・堀川 加代・堀口 旭・堀口 塊・星山トキ子
堀口 北斗・堀口 祐助・堀越 三男・本庄 快哉・本庄 東兵・本田 直子・本田 鋭雄・本多 和子
ほ
辺保寿・保木 寿野・星野かよ・静・細川 不凍子

掲載作家索引

本田渓花坊・本田シゲ子・本田とし子・本田豊實・本田南柳・本田博子・本多洋子・本多慶次
本間貴子・本間美恵子・本間美佐子・本間光子・前川咲子・前川千津子・前田一石・前田義風・前田伍健
前田芙巳代・前田まえてる・前田夕起子・前田好子・前田雀郎・前田昭一郎・前田ひろえ・前田富仁子
牧修一・牧浦完次・槇田玉枝・蒔田果林・巻華香おり・増田司圧子・増田みち子
昌子・牧瀬水客・正谷柳筒俊夫・真詩・真島十三枝・真島美智子・司恵・真崎浪速子
増田萬祥・増田孝美・増田紋章・間瀬田紋章・間瀬洋子・松井孝子・益田郁子
増田鬼惟・松井美稚子・松井美希子・松井沙弓・松浦道子・松井さち子・松井智恵子
松井文子・松尾泰子・松尾貞美・松尾照行・松尾天信・松尾涛源
松尾馬奮・松尾冬彦・松尾柳思郎・松岡あずき・松岡恵美子・松尾好楽
松岡十四彦・松尾瑞枝・松尾柳右子・松崎酔柳・松岡文女・松岡敏行
松下佳古・松下沢枝・松尾迷竹・松岡葉路・松崎鶴水・松澤京子
松下順久・松下富士子・松岡放天・松谷大気・松波悦年・松崎敏行
松原蓬男・松下千鶴・松田ていこ・松永千秋・松沢一景・宮野智京子
松原菊野・松田壮之助・松原浩子・松原利枝・松波百歩・松原弘樹
松原鬼子・松原清子・松原とおし・松原百歩・松原一枝・松原きりり
松原華菜・松村洋子・松原あや子・松原藍・松原多加
松本ゆきえ・松村隆・松原幸介・松沢文女
真鍋美智子・松本今日子・松村小輩・三九・松本城南宇・松本宇多加
松本千代枝・松本佐知子・松本仁・松本怡子・松本節子・松本多加
松本幸夫・松本舎人・松本波郎・松本広子・松本百井・松本悠見
幸味・松山芳味・松代・天鬼・松本一景・松野美善
真鍋訓子・松本はつ子・我楽・松山金次郎・丸山場・松原智弘樹
菊甫・松本巌・松山・松本たつ・松本節子・松本冠柳
真鍋美良・松本もとつ子・真六・松本松代・松本俊節子
丸山三三夫・松山勝平・三浦強一・松本丸木本ひらり・丸山茂巳
丸山芳夫・丸山よし津・三重野文士・三浦宗一・三笠つ子・和美
丸山規正・丸山弓削平・三重野文夫・三浦太郎丸・三上博史岬・松本
三崎参平・三隅・三笠つぷ子・水口風佳・水口博史岬・和美
三崎一舟・水谷雅子・水木博男・水口雅女・水口樹里・片貝
水谷ゆり・水谷光子・水城ゆう・水野愛子・水野明日子・みのべ柳市
みその峯・三田富月・水野亜希子・皆川明日子・皆川理富
南多喜志・三代若松・水野亜季子・光水野水本絢市・蓑輪笑子
三原永久志・川見代・光武弦太郎・柳舟の・水本・笠蓮子
宮口捨三・三宅裕見子・峯絵舞・嶺岸佳月・宮川絢市・宮崎慶子
宮沢葵・三牧三村嶺岸・嶺岸勝子・恵川水静・宮崎衣美子・宮崎邦嘉
宮口巨郎・三宅勢津子・宮坂斗南房・宮崎恵光・宮崎勝義・宮崎慶子

511

掲載作家索引

宮崎多喜子・宮崎東天・宮崎緑水・宮下玲子・宮園ミツヨ・宮武明子・宮地菖苑
宮原せつ・宮村ちよ路・宮村典子・宮本シキ・宮本時彦・宮本直子・宮本福心
宮脇凡器・宮本美致代・宮本夢実・宮本めぐみ・宮本紗光・宮本礼吉・宮森もりじ・宮脇加奈
三好東山・三輪明星・三輪敦子・向智明・向田桜羊子・武藤阿衣・武藤瑞こ・宮脇八郎
村上芳三・村上政巳・村井吉重・村井見也子・村尾孝峰・村尾宗形
村上あい・村上秋善・村上佳津代・村上喜美恵・村上功子・村上志朋・村上氷筆・村毛てる子
村田陽子・村下ハルミ・村瀬幹子・村田明穂・村田けん一・村田周魚・村田一人
村林弥兵衛・邑中都詩子・目良郁夫・村田由美・村田持田・村田倭子・村田望月・和美
村松香昇

む
村松イク子・村松昭子・森田伸子・森栄一・森下栄子・森下哲子・森下風子・本阿弥光敬・本園はるを

め
森朝子・森恵美子・森紫苑荘・森愛論・森清子・森松順子・森田ひでを・樅野志郎
森北三四郎・森下守先・森田一二・森田栄一・森田耕石・森田天龍雄・森田弘子・本田秋水
森園かな女・森田文・森中恵美子・森本夷一郎・森屋守康・森谷百合子・森田盛合
森田布堂・森田モモ子・矢坂花澄・矢内寿恵子・八尾医昌・斗京純子
森脇幽香里・矢木千代・八坂俊生・谷沢里陽・守屋社方・蛙生蛙仔
茂呂美津・蜂巳・矢須岡信・安武風昆・白涙翔光・蛙生蛙仔
矢島玖美子・矢井八甫・矢柳節子・安永九馬・仙涙一馬・社本

や
安井吉甫・柳子保地・桂木暁子・安永風昆・白涙翔光・蛙仔
安原典子・安平次弘道・やすみりえ・八十田洞庵・八橋武夫・柳延子・安野恰子・安野二郎
柳清水広作・柳瀬あき緒・矢野栄子・矢野佳雲・矢野孝二郎・柳沢たきお・柳呑酔
やぶうち三石・柳瀬楽川・薮田舞句・山内佐江子・山岸志ん児・矢幡武・矢野富男・柳田みずし
山内實・山内睦重・山河菓声・山岸早苗・山岸弘明・山内三亭・山幡寛
山口晃・山口春声・山口新子・山口竹志・山倉洋子
山口春治・山口晴美・山口はんし・山口千枝子・山口直子・山内葱川
山口美代子・山口由利子・山口好子・山口瞳・山口文生・山口蓉・山口三千子
山崎日出男・山崎保枝・山崎よしみ・山崎順一郎・山崎鮮紅・山崎蒼龍・山崎達美
山下源水・山下紫華王・山下繁郎・山下凉史・山路星文洞・山路節子・山下岩太・山下寛治・山下天平
山下昭平・山下タツエ・山下英龍・山下芙美子
山下美津留

512

掲載作家索引

山下みよこ・山下龍三・山田和生・山田寛二・山田喬子・山田圭佑・山田散水
山田昇・山田フサ子・山田良行・山田恭二・山田柳介・山田岳人・山西佳子
山西智子・山根白星・山地和夫・やまでるみ・大和牧子・山長都星
山岡貞資・山根牛車・山根雪代・山之内洋・山見いく子・山見都星
山崎周太・山村城・山村修・山村恵子・山部明彦・山本昭二
山崎久美子・山本敬子・山本憲太郎・山本鯉影・山本克夫・山本明彦
吉田千鶴子・吉田健治・山本澄子・山本数子・山本希久子・山本昭郎
吉田芳子・吉田茂子・山本ひよこ・山本誠一・山本祐・山本桐下・山本恭子
芳野村雨・吉野理恵子・浪点笑・山本義明・山本毅・山本八重・山本洵一
芳川昌利・吉野芳子郎・山本・山本芳仲・山本貞女・山本忠次郎・山本俊一
米川米沢・吉野苫郎・吉富テイ子・山本大雪・山本雅秀・山本宏道郎・山本成男
米田千枝子・吉平一岳・吉田秀哉・山本芳伸・山本・山本とし子・山本八葉

若山大介・米島暁子・吉田富永子・吉平慶長・
渡辺一九・花子・吉古富昌太郎・よ

渡辺さかえ・脇坂・り・ゆ
渡辺尺蟾・梅子・力丸二三子・横関みわ子・横山雨水・横井幸久
渡辺千華・脇屋川柳・李琢玉・横関智恵子・横山龍城・横尾東川
渡辺寿恵・鷲尾文子・力丸花水・横山白水・横山祐二・横山・横岡茂緒
美輪・鶴恵・和嶋恵美・横山ユキ絵・横山一郎・吉岡圭介
林平・亘・渡邊吐酔・渡辺幸士・わ・吉川雉子郎・吉岡美保子
高一・和田あきお・渡辺妙子・若草はじめ・吉川あゆみ・吉川清史
裕子・和田夢玉・渡辺浩一・若島一滴・吉田功・吉川きみこ
渡辺涼・渡辺隆夫・朝風梢・吉田石門・吉田清北・吉田せんば
和田恭子・和田・渡辺駄留馬・華乱和風・吉田寿美・吉田せんば湯北
渡部さかえ・蓮夫・真砂・横村唯有・吉田成一・吉田三千子
美華・春華・まさし・華乱月慧・吉田益子・吉田湯北
夢王・渡邊蓮夫・和・月慧湯藤清子・吉田昭歩・吉田野テイ野
妙子・渡部春華・和田恭子・雪絵實・吉田瑛子・古野碇水
渡辺康子・渡辺まさし・和田遠矢太・實雨水湖水・吉原湖水・古原辰寿野
渡辺晴子・和田三紘・吉草はじめ朝風若
渡部康之

三省堂 現代川柳必携

二〇〇一年九月一日
二〇一六年一二月二〇日　第六刷発行

編　者────田口麦彦（たぐち・むぎひこ）
発行者────株式会社三省堂（代表者）北口克彦
印刷者────三省堂印刷株式会社
発行所────株式会社三省堂
〒一〇一-八三七一
東京都千代田区三崎町二丁目二十二番十四号
電話=編集［〇三］三二三〇-九四一一
　　　営業［〇三］三二三〇-九四一二
振替口座=〇〇一六〇-五四三〇〇
http://www.sanseido.co.jp/

〈三省堂現代川柳必携・528pp.〉落丁本・乱丁本はお取替えいたします。

Ⓡ 本書の全部または一部を無断で複写複製（コピー）することは、著作権法上での例外を除き、禁じられています。本書からの複写を希望される場合は、日本復製権センター（03-3401-2382）にご連絡ください。

ISBN978-4-385-13781-0

愛情　教育　国家　宗教
人生　政治　人間

医療・保健・福祉　行事　時間　趣味・レジャー
身体　戦争と平和　文化

家族　経済　自然　情報通信・IT
心理　地理・交通・運輸　倫理

環境　芸術　思想・哲学　職業
スポーツ　動作　歴史

季節　形容　社会　植物
生活　動物・虫・魚・鳥